KB235236

한국 현대문학의 좌표

이 도서의 국립중앙도서관 출판시 도서목록(CIP)은 e-CIP 홈페이지(http://www.nl.go.kr/cip.php)에서 이용하실 수 있습니다. (CIP제어번호 : CIP2009002831)

한국 현대문학의 좌표

김용직

Essays on Korean Modern Literature

머리말

다섯 살이 되던 해 봄에 나는 큰사랑에 나가 천자문을 배웠다. 그 무렵 우리 집 사랑채와 내당에는 어디에나 한문과 한글로 된 고담책과 가사류들을 볼 수 있었다. 어린 시절에 나는 숭문주의(崇文主義)가 지배하는 문화 환경 속에서 자란 셈이다.

조부님을 모시고 『천자문』과 『동몽선습』을 배우면서 나는 제법 내가 재주를 타고 난 줄 알았다. 그러나 일제 치하의 소학교에 다니고 나서 나는 내가 분석과 추론을 전제로 하는 수리(數理) 과목이 떨어진다는 것을 알게 되면서 그런 짐작이 빗나간 것임을 알았다. 결국 미처 철이 들기 전에 몇 권 읽은 문학서적을 밑천으로 나는 순수 문학을 전공하기로 마음먹었다.

일제 말기와 6 · 25를 거치면서 우리 집안과 주변 사람들은 많이 피폐해졌다. 그런 형편이다 보니 학부에서 학교 성적을 올리는 일이 나에게는 제격이었다. 그것으로 고향에 계시는 홀어머니를 기쁘게 해드리고 장학금이라도 타서 등록금 걱정을 덜어 드리는 것이 내 분수에 맞는 일이었다. 그럼에도 그 무렵의 나는 터무니없는 허영기에 감염되어 내가 할 전공과목을 뒷전에 돌려놓고 철학, 사상, 종교, 역사 분야를 기웃거리고 외국어에도 통달하겠다고 떠벌리며 돌아다녔다. 당연히 학교 성적은 엉망이 되었다.

서울 생활이 두어 해가 지난 다음 나는 몇 편의 토막글을 써서 교내 신문에 투고했다. 그것들이 활자화되자 나는 곧 허풍선이가 되어 문단 진출을 꿈꾸기 시작했다. 며칠 밤을 설치며 만든 원고를 같은 과의 선배

한 분에게 들고 갔다. 당시 그는 이미 문단에서 이름을 떨치는 비평가였는데 내 작품 같지도 않은 작품을 고맙게도 잡지사의 선고위원 한 사람에게 보이는 노고를 아끼지 않았다. 어느 날 내 앞으로 어느 시인을 발신으로 한 『사상계』 편집부 서신이 날아들었다. 기대 반, 의혹 반의 가슴을 안고 종로 쪽에 있는 잡지사를 찾아갔다.

나를 만나자고 한 시인은 자리에 없었고 대신 편집부 근무자가 나에게 시인의 말을 전해 주었다. 그의 말인 즉 작품의 상(想)은 좋은데 말의 짜임새에 몇 군데 문제가 있다는 것이었다. 전혀 예상하지 못한 말도 아니어서 나는 창작과 문학 연구를 동시에 병행시키기로 한 내 전공 전략의 한 쪽을 깨끗이 포기해 버렸다.

내가 20대 막바지부터 문학의 역사 쓰기에 뜻을 가지게 된 것은 위와 같은 일들이 빌미가 된 것이다. 어떻든 내 진로가 일단 결정되자 그에 이어 반드시 해결하지 않으면 안 될 두 개의 과제가 내 앞에 던져졌다. 그 하나는 문학사 쓰기의 감으로 생각된 자료를 수집, 정리하는 일이었고, 다른 하나는 연구 논문을 쓰는데 필요한 이론적 틀을 습득하는 것이었다. 자료 수집을 위해 나는 속절없는 선머슴의 꼴로 구간 신문, 잡지와 단행본들을 빌려보는 걸서(乞書) 행각에 나섰다. 그 무렵부터 나는 잉크병과 노트를 넣은 가방을 들고 다니면서 자료들을 보면 하나하나 베껴 나갔다. 그 과정에서 나는 참 많은 분들의 은혜를 입고 따뜻한 격려의 말을 들었다.

박종화(朴鍾和) 선생 댁에서 『장미촌』을 얻어 보고자 했을 때다. 방바닥에 노트를 펼친 내 꼴을 보자 월탄(月灘)이 웃으면서 "가져가서 충분히 보고 끝나거든 가져오시오"라고 했다. 같은 학과의 젊은 선생님 한 분은 김소월의 『진달래꽃』 초판본을 선선하게 보여주셨고 아껴 갈무리하신 김억의 번역시집 아더 시몬즈의 『잃어버린 진주』를 아낌없이 물려주시기까지 했다.

문학사 쓰기의 또 다른 관문인 서구 현대 비평 이론의 습득에도 나는 적지 않게 애를 먹었다. 어처구니없게도 공부를 시작한 초입에서 나는 구조가 무엇인지 문학의 언어와 일상적인 언어 사이에 근본적인 차이가 있는지 없는지도 모르고 있었다. 비유·상징·역설·아이러니, 문예사회과학의 범주에 드는 역사주의·상부구조·하부구조·낭만주의·사실주의 등의 개념도 통속판 문예 상식 수준으로 이해하고 있었다. 그런 상태에서 암중모색으로 브룩스의 『시의 이해』를 읽고 웰렉의 『문학의 원리』를 뜯어가면서 익히려고 했다. 얼마간의 공부를 한 다음 나는 시의 구조 분석을 시도했다. 그 과정에서 비유의 본질을 파악하려 들었을 때 내 눈에 들어 온 것이 P. 휠라이트의 병치론이었다. 이어 다음 단계에서 M. 브랙이 그것을 상호작용론으로 확충, 해석한 것을 보았다. 눈앞의 안개가 깨끗이 걷히는 느낌을 받았다.

J. C. 랜슴의 이론을 근거로 하여 만해 한용운의 시를 형이상시로 자리매김할 수 있었을 때는 내 나름의 보람을 느꼈다. 그에 힘입어 한국 현대시의 갈래를 한시(漢詩)의 전통으로 설명하는 기틀도 얻었다. 1970년대부터 20세기의 막바지까지 30년 가까운 세월을 나는 한국 현

대시의 역사 쓰기 주변만을 맴돌았다. 그 나머지 가정 관리는 완전히 팽개치게 되었고 세상살이의 필수요건이 되는 여러 일들과도 아예 담을 쌓고 지냈다. 피붙이나 이웃에게 따뜻하지 못했고 나에게 물심(物心) 양면으로 은혜를 베푼 분들에게 인사를 못한 예도 한두 건이 아니다.

그동안 나는 『한국근대시사』 상 · 하권과 『한국현대시사』 1 · 2권, 『해방기시문학사』 등의 문학사를 꾸려내었다. 그 과정에서 나는 한국문학을 감으로 하고 몇 편의 논문과 비평도 만들었다. 그와 아울러 틈만 나면 내 머리에 떠오른 생각과 과제들을 메모 정도로 생각하고 적어 보았다. 그들을 책으로 엮어 본 것이 내 비평집들이다. 이번의 책도 내 문학사 공부에서 얻어낸 부산물 같은 것이다. 시기로 보아 최근에 쓴 것이 대부분이며 이제 내 글쓰기의 고질이 되어 버린 논문투의 것들이 더 많다. 내가 좀 더 자신에게 엄격한 사람이라면 여기 수록된 글들은 상자 속에 묵혀두어야 할 것들이다. 그럼에도 여기에 굳이 또 하나의 책을 꾸려내는 것은 아직도 퇴출시키지 못한 내 글쓰기 익히기의 욕구 때문이다. 출판사정이 좋지 않은 이 시기에 내 책을 만들어 주는 도서출판 〈푸른사상〉에 감사한다. 오랫동안 나를 지켜봐 주는 어른들과 친구, 이웃들에게 인사를 드린다.

2009년 8월 20일

김 용 직

차례

Ⅵ. 문학 절대 의식과 문단 활동 – 박용철론 • 127

Ⅶ. 여류시인의 법식 넘어서기 – 모윤숙론 • 157

Ⅷ. 한국 현대시에 있어서의 '바다' • 185

I. 『님의 침묵』의 원천

―한용운론

    만해 한용운의 시집 『님의 침묵』 초판이 나온 것은 1926년의 일이었다. 이 시집에는 그 자체가 시로 생각될 수밖에 없는 「군말」 이하 90편의 작품이 실려 있다. 이 시집이 나오기까지 한용운이 한국 문단과 관계를 가진 자취는 뚜렷하게 드러나지 않는다. 단편적으로나마 그가 문예지나 준문예지에 속하는 발표지에 시를 투고, 게재한 예도 포착된 바 없다. 『님의 침묵』이 나오기까지 한용운은 철두철미 비문단인, 시단의 국외자로 산 셈이다.[1]

    그 사이의 사정이 이랬음에도 일단 『님의 침묵』이 나오자 한용운의 시는 하루아침에 문단 안팎에서 화제의 과녁으로 부상했다. 1926년 5

---

[1] 여기서 말하는 한용운과 시단의 관계는 본격 현대시, 또는 근대시를 쓴 때부터 잡았다. 『한용운전집』(6)(신구문화사, 1973), p.386에는 「심(心)」을 주요한의 「불놀이」에 앞선 것으로 보았으나 이 작품은 근대시로서의 가락을 지니지 못했다. 또한 같은 책 같은 면에는 만해의 옥중시 「무궁화 심고자」(『개벽』, 1922. 9)를 『님의 침묵』 이전의 시로 적고 있다. 그러나 이 작품 역시 그 말의 생경함 때문에 근대적인 의미의 시로 보기에는 난점이 수반된다.

월 말일자의 <시대일보>에는 유광렬(柳光烈)이 쓴 서평으로 「조국(祖國)의 정령에 둘인 기도」가 실렸다. 다음 달 <동아일보>에는 주요한의 「애(愛)의 기도, 기도의 애(愛)」가 2회로 나뉘어 게재되었다. 이 서평에서 주요한은 이 시집의 「님」이 연애시를 떠난 "신앙적 색채(色彩)가 넘치고 또 애국적 분위기가 떠돈다"라고 지적했다.[2] 이들 초기에 속하는 관심 이후『님의 침묵』은 끊임없이 우리 주변에서 화제를 유발하는 자극제가 되어 왔다. 특히 6·25 동란이 지나가고 각 대학의 문과교실이 제 나름대로 기능을 발휘하기 시작하자 한용운의 시는 줄기차게 연구 담론의 과제로 떠오른 바 있다. 지금 우리 주변에서 활약하고 있는 비평가나 문학 연구자 가운데 한용운을 한두 번 화제로 삼지 않은 예가 거의 없을 정도다. 대체 이런 호황의 근거가 어디에 말미암은 것인가. 이제부터 이루어지는 우리의 담론은 일단 이런 의문에서 발단된다.

1. 첫 번째 소인—한학(漢學)과 한시(漢詩)

두루 알려진 것처럼 한용운은 1879년 충청도 홍성군 결성면에서 태어났다. 가세는 넉넉한 편이 못 되었으나 그래도 그는 선비 집안의 후예였다. 그런 밑천에 힘입어 그는 어려서 사서삼경(四書三經)을 중심으로 한문을 익혔다. 천성적으로 명민한 두뇌를 가진 한용운은 9살이 되자 어른들조차 이해하기 쉽지 않은『서경(書經)』을 읽었으며 그 주석까지 통달했다고 한다.[3] 이후 한용운의 한학에 대한 소양은 기하급수적으로 향상일로를 달렸다. 18세가 되었을 때 그는 지방 향교가 주재하

---

2) 주요한, 「愛의 기도, 기도의 愛」, <동아일보>(1926. 6. 26.)
3) 「한용운 선생 연보」, 『만해 한용운 전집』(1), p.386.

는 서숙의 어엿한 숙사(塾師)가 되었다. 이 무렵에 그는 이미 금체시(今體詩)로 통칭되는 율시와 절구를 지을 수 있었고 그를 통해 그의 내부에서 빚어지는 정취와 가락을 작품으로 만들어내는 능력을 보유했다. 그 결과로 이루어진 것이 7언절구의 오도송이다.[4]

> 男兒到處是故鄕
> 幾人長在客愁中
> 一聲喝破三千界
> 雪裏桃花片片紅
> 사나이 가는 곳이 어디 고향 아니리만
> 몇몇이나 나그네로 시름에 젖었던가
> 한 소리 크게 외쳐 왼 우주를 뒤흔드니
> 눈 속에 복숭아꽃 송이송이 흩날린다

불법의 세계에서 오도송이란 수도자가 참선을 하는 가운데 깨친 법공(法空)의 차원을 시로 읊은 것이다. 따라서 오도송에는 제일 원리의 세계가 담기게 된다. 제일 원리의 차원을 1대 1의 상태로 읊조린다고 해도 그것은 좋은 의미의 시가 되지 않는다. 깊이가 있다고 해도 사상 관념을 진술의 차원으로 적어가면 그것은 예술 이전의 개념 전달이 되어 버리는 것이다. 그것을 시로 만들기 위해서는 소재 내용을 감각적 실체로 전이시키는 기법이 사용되어야 한다. 이 시에서 사상 관념에 해당되는 것은 '삼천계(三千界)'로 표현된 불교적 우주다. 그것을 한용운은 '송이송이 흩날리는 복숭아꽃'으로 전이시켰다. 이것은 한용운

---

4) 한용운의 한시집 『雜著』(『한용운전집』(1)), p.172. 단 이 작품은 단서 없이 절구라고 보기에는 첫째 줄의 평측이 문제된다. 후기식 7언절구는 '측측평평측측(운)'이 정석인데 이 작품은 그것이 '측측측측'이 되어 있어 크게 어긋난다. 이것은 한용운이 절구에서 자주 연을 무시하는 경향이 감안하여 보면 2·3·4행에는 크게 파격이 없으므로 대범하게 절구로 보려는 것을 의미한다.

이 『님의 침묵』을 쓰기 전에 시 쓰기의 요령을 한시를 통해서 터득하
였음을 뜻한다.

2. 두 번째 바탕―반제(反帝), 민족 운동의 불기둥

한용운의 의식 세계를 지배한 또 하나의 불기둥은 반제, 민족 운동
에 관계되는 것이다. 다시 연보를 보면 만해의 반제 투쟁은 그가 동학
농민 봉기에 관계되어 홍주(洪州) 호방(戶房)을 습격, 군자금 1,000냥을
탈취한 것에서 시작된다.[5] 그 후 이 일이 발각되고 만해는 관헌의 추
적을 받게 된다. 이때부터 그는 도망자의 신세가 되어 설악산으로 잠
입했고 이어 연해주와 만주지방을 전전하게 된다. 이렇게 시작된 한용
운의 반제·민족적 저항 투쟁은 1910년대를 지나 1920년대, 30년대,
그리고 일제 암흑기의 막바지인 1940년대 초에 이르기까지 한 번도
중단됨이 없이 계속 되었다. 이를 보고 위당 정인보(爲堂 鄭寅普)는 그
를 두고 "풍란화 매운 향기 님에게야 견줄손가"라고 노래했다. 이런
만해의 민족 저항 투쟁은 크게 나누면 대충 다음과 같이 구분이 가능
하다.

  제1단계 ― 1986년 홍주 의전 참가에서부터 1918년 말에 이르기까지
  제2단계 ― 1919년 기미 만세 시위를 주도한 때부터 민족대표로 투

---

5) 위의 책, 같은 면. 단 이에 대해서는 이 무렵 만해의 아버지 한응준(韓應俊)이 일
  본군 지휘 하에 편성된 장어령 소속 교도중대의 지휘관이었음을 지적하고 아들인
  만해가 그를 거역하면서까지 의병에 참여하지는 않았을 것이라는 해석을 한 예가
  있다(고은, 『한용운 평전』(고려원), p.30). 그러나 이런 정황론에 반해 전자에 속하는
  견해는 여러 논자들에 의해 증언이 된 것이다. 따라서 여기서 우리는 홍주 봉기로
  만해의 민족 운동이 시작된 것으로 본다.

옥되었다가 석방된 다음 이어 신간회, 광주 학생 운동 지지
등 저항 운동의 큰 줄기를 잡아 활동한 시기
제3단계 ― 1930년대 허두부터 더욱 가혹해진 일제의 박해·탄압에
굴하지 않고 민족 투쟁을 시도한 시기

　먼저 제1단계에서 만해가 보여준 활동은 직접적인 무장 항거의 유형에 속하는 것과 문화 활동으로 생각되는 것들이 아울러 나타난다. 홍주 전투에 참가한 것은 명백하게 실력 투쟁에 속하는 경우다. 그 후 만해는 국권이 침탈당하자 국경선을 넘어 연해주와 만주 등지를 전전한다. 특히 만주에서 그는 마침 국내 무장 침공을 준비 중이던 독립군 부대의 기지를 방문한다. 그곳이 바로 회연현 소야하에 위치한 한 훈련장이었다.6) 거기서 그는 독립군의 훌륭한 점을 들어 고무·격려하는 한편, 모자라는 것에 대해서는 가차 없이 질책을 가했다. 이때 전하는 일화는 만해의 억센 의지를 단적으로 드러낸다. 만해의 질책에 격분한 자가 총을 장전, 발사하여 만해에게 네 발을 명중시킨 사건이 일어났다. 총탄을 맞고 피를 흘리면서도 만해는 도도하게 자기의 주장을 펴 굽히지 않았다. 또한 그를 수술하기 위해 달려온 의사가 마취를 하려고 하자 결연하게 그것을 거절했다. "오죽 못생긴 남자가 그런 짓을!"이라며 한마디로 이를 물리치고 생살을 절개하여 뼈를 긁어내는 고통을 태연하게 참았다는 것이다.7)

　제1단계에서 만해가 보인 저항 투쟁에는 역사 인식의 한계를 내포한 부분이 나온다. 가령 그는 1910년대 중기에 승적자가 독신주의를 고집해야 하는 것은 아니라는 생각을 가지고 있었다. 그 대책으로 승려 가취(嫁娶) 해금론을 작성하여 중추원과 통감부에 제출했다.8) 이것

────────────────

6) 印權煥·朴魯埻, 『韓龍雲研究』(통문관, 1966), p.306.
7) 정광호, 「민족적 애국지사로 본 만해」, 『나라사랑』(2), p.601.

은 만해가 우리 사회의 반봉건, 근대화 시도를 구조상의 문제로 파악하지 않았다는 것을 의미하며, 일제 통감부의 힘으로 이를 해결하고자 했음을 뜻한다. 이런 그의 행동 이론에 대한 미숙 상태는 그러나 제2단계에 접어들어 깨끗이 불식된다.

만해가 가진 민족 운동의 제2단계 벽두에 우리 민족 전체가 봉기하여 독립 만세를 외친 3·1 운동이 일어났다. 만해는 이때 민족대표의 한 사람으로 거족적 봉기의 주동자가 되었을 뿐만 아니라 명월관에서 이루어진 민족대표 33인 회의에도 참석했다. 더욱이 그는 독립선언서를 육당(六堂)과 함께 기초했다. 그는 육당이 집필한 선언문 다음에 「공약 3장」을 추가하였다. 지금 돌이켜 보면 육당이 기초한 선언문은 웅혼한 어세에 힘찬 가락이 특징적이었다. 그러나 육당이 기초한 독립선언문에는 전편에 문화주의의 감각이 승하여 반제 투쟁의 행동 의지가 소극적으로 나타난다. 이런 한계를 보완하기 위해 만해는 3장으로 된 공약을 추가했으며, 거기에 독립 만세의 구체적 행동 지표로 생각되는 "최후의 일인까지 최후의 일각까지 쾌히 우리의 의사를 발표하자"는 부분을 명기하였다.[9]

또한 독립선언 당일 현장에서도 만해의 행동은 그 누구보다 결연하고 당당했다. 그는 선언과 함께 일장 연설을 통하여 민족대표로서 긍지와 기개를 살리자고 일동에게 호소했다. 또한 선언 현장에서 일경에게 연행, 투옥되어 옥중에 있는 동안에도 일제의 위무(威武)에 굴하지 않고 의연하게 행동했다.

심문과정과 공판정에서 그는 거침없이 조선 독립의 정당성을 주장했다.[10] 그리하여 일본인 검사로 하여금 "당신의 이론은 정당하나 본

---

8) 『한용운 전집』(2), pp.88~89.
9) 인권환·박노준, 앞의 책, p.323.

국 정부의 방침상 어쩔 수 없다"는 실토를 들었다. 만해가 이 무렵에 지닌 민족 투쟁의 정신을 가장 집약적으로 나타내는 것이 바로 「조선독립이유서(朝鮮獨立理由書)」다. 이 글은 옥중에서 집필된 것으로 1919년 가을, 몰래 국외로 반출되어 곧바로 상해 임시정부에 밀송되었다. 그리하여 같은 해 11월 4일자 임정기관지인 <독립신문>에 발표되었다.[11] 이 글은 그 나름의 행동 철학에 입각하여 민족적 독립의 필연성을 논파한 것으로 조선의 독립에 대한 만해의 강한 신념을 보여준다.

「조선독립이유서」에서 만해는 인류의 역사는 야만과 폭압에서 벗어나 자유와 평등을 주축으로 한 진보의 길로 나간다고 역설하면서 일제의 식민지 통치는 그에 어긋난다고 주장한다. 또한 그는 일제의 한반도 통치 자체를 비판하며 군력정치(軍力政治), 철포정치(鐵砲政治)라고 규정했다.[12] 그와 같은 무력 행사가 바로 일본을 멸망케 할 것이라고 지적하고, 역사 발전의 순리에 따라 조선의 독립을 인정하라는 논지를 폈다. 실제로 일제는 이런 만해의 논리를 묵살하고 한반도를 병탄한 다음, 이어 만주를 침략하고 전단을 대륙까지 뻗쳤다. 그 후 태평양에 침략의 마수를 뻗쳐 동북아시아와 태평양 전역을 불바다로 만들고 제 나라를 패망의 구렁텅이에 몰아넣은 것이다.

민족대표의 한 사람으로 한용운은 3년 동안 서대문 형무소에서 옥고를 치렀다. 이 형기는 민족대표 가운데서도 가장 무거운 쪽에 속했다. 이로 미루어 보아도 3·1 운동에서 한용운이 차지한 비중이 짐작되고 남는다. 3·1 운동으로 형기를 마치고 출감한 민족대표 가운데는 민족 운동을 포기하고 은둔 상태에 들어가거나 총독정치에 빌붙는 경

---

10) 위의 책, pp.329~330.
11) 김삼웅, 『만해 한용운 평전』(시대의 창, 2006), pp.195~196.
12) 『한용운 전집』(1), p.358.

우가 있었다. 그러나 한용운은 그와 달리 출감 후에도 기회가 있을 때마다 항일 저항 운동을 거듭하여 민족 운동의 보폭을 늦추지 않았다. 그는 출옥 후에도 반제·민족 저항을 시도하는 조직에 빠짐없이 관계했다. 그 대표적인 보기가 되는 것이 신간회에 참여한 일과 卍당 등 여러 불교 저항 단체에 관계한 일이다.

신간회는 1927년 민족 단일 전선으로 좌파와 우파가 손을 잡고 발족시킨 민족 통합 조직이었다. 이 조직의 주동·발의자는 안재홍·김병로·조병옥·홍명희·허헌 등과 한용운 자신이었다. 한용운은 이 조직의 발족과 함께 중앙집행위원이 되었고, 서울지부의 대표도 맡았다. 신간회는 창립 후 1년 만에 200여 개의 지회를 거느리는 전국적 조직으로 성장했다. 그것으로 민족 운동의 든든한 기간단체 구실을 지향했던 것이다.[13] 신간회에 대한 한용운의 생각은 끝까지 민족 통합 조직을 유지할 필요가 있음을 역설함으로써 매우 뚜렷한 선을 그었다. 그러나 애초부터 좌파들은 신간회를 통해 인민 전선의 전개를 바랐다. 그러나 그것이 불가능해지자 해소론(解消論)을 펴기 시작했다. 이에 대해서 한용운은 "협동이란 것을 분명히 인식한다면 그의 입으로부터는 해소론이 나오지 말아야 한다"[14]고 못 박았다. 이것은 반제·항일 투쟁이 전민족의 공동 전선을 통해서만 제대로 이루어질 수 있다는 그 나름의 인식 결과로 보인다.

1930년대에 접어들면서 일제의 식민지 정책은 가혹의 도를 더해 갔다. 1932년 일제는 대륙 정복의 야욕에 들뜬 나머지 중일전쟁을 일으켰다. 그들은 침략 전쟁에 필요한 전력의 극대화를 위해 한반도를 병참기지로 만들었다. 이어 그들은 그들의 본토와 한반도에 초전시 체제

---

13) 인권환·박노준, 앞의 책, pp.361~362.
14) 한용운, 「신간회 해소운동」, 『三千里』(1930. 2), p.63.

를 펴면서 우리 민족의 어떤 정치적 움직임도 허용하지 않았다. 그러나 만해는 이런 일제의 강압 정책에 조금도 굴하지 않고 맞서 싸우는 길을 택했다. 광주 학생 사건이 일어나자 그는 유석 조병옥(維石 趙炳玉)과 함께 민중 대회 개최를 시도하였고 그를 통해서 우리 학생들의 투쟁을 고무·격려하려고 했다. 그 후에도 그는 불교도의 비밀결사인 卍당의 실질적인 지도자가 되었다. 뿐만 아니라 일제의 서슬 푸른 감시·규제를 무릅쓰고 국내와 국외에서 구금·투옥당하여 철창 속에서 신음하는 애국지사들의 석방과 구호 활동을 폈다. 그 구체적 보기가 되는 것이 일송 김동삼(一松 金東三)의 장례를 치른 일이다. 일송은 한때 만주지방에서 무장 투쟁의 총수로 활약한 사람으로 일경에게 피체되어 서대문 형무소에 복역 중 타계했다. 그 소식을 전해들은 만해는 삼엄한 일경의 감시를 무릅쓰고 서대문 감옥으로 달려가 형무소 밖에 방치된 일송의 시체를 거두어 장례를 치렀다.[15]

1930년대가 저물고 1940년대에 접어들면서 일제의 식민지 탄압은 더욱더 기승을 부렸다. 그들은 우리 청장년들을 깡그리 전선으로 내몰아 침략 전쟁의 총알받이로 삼고자 했다. 이때부터 일제는 그들의 말인 일본어를 우리 민족에게 국어로 사용하라고 강요하는 한편 우리말, 우리글을 일상생활에서조차 못 쓰게 했다. 뿐만 아니라 아침저녁 우리 민족이 그들의 천황에게 충성을 맹세하게 하는 황국신민서사를 복창하게 했고, 국경일 때마다 일장기를 게양하라고 강요했다. 이와 같은 일제의 초전시 체제 선포에도 불구하고 한용운은 그의 민족적 절조를 조금도 굽히지 않았다. 그는 끊임없이 되풀이되는 일제의 징용·보국대 독려 강연, 징병 권유 연설을 모조리 거절하며 응하지 않았다.[16]

---

15) 「만해 한용운 선생 해적이」, 『나라사랑』(2), p.20.
16) 崔凡述, 「만해연보」, 『한용운 전집』(1), p.390.

또한 평생을 일제의 호적에 이름을 올리지 않았고 일장기를 단 적도 없었다. 그에게 호적은 총독 정치를 인정하는 일이었다. 그리하여 그는 갖가지 불이익을 감수하면서 평생을 무호적자로 살았다. 또한 그는 일제의 일체 제도 역시 안중에 없었다. 1943년 그가 입적하기 전 해의 일은 우리에게 좋은 보기가 된다.

> 일본 천황의 생일을 축하하는 천장절(天章節)인 4월 29일에 동회서기가 심우장을 찾아왔다.
> "선생님, 오늘 조선신궁에 좀 나가셔야겠습니다."
> "난 못 가겠소"
> "어째서 못 가십니까?"
> "좌우간 못 가겠소"
> "좌우간 못 가신다니 그런 법이 어디 있습니까?"
> "그런 법이라니, 그럼 왜놈은 법이 있어 남의 나라를 먹었느냐?"
> 동회서기는 찔끔했다.
> "그럼 기(旗)라도 다시오"
> "그것도 못하겠소 왜놈 기는 우리 집에 있지도 않고……."17)

당시의 국내 정세를 감안하면 한용운의 이런 행동은 참으로 놀라울 정도의 용기를 필요로 하는 일이었다. 그 무렵 일제는 국내의 모든 인사를 협박하여 그들의 침략 전쟁 독려를 위한 들러리로 사용했다. 그 결과 춘원(春園)과 육당 등이 학병 권유 강연에 나섰고 방공 훈련에는 쟁쟁한 민족운동가인 여운형·송진우·안재홍까지 동원되었다. 그럼에도 한용운은 그 모든 것을 거절하고 반일적인 언동을 서슴지 않았다. 이와 같은 행동 실적은 명백하게 우리 민족 운동사에서 대서특필되어야 할 것들이다.

---

17) 金殷鎬 「만해가 남긴 일화」, 『한용운 전집』(1), p.378.

『님의 침묵』의 기능적인 해석을 지향하는 우리에게 만해의 위와 같은 반일, 저항 활동의 실적은 그 유의성이 매우 크다.『님의 침묵』에 담긴 「논개의 애인이 되야서 그의 묘에」나 「계월향(桂月香)에게」에는 명백하게 항일·저항 의식을 뼈대로 한 부분이 보인다. 「행복」, 「당신을 보았읍니다」, 「사랑의 날」과 같은 작품에도 은연 중 민족의식이 내포되어 있다. 따라서 이런 민족의식, 항일 저항의 감정과 한용운의 시 읽기는 수레의 뒷바퀴 구실을 한다.

3. 세 번째 마당—초공(超空), 또는 유심 철학의 경지

한용운의 행동에서 가장 강하게 뿌리를 뻗고 있는 것은 불법(佛法)의 세계다. 이미 논한 바와 같이 그는 선비 집안 출신이었다. 그러나 만해의 홍성지방의 의병 활동 참여와 함께 운명의 지침이 크게 바뀌어 버렸다. 이미 들어난 바와 같이 그는 의병 활동이 실패하자 강원도 인제 쪽의 산악지대에 숨어들었다. 이때까지 그는 명확하게 사문(沙門)에 귀의할 생각은 없었던 것 같다. 1904년 그는 다시 한때 머문 설악산 백담사를 찾았다. 그리고 다음해인 1905년 나이 27세 때 김연곡법사(金蓮谷法師)에게 계(戒)를 받고 득도하여 비로소 본격적인 수도생활을 시작한다.[18]

적을 승가에 둔 다음 한용운의 신앙생활은 비상한 열기와 함께 이루어졌다. 수계득도(受戒得道)와 함께 그는 남다른 정성으로 불교의 근본 원리를 탐구하고자 했다. 또한 일제의 한국 불교 말소 책동에 맞서 단호하게 우리 불교의 주체성을 옹호해 갔으며 적지 않게 타성에 젖

---

18) 인권환·박노준, 앞의 책, p.48.

어든 승가의 개혁, 유신을 위해서도 비상한 정력을 쏟았다.

1) 『불교대전(佛敎大典)』, 『십현담주해(十玄談註解)』

일단 사문(沙門)에 귀의한 다음 한용운은 참선과 함께 불교의 교리 탐구에 강한 집념으로 임했다. 백담사에서 수계 이후 그는 곧 『대승기신론』, 『능엄경』, 『원각경』 등을 이학암(李鶴庵)에게 배웠으며 이어 『화엄경』을 서월화(徐月華) 선사 밑에서 익혔다. 1908년에는 당시 불교 교리 수련의 명소로 알려진 건봉사에서 『반야경』과 『화엄경』 강의를 듣고 수료 자격을 취득하게 되었다.[19] 한용운은 이와 같이 그의 불교 교리 학습이 본 궤도에 오르자 그 연장선상에서 그가 습득한 지식 내용을 정리하여 일반에게 알리는 작업에 착수했다. 그 구체적 표현 형태로 나타난 것이 『불교대전』의 편찬이며 『유마힐소설경강의』, 『십현담주해』 등이다. 이와 아울러 1918년에 한용운은 일반 독자를 위한 불교 교양지 『유심(惟心)』을 발간했으며 1931년에는 경영난에 빠져 있었던 월간지 『불교(佛敎)』를 권상로(權相老)로부터 인계받아 발행인이 되었다.

먼저 『불교대전』은 불교 경전을 총망라한 8만대장경의 정리, 집약판이라고 할 수 있는 책이다. 오랜 전통을 가진 불교는 그 교리를 장(藏)과 경(經)에 의거한다. 그 내용이 되는 경전들은 양이 엄청나게 방대하여 일찍부터 경(經)과 율(律), 논(論) 등으로 구분해 왔다. 경부(經部)의 하위에는 아함부(阿含部), 본연부(本緣部), 반야부(般若部), 법화부(法華部), 화엄부(華嚴部) 등이 있고, 율부(律部)와 논부(論部)도 경소부(經疏部), 율소부(律疏部), 논소부(論疏部)로 나눈다. 그리고 그 하위에 제종부(諸宗部), 사전부(史傳部) 등이 있으며, 다음 단계로 속경소부, 속율소부, 속논

19) 『한용운 전집』(6), pp.384~385.

소부, 속제종부 등으로 이루어진다. 여기에 다시 추가되는 손말소(孫末疏), 속손말소(續孫末疏)까지 포함하면 8만대장경이 된다.[20] 이와 같은 대장경들의 분류는 경전들의 목록을 바탕으로 한 분류다. 불교의 교리를 철하려는 사람에게 이 방대한 양의 경전들을 읽는 것은 아무래도 손쉽지 않은 일이다.

한용운의 『불교대전』은 바로 이와 같은 대장경의 방대한 내용을 정리, 체계화한 것으로 그 내용이 교리강령품을 비롯하여 불타품, 신앙품, 업연품, 자치품, 대치품, 포교품, 구경품으로 되어 있다. 『불교대전』의 이들 편들은 그 하위에 교리의 여러 항목을 뜻하는 장을 거느린다. 구체적으로 제3편을 보면 제1장 총설, 제2장 불(佛)의 본원, 제3장 불의 지혜, 제4장 불의 자비, 제5장 불의 도화, 제6장 불신 등으로 나타난다. 또한 제3편 제1장 총설, 1절 '불(佛)이라 명(名)하는 개의(概義)'를 보면, "대일경(大日經), 각오(覺悟)를 명(名)하여 불(佛)이라 하느니라", "반약경(般若經), 여래(如來)는 소종래(所從來)가 무(無)하며 소거(所去)가 무(無)한 고(故)로 명(名)이 여래(如來)니라" 등의 기술이 나온다.[21] 이것은 한용운에 의해 8만대장경의 불교 교리가 사전식으로 일목요연하게 정리가 되었음을 뜻한다.

한용운 이전에는 우리 주변에서 이와 같이 근대적 정리, 편찬 방법에 의한 불교 교리 사전이 나온 예는 없었다. 한용운은 이 획기적인 사업을 이루기 위해 양산 통도사(通度寺)에 비치된 고려 대장경 1,511부 6,802권을 열람했다.[22] 그 가운데서 1,000여 부의 경, 율, 논 등을 읽고

---

20) 趙明基, 「만해 한용운의 사상과 저서」, 『한용운 전집』(6), pp.10~11. 여기서 '疏'란 經, 論의 내용이나 말들을 쉽게 풀이한 주석서를 뜻하는 것. '孫末', '續孫末' 등은 그런 책에 다시 주석을 가한 것과 그 다음의 단계에 나온 것들을 가리킨다.

21) 『한용운 전집』(3), p.46.

22) 조병기, 앞의 글, p.11.

필요한 내용들을 가려 뽑아『불교대전』을 편찬하였다. 이런 사실로 미루어 우리 불교사, 특히 교리의 정리와 체계사에 끼친 한용운의 공적은 매우 크고 뚜렷하다.

『십현담주해』는 당나라의 선승 상찰선사(常察禪師)의 선화게송(禪話偈頌)을 한용운이 그 나름대로 해석, 풀이한 것이다. 불교, 특히 선종의 교리 해석은 언어, 문자의 차원을 벗어나 진리를 묘파하는 것으로 이루어진다. 묘유(妙有)와 진여(眞如)의 경지를 초논리적 말들로 적어 놓은 것이 선화며 게송이다. 따라서 그에 대한 주석은 고도의 정신적 수련 없이는 이루어지지 않는다. 이에 소요되는 정신적 차원 구축이 한용운에 의해 시도되었다. 이 책은 그 내용인 '심인(心印)', '조의(祖意)', '현기(玄機)', '진이(塵異)', '연교(演敎)', '달본(達本)', '환원(還源)', '회기(廻機)', '전위(轉位)', '일색(一色)'의 순서로 되어 있다. 이 경전에 대해서는 일찍 당의 청량국사 징환(淸凉國師 澄歡)이 주를 달았고 조선 왕조에 들어와서는 동봉 김시습(東峯 金時習)이 나름의 해석을 붙였다. 따라서 한용운의『십현담주해』는 김시습에 이어 세 번째 주석 시도에 해당되는 셈이다.

이 책의 '심인'의 한 부분을 보면 "심인을 어느 사람이 감히 전수할 수 있겠느냐(心印何人敢授傳)"는 원문이 있다. 이에 대한 한용운의 '비(批)'와 '주'는 다음과 같다.23)

[비] 부처님으로부터 삼삼조사(三三祖師)에 이르기까지 의발(衣鉢)로써 전법(傳法)의 심표를 삼았지마는 의발은 일찍이 심인(心印)이 아니다.

[주] 심인은 형체가 없어서 중생이 능히 받을 수도 없는 것이요, 제불이 능히 전할 수도 없는 것이다. 삼세불조(三世佛祖)들의 법을 전한다고 하는 것도 더불어 부질없는 말이니, 세상의 법은 실지로 전해 주기만 하면 전해진다. 그러나 심인은 전하지 않는 것으로써 전해진다.

---

23)『한용운 전집』(3), p.337.

[原文] 心印何人敢授傳
[評] 衣鉢早非心印
[註] 心印無體 衆生不能受 諸佛不能傳 三世佛祖之傳法 仍是壹語 世法
以傳爲傳 心印以不傳爲傳

상찰선사의 원문에 대해서 청량국사는 "향상일로(向上一路)에 천성(千聖)이 전하지 않으나 부전(不傳)으로 전하는 것을 가명(假名)으로 전하는 것이라 하고 전함이 없는 것이 비로소 전하는 것이다"라는 주석을 달았다. 한편 김시습은 이 부분에 대해서 "달마가 심인(心印)을 가리지 아니하고 왔으며 이조(二祖)가 심인(心印)을 구하지 아니하고 갔으니 주는 것은 무엇이고 받는 것은 무엇이냐. 추울 때는 불을 향하고 더울 때에는 서늘한 것을 찾으라"[24)는 말을 붙였다. 한용운의 주석에 비해 청량국사의 것은 지나치게 고답적이다. 게송이 추구하는 바는 궁극적으로 마음의 평화를 누리게 하여 해탈의 경지에 이르게 하는 데 있을 것이다. 그런 시각에서 보면 그의 해석은 선정의 경지에 걸맞지 않는다. 김시습의 경우에는 다소간 주제의식이 희석되어 있다. 심인의 개념은 견성성불(見性成佛)의 경지에 직핍할 것을 요구한다. 김시습의 발언은 이런 심인의 주지에 밀착되지 않고 주변을 맴돈 느낌이 있다. 그에 비해 한용운의 해석은 유심(惟心)의 경지에 한 발 다가서 있다. 우리는 이것으로 한용운의 불법 인식이 상당한 깊이와 폭을 가진 것임을 알 수 있다.

2) 민족 불교의 불기둥

한용운의 항일, 민족을 위한 행동은 불교 분야를 통해서도 뚜렷이

24) 위의 책, p.15.

그 맥을 드러낸다. 그 단적인 보기가 되는 것이 1911년의 송광사 궐기이며 1930년대 초두에 이루어진 卍당의 활동이다. 우선 송광사 궐기란 일제의 한국 불교 잠식 및 파괴 음모를 분쇄하기 위해 취해진 행동이었다. 1908년 3월, 당시 해인사 주지인 이회광은 전국 사찰 대표 52명을 동대문 바깥에 모았다. 그 표방은 포교와 교육을 위해 원종(圓宗)을 발의·설립한다는 것이었다. 그런데 이때 이회광은 한국 불교의 활성화를 도모한다는 표방 아래 일본 불교인 조동종에 한국 불교를 예속시키고자 했다. 그는 일제가 우리의 국권 침탈을 위해 종교를 이용하려는 음모의 하수인이 된 것이다.[25] 그 당시 한용운은 국내에 있지 않았다. 그는 경술국치를 당하자 만주·연해주와 중국 동북삼선을 떠돌면서 국권 회복의 길을 모색하고 있었다. 그의 이러한 사정은 「죽다가 살아난 이야기」, 「시베리아 거쳐 서울」 등에 나타난다.[26] 만해가 다시 고국 땅에 돌아온 것은 1911년이다. 그리고 이해 벽두부터 그는 일제와 이회광 일파의 음모를 분쇄하기 위해 결연히 일어섰다. 그는 반한영·진진응·김종래·장금봉 등의 동지를 규합하여 송광사에서 승려 대회를 개최했다. 이 자리에서 한국 불교의 맥맥한 전통이 주장되었고, 일본 불교에 한국 불교를 매도하려고 한 이회광이 종문난적(宗門亂賊)으로 지적되었다. 이때 이회광이 주재한 임제종의 주도권이 선암사의 김경운과 만해 쪽으로 넘어왔다. 뿐만 아니라 이 궐기 대회는 다음 해의 범어사 궐기 대회로 이어져, 서슬 푸른 일제의 한국 불교 말살 정책이 더 이상 힘을 쓰지 못하게 되었다.[27]

한용운의 불교를 통한 민족 운동 의지는 조동종 사건 이후에도 그

---

25) 趙宗玄, 「불교인으로서의 萬海」, 『한용운 전집』(2), pp.15~16.
26) 『한용운 전집』(1), 수상, 논설부분.
27) 인권환·박노준, 앞의 책, pp.71~72.

불씨가 사그라지지 않았다. 만해는 한때 항일, 주권 회복을 기조로 한 불교청년회의 결성에 관계했다. 이어 그는 불교청년회의 확대, 개편 조직인 불교유신회의 결성에도 주동적 역할을 맡았다. 이들 단체의 성격은 1937년에 일경에 적발된 卍당 사건을 통해서 단적으로 드러난다. 본래 卍당은 불교 계통으로 이루어진 민족 해방 투쟁 조직으로 이 조직의 실질적 중심은 한용운이었다.[28] 이런 사실은 한용운의 정신을 지배한 또 하나의 사상으로서 민족주의가 있음을 감안할 때, 그 성격이 더욱 선명해진다. 즉 한용운의 불교 사상은 단순하게 극락왕생·중생제도의 관념적 차원에 그치지 않았음을 의미한다. 그의 종교 철학은 항상 나라·겨레의 현실적 여건에 밀착된 실천성도(實踐成道)의 성격을 띠고 있었던 것이다.

3) 개혁론의 기치

불교와 한용운의 상관관계를 살피는 자리에서 가장 뚜렷한 줄기를 이루며 나타나는 것은 전통의 묵수에 만족하지 못한 개혁, 새 차원 개척을 시도한 궤적이다. 한용운의 시대에 이르기까지 한국 불교가 오랜 전통 높은 정신적 차원을 구축한 점은 아무도 부정하지 못하는 사실이다. 그럼에도 당시 한국 불교계는 오랜 역사를 거친 나머지 일종의 타성 또는 정체의 그림자를 거느리게 되었다. 그 지양·극복은 그리하여 한용운의 세대가 담당해야 할 피할 길이 없는 과제로 대두되었다. 그와 아울러 제기된 과제는 한국 불교의 주체성 확보였다. 일제가 세계 역사상 유례가 없을 정도로 간악한 식민지 경영자였음은 달리 군말이 필요하지 않다. 그들은 한민족의 영구한 지배가 넋 또는 정신을

빼앗아 없애는 일로 가능하다는 사실을 알고 있었다. 일제는 그 방편으로 종교 탄압을 자행했다. 그런 맥락에서 그들은 한국 불교의 말살을 기도했다. 이에 대해서 만해 한용운은 이미 지적된 바와 같이 민족주의의 입장에서 그들과 맞섰다. 그와 함께, 한국 불교의 체질 개선도 시도하였다. 바로 그 전략으로 나타난 것이 그의 교단과 신앙생활의 체질 개선을 전제로 한 불교혁신론이었다.

한용운의 불교 혁신 시도가 구체적인 표현 형태로 나타난 것은 1909년부터다. 이때부터 한용운은 한국 불교를 시대와 상황, 산 인간 속에 살아 꿈틀대는 정신의 불기둥이 되게 하려고 하였다. 그 구체적 보기가 되는 것이 1910년에 탈고하여 1913년 불교서관에서 간행한『불교유신론(佛敎維新論)』이다. 이 책의 제작 의도는 그 허두에 실린 한용운의 말을 통해 잘 나타난다. "나는 일찍이 우리 불교를 유신하는 문제에 뜻을 두어 얼마간 가슴속에 성산(成算)을 지니고 있었다. 다만 일이 뜻같지 않아 당장 세상에서 실천에 옮길 수 없는 실정이었다. 그래서 시험 삼아 한 무형의 불교의 세계를 자질구레한 글 속에 나타냄으로써 스스로 쓸쓸함을 달래고자 한 것뿐이다."29) 구체적으로 이 책은 서문과 서론 그리고 논불교지성질(論佛敎之性質), 논불교지주의(論佛敎之主義) 등 모두 17장으로 되어 있다. 여기서 만해는 그 나름대로 중생제도의 길을 구체적으로 밝히고 있다.

『불교유신론』을 통해 만해는 불교의 교리와 철학을 되새길 것을 요구하고 있다. 이 책에서 만해는 불교가 중생의 큰 슬기·어진 마음을 일깨워 미망에서 헤어나게 하는 데 궁극의 목표가 있다고 설파했다. 그리고 큰 목표는 산중에서 일부 승려가 고고한 목소리로 독경과 선

---

29) 李元燮 역, 「서문」, 『한용운 전집』(2), p.33. 余嘗有志乎維新佛敎, 稍有成算於胸中者, 但事不從心, 未能遽行於世, 試說一無形之佛敎新世界於區區文字之間, 自慰寂寞耳.

정 삼매를 일삼지 않는 데 있다고도 하였다.

> 조선에서 소위 염불이라 하는 것은 부처님을 부르는 것일지언정 부처님을 염하는 것이라고 볼 수 없다. 아미타불이 과연 극락정토에만 계실까. 만일 그렇다면 서쪽으로 십만억이나 되는 국토를 지나 한 나라가 있되, 그 이름을 극락이라 했으니 어찌 그리도 먼 것이랴.[30]

> 절이 산간에 있을 때 어떤 일이 일어나는가. 먼저 진보 사상이 없어질 것이다. (…중략…) 다음으로는 모험 사상이 없다는 것을 지적할 수 있다. (…중략…) 다음으로는 구세의 사상이 없음을 들 수 있다. (…중략…) 다음으로는 경쟁하는 사상이 없음을 들 수 있다. (…중략…) 절이 궁벽한 산중 그윽한 골짜기에 거처하여 천지가 비록 깨친다 해도 알지도 못하고 지나가는 형편이었다. 그러기에 종교에 대적하는 북과 피리소리가 땅을 진동하건만 불교는 싸움은 고사하고 종을 울려도 패잔병이나마 거두지 못하고 종교의 진루에 세운 기치가 숲과도 같건만 불교는 항기나마 세울 힘이 없는 실정에 있다.[31]

여기 나타나는 바와 같이 불교 개혁에 대한 한용운의 생각은 매우 단호하면서 과격하기까지 하다. 또한 같은 책 다른 자리에서 그는 여러 곳에 불교 교리 자체에 대해서도 의문을 제기하는 입장을 취했다. 사람에 따라서는 그의 이런 화법을 오해하여 혹 만해의 불교에 대한 신심 자체를 의심하는 이가 있을지 모르겠다. 그러나 그의 불교에 대한 믿음은 당대의 그 누구보다 강한 것이었다. 이제 우리는 그 증거로 1924년 그가 말한 한 구절을 들어볼 수 있을 것이다. 어느 잡지사의 물음에 답하는 자리에서 그는 "나는 불교를 믿습니다. 아주 일심(一心)으로서 불교를 지지합니다"[32]라고 말했다. 뿐만 아니라 이 자리에서

---

30) 위의 책, p.56.
31) 위의 책, p.64~68.
32) 한용운, 「내가 믿는 불교」, 『개벽』,(1924. 3), pp.32~33.

한용운은 그가 믿는 불교를 세 가지로 간추려 이야기한 바 있다. 그 하나는 ① 불교의 교지가 평등하다는 것이며, 이어 ② 불교가 자신적 (自信的)이라는 것, 또한 ③ 불교는 유심·유물의 차원을 초극한 것이라는 주장이다. 여기서 불교평등설은 바로 불교유신론의 근간에 해당된다. 또한 자신적이라는 것 역시 유신론의 중요 골자다. 이렇게 보면 한용운의 불교 개혁 시도는 바로 그 교리에 철저한 나머지 쓰인 글이다.

4. 또 하나의 자극 계열, R. 타골과 만해

한용운 시의 형성을 설명할 소인들은 시인의 모국어 구사와 그 연장 선상에서 작용한 동아시아 문화권의 전통에만 국한되지 않는다. 그 가운데는 명백하게 국경선을 넘어서 수용된 해외 문학의 영향으로 잡히는 요소들이 있다. 이런 경우 우리에게 매우 뚜렷한 보기가 되는 것이 인도의 시인 R. 타골이다. 『님의 침묵』에 실린 작품 가운데 이 갈래에 드는 작품으로는 「타골의 詩 GARDENISTO를 읽고」와 함께 「독자에게」가 있다. 여기서 'GARDENISTO'로 표기된 것은 타골의 시가 아니라 그의 시집의 이름이다. 즉 타골의 시집 『원정(園丁)』으로 영역판의 이름은 'The Gardener'이다. 만해가 이 시집을 'GARDENISTO'로 표기한 것은 김억이 그의 번역시집 머리에 'Rabindranath Tagore, La Gardenisto'라고 에스페란토를 이용했기 때문이다.[33]

김억의 번역으로 된 타골의 『원정』이 우리에게 소개된 것은 1924년 회동서관을 통해서였다. 이 기간은 『님의 침묵』이 간행되기 두 해 전이다. 이런 시간상의 간격은 한용운이 그것을 읽고 수용하기에 충분한

---

33) 이에 대한 자세한 것은 김용직, 『한국현대시연구』(일지사, 1974) p.138 참조

상거가 있었음을 뜻한다. 이와 아울러 한용운의 시와 타골의 『원정』
사이의 상관관계는 『님의 침묵』의 마지막 작품을 검토하면 더욱 선명
한 선으로 드러난다. 『원정』의 마지막 작품도 다음과 같이 독자를 향
한 노래다.

> 讀者여, 이로부터 몃 百年 뒤에 나의 詩를 닑을 그대들은 누구십닛가?
> 나는 그들에게 봄철의 財産에서 쏫 한 송이를 드리지 못했습니다.
> 그리고 저 구름 속에서 한 줄기의 黃金을 드리지도 못했습니다.
> 그대들의 門을 여러 노코 먼 곳을 보십시오
> 그대들의 쏫핀 동산에서 百年前에 그러진 쏫들의 香氣롭은 記憶을
> 모하 봅시오
> 그대들의 맘의 즐겁음에 그대들은, 엇던 봄날 아츰에,
> 몃 百年의 세월을 거쳐서 즐겁은 노래를 보내면서,
> 노래한 사람이 잇는 깃븜을 늣기게 될넌지 모르겠습니다.34)

한용운과 R. 타골의 작품을 대비해 보면 두 작품 사이에는 의미 맥
락상의 거리가 전혀 없지는 않다. 위에서 나타나는 바와 같이 타골은
100년 뒤에 오히려 그의 시의 독자를 기대하는 오기를 가지고 있다.
그에 반해서 만해의 「독자에게」에는 "여러분이 나의 시(詩)를 읽을 째
에 나를 슯허하고 스스로 슯허할 줄을 압니다. 나는 나의 시(詩)를 독
자(讀者)의 자손(子孫)에게까지 읽히고 십흔 마음은 업습니다"라는 부분
이 포함되어 있다.35)

그러나 여기 읽을 수 있는 두 시인이 작품 내용이 끝내 합치점을
발견할 수가 없는 것은 아니다. E. 톰슨에 의하면 어려서부터 시작 이
외의 어떤 다른 일에도 뜻이 없었던 W. 워즈워드에 있어서처럼 타골

----

34) 김억 역, 『원정』(회동서관, 1924), p.158.
35) 한용운, 『님의 침묵』, p.168.

역시 유년 시절부터 정상적인 학교 교육을 단념해 버리지 않으면 안될 정도로 시에 전념한 일면이 있었다는 것이다.[36] 하지만 그렇다고 그가 인생의 궁극적 목표를 시에 둔 적은 한 번도 없었다. 일찍 타골이 궁극적으로 지향한 것은 인공을 떠나 자연과 일치된 삶을 사는 일이었다. 그것을 그는 '생(生)의 실현'이라고 믿었다. 그와 아울러 그는 생을 실현하는 길을 브라마를 터득하는 것으로 믿었다. 그리고 예술과 시는 그 종속 형태에 지나지 않는다고 보았다. 만해의 경우와 아주 같이 결국 타골도 인생의 종국적 목표를 시에 두지 않았다.

뿐만 아니라 여기서 더욱 고무적인 사실은 만해의 시에 타골의 것과 아주 흡사한 이미지가 제시되고 있다는 점이다. 타골이 그의 시를 '슬어진 꽃들이 향기롭은 기억을 모으는 것'에 비유하고 있는데 대해 만해가 그것을 '마른 국화(菊花)를 비벼서 코에 대이는 것'으로 나타내고 있다. 언제나 시작에서 가장 핵심적 과제가 되어 온 것은 이미지를 제시하는 수법일 것이다. 타골와 만해는 위의 작품에서 첫째 시적 상관물로 꽃을 빌어 쓴 점에서 공통분모를 가지고 있으며, 그 이미지를 향기로 제시한 점에서 두 번째 공통분모를 가진다.

이제까지 조사된 바에 따르면 만해와 타골의 시로 대비가 가능한 작품은 한 둘에 그치지 않는다. 다음에 그 제목들을 제시해 둔다.[37]

(1) 가지마서요	……………	『園丁』㉞
(2) 알ㅅ수 업서요	……………	『園丁』㊼
(3) 藝術家	……………	『園丁』㊴
(4) 自由貞操	……………	『新月』, 審判官
(5) 나의 노래	……………	『新月』, 나의 노래

---

36) Edward Thompson, *Rabindranath Tagore. Poet and Dramatist*(London, 1926), p.20.
37) 김용직, 『한국 현대시 연구』, pp.144~145 참조

(6) 服從	……………	『新月』, 審判官
(7) 어데라도	……………	『新月』, 마즈막, 『採果集』④
(8) 나의 꿈	……………	『新月』, 마즈막, 샴백꽃
(9) 오서요	……………	『園丁』⑫

　　한용운이 남긴 타골 수용 시도는 시에만 국한되지 않았다. 3·1 운동 전에 주재하여 발간한 『유심』지에 한용운은 타골의 「생의 실현」을 번역, 소개했다. 여기서 특히 주목되는 것이 타골의 이름 위에 '인도의 철학자'라고 표시가 되어 있는 점이다.[38] 이것은 한용운이 타골을 시인으로서만 생각하지 않은 단적 증거가 될 것이다. 두 시인은 적어도 인도의 원시 종교인 브라만주의의 흐름을 이은 점에서 공통분모를 가진다. 『님의 침묵』의 기능적인 이해를 위해서는 이런 사실에도 우리 나름의 배려가 있어야 할 것임은 말할 것도 없는 일이다.

---

38) 『惟心』(1)(1918. 9), p.47.

Ⅱ. 서정과 역사적 상황

— 김소월론

1. 부드럽고 따뜻한 마음의 세계

김소월(金素月)의 시에는 놀라울 정도로 부드러운 가락과 울림이 좋은 목소리가 담겨 있다. 그의 작품에는 어두운 산마을에 퍼지는 접동새의 울음이나 반디가 나는 밤의 시냇물의 그것과 같은 울림이 난다. 솔직히 그의 시가 벌판을 휩쓸고 바다조차 뒤덮을 정도의 기백이나 오기에 찬 것은 아니다. 김소월의 작품 세계는 시대 상황을 바꾸어내고 역사의 한 장에 새 국면을 타개하려는 의욕과 정열로 차 있지는 않다. 그러나 소월의 시 곳곳에는 인간의 원형질 가운데 하나인 부드럽고 따뜻한 눈길이 있고 그 갈피갈피에는 우리를 감싸주는 인정이 있다. 많은 그의 시에는 우리가 일상생활에서 흔하게 품는 마음의 물결이 호수처럼 일렁인다. 그것을 소월은 그 나름의 말과 좋은 의미의 정감으로 빚어내기에 성공했다. 우리가 소월을 읽으면 옛집 안채 아랫목에 팔베개를 하고 누운 편안함을 맛볼 수 있다. 소월의 시는 그리하여 우리에게 논리 이전의 실체가 되며 법식과 절차를 거치지 않고도 누릴 수 있는 즐거움이며 위안이다.

2. 형태적 특성

연보를 통해서 드러나는 바와 같이 소월이 우리 시단에 등장, 활약한 시기는 지난 세기의 20년대 초두였다. 1920년 3월에 나온 『창조(創造)』 3호에 그는 「낭인(浪人)의 봄」 등 다섯 편의 시를 발표했다. 그 다음 해와 다음 해에 소월은 「먼 후일」, 「풀따기」, 「금잔디」 등 서정소곡들을 잇달아 발표했는데 당시 그는 스무 살을 갓 넘긴 나이였다. 그러나 그 작품의 질을 살펴볼 때 이미 소월은 우리 시단에서 움직일 수 없는 자리를 차지했다.

두루 알려진 것처럼 소월이 주로 쓴 것은 짧고 간결한 형태를 가진 서정시였다. 서정시는 서사시와 달라 말을 극도로 아껴 써야 하는 양식이다. 짧은 가운데 서사시에 비견될 만한 내용을 지니기 위해서, 서정시는 가능한 한 이질적 요소들을 한 문맥 속에 엮어 작품을 만들어야 한다. 그것으로 확보가 가능한 비약과 복합성이 현대 서정시의 요체가 되는 것이다. 그러나 소월은 때로 이런 교의에 어긋나는 시를 썼다. 이런 보기로 들 수 있는 것이 「먼 후일」이다. 이 작품에서 소월은 '니젓노라'와 같이 꼭 같은 말을 2행 4연의 시에서 네 번이나 되풀이했다. 형식도 단순한 편이어서 여덟 줄인 3·3·4조가 되게 했다. 형식 논리로 보면 이 시가 근대성을 성공적으로 확보할 확률은 낙타가 바늘구멍을 통과하는 것과 맞먹을 정도였다. 그러나 소월은 작시법의 이와 같은 금기를 넘어서 이 작품을 우리 근대시의 한 표준이 되게 했다. 이 기적과 같은 일의 열쇠가 되고 있는 것이 그의 시적 전략이다. 1연에서 3연까지 이 시는 진술의 차원에서 말을 썼다. 화자는 살뜰하게 그리는 사람을 기다린다. 그러면서 그는 흔히 사람들이 말하는 사랑의 영구불변성을 믿지 못한다. 상대방의 말을 믿고 싶지만 믿지 못하는 화자는 그래서 그 심정과는 반대가 되는 '니젔노라'를 되풀이한다. 그는 먼 훗날에도 그럴 수밖에 없음을 잘 안다. 그럼에도 "먼 훗날 그 째에 니젔노라"라고 한다. 지금 못 잊는 사람에 대한 화자의 사념(思念)이 더욱 강조되는 것이다. 이것은 이 작품이 표층 구조와 다른 저층 구조의 의미 맥락을 가졌음을 뜻한다. 이른바 현대시론이 말하는 역설이 완벽한 형태로 이루어진 것이다.

본래 서정시는 개인의 감정을 바탕으로 하는 양식이다. 개인의 감정을 바탕으로 한 것이기 때문에 서정시는 안이하게 접근하면 사적인 세계를 토막글로 써놓은 것이 될 가능성이 있다. 그것을 우리는 넋두리의 차원이라고 한다. 서정시가 넋두리의 차원을 넘어서기 위해서는 꼭 하나의 선행시켜야 할 요건이 있다. 그것이 작품을 밑받침할 기법이며 전략이다. 「먼 후일」을 통해 우리는 소월이 그런 시의 전략을 터득하였음을 본다. 이것만으로도 우리는 소월의 시가 우리 시사에서 차지하는 위치를 가늠할 수 있을 것이다.

3. 「접동새」의 울림

소월 시의 또 다른 자격을 이루는 것이 우리말의 맛과 결을 잘 살려 쓴 점이다. 널리 알려진 대로 한국어에는 자음과 모음의 양이 매우 풍성하다. 자음에서 'ㄱ'계의 음에는 'ㄲ'이 있고, 'ㄱ'와 함께 기음(氣音)이지만 'ㅋ'도 있다. 다른 유형의 경우로는 'ㅈ'와 함께 'ㅉ, ㅊ'이 있다. 이와 동시에 한국어에는 'ㅏ'유형에 속하는 것으로 '애, 얘' 등의 모음이 있다. 그리고 그에 대가 되는 것에 '어, 에, 예, 으, 의' 등이 있다. 이런 자음과 모음의 순열 조합을 통해 한국어가 빚어낼 수 있는 음성 상징의 효과는 매우 다양하다. 물소리의 경우만 보아도 우리는 졸졸, 쫄쫄, 쭐쭐, 쫄쫄, 찔찔, 잴잴, 쩔쩔, 쩰쩰 등 다양한 표현을 할 수 있는 것이다.

이와 함께 한국어의 또 다른 특징 가운데 하나가 다양한 곡용(曲用)과 활용어미(活用語尾)를 가진 점이다. 구체적으로 우리말의 단순 종결어미의 하나로 '—다', '—이다'가 있다. 그 접속 형태는 '—이고', '—이며', '—이니', '—이어서', '—이어도' 등이다. 일상적인 차원에서 이들을 구별해서 쓰는 것은 매우 번거로운 일이다. 그러나 이런 격조사와 어미가 문학 작품에 기능적으로 사용되는 경우 작품의 음성 구조는 매우 다양해진다. 소월이 등장 초기부터 이런 한국어의 속성을 잘 인식하고 있었을까는 의문이다. 당시는 아직 음성구조론이 일반화되기 전이었다. 그러나 김소월은 천성의 시인이었다. 특히 한국어의 자음, 모음을 이용한 시의 가락 빚어내기에 그는 일찍부터 놀라운 솜씨를 보여주었다. 이런 경우의 좋은 보기가 되는 것이 그가 배재고보를 다닐 때 쓴 「접동새」이다.

접동
접동
아우래비 접동

진두강(津頭江) 가람가에 살든 누나는

진두강(津頭江) 앞 마을에
와서 웁니다.

옛날 우리나라
먼 뒤쪽의
진두강(津頭江) 가람가에 살든 누나는
이붓어미 싀샘에 죽었습니다.

누나라고 불러보랴
오오 불설워
싀새움에 몸이 죽은 우리 누나는
죽어서 접동새가 되었습니다.

아웁이나 남아 되는 오랩동생을
죽어서도 못니저 참아 못니저
야삼경(夜三更) 남 다 자는 밤이 깊으면
이 산(山) 저 산(山) 울마가며 슬피웁니다.

ㅡ「접동새」 전문

얼핏 보아도 나타나는 바와 같이 이 작품의 무대 배경이 된 것은 강 마을의 밤이다. 여름철을 맞이한 그 강 마을 어두운 숲 속에서 접동새 울음소리가 들린다. 그 울음을 소월은 우리 민담, 전설의 하나에 등장하는 박행(薄幸)하여 어려서 어머니를 잃고 계모 밑에서 자란 소녀상과 일치시켰다. 그런 경우의 정석으로 소녀는 계모의 모진 학대를 받으며 얼마를 살다가 피붙이인 남자형제들을 둔 채 숨져 버린다. 그런 소녀의 일생에 접동새의 심상을 접합시킨 것이 소월의 이 작품이다. 따라서 이 작품의 접동새는 단순하게 구성진 울음을 우는 새가 아니다. 다소간 어둑한 옛이야기의 그림자를 곁들인 접동새는 소월만이 가지는 세계의 그것이다. 이런 배경 설화를 거느린 접동새의 노래를 김소월은 '접동/ 접동'으로 시작하고 있다. 이 말은 첫 음절에 입을 닫게 하는 'ㅂ'을 그리고 다음 음절에서 울림이 좋은 'ㅇ'을 사용했다. 그것으로 두 음절 한 단어로 된 의성어의 울림이 매우 독특하게 이루어진다.

그에 이어 '아우래비'가 쓰인 것이 더욱 주목된다. 여기서 아우래비는 '아홉'과 '오빠', '동생' 세 말의 합성어다. 김소월이 이 말을 쓰기까지 우리 주변에서 '아우=동생'이었고 '오래비=오빠'였다(우리 고어에서 '아우래비'는 동생으로 쓰인 예도 나타난다(『두시언해』). 그러나 최근까지 경상도 북부지방에서 이 말은 오빠를 뜻했다.) 그렇다면 '아우래비'는 일단 '아우+오빠'의 합성어가 된다. 소월이 무엇 때문에 이런 조어를 썼을까가 문제다. 호음조(好音調)로 이루어진 이 말은 동시에 부합적 의미를 갖는다. 이것은 소월이 그의 시를 위해 유별나게 의미와 음악적 효과에 신경을 쓴 증거다.

이에 못지않게 주목되는 것이 '접동/ 접동'이다. '접동, 접동'만으로는 음성 구조가 있을 뿐이다. 그 위에 아홉 오빠와 동생을 못 잊어 하는 한 소녀의 정한을 저며 넣기 위해 '아우래비'라는 신조어를 만들었다. 음성 구조상 이 부분은 거의 완벽한 유포니의 형태가 되어 있다. 그와 동시에 이 말에는 한국 민담의 하나인 계모 학대라는 설화적 배경도 내포되어 있다. 거기에 '접동/ 접동'이 습합 상태가 되면서 이 시는 허두에서부터 독특한 음성+의미 구조의 복합체를 이루었다. 본래 좋은 시란 의미 구조만이 독주하는 형태도 아니며 음성 구조만이 살아있는 경우도 아니다. 그 지양 극복을 통한 두 요소의 구조화, 상승작용을 통해서만 훌륭한 서정시가 이루어진다. 여기서 우리는 「접동새」가 1923년도라는 한국 현대시의 초창기에 쓰인 작품임을 다시 명심할 필요가 있다. 김소월은 이 시기에 이처럼 비범한 기법 내지 전략을 구사해낸 시인이었다.

4. 민족적 절규와 시적 진실

시집 『진달래꽃』이 나오자 소월의 시는 모든 사람이 애송하는 작품집이 되었다. 「진달래꽃」이나 「먼 후일」, 「예전엔 미처 몰랐어요」, 「엄마야 누나야」, 「초혼(招魂)」 등의 시는 여러 한국 사화집의 허두를 장식하게 되었고 초등학교와 중고등학교의 교과서에도 올랐다. 넓은 독자층을 가지며 많은 사람의 심금을 울려온 점에서 김소월의 오른쪽에 나설 시인은 한국 시단에 없었다. 어느 의미에서 그에게는 국민시인의 칭예가 마땅하다고 생각될 정도였다. 그런데 이런 경우 우리에게 꼭 하나 아쉽게 생각되는 부분이 떠오른다. 소월이 등장 활약한 시기는 일제 치하(日帝治下)였다. 일제는 우리 주권을 침탈한 다음 곧 우리 민족 전체의 말살을 기도했다. 한 시인이 이런 식민지적 상황에 대한 대응의 단면이 검출되지 않는다면 그는 진정한 의미에서 국민시인의 자리에 오를 수가 없다. 민족 전체가 멸망의 구렁텅이에 몰린 상황에서 그것을 외면한 채 한가롭게 저 혼자 즐기는 노래를 만든 것이라면 그는 끝내 좁은 테두리에 머문 감상주의자에 그칠 것이다.

제기된 문제를 풀기 위해 우리는 김소월의 대표작 가운데서 「왕십리(往十里)」, 「산(山)」, 「삭주구성(朔州龜城)」 등과 함께 「초혼」을 주목해야 한다. 「왕십리」는 비가 오는 날의 서울지역 한 고장을 무대 배경으로 한 작품이다. 이 작품은 둘째 연에서 그곳을 "초하루 삭망(朔望)이면 간다고 했지"와 같이 정신화시키고 있다. 그리고 마지막을 "천안(天安)에 삼거리 실버들도/ 촉촉히 젖어서 늘어졌다네/ 비가 와도 한 닷새

왔으면 좋지/ 구름도 산(山)마루에 걸려서 운다"로 막음하였다. 이것은 화자의 눈길이 왕십리에 바탕을 둔 가운데 그곳에서 끝나지 않았음을 뜻한다. 그 예증이 되는 것이 '천안의 삼거리'이다. 여기서 소월이 천안 삼거리를 가리켜 "구름도 산마루에 걸려서 운다"라고 한 것은 빡빡하게 셈쳐도 식민지 상황에 대한 의식이다.

이와 꼭 같은 이야기가 「산」이나 「삭주구성」의 경우에도 가능하다. 「산」의 셋째 연은 "불귀(不歸) 불귀(不歸) 다시 불귀(不歸)/ 삼수갑산(三水甲山)에 다시 불귀(不歸)/ 사나이 속이라 잊으련만/ 십오년(十五年) 정분을 못 잊겠네"로 되어 있다. 한반도에서 삼수(三水)나 갑산(甲山)은 궁벽한 산골을 대표한다. 화자는 그곳을 벗어나고자 하지만 동시에 끝내 벗어나지 못할 정도의 강한 미련을 지니고 있다. 이것은 일제의 식민지적 질곡 속에서도 떨쳐 버리지 못하는 향토의식이며 국토 산하에 대한 집착의 변형이다. 이것으로 이들 작품은 사적인 차원을 넘어서 좁은 의미의 정서를 벗어나 있는 민족적 정감을 담고자 한 시도의 결과가 된다.

「산」이 화자의 귀소의식과 나아가 국토에 대한 애착을 집약시킨 것이라면 「삭주구성」은 그것의 공간적인 전이판이라고 할 수 있다. 김소월의 출생지는 정주(定州)로 되어 있다. 삭주구성은 한때 그가 동아일보 지국을 경영한 곳이다. 정주의 남산리가 그런 것처럼 이곳 역시 김소월에게는 자신이 숨 쉬고 땀 흘려 일한 곳이다. 그런 구성(龜城)을 이 작품은 "물로 사흘 배 사흘/ 먼 삼천리(三千里)"로 시작했다. 여기서 삼천리는 우리 강토의 길이 또는 넓이를 뜻하는 기호이다. 그것으로 소월은 구성을 우리 강토와 일체화시킨 것이다. 그런데 그 삭주구성은 꿈결에서만 갈 수 있는 곳이며 구름만이 이를 수 있는 곳이다. 이것은 김소월의 의식 속에 우리 겨레가 쇠창살에 갇힌 죄수 꼴이었음을 뜻한다. 이런 의미에서 이 작품도 일제가 우리 민족에 강요한 식민지적 질곡을 은연 중 내포하고 있는 것이다.

소월의 시와 시대의식의 상관관계를 살피려는 경우의 우리에게 가장 듬직한 부피로 다가서는 것이 「초혼」이다. 이 작품을 경계선에 세우면 김소월의 시는 크게 두 유형으로 구분될 수 있다. 하나는 「진달래꽃」, 「먼 후일」, 「예전엔 미처 몰랐어요」, 「가는 길」, 「산유화」 등이다. 이들 작품은 순수 서정에 치중한 민요조의 시로 그 말씨가 부드럽고 고운 가락에 면면한 정을 편 것들이다. 그 마음 바탕이 공적인 편이라기보다 사적(私的)인 차원에 머문 것도 이들 시의 한 특징이다. 그리고 다른 또 하나의 유형에 속하는 것이 「제이. 엠. 에쓰에게」나 「밭고랑 우헤서」와 「바라건데는 우리에게 우리의 보섭대일 땅이 있었다면」 등이다. 이들 일련의 작품은 그 말씨가 투박한 쪽이다. 그 형태도 정형률에 바탕을 둔 민요시와 다르다. 대부분의 행들이 산문에 가까운 형태를 취한 가운데 질박한 느낌을 주는 말씨로 생각을 펴고 있다. 「초혼」은 이들 두 유형 시들의 경계선에 위치하면서 소월의 시가 가지는 문학사적 의의를 확인하도록 만드는 작품이다. 우선 이 시는 단순 애정시와는 다르게 식민지 상황에 대한 정감이 짙게 포함되어 있다.

산산이 부서진 이름이여!
虛空中에 헤어진 이름이여!
불러도 主人없는 이름이여!
부르다가 내가 죽을 이름이여!

心中에 남아 있는 말 한 마디는
끝끝내 마저 하지 못하였구나.
사랑하던 그 사람이여!
사랑하던 그 사람이여!

붉은 해는 西山마루에 걸리었다.
사슴이의 무리도 슬피 운다.
떨어져 나가 앉은 山 우에서
나는 그대의 이름을 부르노라.

설음에 겹도록 부르노라.
설음에 겹도록 부르노라.
부르는 소리는 빗겨가지만
하늘과 땅 사이가 너무 넓구나.

선 채로 이 자리에 돌이 되어도
부르다가 내가 죽을 이름이여!
사랑하던 그 사람이여!
사랑하던 그 사람이여!

— 「초혼」 전문

그동안 우리 주변에서 이 시는 소월의 여러 애정시 가운데 하나로 분류되어 왔다. 이 작품에서 화자가 애타게 부르고 있는 '사랑하던 그 사람'을 이성의 애인으로 본 것이다. 이 작품의 화자는 이제 그의 곁을 떠난 그 누구를 절절한 그리움과 함께 부른다. 그가 이성이라는 것은 그것이 공적 차원에 이르지 못하고 사적 차원에 그쳤음을 뜻한다. 사적 차원에서 목메어 부를 대상으로는 이성, 곧 애인이 제격이다. 「초혼」에 대한 이런 해석은 일방적인 것으로 우리로 하여금 속단의 느낌을 갖게 만든다. 어떤 작품의 기능적인 해독을 위해서 우리는 유관성을 가지는 모든 정보 자료를 수집 검토할 필요가 있다. 「초혼」의 경우 이런 원칙은 우리에게 소월이 시도한 두보(杜甫)의 번역을 검토할 필요와 맞서게 한다. 1926년 3월호 『조선문단』에는 「봄」이란 제목으로 된

소월의 「춘망(春望)」 번역이 있다.

　　　이 나라 이 나라는 부서젓는데
　　　이 山川 엿태 山川은 남어 있드냐.
　　　봄은 왔다하건만
　　　풀과 나무뿐이어

　　　오! 설업다. 이를 두고 봄이냐.
　　　치어라 꽃닢에도 눈물뿐 훗트며
　　　새무리는 지저귀며 울지만
　　　쉬어라 이 두근거리는 가슴아

　　　못보느냐 밝핫케 솟구는 봉숫물이

　　　끝끝내 그 무엇을 태우랴함이료
　　　그립어라 내집은 하늘 밖에 잇나니

　　　애달프다 긁어 쥐어 뜯어서
　　　다시금 떨어졌다고
　　　다만 이 희끗희끗한 머리칼뿐
　　　인제는 빗질할 것도 업구나

— 김소월 역, 「봄」

　두보의 「춘망(春望)」은 본래 철저하게 외형률을 지키고 있는 오언율시(五言律詩)다. 통상 율시는 3·4행과 5·6행을 철저하게 대(對)가 되도록 만들어야 한다. 그와 달리 이 유형에 속하는 시는 처음 두 줄과 마지막 두 줄에서 자수와 평측(平仄)만을 지키면 된다. 그런데 이 시에서 두보는 그것조차 뛰어넘어 "국파산하재(國破山河在)/ 성춘초목심(城春草木深)"과 같이 첫 두 줄을 철저한 병치 형태로 만들었다. 김소월은 이 작품을 매우 심하게 의역으로 옮겨 놓았다. 두 행으로 그칠 수 있는 허두 부분을 네 줄로 옮긴 것부터가 그 정도를 말해 준다. 뿐만 아니라 "감시화전루(感時花濺淚)/ 한별조경심(恨別鳥驚心)"의 번역에는 상당히 대담한 파격이 시도되어 있다. 역시에서 원시의 두 줄 뜻을 살린 것은 2행과 3행, 곧 "꽃닢에도 눈물뿐 홋트며/ 새무리는 지저귀며 울지만" 정도다. 그 앞뒤에 붙은 "오! 설업다. 이를 두고 봄이냐"나 "쉬어라 이 두근거리는 가슴아"는 '감시(感時)'나 '한별(恨別)'의 의역 형태에서 빚어진 것이다.

한마디로 소월은 두보의 작품을 거의 자의에 가깝게 개작한 셈이다. 그러면서 이 작품은 끝내 번역의 테두리에 둘 수밖에 없는 단면도 지닌다. 소월은 이를 번역하면서 원시의 의미 내용이나 형태에 충실하지는 않았다. 그러나 소월은 그 의미 맥락과 거기서 빚어지는 원작의 어조와 어세를 최대한 살리고자 했다. 본래 「춘망」은 난리로 깨어진 나라, 그 처절한 상황 속에서도 어김없이 찾아온 계절과 그런 세월을 살아가야 할 화자의 심경을 가락에 실은 작품이다. 그 어조가 강개겨운 것이 특히 인상적이다. 심하게 원형을 뒷전으로 돌린 채 김소월은 이런 「춘망」의 어세와 가락만을 확대시켜 그의 역시를 만들었다. 깨어진 나라에 대한 감정을 표출하는 데 역점을 둔 점이 그것을 말해 준다.

김소월의 「초혼」과 「춘망」의 연계 가능성은 식민지 체제하에 직면한 우리 시인들의 의식 세계를 감안하면 매우 뚜렷한 선을 긋고 나타난다. 앞에서 우리는 「춘망」의 어조가 비통하며 그 어세가 비분강개한 것임을 지적했다. 일제에 의해 우리 주권이 침탈당했을 때 우리 시인 가운데는 이런 어조의 작품을 남긴 예가 적지 않았다. 이상화(李相和)의 「빼앗긴 들에도 봄은 오는가」는 우리에게 그 좋은 보기가 된다. 널리 알려진 대로 그 허두는 "지금은 남의 땅 빼앗긴 들에도 봄은 오는가"

로 시작한다. 이것은 그대로 '국파산하재'에 대비되는 부분이다. 동시에 그 어세는 김소월이 남긴 역시의 허두와 아주 비슷하다. 여기서 다시 주목되어야 할 것이 「초혼」의 어세며 어조다. 비분강개의 감정을 고조된 목소리로 노래한 점에서 「초혼」은 그 정도가 그의 「춘망」 번역을 능가하고도 남는다. 이 비감에 가득한 목소리가 '국파산하재'의 허두와 대비되는 점도 다시 기억되어야 한다. 김소월의 「초혼」은 그 어세로 보아 「춘망」과 의식 세계를 공유한 작품이다. 그렇다면 여기서 '사랑하던 그 사람'이 애정의 범주에 그치는 이성일 리는 없다. 따라서 그것을 국가, 민족의 의인 형태로 해석하는 일이 가능해질 것이다.

이제 우리는 필요로 하는 논리의 밑받침을 얻었다. 그리하여 김소월의 「초혼」에서 님이 사적인 차원에 그친 것이 아니라 그 어조로 하여 역사, 현실, 민족적 감정을 내포한 것임을 알게 되었다. 이 작품이 전체 소월시의 길목에 위치하는 점을 우리가 잊어서는 안 된다. 「진달래꽃」으로 대표되는 단순 애정시들은 이 작품과 한 뿌리에서 나온 것이면서 서정시인의 한 단면인 사적 감정을 바탕으로 한 것이다. 그에 반해서 「밭고랑 우헤서」와 「제이. 엠. 에쓰에게」는 그 속에 명백히 나라, 겨레에 대한 의식을 담은 작품이다. 「초혼」은 이들 두 유형의 시를 포괄시킨 작품이다. 모든 서정시의 성공과 실패는 아름다운 가락과 함께 시인이 처한 동시대의 상황을 어떻게 기능적으로 소화하였는가로 결정된다. 여기까지 살핀 바와 같이 「초혼」으로 대표되는 김소월의 시는 바로 이 두 개의 요소를 한자리에 수용하여 문맥화해낸 작품이다. 이제 우리는 소월의 시를 읽는 일이 곧 우리 시의 진수를 맛보는 길인 동시에 민족과 역사의 진실에 입각하는 길임을 의심할 여지가 없게 되었다.

Ⅲ. 시와 시대의식

— 이상화론

　우리 모두의 일상은 풍문과 잡보의 바다 위에 뜬 배와 같다. 시와 시인도 그 예외가 되지는 않는다. 이때 오해와 오판을 빚어내는 행위의 주체는 세계 인식의 능력을 제대로 갖추지 못한 우중(愚衆)에 그치지 않는다. 상당히 빈번하게 그런 일은 문학 연구가, 또는 전문 비평가에 의해서도 저질러진다. 이런 경우의 한 보기가 되는 것이 만해 한용운(萬海 韓龍雲)의 시를 두고 이루어진 어느 해석, 평가다. 구체적으로 만해의 작품 「님의 침묵」에 나오는 '님'을 어느 시론가는 잃어버린 나라의 상징으로 해석했다. 이것으로 그는 '님'을 형이상이 아닌 역사적 범주에 드는 개념으로 파악한 것이다. 그럼에도 그 다음 줄인 "푸른 산빛을 깨치고 단풍나무 숲을 향하야 난 길을 걸어서, 참어 떨치고 갔습니다"를 색즉시공 공즉시색(色卽是空 空卽是色) 또는 색불이공(色不異空)의 경지라고 읽었다.[1]

---

1) 宋稶, 『님의 沈默 全篇解說』(과학사, 1974), p.23.

우리가 알고 있는 한 주권 상실에 따른 시대의식과 유심 철학(唯心哲學)의 테두리에 드는 견성(見性)의 경지나 초공(超空)의 논리는 같은 차원에 속하지 않는다. 위의 해석은 이 이질적 개념을 같은 범주로 놓고 다루었다. 그럼에도 이런 류의 어처구니없는 오류가 어떻게 그것도 우리와 동시대를 산 일류 비평가에 의해 저질러질 수 있었는가. 이렇게 제기된 문제에 해답을 마련하기 위해 우리가 검토해야 하는 것이 바로 시의 속성이다.

흔히 말하는 대로 시는 언어의 예술이다. 그러나 다 같은 언어라고 해도 우리가 쓰는 일상용어와 시의 언어는 근본적으로 그 속성이 다르다. 전자는 그 기능의 바탕을 개념 지시에 둔다. 일상생활에서 '꽃이 피었다'고 하면 그것은 식물의 한 부분이 햇볕과 수분, 땅의 자양을 받아 봉우리를 터뜨리게 되었음을 가리킨다. 이와는 달리 시에서 '꽃같이 피어난 소녀'라는 말은 일상용어와 다른 의미를 지닌다. 이때 '꽃'은 물리적 차원에 그치는 것이 아니라 인간의 한 유형을 꾸미는 형용어다. 이런 예들로 짐작되는 바와 같이 시의 언어는 많은 경우 일상어와 달리 그 방법을 비유에 의거한다. 시인들은 그의 작품을 성공적인 것으로 만들기 위해 즐겨 이런 각도에서 언어를 사용하는 것이다.[2] 따라서 시인의 언어는 많은 경우 복합적이며 또한 상징적 기능이 강하다. 그 해석이 제대로 이루어지기 위해서는 암호 해독에 준하는 절차와 조심성이 요구된다. 이런 사실을 돌보지 않고 이루어지는 시 읽기는 매우 빈번하게 위와 같은 오류를 범할 수 있다.

---

2) 이에 대한 자세한 것은 김용직, 「시의 언어」, 『現代詩原論』(학연사, 1998) 가운데서 1. 일상적 언어와 시어, 2. 의사 진술의 개념, 3. 시어의 함축성, 4. 리차즈의 방법 등을 참고할 것.

1. 낭만파 시기의 이상화

시와 시인을 에워싼 풍문과 잡보 차원의 오독, 왜곡 현상은 외재적 정보 자료의 일방적 적용으로도 나타난다. 그 가운데서 빈도가 가장 많이 나타나는 것이 특정 행동 철학이나 이념을 앞세운 담론의 자리이다. 이에 대한 좋은 보기로 우리가 들 수 있는 것은 북한에서 발간된 이상화론이다.

1960년대 북쪽의 대표적 비평가 엄호석은 단행본 체재의 이상화론인 『시대와 시인』을 조선작가동맹을 통해서 출간했다.[3] 이 책은 서문에 이어 '一. 사람과 개 돼지와의 싸움'을 서두로, '七. 자유시의 기교'에 이르기까지 일곱 개의 장으로 이루어진 본격 시인론이다. 지금도 그렇지만 이 책이 나오기까지 남북을 통틀어 이상화론으로 이 정도의 부피와 체제를 갖춘 담론은 출간된 바가 없었다. 이런 이유만으로도 이 책은 이상화 연구사에서 지나쳐 버릴 수가 없는 업적이다. 그런데 이 책 '三. 창작의 초기' 첫머리에서 엄호석은 상화시비(尚火詩碑)에 대해 다음과 같이 썼다.[4]

해방과 더불어 대구시내에 있는 달성공원에 리상화의 시비(詩碑)를 세우게 되었을 때 여기에서도 진보와 반동 간의 투쟁이 제외되지 않았다.

---

3) 엄호석 : 1912년 함경남도 홍원 출생. 함흥고보 수학, 학생 때 광주학생사건에 참여하여 퇴학당하고 홍원 농민 운동으로 4년간 복역. 8·15 후 함경남도 문예총부위원장, 중앙 문예총부위원장을 거쳐 내각 문학예술부장, 노동당 중앙위원회 선전선동부장 역임. 한설야계로 남로당 숙청 때는 비평을 통해 林和, 金南天, 李泰俊 등의 작품을 반사회주의 문학, 감상주의로 염전사상을 전파한 것이라고 공격, 격하시켰다. 한때 북한 비평계를 주도할 정도로 정력적인 활동을 했으나 한설야 숙청 때 강등, 추방된 것으로 보인다.
4) 엄호석, 『시대와 시인, 이상화론』(조선작가동맹출판사, 1960), p.82.

부르죠아 시인들의 어중이 떠중이는 시인의 초기작의 하나인 「나의 침
실로」에서 발췌한 한 구절을 시비에 기어코 새겨 넣고야 말았다. 남반
부 사태에서 이것을 당연한 사태라고 하자. 그러나 부르죠아 시인들이
시비를 세우고 거기에 고인의 죽은 넋을 결코 즐겁게 할 수 없는 시구
를 새겨 넣을 때 아무런 반항도 만나지 않았다고는 믿지 말라. 리상화
를 누구보다도 잘 리해한 진보적 시민들은 물론 고인의 친우들과 유가
족들마저 이것을 반대하여 나섰다.

엄호석의 위와 같은 글은 적어도 두 가지 점으로 보아 진실에 위배
된다. 우선 상화시비(尙火詩碑)를 발의하여 일을 마무리 지은 것은 당시
일개 야인에 지나지 않은 수필가 김소운(金素雲)이었다. 그는 시비 건립
을 발기하는 과정에서 대구의 죽순(竹筍) 동인들과 손을 잡고 이 일을
추진하였다. 따라서 부르주아 대 진보적 문인들 간의 대립과 마찰은
존재하지 않았다. 뿐만 아니라 지금 상화시비 전면에 새겨진 「나의 침
실로」 일절은 시인의 아들이 쓴 것이다.5) 이 엄연한 사실과 정반대되
는 엄호석의 말은 따라서 문자 그대로 새빨간 거짓말이 아닐 수 없다.
여기서 무엇보다 먼저 문제로 제기되어야 할 것이 있다. 왜 엄호석이
180° 사실과 다른 이런 말들로 이상화론을 작성했는가 하는 의문이다.
그의 이상화론 본론 허두를 보면 엄호석은 시와 시인이 시대 상황의
착실한 반영자가 되어야 한다고 전제했다.6) 그에 따르면 「나의 침실

---

5) 그 사이의 사정이 김소운, 「尙火詩碑除幕記」, 『金素雲隨筆選集』(亞成出版社, 1978),
   pp.93~96에 자세히 밝혀져 있다. 또한 달성공원에 시비가 서자 李相和 시인의 미
   망인이 김소운에게 장문의 서간을 보내 감사의 뜻을 표했다. 그 가운데 일절이
   "선생님(김소운을 가리킴—필자주) 정신적으로 경제적으로 얼마만한 괴로움을 받으
   시며, 천 사람 만 사람이 능히 하지 못할 일을 경영하사 기어코 이루어 놓으시니
   詩를 쓰신 고인보다 선생님 공적은 무엇이라 형용하야 말씀치 못하실 장하신 일이
   십니다. 만일 고인의 일분 정령이 명명중에 알음이 있을진대, 지하에서 부끄러운
   미소를 띠일 것입니다"로 되어 있다. 위의 책, p.100. 이것으로 명백해지는 바 상화
   시비 건립 때 있었다는 친지와 가족의 반발 역시 사실 무근의 억설인 것이다.
6) 엄호석, 앞의 책, p.7. "시인의 이름은 시인이 산 시대와 떨어져서는 있을 수 없다.

로」는 그런 단면이 검출되지 않는다. 이런 논리에 따라 엄호석은 「나의 침실로」를 반역사, 반시대적 작품으로 보아 격하했다. 그 과정에서 위와 같은 사실의 왜곡이 자행된 것이다.

2. 대표작 「나의 침실로」

여기서 우리는 일단 상화론(尚火論)을 원점 상태로 되돌릴 필요가 있다. 널리 알려진 대로 이상화가 우리 문단에 등장한 것은 1922년 창간호가 나온 『백조(白潮)』의 지면을 통해서였다. 이때 그는 처녀작 「말세(末世)의 희탄(欷嘆)」과 「단조(單調)」를 발표했다. 이상화의 마지막 작품은 1941년 4월호 『문장(文章)』에 실린 「서러운 해조(諧調)」다. 이렇게 보면 이상화가 한국 시단에서 활약한 기간은 약 20년이 되는 셈이다. 물론 그 사이에 그가 시만을 쓴 것은 아니었다. 연보를 통해서 보면 그는 비평적 논설과 함께 기타 산문, 소설도 썼다.[7] 뿐만 아니라 그의 작품 활동은 다른 시인의 경우처럼 줄기차게 계속되지도 못했다. 연보를 보면 그의 작품 활동이 제대로 이루어진 것은 1922년에서 1928년까지의 6년간에 지나지 않는다. 그 사이에 그는 한 해 평균 10여 편의 작품을 발표하였다. 그리고 1929년 이후 그의 작품 발표량은 현저하게 줄어든다. 특히 30년대 이후에 이르면 그는 거의 2, 3년 동안에 한두 편의 시를 발표한 데 그치고 있다. 그리하여 지금 우리가 알고 있는 이상화의 작품은 도합 40여 편 안팎이다.

그것이 서정시인일 때에는 더욱 그러하다 (…중략…) 한 사람의 시인의 창작의 방향과 성격과 작업 방법을 규정하는 것은 그 시인이 자기가 사는 시대에 대하여, 더 구체적으로 자기가 처한 시대의 현실, 혹은 사회에 대하여 어떤 관계를 맺고 있는가 하는 그런 시대와 시인의 관계다."

7) 李起哲 편, 『李相和 全集』(문장사, 1982), pp.366~369.

이상화의 시를 기능적으로 이해하기 위해서 일단 우리는 그들을 두 시기의 것으로 나누어 볼 필요가 있다. 그의 시에서 전기에 속하는 것은 앞서 든 「말세의 희탄」에서 시작하여 1925년 『여명(黎明)』 2호에 발표한 「금강송가」에 걸치는 기간 동안의 작품들이다. 이들 작품에는 대체로 후기 낭만파의 한 특질인 생에 대한 회의, 비관적인 감상과 영탄의 목소리가 담겨 있다. 그것은 백철(白鐵) 교수의 지적처럼 세기말적 분위기를 곁들이며 현실에 작용하여 세계의 변혁을 꾀하는 의식의 단면은 포착되지 않는다.[8] 구체적으로 그의 초기작 가운데 하나인 「비음」은 '술취한 장님이 먼 길을 가듯/ 비틀거리는 자욱앤, 핏줄이 흐른다'로 끝나며 「말세의 희탄」은 다음과 같다.

저녁의 피묻은 洞窟 속으로
아― 밑 없는, 그 洞窟 속으로
끝도 모르고
끝도 모르고
나는 거꾸러지련다
나는 파묻히련다.

가을의 병든 微風의 품에다
아― 꿈꾸는 微風의 품에다
낮도 모르고
밤도 모르고
나는 술취한 집을 세우련다
나는 속 아픈 웃음을 빚으련다.

— 「말세의 희탄」 전문[9]

---

8) 白鐵, 「浪漫主義의 全盛時代」, 『朝鮮新文學思潮史』(수선사, 1948), pp.276~277.
9) 白基萬 편, 『尙火와 古月』, pp.52~53.

얼핏 보아도 나타나는 바와 같이 이 작품에서 화자의 감정은 여과 없이 토로되어 있다. 그 세계가 매우 병적이며 어둡고 비통한 느낌을 준다. 작품의 예술성을 제고하기 위해 제3의 상관물을 이용한 자취도 나타나지 않는다. 이들 상화의 초기시는 같은 무렵에 김소월의 작품과 좋은 대조가 된다. 상화가 이런 작품을 발표한 것과 비슷한 시기에 김소월도 「금잔디」, 「엄마야 누나야」, 「달맞이」, 「제비」, 「부헝새」, 「진달 래꽃」, 「개여울」, 「강촌(江村)」, 「먼 후일」, 「바다」, 「풀따기」 등 일련의 작품을 양산했다.10) 이상화의 시와 달리 김소월의 시에는 드물지 않게 화자가 이용한 매체가 등장한다. 「금잔디」는 봄에 피어난 무덤 위에 잔디를 매체로 해서 화자의 감정을 토로한 작품이다. 「진달래 꽃」 역시 그에 준한다. 이 작품의 주제는 그리운 이에 대한 화자의 사무치는 애정이다. 그것을 김소월은 진달래꽃을 상관물로 이용하는 방법을 썼다. 본래 서정시는 화자의 감정을 바탕으로 한 노래다. 그 것이 다른 매체나 상관물의 도움 없이 토로되는 경우 거기에는 시가 거느려야 할 심상 제시가 이루어지지 않을 수 있다. 이것은 이상화 의 제1기 시가 김소월에 비해 다소 불리한 여건을 안고 시작한 것임 을 뜻한다.

이상화의 「나의 침실로」는 그의 출발기 작품이 지닌 한계를 효과적 으로 극복한 작품이다. 화자가 직접적인 목소리로 감정을 토로한 「비 음」이나 「말세의 희탄」과 달리 이들 작품에서 이상화는 마돈나를 등 장시킨다. 마돈나는 그가 애타게 기다리며 사랑하는 이성이다. 작품의 화자는 그를 불러 아름답고 구원의 생을 누릴 수 있는 침실로 함께 가자고 한다. 이 작품의 후반부는 다음과 같다.

---

10) 이들 작품은 1922년 한 해 동안 발표된 것인데 「金잔디」(『개벽』 1월호) 이하 모두 42편의 시를 발표했다. 김용직 편, 『김소월 전집』(서울대 출판부, 2001), pp.558~560.

　「마돈나」 날이 새련다, 빨리 오려무나, 寺院의 쇠북이, 우리를 비웃기 전에
네 손이 내 목을 안아라, 우리도 이 밤과 같이, 오랜 나라로 가고 말자.

　「마돈나」 뉘우침과 두려움의 외나무다리 건너 있는 내 寢室 열 이도 없느니!
아, 바람이 불도다, 그와 같이 가볍게 오려무나, 나의 아씨여, 네가 오느냐?

　「마돈나」 가엾어라, 나는 미치고 말았는가, 없는 소리를 내 귀가 들음은—,
내 몸에 피란 피—가슴의 샘이, 말라버린듯, 마음과 목이 타려는도다.

　「마돈나」 언젠들 안 갈 수 있으랴, 갈테면, 우리가 가자, 끄을려 가지 말고!
너는 내 말을 믿는 「마리아」— 내 寢室이 復活의 洞窟임을 네야 알련만……

　「마돈나」 밤이 주는 꿈, 우리가 얽는 꿈, 사람이 안고 궁그는 목숨의 꿈이 다
르지 않느니,
　아, 어린애 가슴처럼 歲月 모르는 나의 寢室로 가자, 아름답고 오랜 거기로

　「마돈나」 별들의 웃음도 흐려지려 하고, 어둔 밤 물결도 잦아지려는도다,
아, 안개가 사라지기 전으로, 네가 와야지, 나의 아씨여, 너를 부른다.11)

—「나의 침실로」 부분

　여기서 화자가 마돈나와 함께 가고자 하는 침실의 속뜻이 무엇인가
를 파악할 필요가 있다. 이 작품의 원문을 보면 제목 다음에 "가장 아
름답고 오—랜 것은 오즉 꿈속에만 있어라"라는 말이 붙어 있다. 이
말을 피상적으로 읽는 경우 침실은 우리가 사랑의 보금자리로 삼는
단순한 공간에 그칠 수 있을 것이다. 그러나 이런 「나의 침실로」 해석
은 기능적 작품 해독이 못 된다. 이 작품에서 침실의 속성은 화자가
마돈나를 그곳으로 이끌고자 한 말 "우리도 이 밤과 같이, 오랜 나라

---

11) 『白潮』(3)(1922. 9), p.140. 단 띄어쓰기 철자법은 현행에 준하여 다소 손질을 가함.

로 가고 말자"로 그 속뜻을 풀 실마리가 나타난다. 그 다음 연을 보면 그 침실은 "뉘우침과 두려움의 외나무다리 건너 있는" 것이다. 외나무다리란 흔히 한 번 건너기만 하면 다시 돌아올 수 없는 운명적 거리를 상징한다. 이렇게 「나의 침실로」를 읽는 경우 우리가 놓쳐 버릴 수 없는 부분이 이 작품의 마지막 세 번째 연이다. 끝에서 셋째 연에 나타나는 바 침실은 상화에게 '부활(復活)의 동굴'이다. 이때의 부활이란 우리 자신의 생이 끝나는 것을 전제로 한다. 이런 감각으로 이 부분을 읽으면 다음 연을 이룬 두 줄의 속뜻이 자연스럽게 파악된다.

> 「마돈나」 밤이 주는 꿈, 우리가 읽는 꿈, 사람이 안고 궁그는 목숨의
> 꿈이 다르지 않느니,
> 　아, 어린애 가슴처럼 歲月 모르는 나의 寢室로 가자, 아름답고 오랜
> 거기로.

　얼핏 보아도 나타나는 바와 같이 이 부분에서 화자는 세속적인 생활을 부질없는 것, 덧없는 환영과 같은 것으로 생각하고 있다. 그런 생각이 전제가 되어 이승의 생을 마감하고 가장 아름답고, 영원한 사랑을 찾아서 떠나자는 것이다. 그 장소가 침실이다. 이것으로 짐작되는 바와 같이 이 작품의 제작 동기를 한마디로 줄이면 사랑을 위해 죽음으로 사랑을 이룩하자는 것, 곧 '사(死)의 찬미(讚美)'다. 이런 관점에서 이 작품이 시대 상황에 벗어나 있고, 식민지적 현실을 외면한 것이란 엄호석의 지적은 일면의 진실이 있다.

　그러나 새삼스레 밝힐 것도 없이 시와 예술이 역사와 현실의 반영물로 그치는 것은 아니다. 이념과 사상의 부수 형태는 더더욱 아니다. 예술이 인간과 무관하지 않다는 주장에 대해서도 비슷한 논리가 선다. 흔히 말하는 인간의 개념에는 현실과 역사에 상관된 영역만 있는 것

이 아니다. 너무도 명백한 사실로 인간은 문화적 존재이며 그들의 참여로 이루어지는 예술과 시는 엄연히 독자적 가치 체계와 존재 의의를 가진다. 이런 논리의 연장선상에서 우리가 문제 삼을 수 있는 것이 「나의 침실로」의 문학사적 의의다.

이 작품이 지니는 바의 문학사적 의의는 그것을 김소월의 시에 대비시키고 보면 그 테두리가 한결 선명해진다. 앞에서 보기가 된 「금잔디」나 「엄마야 누나야」, 「달맞이」, 「진달래꽃」, 「개여울」 등은 우리말의 결과 맛을 잘 살려서 쓴 작품들이다. 김소월은 그를 통해 우리말의 미감을 최대한 증폭시킨 가운데 부드러운 가락을 빚어내기에 성공했다. 그러나 대부분의 그의 서정소곡이 그런 것처럼 김소월은 그의 여러 시에서 체험 내용을 지나치다고 할 정도로 단순화해 버렸다.[12] 이에 반해서 「나의 침실로」는 상당히 복합적이다. 우선 첫 연에서 이 시는 축제의 밤을 제제로 삼았으며, 전통적인 여성의 심상을 곁들인다. 다음으로 이 작품은 이지러진 달을 등장시키며 앞산의 그림자, 사원(寺院)의 종소리 등을 매체로 이용했다. 각 연마다 독립된 심상을 지닌 이 작품은 또한 화자의 애타는 심정과 함께 마돈나의 모습을 그에 겹치게 하는 데도 성공하고 있다. 단적으로 말하여 이 작품은 김소월류의 작품과는 다른 유형의 애정시인 셈이다. 그동안 우리가 이 작품을 상화의 대표작인 동시에 『백조』 시대를 장식한 시로 본 시각은 따라서 합리타당하며 올바르다.

---

12) 단 생전에 활자화되지 못한 작품 가운데는 예외라고 생각되는 것도 있다. 「忍從」, 「봄바람」, 「그만 두자 자네」 등 초고 상태로 전하는 시가 이에 속한다. 이에 대해서는 김용직, 『김소월 전집』, pp.419~415, pp.423~424 참조

3. 「빼앗긴 들에도 봄은 오는가」의 세계와 그 원천

상화 시의 제1기는 1922년과 그 다음 다음 해에 걸친 짤막한 기간으로 마감된다. 1925년 정월호 『개벽』을 통해서 발표된 「가장 비통(悲痛)한 기욕(祈慾)」에 이르면 시가 드러내는 것은 사적(私的)인 차원에 머문 감상이나 영탄만이 아니다.

> 아, 가도다, 가도다, 쫓겨 가도다
> 잊음 속에 있는 間島와 遼東 벌로
> 주린 목숨을 움켜쥐고, 쫓겨 가도다
> 진흙을 밥으로 햇채를 마셔도
> 마구나 가젓드면, 단잠을 얽맬 것을―
> 사람을 만든 검아, 하로 일즉
> 차라리 주린 목숨 뺏어 가리라
>
> 아, 사노라, 사노라, 취해 사노라
> 自爆 속에 있는 서울과 시골로
> 멍든 목숨 행여 갈가, 취해 사노라
> 어둔 밤 말없는 돍을 안고서
> 피울음을 울드면, 설음은 풀릴 것을―
> 사람을 만든 검아, 하로 일즉
> 차라리 취한 목숨, 죽어 버리자!
>
> ― 「가장 비통한 기욕」 전문[13]

이 작품은 그 부제목이 '간도 이민을 보고'로 되어 있다. 일제는 우리 강토를 강점한 다음 곧 토지 측량 사업을 벌이고 우리 농민으로부터 토지를 강탈해 가는 기관으로서 동척(東拓)을 설립했다. 일제에게

---

13) 『개벽』(55)(1925. 11), p.630.

토지와 거기서 얻는 식량을 수탈당해 버린 많은 숫자의 우리 동포는 고향을 등지고 살 길을 찾아 서간도와 북간도로 떠났다. 우리 동포 모두가 유리걸식 상태에 내몰린 셈이다. 이것은 명백한 식민 체제하에서 빚어진 수탈 현상의 결과다. 이런 의식을 바닥에 간 시를 사회주의 문학에서는 목적의식기 이전의 작품으로 잡아 신경향파 문학이라고 한다. 『백조』시대의 이상화에게는 이런 단면이 검출되지 않았으나 「가장 비통한 기욕」의 단계에서는 이런 경향이 일변되었다. 즉 이 작품을 분수령으로 이상화 시의 제2기가 시작된 것이다.

「가장 비통한 기욕」을 기점으로 이상화는 「빈촌(貧村)의 밤」, 「시인(詩人)에게」, 「통곡」, 「바다의 노래」, 「폭풍우를 기다리는 마음」, 「구루마 꾼」, 「엿장사」, 「거러지」 등 신경향파 계열에 속하는 작품들을 잇달아 발표했다. 이들의 제재들은 거의 모두가 식민지적 궁핍상에 관계되어 있다. 다만 작품의 질적 수준에 있어서는 그리 높지 못한 편이다. 「나의 침실로」를 통해서 열릴 것으로 기대된 기법의 새 차원 구축이 이들 작품에서 다시 뒷걸음질 치고 있는 것이다. 시에서 요구되는 가락이 빚어지지 못했고 언어 구사의 단면을 통해 보아도 진일보한 경지가 포착되지 않는다. 이상화 시의 이런 답보 상태가 일거에 극복된 것이 「빼앗긴 들에도 봄은 오는가」를 통해서다. 1926년 여름 『개벽』에 게재된 이 작품은 "지금은 남의 땅—빼앗긴 들에도 봄은 오는가"로 시작하며 10연 28행으로 이루어져 있다.

> 지금은 남의 땅—빼앗긴 들에도 봄은 오는가
>
> 나는 온몸에 햇살을 받고
> 푸른 하늘 푸른 들이 맞붙은 곳으로
> 가르마 같은 논길을 따라 꿈속을 가듯 걸어만 간다.

입술을 다문 하늘아 들아
내 맘에는 내 혼자 온 것 같지를 않구나
네가 끌었느냐 누가 부르더냐 답답워라 말을 해다오

바람은 내 귀에 속삭이며
한 자욱도 섰지 마라 옷자락을 흔들고
종다리는 울타리 너머 아씨같이 구름 뒤에서 반갑다 웃네.

고맙게 잘 자란 보리밭아
간밤 자정이 넘어 내리던 고운 비로
너는 삼단 같은 머리를 감았구나 내 머리조차 가뿐하다.

혼자라도 가쁘게나 가자
마른 논을 안고 도는 착한 도랑이
젖먹이 달래는 노래를 하고 제 혼자 어깨춤만 추고 가네.

나비 제비야 깝치지 마라
맨드라미 들마꽃에도 인사를 해야지
아주까리 기름을 바른 이가 지심매던 그 들이라 다 보고 싶다.

내 손에 호미를 쥐어다오
살찐 젖가슴과 같은 부드러운 이 흙을
발목이 시도록 밟아도 보고 좋은 땀조차 흘리고 싶다.

강가에 나온 아이와 같이
짬도 모르고 끝도 없이 닫는 내 혼아
무엇을 찾느냐 어디로 가느냐 우스웁다 답을 하려무나.

나는 온몸에 풋내를 띄고
푸른 웃음 푸른 설움이 어우러진 사이로
다리를 절며 하루를 걷는다 아마도 봄 신명이 지폈나보다.

그러나 지금은—들을 빼앗겨 봄조차 빼앗기겠네.[14]

—「빼앗긴 들에도 봄은 오는가」 전문

얼핏 보아도 나타나는 바와 같이 이 작품의 무대 배경은 봄을 맞이한 우리 강토의 일부인 들판이다. 그 들판에는 보리가 자라 있고 맨드라미, 들마꽃 등 야생 식물들도 제철을 만나 피어오른다. 그리하여 들판은 온통 푸른 빛깔 일색이다. 화자는 그 들판에 시원스럽게 부는 바람과 함께 옷자락을 펄럭이며 걷는다. 이런 정경만이라면 이 시는 낭만파의 작품, 그 가운데도 건강한 삶을 전제로 한 노래가 될 것이다. 그러나 이 시의 의미 맥락을 결정하고 있는 것은 첫줄이다. "지금은 남의 땅—빼앗긴 들에도 봄은 오는가". 여기에는 명백하게 시인의 주권 상실에 대한 감정이 담겨 있다. 이 작품의 강점은 그 기법과 그를 통해 이루어진 듬직한 가락에 실려 있다. 앞에서 이미 살핀 바와 같이 「가장 비통한 기욕」으로 대표되는 이 이전의 작품에서 이상화의 말들은 다분히 생경하고 그 가락 또한 제 나름의 울림을 갖지 못한 상태의 것이었다. 이 작품에 이르면서 이상화 시의 그런 제한성을 상당히 기능적으로 극복하였다.

봄을 맞아 화자가 걸어가는 길은 우리 동포의 땀과 꿈으로 얼룩진 들판이다. 그 사이에 난 길을 화자는 "가르마 같은 논길"이라고 했다. 이 비유는 완만한 곡선을 이루고 뻗어 있는 길의 수사적 표현이다. 단순 표현으로 '굽어 휘어져 있는 길'보다는 이런 의인법이 우리 들판을 매우 짙게 삶의 터전으로 부각시킨다. 이런 수사상의 기법은 그 다음 연들을 통해서도 그대로 되풀이된다. 3연에서 하늘과 들이 의인화되었으며 4연에서는 바람과 종달이가 그렇게 되어 있다. 그에 이은 5, 6연

---

14) 『개벽』(70)(1920. 6), pp.9~10.

의 비유는 더욱 신선하다.

> 고맙게 잘 자란 보리밭아
> 간밤 자정이 넘어 내리던 고운 비로
> 너는 삼단 같은 머리를 감았구나 내 머리조차 가뿐하다.
>
> 혼자라도 가쁘게나 가자
> 마른 논을 안고 도는 착한 도랑이
> 젖먹이 달래는 노래를 하고 제 혼자 어깨춤만 추고 가네.

여기서 우리가 지나쳐 버려서는 안 될 것이 있다. 그것은 보리밭의 매체로 "삼단 같은 머리"가 쓰인 점이며 바로 수량이 불어 흐르는 도 랑을 "젖먹이 달래는 노래"로 비유한 점이다. 이것은 이상화가 우리 땅의 일부인 들판을 여성, 그 가운데도 어린것을 기르는 어머니 심상 과 일체화했음을 뜻한다. 우리에게 어머니란 말할 것도 없이 그 가슴 과 손길로 우리를 길러내는 목숨의 근원이다. 이것으로 이상화는 우리 국토와 그 위에서 삶을 엮어온 우리 동포에 대한 그지없는 애정을 노 래했다. 이 작품 마지막 장은 위와 같은 과정을 거쳤으므로 더욱 충격 적이다. "그러나 지금은—들을 빼앗겨 봄조차 빼앗기겠네." 꿈꾸는 듯 들판을 걷는 동안 시적 화자의 가슴은 그런대로 담담했다. 그러나 마 지막 줄에 나타난 냉엄한 현실—봄은 왔으나 그 땅이 남에게 빼앗겨 버렸다는 의식은 시인을 돌이킬 수 없는 통한으로 몰아넣는다. 그와 함께 이 시기의 시의 한 특징인 반제, 반식민지 의식을 되새기게 되는 것이다. 여기서 얻을 수 있는 결론은 명백하다. 「빼앗긴 들에도 봄은 오는가」는 이상화의 시를 대표할 뿐 아니라, 적어도 1920년대 중반기 에 형성된 한국 사실주의 시의 새로운 지평을 타개하였다는 점이다.

일찍 백철 교수는 「빼앗긴 들에도 봄은 오는가」를 카프의 단계가 아닌 신경향파의 작품으로 보았다.[15] 한 비평사의 논고에 따르면 조선 프롤레타리아예술연맹의 약칭인 카프(KAPF)가 조직된 것은 1925년 8월이다.[16] 이미 앞에서 나타난 바와 같이 「빼앗긴 들에도 봄은 오는가」의 발표는 이보다 두 달이 앞선 6월호 『개벽』을 통해서였다. 이런 사실에 비추어 「빼앗긴 들에도 봄은 오는가」를 목적의식기에 들어서 결성된 카프 이전의 작품으로 본 생각은 정당하다. 이와 아울러 이 작품에는 이른바 목적의식기 작품의 강한 특징이 되는 계급의식과 그것을 바탕으로 한 체제 전복의 의지가 거의 나타나지 않는다. 이런 이유로 정통 사회주의 문학 진영에서는 이 시를 본격 프로 시의 부수 현상으로 돌리고 있다.

안함광은 북쪽의 시각에서 한국의 사실주의 문학이 형성, 전개된 과정을 논하면서 이상화에 대해서 언급했다. 거기서 그는 이상화가 계급의식을 인식한 정도에서 조명희, 이기영, 송영보다 뒤떨어졌기 때문에 본격 사회주의 문학의 수준을 구축하지 못한 것으로 보았다.[17] 비슷한 시기에 이정구도 그의 비평에서 이상화에 대해 언급했다. 그에 따르면 「빼앗긴 들에도 봄은 오는가」에 사회 변혁의 주체인 인민의 시각이 내포되어 있기는 하나 그 시각이 부르조아 사회의 틀을 미처 벗어나 있지 못하다고 보았다. 따라서 혁명을 성공시킬 수 있는 계급의식, 곧 인민의 힘에 대한 인식이 각명하게 파악되지 않는다[18]고 말한다. 이런 이유로 이정구는 이 작품에 대해 전폭적으로 긍정적인 평가를 내리지 않았다. 이러한 북쪽 비평가들의 시각은 오늘에 이르

---

15) 白鐵, 『朝鮮新文學思潮史 現代篇』(백양당, 1949), pp.48~49.
16) 金允植, 『韓國文藝批評史硏究』(일지사, 1973), p.40.
17) 안함광, 「조선에 있어서의 사회주의 사실주의 문학의 발생과 발전」, 이선영 편, 『현대문학비평자료집』(7), p.31.
18) 이정구, 「1920년대 우리나라 사실주의 문학의 정당한 이해를 위하여」, 이선영 편, 위의 책, pp.129~131.

기까지 북한 문단을 지배하고 있다. 1990년대에 접어들어 나온 북쪽의 『조선문학사』는 고전문학기에서부터 1980년대의 우리 문학을 통시적으로 살피고자 한 시도의 소산이다. 그 분량은 모두 15권으로 되어 있는데 그 가운데 8번째의 책이 1920년대 중반기에서 1940년대 전반기의 우리 문학을 다룬 것이다. 여기에는 한때 순수문학자로 북한의 문학사에서 배제된 정지용의 시까지가 언급되어 있다.[19] 그럼에도 「빼앗긴 들에도 봄은 오는가」를 비롯한 이상화의 시에 대해서는 전혀 언급의 자취가 나타나지 않는다.

『조선문학사』에서 경향시의 성과로 평가된 것은 김창술의 「전개」, 유완희의 「가두의 선언」, 박팔양의 「봄의 선구자」, 박세영의 「산제비」 등이다. 김창술의 예를 보면 "전개/ 동무야 살피라—모순의 전개를/ 나아가는 우리의 길에/ 光明이 비추인다"를 들 수 있다. 이것은 범박하게 보아도 계급 투쟁을 전단 형태로 나열한 것이지 시가 아니다. 이에 반해서 박팔양의 「봄의 선구자」나 박세영의 「산제비」에는 다소간의 서정성이 내포되어 있고 시가 지녀야 할 가락이 어느 정도 느껴진다.

> 날더러 진달래꽃을 노래하라 하십니까
> 이 가난한 詩人더러 그 寂寞하고도 가엾슨 꽃을
> 이른 봄 산골자기에 소문도 없이 피었다가
> 하루 아침 비바람에 속절없이 떨어지는 그 꽃을
> 무슨 말로 노래하라 하십니까
>
> 노래하기에는 너무도 슬픈 사실이외다
> 百日紅같이 붉게 붉게 피지도 못하는 꽃을
> 국화와 같이 오래 오래 피지도 못하는 꽃을
> 모진 비바람 만나 흐터지는 가엾은 꽃을

---

19) 『조선문학』(9), p.32, pp.79~82.

노래하느니 차라리 붓들고 울 것이외다

친구께서도 이미 그꽃을 보셨스리라.
화려한 꽃들이 하나도 피기전에
찬바람 오고가는 산허리에 쓸쓸하게 피어 있는
봄의 先驅者 연분홍의 진달래 꽃을 보셨스리다

진달래꽃은 봄의 先驅者외다
그는 봄의 消息을 먼저 傳하는 豫言者이며
봄의 모양을 먼저 그리는 先驅者외다
비바람에 속절 없이 지는 그 엷은 꽃잎은
先驅者의 不幸한 受難이외다

어찌하야 이나라에 태어난 이 가난한 詩人이
이같이도 그꽃을 붓들고 우는지 아십니까
그것은 우리의 先驅者들 受難의 모양이
너무나 만히 나의 머리 속에 있는 까닭이외다

- 「봄의 先驅者」 부분[20]

山제비야 날러라,
화살같이 날러라,
구름을 휘정거리고 안개를 헤쳐라.
땅이 거북등같이 갈러졌다.
날러라 너이들은 날러라,
그리하여 가난한 農民을 위하여
구름을 모아는 못 올까,

날러라 빙빙 가로 솟치고 내닫고
구름을 꼬리에 달고 오라.

---

20) 『學生』(1930. 4), 김용직, 『한국현대 경향시의 형성/전개』(국학자료원, 2002), p.27에
서 재인용

山제비야 날러라,
활살같이 날러라,
구름을 헷치고 안개를 헤쳐라.

― 「山제비」 후반부21)

그러나 이들 작품은 「빼앗긴 들에도 봄은 오는가」에 비해 그 체험 내용이 사뭇 단조롭다. 뿐만 아니라 북쪽이 금과옥조로 내거는 계급의식의 내포 정도로 보아도 박팔양이나 박세영이 이상화에 비해 월등하고 철저하다는 판정은 서지 않는다. 따라서 정통 사회주의 문학을 지향한 평가를 내건 북한 문학사의 이상화론은 명백히 빗나가 있는 것이다.

「빼앗긴 들에도 봄은 오는가」를 기능적으로 이해하려는 자리에서 또 하나 간과될 수 없는 것이 두보(杜甫)와 이 작품의 상관성이다. 두보의 5언율시 가운데 하나인 「춘망(春望)」은 오랫동안 우리 주변에서 문자 그대로 애송되어 온 작품이다. 이상화가 이 시에 익숙했으리라는 점은 두 가지 외재적 정보를 통해서 추정이 가능하다. 우선 그는 아들인 충희(忠熙)에게 '위친부미(爲親負米)', '액호구부(搤虎救父)' 등 순한자로 된 글을 써서 주었을 정도로 한문에 대한 소양을 가지고 있었다22)는 점이다. 다소간 한문과 한학을 익힌 사람이라면 이상화와 같은 세대의 사람은 모두가 「춘망」을 암송할 수 있었을 때다. 그 보기가 되는 것이 이 작품을 김소월도 애송한 점이다. 또한 그 자취는 그가 「빼앗긴 들에도 봄은 오는가」의 발표 직전인 1926년 3월호 『조선문단』에 「춘망」을 번역한 사실이다.23)

---

21) 『浪漫』(1)(1936. 11), p. 70.

22) 李起哲 편, 『李相和全集』, pp.321~322.

23) 金素月, 「봄」, 『朝鮮文壇』(14)(1926. 3), p.35. 참고로 번역시를 제시하면 다음과 같다.

이제 참고로 「춘망」의 원문을 제시하면 다음과 같다.

　　國破山河在/ 城春草木深
　　感時花濺淚/ 恨別鳥驚心
　　烽火連三月/ 家書抵萬金
　　白頭搔更短/ 渾欲不勝簪

　물론 이 작품과 「빼앗긴 들에도 봄은 오는가」 사이에는 뚜렷하게 나타나는 거리가 있다. 두보의 것이 한자를 매체로 하며 엄격하게 평측(平仄)을 지킨 정형시임에 반해 이상화의 시는 우리말을 매체로 한 자유시다. 두 작품의 시대 배경 역시 한 작품이 옛 당나라 때의 난리를 바탕으로 한 것임에 비해 이상화의 시는 한국이 식민지적 상황에 함몰된 현대가 그 무대다. 그러나 이런 차이에도 불구하고 이들 두 작품은 한 가지 점에서 짙은 상관성이 포착된다. 그것은 깨어져 버린 나라에 대해 화자가 가지는 비분강개의 정이다. 그것을 표현하기 위해 시인은 여름철 들판과 풀과 나무 등이 우거진 자연을 이끌어 들였다. 이 경우 특히 우리가 지나쳐 버릴 수 없는 것이 이상화의 시를 이룬 첫 행과 마지막 행이다. 이상화 작품의 허두를 이룬 "지금은 남의 땅—빼앗긴 들에도 봄은 오는가"와 그 변형이며 강조 형태인 "그러나 지금은—들을 빼앗겨 봄조차 빼앗기겠네"는 어조와 문맥의 흐름으로 보아 그대로 "國破山河在/ 城春草木深"의 패러디에 해당된다. 그러나 이것이 곧 이상화를 두보의 추종, 아류라는 단정을 낳게 하는 것은 아니다.
　「춘망」에 대비되는 경우 이상화의 시에는 그만의 몫으로 평가될 독창적 시각이 내포되어 있다. 두보는 깨어진 나라, 거기서 빚어진 통한의 정을 살리기 위해 상관물로 꽃과 새를 이끌어 들였다. 전란으로 떠돌이가 되어 버린 그의 모습은 몇 달이나 이어진 봉화나, 기다려도 받아볼 길이 없는 편지에 기탁되어 나타난다. 이것으로 그의 시는 상황을 포괄적으로 인식해낸 쪽이 아니라 자못 개인사의 성격을 지니게 된다. 이런 두보의 내면세계는 마지막 두 줄로 그 의미 맥락이 일변된다. 두보는 여기서 난리로 궁핍하게 된 시대 여건을 빗어 올릴 것도 없이 빠져 버린 그의 흰 머리카락과 일치시켰다. 이것으로 봄을 맞이하여 영락 자체가 된 화자의 심상이 그림처럼 떠오른다. 그러나 「빼앗긴 들에도 봄은 오는가」에 비해 이 세계는 적지 않게 사사로운 것이다. 이상화는 이에 비해서 빼앗긴 땅에서 어머니의 젖가슴과 같은 애착을 느끼며 높은 목소리로 거기서 빚어진 감정을 읊조려 내고 있다. 그 언어 구사가 매우 훌륭하며 가락이 듬직한 점도 지적될 필요가 있다. 여기서 우리가 얻어낼 수 있는 결론은 「빼앗긴 들에도 봄은 오는가」는 그 가락과 의미 구조로 보아 명백하게 1920년대의 한국시가 갖게 된 큰 성과이며 보람이라는 점이다. 이상화를 추모하는 이 자리에서 우리는 이런 사실을 재인식하고 명기해야 한다.

* 2008년 5월 이상화 문학제 세미나 발표 주제논문

Ⅳ. 시와 그 넘어서기
— 양주동론

1. 제기되는 문제

　무애 양주동(无涯 梁柱東) 그 자신의 회상에 따르면 그가 처음 시를
쓰기 시작한 것은 1920년대 초부터였다. 당시에 그는 동경에 유학하여
와세다[早稻田]대학 예과에 적을 두고 있었다. 거기서 그는 백기만(白基
萬)·유엽(柳葉) 등 문학지망생들을 만났고 곧 그들과 의기투합하여 회
람잡지 『알』을 발간했다.[1] 그러나 이 잡지는 등사판이었고 무애의 본
격적인 작품이 실리지는 않았다. 근대문학기에 접어든 이후 본격적인
의미의 작품 활동은 문단의 공인을 받을 수 있는 발표매체를 통해서
작품을 발표한 경우에 한한다. 이런 의미에서 『알』을 통해서 이루어진
무애의 작품 발표는 본격적인 작품 활동의 전주부로 보아야 할 것이

---

1) 梁柱東, 『文酒半生記』(新太陽社, 1960), pp.48~49.

다. 따라서 무애의 시작 활동이 본격화한 것은 1923년부터이다.

이해 11월에 무애는 '알' 동인을 주축으로 삼아 한국 근대시사 최초의 본격 시전문지인 『금성(金星)』 창간호를 탄생시켰다. 그리고 거기에 그의 창작시 「기몽(記夢)」, 「영원(永遠)한 비밀(秘密)」, 「소곡(小曲)」, 「무제(無題)」 등을 발표했다. 이후 무애는 남다른 정열로 시를 만들어내고 서구 근대시의 수입과 소개에도 힘을 쏟았다.[2] 뿐만 아니라 그는 작품 제작의 토대가 되며 보조 수단을 이루는 시론이라든가 비평 이론의 정립, 개발에도 적지 않은 노력을 기울였다. 구체적으로 1932년에 나온 무애의 처녀시집 『조선(朝鮮)의 맥박(脈搏)』을 보면 모두 52편의 창작시가 수록되어 있다. 줄잡아 10년 동안 대충 한 해에 다섯 편 이상의 시를 써서 발표한 셈이다.

이런 수량상의 수확과 함께 무애의 시는 그 질적 수준을 통해 문단 안팎에서 상당한 평가를 받을 수 있었다. 이런 경우 우리에게 좋은 증거 자료로 쓰일 수 있는 것이 한국 근대시를 선별 수록한 사화집들이다. 본래 사화집이란 제한된 지면에 유의성이 강하다고 생각되는 시인·작가들의 작품을 수록함으로써 이루어진다. 그런데 『조선의 맥박』이 나온 후 한국 문단에서 엮어진 사화집에는 꼭 무애의 작품이 수록되어 있다. 이것은 무애의 창작시가 상당 기간 동안 우리 주변에서 그 질적인 수준을 인정받고 있었음을 뜻한다. 그러나 정작 무애는 1930년대에 접어들면서 그의 정력을 창작시가 아닌 다른 분야로 돌리기 시작했다. 이런 사실은 인기 품목을 개발한 상품회사가 한창 고객의 구매욕이 들끓고 있을 때 그 상품 판매를 접은 일에 대비될 수 있을 것이다. 대체 이런 현상은 그 바닥에 어떤 사연을 깐 결과로 나온 것인지, 무애

---

2) 이에 대해서 자세한 것은 金長好, 「无涯 梁柱東先生의 詩와 譯詩」, 『无涯 梁柱東先生의 學問과 文學』(동국대학 한국문학연구소, 1987) 참조

의 시는 그 실제에 있어서 어떤 논리의 기반 위에서 이루어진 것이며 그것이 내포한 문제는 무엇인지, 이렇게 제기되는 물음을 풀어보려는 의도에서 이 작업은 시작된다.

2. 시 선택의 여건과 『금성』 발간

무애 이전 한국 시단에 등장, 활약한 시인들에서 우리는 두 가지 정도의 특징적 단면을 검출할 수 있다. 그 하나는 출신지역이 서북지방 아니면 서울지역 중심이라는 점이다. 이것은 그들이 일찍부터 서구 문화의 세례를 받은 지역 출신임을 뜻한다. 다른 또 하나의 변별적인 특징은 그들이 한학·경서에 깊이 침윤된 사림 계층 출신이 아니라 중인들이거나 오랫동안 보수 사림과는 무관한 생활을 해온 집안이나 지역 출신이라는 점이다.[3] 실제 창가·신체시의 작자인 육당이나 춘원은 모두 이런 테두리에 든다. 그리고 『창조(創造)』 동인인 주요한, 오천석 등도 여기에 예외는 아니다. 『폐허(廢墟)』, 『백조(白潮)』 동인들도 대게 이에 준한다. 한국 근대시 또는 현대시가 개항과 함께 빚어진 서구 문화의 충격 속에 빚어진 사실은 널리 알려진 대로이다. 그런데 서구 문화를 수용하는 데 기능적인 입장을 취하기 위해서는 조선 왕조를 지배해온 유학, 또는 주자학적 이데올로기의 배제가 요구되었고, 서구를 본보기로 한 근대적 표현 매체, 문체, 양식의 적극적인 수용이 필요했다. 따라서 이에 대해 능동적인 자세를 취할 수 있었던 부류가 중인 계급 출신들이었고, 아울러 일찍부터 서구 문화의 세례를 받은 서북지방과 서울 쪽 사람들이었던 것이다.

---

3) 이에 대해서 자세한 것은 김용직, 『한국근대시사』(학연사, 1986) 제3장 「본격근대시의 등장과 전개」 참조

이런 관점에서 보면 무애는 초기의 한국 근대시인이라는 정석에서 어느 정도 비껴선 사람이다. 우선 그는 서북지방의 중심지역인 평양이나 선천지방 출신이 아니라 황해도 장연 출신이다. 그는 오랫동안 벼슬길에 오르지 못한 가계 출신이어서 뚜렷하게 문벌을 일컬을 입장은 아니었다. 그러나 어떻든 중인이나 선민 출신이 아닌 어엿한 사족의 후예였다. 따라서 그의 문학 수업 역시 성경에 뿌리를 둔 시체문에서 시작한 것이 아니라 선비 집안의 정례대로 한자, 한문 공부로부터 시작되었다. 구체적으로 무애 자신의 회상에 따르면 그는 다섯 살에『유합(類合)』을 배우고 8, 9세 때에는 이미 당시(唐詩)를 읽는 한편 오언절구도 지었다.[4] 이런 사실은 우리로 하여금 한 가지 이야기를 가능하게 만든다. 그것이 바로 무애가 초기 한국 시단의 구성원들이 지닌 성장 배경, 문화 환경과는 상당히 다른 여건을 지녔다는 점이다.

1) 무애의 시 양식 선택

무애의 시단 출발을 말하는 자리에서「기몽」은 매우 중요한 구실을 하는 작품이다. 이 작품은 그가 혼신의 힘을 기울여 발간한『금성』 창간호에 그것도「발간 서사」의 부제를 달고 발표한 것이다. 이로 미루어 보면「기몽」은『금성』 발간과 함께 한국 시단에 군림하고자 한 무애의 꿈을 집약시킨 작품이다. 아울러 이 작품에는 그 바닥에 무애가 지향한 시의 세계가 깔려 있다. 그 전문을 제시해 보면 다음과 같다.

싱검은 뫼를 넘고, 진흙빛 물을 건느고 또건너

---

4) 梁柱東, 앞의 책, p.16.

님과 나와 단둘이 일음모를 나라에 다다르니,
눈앞에 끝없이 깔린 黃沙場 —
夕陽은 아득하게도 地平線을 넘도다

난대없는 一陣陰風이 黑布帳을 휘날리고
주린가마귀 어즈러히 떼울음 울자
모래우에 산같이 쌓인 髑髏들은
일시에 일어나 춤추고 노래하며 痛哭하도다.

달이 西山에 기울어, 萬籟는 다시 잠들고
동편한울에 오죽 별하나 —
영원의 신비로운 눈을 깜빡일때에,
나는 님과함께 象牙의 높은塔우에 올나가도다

고요한 바다 한가온대 크나큰 꽃한송이 떠올라
다섯날 붉은닢이 莊嚴히 물우에 벌어지며,
새벽안개속에 깊이깊이 감초인 大地로서
風便에 종ㅅ소리 한두번 들려오도다.5)

— 「기몽」 전문

이 작품을 기능적으로 이해하기 위해서는 훗날 무애 자신이 이에 대해 가한 말을 기억해야 한다. 그는 『금성』 발간의 동기, 목적을 말한 글에서 "시지(詩誌) 『금성』 발간의 모티프와 작풍은 아무래도 그 첫호 권두에 실렸던 졸작(拙作) 「서시(序詩)」 한 편이 그것을 적절히 대변(代辯)한 듯하다"6)고 적은 바 있다. 이런 그의 말을 염두에 두면서 이 작품을 읽어보면 우선 그 의미 내용이 크게 2분될 수 있음을 느낀다. 이 작품 전반부, 곧 1, 2연은 그 색조가 매우 어둡다. 그런데 3, 4연이

---

5) 『金星』(1923. 11), p.4.
6) 梁柱東, 앞의 책, p.50.

되면 그런 사정이 크게 바뀐다. 구체적으로 3연에서는 "신비로운 눈"을 깜빡이는 "별"이 나타난다. 그리고 4연에서는 "바다 한가온대 크나큰 꽃한송이"가 벌어지고 땅 위에는 "종ㅅ소리"까지 울려 퍼지는 것이다. 여기서 별이나 꽃, 종소리는 물론 희망이라든가 새로운 날을 상징하는 객관적 상관물이다. 그리하여 전반부의 침울, 암흑색 세계와는 그 성향이 근본적으로 다르다.

한편, 여기서 다시 고려되어야 할 것이 이 작품에 대한 무애 자신의 말이다. 되풀이되지만 그는 이 작품이 그 자신의 시적 출발과 『금성』의 세계를 가장 집약적으로 담은 경우라고 말했다. 이런 발언은 우리가 이 작품 제3연에 나오는 상관물 가운데 하나가 별이라는 사실을 알게 되면 곧 그 속뜻이 파악된다. 밤에는 모든 것이 어둠의 장막에 덮인다. 그것을 물리치고 뜬 하늘의 별은 새 세계의 상징이다. 그래도 하늘에는 유난히 그 빛이 밝은 별 하나가 나타난다. 무애는 그것으로 『금성』을 상징시킨 셈이다. 또한 같은 연에는 상아의 높은 탑이라는 구절도 나온다. 그리고 다음 연에서 이 작품은 "새벽안개속에 깊이깊이 감초인 大地"에 울려 퍼지는 음악으로 그 끝을 맺는다. 이런 의미 내용은 전반부의 매우 암울한 세계에 견주어 읽어보아야 한다. 특히, 이 작품 둘째 연에는 죽음 또는 망령의 심상이 제시되어 있다. 그것이 곧 "모래우에 산같이 쌓인 髑髏들"이며 그것이 "일시에 일어나 춤추고 노래하며 痛哭하도다"식 표현이다. 본래 『금성』이라든가 『상아탑(象牙塔)』 등 심상은 우리 전통적인 표현이 아니라 개항과 함께 수용된 서구 문화의 영향으로 생각된다. 이런 생각은 전반부 쪽을 살펴보는 경우 더욱 보강된다. 까마귀 울음을 배경으로 수없이 많은 백골(白骨)이 춤추고 노래하며 통곡하는 세계는 분명 한국이나 동양과는 무관한 경우에 속한다. 그리고 시와 예술에서 이런 세계를 즐겨 다룬 것은 서구다. 특히 근대에 접어든 다음 서구에서 대두된 악마파, 데카당스, 세기말 예술 세계가 즐겨 이런 제재를 다루었던 것이다.

『금성』 발간, 당시 곧 무애의 초기 시가 매우 짙게 세기말 데카당스 사조에 물든 사실은 그 자신의 말을 통해서도 나타난다. 그는 자신이 문학, 곧 신문학에 빠져드는 데(무애는 한문학과 구별하기 위해 문학 또는 현대문학을 흔히 '신문학'으로 표기했음) 결정적 구실을 한 시기가 와세다대학 예과 때였다고 적었다. 그 무렵 그는 우에다[生田]의 『근대사상(近代思想) 16강(講)』, 구리가와[廚川]의 『근대문학(近代文學) 10강(講)』 등을 읽게 된다. 무애는 그들 책에서 얻은 충격을 다음과 같이 적고 있다.

그 책에서 배운 '새 말'들은 어느 것이나 내게 驚異의 感을 주었지만, 지금에도 특히 기억되는 것은 Fin du siècle(世紀末), Nour d'ivoire(象牙塔) 및 데까당(décadent)이란 참으로 매력 있는 세 프랑스어 단어였다. 나는 그 책을 읽고 나서 어쩐지 '썩은 송장'을 아름답다 노래한 「惡의 꽃」의 작자 보오들래르가 좋았고, 1대의 소년 奇才로서 저 천재 詩 「母音」― A noir, B bleu, U vert O blane……의 작자와 그 동성 애인으로 압쌍트 痛飮者요 최고音律 상징시 「샹송 도톰」(가을노래)의 작자 데까당의 化身 베르렌느가 좋았고, 자기가 손수 고안한 耽美服을 입고 런던 거리를 유유히 漫步하면서 아이들의 돌팔매를 태연히 무시하였다는 「獄中記」의 저자, 1대의 驕兒 오스카·와일드가 좋았다. 요컨대 西歐 문학의 신입생인 多感한 이 靑年은 서구 문학중에도 주로 世紀末的인 頹廢 사상과 耽美주의―곧 예술지상주의에 감염되었던 것이다.[7]

물론 이런 무애 자신의 의도가 초기의 그의 시에 100퍼센트 잘 수용되었는가는 별도로 문제될 수 있다. 앞에서 살핀 바와 같이 「기몽」에 악마파, 데카당스의 단면이 검출되는 것은 사실이다. 그럼에도 불

---

7) 위의 책, pp.38~39.

구하고 이 작품에는 상당히 관념의 뼈대 같은 것이 나타나며, 또한 교설적(敎說的)이다. 그런 의미에서 무애의 초기 시 모두가 탐미적이며 예술지상주의, 상징파의 차원에 이르렀다고 보기는 힘들다.[8] 그러나 일단 이런 사실을 접어두기로 하면 무애의 초기 시에 대해 우리는 한 가지 판단을 가할 수 있다. 그것은 그가 매우 강하게 서구 지향적인 입장에서 시를 시작했다는 사실이다. 그리고 이 말을 부연설명하면 다음과 같은 이야기가 가능하다. 무애는 어려서 한문 세례를 받았고 조금 자라서는 지적 호기심과 함께 서구식 근대교육을 받았다. 그런 가운데 그는 동경유학을 분기점으로 문과를 택했던 것이다. 뿐만 아니라 문과 중에서도 창작 활동을 겸한 문학 활동에 뛰어들고 그 구체적인 방법으로 서구 근대문학의 중요 사조 가운데 하나인 상징파, 세기말, 유미주의 등에 강한 매력을 느꼈다. 그 결과 그의 시는 전통적이 아니라 서구 지향의 것이 되었다.

문학 활동 초두에 무애가 악마파, 탐미주의에 매력을 느낀 사실은 청년 시기의 호기심으로 설명이 가능할 것이다. 그 무렵 신학문에 뜻을 둔 모든 젊은이들은 예외 없이 서구의 근대 유행 사조에 강한 매력을 느낀 터였다. 그런데 무애가 동경에 갔을 때 마침 그쪽 문단에서는 데카당스, 유미주의가 최첨단 사조로 각광을 받고 있었다. 이에 무애도 그에 매력을 느끼고 빠져든 것이다. 그러나 그 이전 그가 문학에 투신하고 시를 전공한 동기는 달리 설명되어야 한다. 무애 이전에도 일본에 유학중인 사람은 적지 않았다. 그러나 그들은 대개 법학이나 경제학 등 사회과학을 전공으로 택하거나 더러는 공학이나 의학에 매

---

8) 이에 대해서는 梁柱東 자신이, 앞의 책, P.50에서 "우리들의 당시 詩風이 자칭 상징주의요 퇴폐적임은 屢述한 바와 같다. 그러나 세 사람—뒤에 古月까지를 합한 네 사람의 詩風은 決코 정말 世紀末的 데카당적이 아니었고"라고 한 점이 고려되어야 한다.

달렸다. 문과를 택한 경우에도 철학이나 역사학을 전공으로 잡는 것이 상례에 속했다. 그럼에도 무애는 예과에서부터 순문학과를 택했고 또한 시에 평생을 바치려는 뜻을 세웠다. 이런 선택의 요인, 동기는 무엇이었는지, 이렇게 제기된 물음에 대해서 대충 우리는 직접적인 것과 간접적인 것 두 개의 여건을 생각해 볼 수 있다.

무애가 문학을 택한 간접적 동기로는 다른 분야에 취약한 면이 있었던 사실이 감안되어야 한다. 그의 수학 이력을 뒤져 보면 무애가 향리에서 한문을 읽다가 평양고보에 입학한 것은 열세 살 때였다. 그러나 거기서 그는 한 해를 채우지 못했다. 그 무렵 이미 상당한 한문 실력을 지녔고 『삼국지연의(三國志演義)』를 읽은 그에게 식민지 체제하의 중등 교육이 대수롭게 생각되지 않았기 때문이다. 그것으로 그는 같은 학년 급우들과는 변변하게 인사조차 나누지 않다가 다시 고향으로 돌아 가버렸다.9) 평양고보에 이어 무애는 중동학교(中東學校)에 들어가기는 했다. 그러나 거기서 그는 중등 교육 과정을 1년에 마치는 속성 교육을 받았다. 그러니까 그는 정상적 과정을 모두 마친 다음 대학에 진학한 것이 아니다. 무애의 이런 수학 이력은 그가 자연과학을 이수하는 데는 큰 장애 요인이 되었다. 자연과학, 또는 의학이나 공학은 정밀과학으로 일컬어지는 학문이다. 그것을 이수해내기 위해서는 교과 과정에 따른 학습 과정이 차례로 이수될 필요가 있었다. 그런데 무애는 그런 조건을 갖추지 못한 채 중등 교육을 마친 것이다.

다음 무애가 문학이 아닌 법학이나 다른 사회과학을 택하지 않은 데는 또 다른 사정이 작용했다. 범박하게 보면 사회과학 역시 문과의 테두리에 든다. 그것을 선택하고 고등문관시험에라도 합격하는 날이면 그 당사자에게는 탄탄한 장래가 보장될 수 있었다. 더욱이나 무애는

---

9) 위의 책, p.18.

기억력 하나는 단연 다른 사람의 추종을 허락하지 않는 능력의 소유
자였다. 그런 그가 사회과학, 특히 법학을 외면하고 순문학의 길을 택
했다. 이런 현상은 일단 우리를 의아하게 만든다. 그러나 한 발 물러
서 생각해 보면 이 역시 당연한 사태의 귀결이다. 여기서 우리는 무애
가 유학한 시기를 생각해 보아야 한다. 그것은 주권이 일제에게 강탈
당한 총독 정치 체제하였다. 총독 정치하에서 고등문관시험 응시라든
가 그에 준하는 길을 걷게 되는 것은 한 가지 사실을 전제로 하는 일
이었다. 그것은 일제의 지배 체제를 전면 긍정하며 그들의 사법, 행정
의 하수인으로 근무해야만 한다는 사실이었다. 솔직히 그것은 민족,
국가에 대해 반역적인 행위이며 민족의식을 포기해야 하는 일이었다.
그 무렵 다소라도 주체의식 같은 것을 가진 사람이라면 그 누구도 그
렇게 할 수 없었다. 여기에 바로 무애가 사회과학 전공을 택하지 않은
사유가 있었을 것으로 짐작할 수 있다.

무애가 문학을 택한 직접적 동기는 일차적으로 그의 자의적인 선택
이었고 취향에 의한 것이었다. 그 자신의 회상에 따르면 무애는 18세
때 서울유학을 하면서도 문학을 전공할 뜻은 전혀 없었다고 한다. 그
무렵 그는 문과라는 말뜻에도 맹목이었다. 어느 신문 연재소설에 대학
에서 문과를 전공하기 위해 일본으로 건너갔다는 대목을 이해하지 못
했다. "대체 일본대학 문과(文科)에서 무엇을 가르치노? 한문(漢文) 배우
러 일본까지 갈 것 있나?"10) 이런 무애가 문학, 그 가운데도 시를 선
택하는 데 중요한 동기가 된 것이 동경유학이었고 와세다대학 예과
입학이었다. 그는 중동(中東)을 다닐 때 이미 신문학에 대해 깊은 매력
을 느꼈다고 한다. 그런 생각의 연장 상태에서 그는 와세다대 예과에
서도 일단 문과로 응시했고, 합격이 되기는 했다. 그러나 막상 전공을

---

10) 위의 책, p.22.

선택할 단계에서는 다시 한 번 망설였다고 한다. 첫 단계에서 그는 영문과냐 불문과냐를 두고 고민에 싸였다. 그 자리에서 상담 역할을 한 사람이 훗날까지 무애와 남다른 교분을 가진 손진태(孫晋泰)였다. 그는 보들레르와 베를렌에 강한 매력을 느끼면서도 결단을 내리지 못하는 무애를 격려하여 불문과를 선택하도록 만들었다.[11] 물론 뒤에 무애는 영문과로 그 전공을 바꾸었다. 또한 한문학 역시 순문학을 전공하는 과여서 그것으로도 무애의 시작 활동이 차폐되지는 않았을 것이다. 그러나 무애의 불문학이란 앞에서 밝혀진 바와 같이 악마파, 세기말 사조, 상징주의를 뜻했고 시인의 세계를 지향하는 일이었다. 따라서 그의 프랑스 문학 선택이 시인 양주동의 탄생을 가능케 하도록 만든 결정적 요인이 되었다.

여기서 우리가 또 하나 고려해야 할 것이 무애가 일찍부터 지닌 문장 능력이라든가 작시(作詩) 취향 같은 것이다. 무애는 본래 대단한 재주를 타고난 터여서 10세 전에 이미 한문 입문서들을 독파했다고 한다. 그리고 12세에 장가든 다음에는 당당하게 마을에서 벌어진 한시회(漢詩會)에도 참석했다. 뿐만 아니라 자주 장원에도 올랐다.[12] 한시는 물론 한문으로 된 시이지 훗날 무애가 투신하여 열을 올린 현대시는 아니었다. 그러나 적어도 시라는 점에서는 공통되는 양식이다. 뿐만 아니라 재주를 가진 대부분의 사람들이 그렇듯 무애 역시 상당한 자기 현시욕 같은 것을 어려서부터 지니고 있었다. 그리하여 그는 『맹자(孟子)』나 『장자(莊子)』에 비견될 수 있는 글로 그 자신의 어록인 「양자(梁子)」의 집필을 기도했는가 하면 약관 10대에 마을 어린이들을 모아 서숙(書塾) 비슷한 것을 열기도 했다.[13]

---

11) 위의 책, p.47.
12) 위의 책, p.20.

우리가 자신의 내면세계를 널리 세상에 드러내고 그것을 훗날에 오래 남기기 위해서는 우선 그에 걸맞은 사상과 내용을 확립해야 한다. 자칭 천재인 무애는 그것이 타고난 천분 가운데 하나인 박람강기로 가능하다고 본 듯하다. 그런데 그런 내용이 있어도 말솜씨가 갖추어지지 않으면 사후에까지 인구에 회자되는 작품은 남지 않는다. 이 경우의 필수적 여건이 되는 말솜씨는 문장과 관계된다. 문장법 가운데도 말을 가장 교묘하게 기능적으로 익혀 사용하는 것이 시이다. 무애는 그것을 시골 한시회에 참석했을 때부터 절감했을 것이다. 이런 논리의 바탕 위에서 무애가 택하지 않을 수 없었던 것이 시 양식이다.

2)『금성』 발간의 전후 사정

한국 시단에 무애의 등장을 든든하게 보장해 준 것이 바로 시전문지『금성』이었다. 우리 근대문학사에서『금성』은 ㉠『창조』, ㉡『폐허』, ㉢『백조』에 이은 제4차 문예지였다. 그리고 이 동인지는 이미 앞에서 말한 바와 같이 시전문지로 발간된 것이다. 뿐만 아니라 기획, 편집의 안목과 거기 실린 작품의 질들로 보아 단연 선행한 세 개 동인지를 능가하는 수준의 것이었다. 이런 점으로 보아 무애가『금성』을 주재한 사실은 그 자체로도 한국 근대문학사에서 차지하는 그 위치를 보장해 줄 수 있는 일이었다.14)

무애가『금성』을 발간한 것은 그의 나이 21세 때의 일이다. 이 이전 우리 주변에서 발간된 동인지가 모두 20대 전후의 문청(文靑)들 작

---

13) 위의 책, p.24, 33.

14) 이에 대해서는 이미 김용직, 「시전문집단 金星派의 등장」,『韓國近代詩史』上 (학연사, 1986)에서 언급한 적이 있다. 자세한 사실 설명은 그쪽으로 미룬다.

품이었다. 그러나 이런 사정이 감안된다고 해도 무애가 『금성』을 기획, 발간한 일은 상당히 철 이른 시도라 할 것이다. 더욱이나 『금성』 발간의 상황, 여건을 생각해 보면 이런 생각은 한결 그 정도가 커진다. 일반적으로 『금성』과 같은 동인지 발간을 위해서는 내적인 자격과 외재적인 여건이 고루 갖추어져야 한다. 이때 문제되는 내적 자격이란 동인지의 주체가 될 사람들의 창작 역량이라든가 잡지 편집 능력, 문학 활동의 정신 내용을 이루는 이데올로기 등이다. 그리고 외재적 상황은 잡지 발간을 제대로 이루어내는 경영, 재정 능력을 뜻한다. 외재적 여건으로 볼 때 『금성』은 별로 바람직하지 못한 상황에서 출간된 잡지다. 우선 무애 자신이 동인 운동을 튼튼하게 지탱해 나갈 정도로 부유한 집안의 출신이 아니었다. 뿐만 아니라 당시는 총독부의 검열제도가 엄존하고 있는 때여서 모든 출판 활동이 규제를 받고 있었다.

지금 『금성』 창간호를 보면 그 부피가 모두 50면에 그친다. 그리고 그 편집인은 유춘섭(柳春燮)으로 되어 있고 발행인은 야나미사와(柳美澤梅子)다. 여기 나오는 발행인은 물론 일본인인데 구체적으로 그 당사자는 유춘섭과 특별한 관계에 있었다. 『금성』이 그 기획 때부터 무애가 주동이 된 사실은 여러 가지 사실로 입증된다. 구체적으로 그는 『금성』 창간호 편집 후기에 그것이 발간되는 취지, 의도를 적어놓았다. 뿐만 아니라 훗날의 회상기에서도 『금성』 출간이 자신의 발의, 주관에 의한 것임을 명백히 하고 있다.[15] 이런 사실을 『금성』 창간호의 발행, 편집인 표시에 견주어 보면 재미있는 이야기가 가능해진다. 즉 무애는 일찍부터 『금성』과 같은 시전문지의 발간을 기도했지만 그에게는 경제적 능력이 없었다. 이런 사실을 무애는 『금성』 창간호 편집 후기에서 "우리의 예원(藝園)을 부흥(復興)시킴에 그 무슨 계획이 있어야 할 것으

---

15) 梁柱東, 앞의 책, pp.47~48.

로 생각하였습니다. 그리하여 우리들의 손으로 문예잡지(文藝雜誌)라도 하나 간행(刊行)하였으면 하는 생각이 나기도 이미 이·삼년이 지난 일이올시다"16)라고 적은 바 있다.

이런 재정 형편이 극복된 것은 무애 자신의 출자 능력에 의한 것은 아니었으리라 추정된다. 후에 그는 『금성』 3호의 출간 비용을 마련할 길이 없어서 곤경에 처한 바 있다. 그때 소요 비용을 중등학교 교장인 최규동 선생에게 빌렸다는 기록이 나타난다.17) 예과 1학년 때부터 시도한 동인지 발간에 돌파구가 열린 것은 유엽(柳葉)의 재정 부담에 의한 것으로 보인다. 유엽은 본래 전주지방의 부호집 아들이었고, 동경유학을 하면서도 상당히 여유를 누릴 수 있는 입장이었다. 그는 또한 무애의 충동질과 그 자신의 프랑스 문학 심취로 동인지를 스스로의 출자로 발행해야 하겠다는 의욕도 지닌 터였다. 뿐만 아니라 그는 또 다른 각도에서도 안성맞춤인 조건을 지니고 있었다. 그것이 야나미사와라는 일본인 여성과 사귄 점이다. 일제는 한일합방과 함께 언론을 강하게 통제하고 있었다. 그들은 정기간행물 발행을 까다롭게 규제하고 있었는데, 특히 한국인이 그 발행인일 경우에는 여러 가지 핑계로 잡지의 발간 허가를 내주지 않았다. 그리하여 『창조』는 동경에서 발간되고, 『백조』는 발행인을 아펜셀러로 한 것이다. 이런 사정을 감안하여 『금성』은 발행인을 야나미사와로 했다.18) 그 반대급부로 『금성』의 편집인이 양주동 아닌 유춘섭으로 된 것이다.

『금성』 발간의 내적인 요건을 검토해 보면 무애의 면모는 더욱 약

---

16) 『金星』(1), p.46.

17) 梁柱東, 앞의 책, p.172.

18) 이에 대해서는 『金星』 창간호 후기에 "當局에서 발행인을 外國人으로 하지 않으면 몬저 原稿의 檢閱을 밧어라 하는 때문에, 여긔저긔 發行人을 求하노라니, 自由 없는 悲哀가 새삼스럽게 새로웠읍니다"라고 한 것 참조.

여한 것으로 나타난다. 그는 앞에서 말한 바와 같이 창간호에 권두시로서 「기몽」을 실었다. 또한 창작시 「영원(永遠)한 비밀(秘密)」, 「소곡(小曲)」, 「무제(無題)」를 발표했고, 보들레르의 「깃분 죽음」, 「빈자(貧者)의 사(死)」, 「파종(破鍾)」, 「썩은 송장」, 「가을노래」, 「원수」, 타골의 「해안(海岸)에서」, 「아기의 버릇」을 번역, 소개했다. 그러니까 『금성』 창간호를 통해서만 그는 한꺼번에 열 편 이상의 작품을 발표하고 있는 것이다.

『금성』의 정신적 지향 내지 문학 활동의 이데올로기는 그 목차를 검토해 보면 단적으로 드러난다. 이 잡지에는 앞에 든 무애의 작품들 외에 창작시로 백기만의 「꿈의 예찬」, 「내살님」, 「기쁨」, 손진태의 「만수산(萬壽山)에서」, 「짝사랑」, 유춘섭의 「낙엽(落葉)」 등과, 동시로 백기만의 「청(靑)개고리」, 손진태의 「별똥」, 「달」, 백기만의 번역시 「그때 그뜻을」 등이 실려 있다. 또한 유춘섭의 시적인 에세이인 「사자(獅子)의 악아리」와 시론 「시(詩)와 만유(萬有)」가 게재되어 있다. 이런 목차를 검토해 보면 『금성』을 지배한 의식 성향이 어느 정도 파악된다. 그것은 크게 두 가지로 짐작될 수 있다. 그 하나는 시만을 추구하는 시일체주의 같은 것이다. 그런 사실은 『금성』 창간호에서 시와 그에 관계되는 것의 테두리 밖에 속하는 글만으로 잡지를 꾸린 점에서 단적으로 드러난다. 이에 대해 유춘섭의 다음과 같은 말도 참고할 필요가 있다. "詩는 모든 것의 極致올시다. 宗敎, 道德, 法律, 이 모든 것의 우에 있습니다. 詩人은 豫言者외다. 自然의 深奧한 妙理와 宇宙의 眞理를 天理爛漫하게 노래하는 者외다. 詩人은 擇함을 받는 人間이올시다."[19]

『금성』을 지배한 또 하나의 정신 경향으로 우리는 급진주의 대신 온건한 입장을 취한 것과 근대적 서정시 제작에 그 역점을 둔 점을 지적할 수 있다. 『금성』이 온건한 입장을 택한 점은 그 동인들의 작품

---

19) 유춘섭, 「詩와 萬有」, 『金星』(1), p.47.

들이 단적으로 그것을 증명해 준다. 구체적으로 양주동이나 백기만, 유춘섭, 손진태 등의 작품은 모두가 행과 연 구분을 한 것들이며 그 말씨들 역시 심한 파격으로 이루어진 것은 나타나지 않는다. 이런 사실과 함께 우리가 검토해야 할 것이 『금성』의 번역시다. 여기서도 무애가 주도적이지만 그 원전은 보들레르, 타골 등이다. 무애가 이들 시인의 작품을 소개하고 있을 때 이미 우리 주변에서는 미래파라든가 사상파(寫象派)의 작품도 수입이 시도되고 있었다.[20] 이것은 『금성』의 해외시 수용이 과격한 성향을 띤 현대시를 대상으로 한 것이 아니라 그 이전의 근대 서정시에 머문 단적인 증거다. 결국 『금성』을 통해서 나타나는 바 무애는 근대적 서정시의 제작, 발표자로 출발한 것이다.

3. 무애의 시와 시론

『금성』이 출간되기 전까지 우리 시단은 대체로 세 가지 각도에서 그 형성, 전개가 이루어지고 있었다. 우리가 근대시라고 할 때 그것은 전근대적인 말씨나 정형의 틀을 허무는 것을 뜻했다. 그 토대 위에서 새로운 가락을 빚어내어야 근대시가 이루어지기 때문이다. 또한 근대 서정시는 서정시의 한 특질을 이루는 사적 세계의 효과적인 제시 문제에도 전략을 가질 필요가 있었다. 본래 서정시란 서사시와 달라서 개인의 내밀한 정감에서 출발한다. 그런데 우리 전통시는 대개 그 반대쪽에 놓인 것이었다. 특히, 조선조 말의 여러 시조나 가사, 그리고 개항이 된 다음 나타난 과도기적 형태인 창가, 신체시 등은 정치·사

---

20) 이런 경우 우리에게 좋은 보기가 되는 것이 김억의 번역시집 『잃어버린 眞珠』(平文館, 1924)다. 이 시집 서문에서 미래파, 입체파, 사상파 등의 이름이 적혀 있고 보기로 애미 로웰의 작품이 제시된 것도 있다.

회적인 제재들을 개설적인 각도에서 노래한 것들이었다. 이것은 말할 것도 없이 근대 서정시의 기본 전제에 비추어볼 때 빗나간 것이었다.

본래 근대시는 고전문학기의 작품과 달라서 그 자체의 미학을 지니는 것이 되어야 했다. 우리 근대시인들 가운데 비교적 우수하다고 생각되는 시인들이 이에 대한 인식을 가진 것은 1920년대를 전후해서다. 이 무렵 우리 주변에는 주요한과 김억, 김소월, 한용운, 이상화 등이 나타났다. 주요한과 김억은 주로 내밀한 세계를 부드러운 가락에 실었다. 그들은 가능한 한 고운 울림을 내는 말들을 쓰면서 자신들의 생각을 그 속에 저며 넣었던 것이다. 김소월은 이들 두 시인의 계승자인 동시에 그 토대 위에 새로운 지평을 연 시인이다. 그는 몇몇 작품을 통해서 따뜻한 마음을 고운 가락에 실어서 그것을 보편화시키기에 성공했다. 그 좋은 보기가 되는 것이 「산유화」, 「접동새」, 「초혼」, 「예전엔 미처 몰랐어요」, 「먼 후일」 등이다.

다음 한용운은 성공적인 작품을 통해서 상상력의 폭을 확대시키고 그 내용에 형이상학적인 깊이를 지니도록 만들었다. 그리고 이상화는 산문에 가까운 형태 속에 정서적 언어를 빚어내기에 힘썼던 것이다. 무애의 등장이 이들 시인의 다음 단계에서 이루어졌다는 사실은 주목되어야 한다. 그것은 곧 그의 시가 이들 선행 한국 근대시인이 구축한 차원에서 한 걸음 나아가야 함을 뜻했다. 그 성패로 그의 문학과 문학사적 의의가 결정될 것이었기 때문이다.

1) 시집 『조선(朝鮮)의 맥박(脈搏)』

이제 우리는 무애의 시를 우리 나름대로 검토하기 위해서 『조선의 맥박』을 집중 검토해 볼 필요가 있겠다. 앞에서 이미 드러난 바와 같이 이 시집에는 무애가 들끓는 의욕으로 작품 활동을 한 초기의 시가 담겨 있다. 따라서 거기 수록된 작품들이 무애의 시를 대표하게 된다. 또한 이 시집이 우리에게 주목되는 다른 까닭은 거기에 "시(詩)의 근본적 문제는 시상(詩想)도 시상(詩想)이려니와 나는 보담 못지않게 그 형태(形態)에 있다고 생각한다"21)라는 부분이 있기 때문이다. 여기서 형태라는 개념은 그 다음 자리에서 무애가 보강한 말로 그 윤곽이 한결 뚜렷이 드러난다. 즉, 여기서 그는 형태를 운율의 문제로 돌리고 있다. 결국 무애는 이 시집에서 서정시의 중요 단면이 기법에 있음을 간접적으로 언급한 셈이다. 구체적으로 이 시집을 살피면 우선 눈에 띄는 것이 「산넘고 물건너」, 「별후(別後)」, 「산ㅅ길」 등과 「나는 이나랏사람의 자손이외다」, 「조선의 맥박」, 「선구자(先驅者)」 등이다.

　「산넘고 물건너」, 「별후」, 「산ㅅ길」 등은 그 세계가 공적인 경우라기보다는 작가의 마음속에 일어난 의욕과 감동을 다룬 작품이다. 「산넘고 물건너」는 "산 넘고 물 건너/ 내 그대를 보러 길떠낫노라"로 시작된다. 이 작품 2연은 그대를 그리는 화자가 산과 바닷가 어느 곳이고 그가 그리는 사람이 있다는 소문을 듣고 찾아 헤매는 내용으로 이루어진다. 그리고 마지막 연은 "아아 오늘도 잃어진 그대를 찾으려/ 일음 모를 이 마을에 헤매이노라"로 끝난다. 이 작품에 대해서는 무애 자신이 그 제작 동기를 밝힌 바 있다. 그에 따르면 이 작품은 그가 동경유학 때 귀성길에 한강 하류에서 교편을 잡고 있었던 아내를 상대로 쓴 것이라 한다.22) 이런 부전이 없더라도 이 작품의 어투는 적지 않게 주정적인 동시에 마음의 파동을 느끼게 만든다. 그런 의미에서 이 작품은 무애의 시 가운데도 가장 연파적(軟派的) 서정시에 속한다.

---

21) 梁柱東, 『朝鮮의 脈搏』(1932. 2), p.34.
22) 梁柱東, 『文酒半生記』, p.216.

다음 「별후」 역시 「산넘고 물건너」와 같은 단면을 드러낸다.

　　　발ㅅ자옥을 봅니다.
　　　발ㅅ자옥을 봅니다.
　　　모래우에 또렷한
　　　발ㅅ자옥을 봅니다.

　　　어느날 벗님이 밟고간자옥,
　　　못뵈올 벗님이 밟고간자옥,
　　　혹시나 벗님은 이발자옥을
　　　다시금 밟으며 돌아오려나.

　　　님이야 이길로 올리없건만,
　　　님이야 정녕코 돌아온단들,
　　　바람이 물결이 모래를슻어
　　　옛날의 자옥을 어이찾으리.

　　　발ㅅ자옥을 봅니다,
　　　발ㅅ자옥을 봅니다,
　　　바다ㅅ가에 조고마한
　　　발ㅅ자옥을 봅니다.

— 「별후」 전문23)

　　그 예술적 성과로 보면 「별후」는 앞의 것보다 다소간 향상된 것으로 평가될 수 있다. 무애의 작품 가운데 어느 것은 진술 형태로 이루어진 것이 있다. 그리하여 그 내용은 감각적 상태로 읽는 이에게 향수되는 게 아니라 서사적으로 전달된다. 그러나 이 작품에서는 그것이 어느 정도 극복되어 있다. 여기서는 화자가 지닌 그리운 마음이 "발ㅅ

---

23) 『朝鮮의 脈搏』, pp.25~26.

자욱"이라는 객관적 상관물로 심상화되어 있다. 이것은 이 작품이 진술의 차원을 넘어섰음을 뜻하는 것이다. 한편, 이 작품은 전자보다 강하게 애정시의 성격을 띤다. 여기서 발자국의 주인공은 화자가 애타게 그리는 어느 사람이다. 그리고 화자는 그와 헤어진 사실을 매우 가슴 아파한다. 인간관계에서 이별의 정이 가장 집약적으로 나타나는 경우는 혈육이라든가 부부, 또는 이성간이다. 그런데 무애 자신의 고백에 따르면 이 시의 그것은 마지막 경우에 해당된다. 그 자신의 회상기 한 부분에는 이 작품에서 그리움의 대상이 된 당사자가 강경애로 나타난다. 그녀는 『금성』을 발간할 무렵 무애에게 시와 문학을 배우면서 상당히 가까워졌다. 그러나 다른 여건으로 두 사람의 교제는 오래 가지 못했다는 것이다.[24] 그러니까 이 작품은 서정시의 중요 유형 가운데 하나인 애정시에 속한다. 다음 「산ㅅ길」은 서정소곡으로 3장으로 되어 있다. 그 전문은 다음과 같다.

<blockquote>

1
산ㅅ길을 간다, 말없이
호을로 산ㅅ길을 간다.

해는 저서 새소리 그치고
짐승의 발ㅅ자최 그윽히 들리는
산ㅅ길을 간다, 말없이
밤에 호을로 산ㅅ길을 간다.

2
고요한 밤,
어두은 수풀.
가도 가도 험한 수풀,

</blockquote>

---

24) 『文酒半生記』, pp.52~53.

별안보이는 어두은 수풀

산ㅅ길은 험하다,
산ㅅ길은 멀다.

3
꿈같은 산ㅅ길에
화토ㅅ불 하나.

(길없는 산ㅅ길은 언제나 끝나리,
캄캄한 밤은 언제나 새리.)

바위우에
화토ㅅ불 하나.[25]

— 「산ㅅ길」 전문

이 작품은 어떤 인격을 노래한 시가 아니다. 여기서는 그저 나그네의 정 같은 것이 바닥에 깔려 있고 그 마지막에 마음을 기댈 매체로 "화토ㅅ불"이 나온다. 사람에 따라서는 이것을 일제 치하의 암담한 상황과 그에 벗어나고자 하는 희망의 상징으로 불이 제시되었다고 할 수도 있을지 모른다. 그러나 일제 치하와 같은 식민지 체제에 대한 인식은 반드시 그 부수의식으로 비판, 저항의 자세를 곁들이게 한다. 그리고 식민지 체제하의 비판, 저항의식은 불가결하게 비극적 심상을 부수시키는 것이다. 그러나 이 작품에서 그런 단면은 나타나지 않는다. 이런 의미에서 이 작품 역시 연파 서정시의 한 갈래인 여행자의 정서를 읊은 것으로 판단된다.

무애 시의 단순 서정성은 「나는 이나랏사람의 자손이외다」, 「조선의

---

25) 『朝鮮의 脈搏』, pp.18~20.

맥박」,「선구자」등에 이르면 양상을 달리 하고 나타난다. 앞의 몇 작품에서 무애의 말씨는 매우 부드러운 쪽이었다. 그것은 개인적인 정조를 주조로 한 것이어서 나라·겨레라든가 사회·역사의식 같은 것과는 거리를 가졌다.「나는 이나랏사람의 자손이외다」이하 몇몇 작품에 이르면 그런 사정에 변동이 생긴다. 다음은「조선의 맥박」전문이다.

한밤에 불꺼진 재와 같이
나의 情熱이 두눈을 감고 잠잠할 때에,
나는 조선의 힘없는 脈搏을 짚어보노라,
나는 님의 毛細管, 그의 脈搏이로다.

이윽고 새벽이되야, 환한 東녁 한울 밑에서
나의 希望과 勇氣가 두팔을 뽐내일때면,
나는 조선의 甦生된 긴한숨을 듯노라,
나는 님의 氣管이오. 그의 숨ㅅ결이로다.

그러나 보라, 일은 아츰 길ㅅ가에 오가는
튼튼한 젊은이들, 어린 學生들, 그들의

공던지는 날내인 손발, 책보낀 女生徒의 힘잇는 두팔,
그들의 빛나는 얼골, 活氣 잇는 걸음거리,—
아아 이야말로 참으로 조선의 산脈搏이 아닌가.

무럭무럭 자라나는 갖난 아이의 귀여운 두볼,
젖달라 외오치는 그들의 우렁찬 울음,
적으나마 힘찬, 무엇을 잡으려는 그들의 손아귀,
해죽해죽 웃는입술, 깃븜에 넘치는 또렷한 눈동자,—
아아 조선의 大動脈, 조선의 肺는, 아기야, 너에게만 잇도다.[26]

—「조선의 맥락」전문

---

26) 위의 책, pp.63~64.

이 작품은 그 제목이 그대로 시집의 제목으로 쓰인 것이다. 이런 사실로 미루어 무애가 이 작품을 아낀 정도가 짐작된다. 그런데 이 작품은 앞의 것들과 달리 상당히 교술적인 경향이 짙다. 우선 이 작품의 주제내용이 되고 있는 것은 무애의 나라, 겨레에 대한 생각이다. 첫 연에서 화자는 자신을 바로 나라, 겨레의 혈관, 맥박과 일체화시킨다. 그리고 이어 3연과 4연에서 젊은이 또는 학생, 그리고 어린이의 손발과 움직임, 숨결 속에서 조선의 맥박을 느낀다. 특히 갓난아기는 나라, 겨레의 상징 가운데 가장 으뜸가는 것이다. 그리하여 이 작품 마지막은 "아아 조선의 大動脈, 조선의 肺는, 아기야, 너에게만 잇도다."로 끝난다. 무애 이전에 주정적 서정시를 쓴 시인으로 나라·겨레에 대한 생각을 줄기로 작품을 쓴 예가 한둘이 아니다. 가령 주요한에게 「조선」이 있고 「채석장」이 있다.27) 또한 서정소곡만을 쓰고 사적인 세계를 가락에 실은 김소월도 「밭고랑 우헤서」나 「바라건데는 우리에게 보섭대일 땅이 있다면」을 남긴다. 이들 이외의 시인들 곧, 신경향파와 카프의 시인들 가운데는 현실이나 역사만을 다룬 예도 나타난다. 그러나 이들은 처음부터 연파 서정시를 부르주아의 향락 취미로 배제한 사람이다. 따라서 무애와는 그 시작 태도가 근본적으로 다르다.

그런데 무애의 작품인 「조선의 맥박」 등은 그와 정신적인 지향을 같이 하는 주요한이나 김소월의 참여시와도 그 성격이 다른 것이다. 주요한이나 김소월의 상기 작품들은 전체 그들의 시에 견주어 보면 문자 그대로 소량이다. 이것은 그들이 추구한 세계가 어디까지나 내밀스러운 목소리로 이루어진 서정소곡이었음을 뜻한다. 그러나 무애의 경우에는 나라·겨레에 대한 생각을 담은 작품이 어엿하게 한 가닥을

---

27) 이에 대해서 자세한 것은 김용직, 「漸進主義의 文脈化」, 朱耀翰의 경우, 『韓國近代詩史』(下), pp.243~256 참조

이루는 것이다. 이에 대해서는 그가 『조선의 맥박』 서문에서 "이 詩集은 前後三部作으로 난호여잇다. 흔히 靑春期의 情愛를 主題로 한 敍情詩와 및 가벼운 小曲 따위는 『永遠한 祕密』 속에 包含되었고, 思想的이오 主知的인 諸作은 『朝鮮의 脈搏』 속에 蒐集되었다. 前者와 後者와의 差異는 주로 나의 詩境이 個人的 情感의 세계로부터 차차 社會的 現實로 轉向한 것을 보인다"28)라고 한 것이 참고되어야 한다. 단적으로 말해서 「조선의 맥박」은 나라·겨레에 대한 생각, 또는 사회적 현실을 수용한 작품이다. 그리고 그 작품의 격조도 어느 정도는 유지되어 있다. 이 무렵 좌파가 아니면서 사회적 현실을 노래했고, 그것이 어느 정도의 성과를 얻은 예는 그리 많지 않다. 그런 의미에서 무애의 사화집인 시집 『조선의 맥박』은 마땅히 주목되어야 한다.

2) 무애의 시론

시인으로 무애가 갖는 또 다른 풍모는 그가 아직 철 이른 시기에 시작의 토대가 되는 문예비평 분야에도 관심을 기울인 점이다. 구체적으로 그는 『금성』 2호에 「시(詩)란 엇더한 것인가」를 썼고 이어 2, 3호에는 「시(詩)와 운율(韻律)」, 그리고 「바이론 평전(評傳)」을 남겼다. 뿐만 아니라 후에 무애의 비평적 발언은 그 범위가 문학 전반에 걸친 쪽으로 확산되었다. 1926년에 무애는 아직 일개 신진문인에 지나지 않았다. 그런 그가 당시 한국 문단의 움직일 수 없는 지도자 이광수에 도전하여 그의 「중용(中庸)과 철저」를 비판, 공격하기에 이른 것이다.29)

---

28) 『朝鮮의 脈搏』, p.5.

29) 이에 대해서는 무애 자신이 앞의 책 p. 46에서 "이 글이 <조선일보>에 실리자 나의 文名이 일약 온나라에 퍼졌고, 더구나 그 오만한 春園이 내 글을 읽고 즉시 東亞紙에 그 答文겸 비평문인 '梁柱東씨의 「철저와 中庸」을 읽고'란, 45회에 걸친 長

당시의 무애의 비평들을 살피면 대충 다음과 같은 유형 구분이 가능
하다.

    (가) 서구의 근대시, 특히 영미계와 프랑스 상징파 시와 시론을 이해,
        파악하려는 시도
    (나) 시의 속성, 또는 본질 이해의 시도, 특히 서정시에 대한 이해,
        파악에 대한 관심
    (다) 시의 운율, 또는 형태에 대한 이해, 파악 시도

(가)는 대체로 『금성』을 통해서 발표한 것들이다. 구체적으로 상징
파 시에 대한 것은 그의 번역시 뒤에 붙인 '역자의 말'로 나타난다.
이때 무애는 보들레르의 「깃분 죽음」, 「썩은 송장」에 대해서, '심미적
변태적 경향'이라는 평설의 말을 붙였다.[30] 역시에 대한 역자 나름의
의견을 적은 것이다. 무애의 이 방면에 대한 발언으로 어느 정도 부피
를 가지는 것은 「바이론 평전」이다. 이 글은 그 허두의 말에 따르면
바이런 서거 100주년 기념으로 쓰인 것이다. 그러나 그 내용은 바이런
의 경력 사항을 적은 데 그치는 것으로 작품 자체에 대한 분석, 검토
가 가해지지는 않았다. 이렇게 보면 무애의 서구 근대시에 대한 발언
은 적지 않게 제한된 테두리에서 이루어진 셈이다.

다음 (나)는 「시란 엇더한 것인가」를 통해서 집약적으로 제시되어
있다. 이 글은 ① 시는 무엇이냐? ② 시와 산문, ③ 시와 음악, ④ 외
국시와 조선시 등 네 개의 장으로 이루어져 있다. ①에서 무애는 시를
정의하여 "우리 사람의 自然이나 人生에 대하여 느낀 바 情緒를 개성
과 想像을 통하야, 가장 단순하고 솔직하게 音律的 言語로 表現한

___

論을 발표함에 미쳐 나의 盛名은 그야말로 文壇을 풍미하였다"라고 한 것이 있다.
30) 『金星』(2), p.33.

것”[31]이라고 적었다. 그리고 ②에서는 시와 산문, 특히 자유시와 산문을 구별하여 언뜻 보면 근대 자유시는 산문과 같은 듯 생각되기도 한다고 전제하고, 양자의 차이는 리듬에 있다고 보았다. 여기서 무애는 시의 리듬이 산문과 어떻게 다른가를 밝혀서 “시의 리듬은 산문의 그것보다 한층 강조한 긴장된 것이올시다. 시는 우리가 그것을 읽을 때에 그 리듬이 분명히 우리에게 어떠한 강조하고 긴장한 정서의 활동을 전합니다”[32]라고 지적했다. 또한 ③에서는 시와 음악이 불가분의 관계에 있다고 밝혔고, ④에서는 한국의 당시 시를 서구와 일본에 견주어 말하였다. 여기서 그는 한국시 곧 근대 자유시가 아직 과도기를 벗어나지 못한 상태임을 개탄하고 있다.

이상 살핀 바와 같이 시 본질론의 입장에서 보면 ③, ④는 참고 자료에 그친다. 무애가 만약 시의 음악성에 대해 좀 더 차분히 생각했더라면 시의 본질이 어조나 가락, 그리고 전작품의 정서와 유기적인 상관관계에 있음을 알았을 것이다. 그런데 그는 “프랑스 상징파 시인들이 기법에만 치우친 나머지 시의 음악을 오해했다”라고 엉뚱한 불평을 토로하고 있는 것이다.[33] 또한 외국시와 조선시에서는 한국 근대시가 단순히 서구와 일본 것들의 모방, 그것의 아류인 양 단정하고 있다. 이것은 그 자신이 작품을 쓴 무애의 발언으로는 온당한 게 못 된다. 그런 의미에서 ③과 ④는 앞에 놓인 두 장보다 뒤떨어지는 것이다. 한편 ①에 보인 시의 정의는 당시 우리 주변의 수준으로 보아 상당한 발언에 속한다. 거기에는 상상력과 언어의 정서적 사용, 운율 등 근대시의 중요 단면으로 생각되는 몇 가지 요소가 두루 언급되어 있는 것

---

31) 『金星』(3), pp.103~104.
32) 위의 책, p.106.
33) 위의 책, p.107.

이다. 다음 「시와 산문」은 자유시의 속성을 간결하게 말한 점에서 주목된다. 자유시의 생명은 그 내재율의 확보와 언어의 구체화, 견고화를 통해서 결정된다. 그것을 무애는 리듬의 강조와 '긴장한 정서'의 두 마디로 대치시키고 있는 것이다.

다음 (다)를 대표하고 있는 것이 「시와 운율」이다. 이 글은 「시란 엇더한 것인가」의 속편으로 쓰인 것인데 그 내용은 ① 형식 운율(形式韻律) ② 내용 운율(內容韻律)로 이루어져 있다. ①에서 무애는 평층법, 압운법, 음수율 등을 들고 이어 내용률을 정의하여 '어음(語音)과 어세(語勢)'로 그것이 결정된다고 밝혔다. 그가 말한 '어음'이란 '흰', '허―연', '하―얀' 등에 의해서 그 차이가 나는 경우를 가리킨다.[34] 이로 미루어 보면 그가 말한 어음이란 음성 상징을 가리키는 듯 보인다. 또한 '어세'에는 '완급(緩急)'이 있고 정열적이며 호방한 것과 명상적이며 고요한 것도 있다는 지적도 있다. 이로 미루어 보면 그는 시에서 '느낌'의 의의를 말하고자 한 것임을 알 수 있다.

이상 검토를 통해서 무애의 시론의 윤곽이 어느 정도 파악된다. 시의 속성에 대해서 그는 부분적으로 상당한 안목을 가졌던 듯 보인다. 그러나 그것은 개론 정도의 발언인 경우라는 단서가 붙기도 한다. 그는 물론 1920년대 중반기라는 한국 시단의 초창기에 등장, 활약한 시인이다. 그의 발언처럼 당시의 우리 시와 시단이 자유시나 서정시에 대한 뚜렷한 인식 없이 암중모색의 단계에 있었던 것은 부인할 수 없다. 문제는 그가 그런 당시 우리 시단의 수준 위에서 작품 활동을 전개했다는 점이다. 그렇다면 그가 훌륭한 시인인 경우 당연히 한국시의 새로운 틀을 만들어가야 했고 독특한 언어와 기법을 통해서 우리 시단에 그 나름의 지평을 타개했어야 했다. 그럼에도 그는 정작 필요한

---

34) 위의 책, p.84.

근대시의 기법들, 곧 말의 긴축적인 사용이라든가 정서의 독특한 조직, 운율의 기능적 해석에는 별로 성공적이지 못했다. 여기에 바로 무애의 시론이 지닌 한계가 있었다. 그것은 또한 무애의 시가 정지용, 김영랑, 김기림 등 후속 부대에 의해 추월당할 빌미를 제공한 것이기도 하다.

4. 시를 넘어서 — 맺는 말

시집 『조선의 맥박』을 낸 다음 무애는 그 주력을 시작 활동에서 비평 쪽으로 이동시킨다. 그는 당시 문단의 패권을 장악한 카프측의 계급문학론에 맞서 민족을 고려하면서 문학을 논하려는 민족문학파의 편에 섰다. 이때 무애가 카프에 반기를 든 까닭은 명백하다. 시인으로 출발한 그는 아무리 생각해도 시의 바탕이 되는 것은 계급이 아니라 시의 매체가 되는 말이었고, 그것으로 빚어지는 전통적 틀이나 가락, 정서였기 때문이다. 그런데 그의 이런 문학적 입장은 상당한 약점도 지니고 있었다. 카프의 계급에 맞서 국민문학파가 내세운 것은 조선정신이나 조선혼이었고 계급적 의식어에 대한 조선말과 조선글이었다. 무애가 생각하기에 그것은 또 다른 의미의 이데올로기일 뿐이지 시나 문학일 수는 없었다. 이에 무애는 조선혼과 조선정신, 그 말과 글의 실체를 파악하고 나아가 그 문화를 포괄적으로 인식, 파악할 필요에 직면했다. 그런데 그가 이런 생각을 품게 되었을 때 정작 우리 주변에는 제대로 된 문화사 하나 없었고, 문학사, 어학사도 나타나지 않은 형편이었다.

이런 사정 아래서 무애가 취할 길은 세 가지 밖에 없었다. 그 하나는 뚜렷한 신념을 갖지 못한 상태에서 계속 시를 쓰고 그것을 변명,

해설할 비평 활동을 지속시키는 길이었다. 그랬더라도 무애의 솜씨로 보아 어느 정도 우리 시단에서 그 위치를 확보할 수는 있었을 것이다. 다음 또 하나의 길은 국민문학파의 일부가 그렇게 한 것처럼 조선혼, 조선심을 들추어가면서 그 실천 형태로 시도된 시조에 매달리는 길이었다. 이것으로 그의 반계급 민족문학론이 어느 정도 변명될 수 있었다. 다음 세 번째 길은 시와 문학을 버리고 아예 다른 문화 활동으로 방향을 바꾸는 일이었다. 이것은 물론 무애가 시를 계속 할 수 없다는 능력의 한계를 스스로 시인하는 것이었다. 어느 의미에서 그것은 가장 뼈아픈 자기 확인 같은 것이었다. 그러나 한편으로 생각하면 스스로의 한계를 깨친 자가 시도할 수 있는 용기 있는 선택이기도 했다.

무애에게는 남다른 긍지와 자존심이 있었다. 평생에 걸쳐 그는 자신의 재주를 크게 믿은 사람이다. 그런 그의 입장에서 보면 최량의 것이 못 되는 상태에서 시작(詩作)을 계속한다는 것은 자신을 부정하는 일 이외의 아무것도 아니었다. 그리하여 그는 계속 시작 활동을 하는 길을 택하지 않았다. 다음 두 번째 경우에도 비슷한 논리가 성립된다. 일부 국민문학파가 시조를 택한 것은 그것이 우리 전래의 고유양식이라는 이유에서였다. 그런데 시대 상황에 따라서 양식은 변하고, 문체, 형태도 바뀐다. 그리하여 근대 이후 시들이 정형률을 등지고 자유시가 된 것이다. 그럼에도 굳이 시조 부흥 운동을 꾀하는 일은 적극적 입장에서 시를 건설하는 길이 아니었다. 이런 논리의 귀결 위에서 무애는 시조에 그의 문학을 걸지도 않았다(후에 그가 시조를 쓰기는 했다. 그러나 이때 그것은 어디까지나 여기(餘技)의 입장에 의한 것이었다).

한편, 무애에게는 세 번째 길을 택하는 때에 안성맞춤인 몇 가지 여건이 있었다. 일찍부터 그는 한문을 읽어왔고 또 박람강기로 이름이 높았다. 뿐만 아니라 그는 대학에서 영문학을 전공하면서 근대학문에서 요구되는 논리적 사고라든가 추리, 연역 등 분석, 검토와 논술의 방식도 익혔다. 당시 우리 주변의 어문학 연구는 무애와 같이 유능한 사람의 참여를 기다리는 상태였다. 이런 상황 속에서 그를 한국어문 연구로 내몰게 된 아주 결정적 동기가 부여되었다. 그것이 1929년에 간행된 오구라(小倉進平)의 향가 연구였다. 이 무렵 무애는 평양의 숭실 전문에서 교편을 잡는 한편 계속 문단에도 관계하고 있었다. 그런 어느 날 그는 도서관에서 경성제대 조선어문학과의 교수인 오구라의 저서를 접하게 된 것이다. 이때의 충격을 무애는 다음과 같이 적었다.

> 나로 하여금 國文學 古典 연구에 發心을 지어준 것은 日人 조선어학자 小倉씨의 『鄕歌 및 吏讀의 研究』(1929)란 著書 그것이었다. 『文藝公論』을 폐간하고 심심하던 차 우연히 어느날 학교 도서관에 들렀더니, 새로 刊行된 『京城帝國大學紀要 第一卷』이란 어마어마한 부제가 붙은 厖大한 책이 와 있다. 빌어다가 처음은 好奇心으로 차차 驚異와 감탄의 눈으로써 하룻밤 사이에 그것을 通讀하고 나서, 나는 참으로 글자 그대로 경탄하였고 한편으로 悲憤한 마음을 금할 길이 없었다. 첫째 우리 文學의 가장 오랜 遺産, 더구나 우리 文化 내지 思想의 現存 最古源流가 되는 이 귀중한 鄕歌(新羅歌謠, 詞腦歌)의 釋讀을 近千年來 아무도 우리 손으로 시험치 못하고 外人의 손을 빌었다는 그 민족적 부끄러움, 둘째 나는 이 사실을 통하여 한 민족이 다만 '총칼에 의해서만 亡하는 것이 아님'을 문득 느끼는 동시에 우리 文化가 言語와 학문에 있어서까지 완전히 저들에게 빼앗겨 있다는 사실을 통절히 깨달아 내가 혁명가가 못되어 총칼을 들고 저들에게 대들지 못하나마 어려서부터 학문과 文字에는 약간의 天分이 있고 맘속 깊이 願도 熱도 있는 터이니 그것을 武器로 하여 그 빼앗긴 문화 遺産을 학문적으로나마 決死的으로 戰取, 奪還해야 하겠다는 내딴에는 사뭇 悲壯한 發願과 決意를 하였다.[35]

이렇게 시작된 무애의 향가 연구는 곧 『청구학총(靑丘學叢)』 19집을

---

35) 『文酒半生記』, pp.286~287.

통해서 발표되었다. 그 성과는 무애 스스로가 오구라의 업적이 반휴지가 되었다고 단언했을 정도로 폭발적이었다.[36] 이제 돌이켜 보면 시인 양주동이 한국어문 연구로 방향을 돌린 것은 그 나름대로 현명한 처사였다. 그가 시단에서 자리를 굳히고 있었을 때 이미 우리 주변에는 정지용, 김영랑, 김기림, 신석정 등 일련의 현대적 감각을 지닌 시인이 등장했다. 무애의 근대시와 시론으로는 그들에 견주어 시단의 첫 자리를 차지할 게재가 아니었다. 뿐만 아니라 그에게는 앞서 말한 바와 같이 우리 어문 연구에 적격인 몇 가지 요건이 갖추어져 있었다. 그것이 어떤 일을 계기로 구체화하고 실행에 옮겨진 것이다. 어떻든 이 외국문학도 출신의 한국 고전연구가 시작되자 일인(日人)학자들의 연구가 뒷전으로 돌아가는 사태가 벌어졌다. 이렇게 보면 무애가 시에서 멀어진 일은 또 다른 의미의 출발이었다. 그를 통해서 그에게는 새로운 우주—앞의 경우보다 훨씬 더 크고 넓으며 보람이 있는 새 시야가 타개되었으니 말이다.

---

36) 위의 책, p.288.

V. 순수와 시대상황

— 김영랑론

1. 서정시의 대명사

두루 알려진 바와 같이 한국 신시의 형성, 전개에서 선두 주자가 된 것은 육당(六堂)과 고주(孤舟) 등 개화·계몽주의자들이었다. 그들은 시를 개화의 괭이로 삼고자 했다. 그 지양, 극복을 시도한 것이 주요한, 김억, 김소월 등의 근대시인들이다. 이들은 우리 시에서 전근대의 그림자로 생각되는 교술성을 불식시키는 일을 최우선 과제로 삼았다. 그 지양 형태로 작품의 예술성을 증폭시키고 시 자체의 본령으로 생각되는 서정성의 배가를 지향했다.

1920년대 전반기부터 우리 시단에는 신경향파로 지칭된 일군의 시인·작가들이 나타났다. 이들은 문학을 사회 개혁의 도구로 잡았으며 시를 정론(政論)의 방수로(放水路)로 생각했다. 그 개편 형태인 KAPF의 단계에서 신경향파는 특정 이념에 매달리기 시작했다. 그들은 시가 혁명의 북과 나팔이 되어야 한다고 믿었다. 그들의 작품은 특정 정치사상의 전단 형태가 되어 버렸다. 김영랑이 우리 시단에 등장한 것은 바로 이와 같은 우리 문단의 강설기(降雪期)에 이르러서였다.

널리 알려진 바와 같이 김영랑은 처음부터 잡담을 제하는 태도로 순수 서정시만을 썼다. 그가 추구한 것은 시 자체였고 그런 목표를 달성하기 위해서 그가 외곬으로 매달린 것이 마음속의 파문을 소중하게 다루는 일이었다. 그 자신이 생각한 좋은 시, 아름다운 시를 만들어내기 위해서 김영랑은 허위단심 말들을 갈고 다듬었다. 그를 통해 부드러우면서 감미로운 가락이 빚어지기를 기했다. 한때 그의 시에 대해서 좌파는 물론 우파, 순수 문학계에 속하는 시인·작가들까지 비판을 가하는 예가 생겼다. 그러나 김영랑은 그에 대해서 일체 변명이나 반론을 제기하지 않았다. 다만 그는 신앙과 같이 서정시를 가꾸며 섬겼다. 그런 연륜(年輪)이 쌓이자 김영랑의 시는 마침내 우리 시단에서 순수 서정시의 대명사가 되었다. 이제 그의 발자취를 살피는 일은 한국 현대시의 역사에서 내장된 가장 양질의 광맥을 찾아내는 일과 같다.

2. 박용철의 발견

새삼 밝힐 것도 없이 김영랑의 우리 시단 등장은 1930년대 초두의 『시문학(詩文學)』 창간과 때를 같이 했다. 그러나 그 이전에 그는 문단사의 시각으로 보아 매우 유의성이 큰일을 했다. 그것은 곧 박용철(朴龍喆)을 자극하여 그로 하여금 시를 지망하도록 만든 일이다. 본래 박용철은 김영랑과 달리 문학 지망생이 아니었다. 그는 수학, 특히 기하에 취미와 장기를 가진 이공계 지망생이었다. 적어도 휘문, 배재를 거처 동경의 청산학원(靑山學院)에 입학했을 당시까지 박용철은 문학 지망생이 아니었다. 김영랑은 휘문고보를 다니다가 3·1 운동에 참가한 다음, 이 학교를 자퇴해 버렸다. 그리고는 동경에 건너가 박용철보다 한 발 앞서 청산학원에 적을 두고 있었다.[1]

김영랑이 박용철과 어떤 경로를 통해서 친하게 되었는지는 자세하게 알려진 것이 없다. 그러나 일단 교유가 시작되면서 두 사람은 문자 그대로 형영(形影)이 상조(相照)하는 사이가 되었다. 청산학원에 입학한 직후부터 김영랑은 영미(英美) 쪽의 낭만주의 시인들 곧 J. 카이츠, W. B. 예이츠 등에 심취하게 되었고 좋은 시를 쓰려는 생각에 여념이 없었다. 한때 그는 박용철과 기거까지 같이 했다. 그런 가운데 김영랑은 박용철을 부추겨 시(詩)의 길에 접어 들어서도록 종용해 마지않았다. 이에 대해서는 배재고보 동창의 회고담이 있다.

> 金允植氏(永郎)와 친하게 된 것도 靑山學院 중학부 시절인 듯하다. 金兄이 하숙에서 臥病하였을제에 朴君이 나와 동반하여 간호를 게을리 하지 아니한 것도 그때의 일이다. (…중략…) 시인으로 일가를 이룬 다음 어느 날 朴君은 '내가 『詩文學』을 하게 된 것은 永郎 때문이여' 하는 말을 할 적에도 그는 어느 때나 지지 아니하는 우정을 표현하였다.[2]

청산학원을 마치자 박용철은 동경외국어학교에 진학하였다. 바로 이때에 동경대지진이 일어나 조선인 대학살 사건이 벌어졌다. 당시 박용철은 방학으로 귀국해 있었다. 대학살의 참극을 전해 듣자 그것으로 다시 일본으로 가는 일을 단념했다. 그는 적을 바꾸어 연희전문에 등록했으며 그것이 계기가 되어 정지용, 정인보 등을 알게 되었다. 이들

---

1) 李軒求, 「金永郎 評傳」, 『自由文學』(1956. 6), p.148.
2) 張龍河, 「박용철 전집에 붙인 추억담」, 『朴龍喆 全集』(2)(시문학사, 1940), p.6.

시인들과의 교의는 박용철의 『시문학』 기획, 발간에 결정적인 계기를 짓게 했다.

박용철이 한국 문단의 진출을 꾀한 것은 1920년대의 막바지 때였다. 당시 우리 주변에는 좋은 시전문지가 발간되지 않고 있었다. 여기에 생각이 미치자 박용철은 그 역시 청산학원을 그만두고 귀국한 김영랑과 연락을 취했다. 그와 동시에 연희전문의 은사인 정인보의 지도를 받고 정지용과도 내왕을 했다. 이것이 『시문학』 발간의 토대가 된 동인 구성을 가능하게 만들었다. 다음은 그가 1929년 3월 26일자로 김영랑에게 보낸 서신의 일절이다.

> 梁柱東군이 『文藝公論』을 평양서 발간한다고 말하면 일에 방해가 될 듯싶네. 하여간 芝溶, 樹洲 중 得其一이면 시작하지. 劉玄德이가 伏龍, 鳳雛 득기일이면 天下可定이라더니 나는 지용이가 더 좋으이. 잡지 『愛誦』 그대로 따다 해도 좋겠는데 단방에 『近代風景』의 무수식도 앗사리 하지마는 誌名, 丹弓, '丹鳥', '玄燈', '詩嶺', 우리말 단어가 좋은 게 있으면 좋겠는데.3)

이런 자료들로 명백해지는 바와 같이 박용철은 『시문학』 창간을 위해 당시 우리 시단의 최고에 속하는 인력을 모으고자 했다. 또한 그는 손수 잡지의 제호를 생각했고, 그 체재와 편집 방향, 발간 방식과 일자까지 두루 신경을 썼다. 어느 때고 잡지를 발간하는 일에 최우선 과제가 되는 것은 비용을 마련하는 일이다. 이 문제에 대해서도 박용철은 든든한 여건이 보장되어 있었다. 그는 고향이 전라남도 광주 송정리로 그의 아버지인 박하준(朴夏駿)은 2,000석의 추수와 함께 호남은행의 중역도 한 자산가였다.4) 그의 부친은 또한 넉넉한 도량을 가지고

---

3) 『朴龍喆 全集』(2), p.319.
4) 金容誠, 『韓國現代文學史探訪』(국민서관, 1973), pp.261~268.

있어 아들인 박용철이 계획하는 일이라면 별 간섭도 없이 재정적인 지원을 할 줄 아는 사람이었다. 이것은 『시문학』 발간을 위해 박용철이 안팎으로 안성맞춤인 격인 사람이었음을 뜻한다. 여기서 우리는 하나의 가정을 세워볼 수 있다. 만약 김영랑이 박용철을 만나지 못했다면 하는 가정이 그것이다. 그랬다면 우리 현대시사의 분수령이 된 '시문학파'는 탄생될 수 없었을 것이다. 그런데 이미 드러난 바와 같이 일찍 김영랑은 박용철을 알게 되었다. 김영랑은 이과 지망생인 그를 충동질하여 시창작의 길로 접어들게 만들었다. 『시문학』의 기틀이 바로 여기에서 마련된 것이다. 김영랑을 말하는 자리에서는 마땅히 이에 대해서도 지적과 평가가 있어야 한다.

3. 기법과 형태 해석

『시문학』의 창간호에 작품을 실은 시인은 김영랑, 박용철과 함께 변영로, 이하윤, 정지용 등이다. 이들은 김영랑과 달리 당시 우리 시단의 기성이었다. 뿐만 아니라 시단에서 차지한 위치 역시 다른 군소 시인과 비교가 되지 않았다. 그럼에도 『시문학』 창간호에는 그의 작품이 기성의 것들을 뒷전에 돌리고 권두에 실려 있다. 실제 작품을 살펴보면 그 비밀의 열쇠가 되는 것이 두 가지 파악된다. 우선 이때 정지용은 「따리아」, 「경도압천(京都鴨川)」, 「이른 봄 아침」, 「선취(船醉)」 등을 발표했다. 그러나 이들 작품은 『시문학』을 통해 처음 발표된 것이 아니라 이미 다른 매체에서 활자화된 것들이었다.[5] 박용철은 『시문학』을 창간하면서 정지용을 동인으로 영입하는 일을 최우선 과제로 삼았

---

5) 구체적으로 위 작품 발표지와 시기는 「Dahlia」―『新民』, 1926. 11 ; 「京都鴨川」―『近代風景』 ; 「이른 봄 아침」―『신민』, 1927. 2 ; 「船醉」―『學潮』, 1927. 7.

다. 그러나 막상 창간호를 내게 되었을 때 정지용은 새 작품을 마련하지 못했다. 김영랑은 신인이었으므로 모두가 신작을 준비하여 내었다. 그 질적인 수준 역시 다른 기성의 것을 능가하고 있었다. 그가 『시문학』의 권두를 차지한 배경에는 이런 속사정이 작용하고 있다.

이와 아울러 김영랑의 작품들은 그 의미 내용과 가락 등에도 특징이 있었다. 이때 그의 시는 서정시의 바탕으로 생각되는 마음속 파장(波長)을 담은 것이었다. 그런 감정을 김영랑은 그 나름의 독특한 어조, 감미로운 가락에 담았다. 이런 경우의 좋은 보기가 되는 것이 「동백닢에 빛나는 마음」이다.

> 내 마음 어딘듯 한편에 끝없는 강물이 흐르네
> 도쳐오르는 아침 날빛이 빤질한 은결을 도도네
> 가슴엔듯 눈엔듯 핏줄엔듯
> 마음이 도른도른 숨어 있는 곳
> 내 마음의 어딘듯 한편에 끝없는 강물이 흐르네
>
> —「동백닢에 빛나는 마음」 전문[6]

얼핏 보아도 드러나는 바와 같이 이 작품의 제재가 되고 있는 것은 시인 자신의 내밀스러운 마음이다. 여기에는 사회나 역사, 현실에 수렴되는 공적인 의식이나 관념이 거의 내포되어 있지 않다. 그런 의미에서 이 작품으로 대표되는 김영랑의 시세계는 공적(公的)인 것에 반대되는 사적(私的)인 것이었다. 이런 김영랑의 시세계는 KAPF와 좋은 대조를 이루었다. 또 하나 우리가 여기서 지나쳐 볼 수 없는 것이 김영랑이 쓰고 있는 말들이다. 여기서 말들은 의식적으로 부드러운 어감을 자아내도록 쓰였다. 이것은 이 작품이 애초부터 아름다운 울림을 가지

---

6) 『詩文學』(1)(1930. 3), p.4.

는 서정소곡을 빚어내려는 각도에서 제작되었음을 뜻한다. 이제 김영
랑 시의 특징을 지적하면 대충 다음과 같은 세 가지가 생각될 수 있다.

첫째, 김영랑의 시는 공적인 세계, 또는 정치, 사회, 경제, 사상 등
기성 관념의 차원을 사상한 면을 가진다. 본래 서정시 자체가 개체 중
심의 단면을 내포하며 사적인 성격을 띤다. 그런데 다 같은 사적인 세
계라고 하여도 김영랑의 시는 철저하게 좁은 의미의 개체, 곧 '나'의
세계에서 출발한 것이다.

이에 대해서는 작고한 정한모(鄭漢模) 교수의 조사 보고가 있다. 그에
따르면 김영랑의 시 70편 가운데서 '나' 또는 '내'에 속하는 말이 나
오는 빈도수가 61편에 이른다. 또한 '마음'의 빈도수가 51편이며 그와
비슷한 뜻으로 쓰였다고 생각되는 '가슴'의 빈도수가 5편으로 나타난
다.7) 이런 숫자로도 짐작될 수 있는 바와 같이 김영랑의 시는 그 세
계가 압도적으로 많이 자기 자신의 주변을 맴돌고 있다. 그런데 여기
서 또 하나 주목되어야 할 것이 그가 자신의 감정을 토로한 방식이다.
앞에서 이미 제시된 바와 같이 그는 자신의 감정에 뚜렷한 의미 내용
의 테두리를 보여주지 않았다. 말하자면 김영랑은 그의 감정이나 마음
을 소재 상태에서, 또는 가장 소박한 차원에서 읊고 있는 것이다. 이
와 아울러 김영랑은 그의 시에서 격렬한 느낌을 줄 수 있는 말이나
원색적이라고 생각되는 표현도 배제한 듯 보인다. 그리하여 여리고 부
드럽게 생각되는 감정의 상태가 그의 시에 주조를 이룬다. 이것은 어
느 의미에서 매우 비조작적인 면이라고 볼 수 있다. 여기서 비조작적
이란 R. P. 워렌의 생각이다. 그는 순수시의 특성을 반도덕(反道德), 비
조작적(非造作的)인 것이라고 보았다. 그에 따르면 순수시에서는 목적의
식이나 작위적인 것, 또는 의도나 계산이 배제되어야 한다. 말을 바꾸

---

7) 鄭漢模 「김영랑론」, 『現代詩論』(민중서관, 1973), p.183.

면 사회봉사라든가 역사의식이 뒷전에 물러난 상태에서 순수시가 이루어진다고 본 것이다. 순수시에서는 언어 유희가 배제될 것은 물론 지나친 감정이나 정열의 낭비 역시 억제되어야 한다.[8] 이런 각도에서 보아 영랑의 시가 반도덕·비조작적인 것임은 이미 살핀 바와 같다. 그런 의미에서 그의 시는 순수시의 한 표본이 될 수가 있다.

다음 영랑의 시의 또 다른 특징으로 들 수 있는 것이 아주 세심한 배려와 함께 언어를 사용한 면이다. 그는 거의 모든 작품에서 말들을 조금씩 손을 보아 사용했다. 가령 『시문학』 창간호의 허두를 장식한 「동백닢에 빛나는 마음」에는 "도쳐오르는 아침 날빛이 빤질한 은결을 도도네"라는 행이 있다. 여기서 '도쳐오르는'이 진술의 차원이라면 '돌아 오르는' 정도로 해석될 수 있다. 그리고 '아침 날빛'은 '아침의 햇살', '도도네'는 '돋우네'에 해당될 것이다. 또한 이 행 앞에 놓인 구절에는 더욱 두드러지게 손질이 가해져 있다. 이것은 그 심상의 흐름으로 보아 강물에 반사된 아침햇살이 비유로 제시된 부분이다. 일상적인 언어 사용의 차원에서라면 우리는 이런 경우 그저 수면 위에 햇살이 신선하게, 영롱하게라든가 그림처럼 아름답게 반사되어 보였다고 할 것이다. 그것을 영랑은 구태여 '빤질한 은결'이라고 표현하고 있다.

영랑의 이와 같은 말의 쓰임새는 형용사나 부사어 등에서 특히 두드러지게 나타난다. 그는 '고운' 대신 반드시 '고흔'이라고 썼고 '향기로운' 대신 '향그런'을 썼다. 그밖에 '보드레한', '애끈한', '하늘대로', '파릇한', '후갯한', '송기한', '포실거리어' 등의 말을 썼는데 이것은 모두가 영랑 나름대로 손을 본 말들이다. 또한 영랑은 유난히도 의태어와 의성어 등 첩어를 많이 즐겨 썼다. 그것으로 그는 그가 만드는

---

8) Robert Penn Warren, "Pure and Impure poetry", *An Introduction to Literary Criticism*, (Boston, 1968), pp.334~335.

시를 고묘한 언어의 세공품이 되게 만들었다.

셋째, 영랑의 시에는 형태적으로 보아도 아주 특정적인 단면이 드러난다. 많은 작품에서 그는 행(行)의 마지막 소리를 모음이나 다른 유성음(有聲音)에 속하는 자음으로 끝나게 했다. 뿐만 아니라 대개 그는 독특한 울림을 갖는 어미들을 써서 부드럽고 휘돌아 감기는 듯한 가락을 자아내고 있는 것이다.

<blockquote>

언덕에 바로 누어
아슬한 푸른 하날 뜻업시 바래다가
나는 이젓습네 눈물 도는 노래를
그 하날 아슬하야
너무도 아슬하야

이몸이 서러운 줄 언덕이야 아시련만
마음의 가는 웃음 한때라도 없드라냐
아슬한 하늘 아래 귀여운맘 질기운맘
내눈은 감기었네 감기었네

— 「언덕에 바로 누어」 전문9)

</blockquote>

여기 나타나는 바와 같이 영랑의 시에는 논리적으로 해명 가능한 면이 극도로 제한되어 있다. 그 대신 음악성을 중심으로 율조 내지 분위기를 나아내게 한 면이 아주 강하게 나타나고 있는 것이다. 말하자면 구조의 면보다 조직(texture)의 면이 더 강한 셈이다. 그리하여 영랑의 시는 감정의 아주 엷은 물무늬나, 또는 봄날에 피어오르는 아지랑이 같은 느낌을 주는 것이 되었다. 그의 시에 대해서 대범하게 상징주

---

9) 『詩文學』(1)(1930. 3), p.5. 단 이때에 발표된 작품에는 제목이 「언덕에 바로 누어」로 되어 있고, 2연 첫째 줄도 "이몸이 서러운 줄 미리 아랏거니"로 되어 있어 지금 우리가 알고 있는 것과는 그 모양에 차이가 있다.

의적이라고 한 해석이 나오는 것도 이런 데서 연유한 것이라고 생각
된다.10)

또한 이 경우에 주목되어야 할 것이 사행시(四行詩)들이다. 영랑은 『시
문학』 창간호에서 즐겨 넉 줄을 한 단위로 한 작품을 발표하였다. 구
체적으로 이때 발표된 작품을 보면 「동백닢에 빛나는 마음」과 「쓸쓸
한 뫼아페」, 「원망」 등 세 편을 제외한 나머지 열 편이 모두가 위의
테두리에 드는 것들이다.11)

여기서 우리가 지나쳐 볼 수 없는 것이 영랑의 4행시에 나타나는
의미 맥락의 특징이다. 이 유형에 속하는 대부분의 작품은 차분하게
살피면 주제격에 해당되는 감정 같은 것이 있다. 물론 그것은 매우 사
적인 것이며 또한 그 의미 테두리가 불분명하게 희미한 것들이다. 그
것을 영랑은 4행 가운데 한 행으로 잡고 있다. 그리고는 그 행에 부속

---

10) 이에 대해서는 徐廷柱, 「金永郎과 그의 詩」, 『韓國의 現代詩』(一志社, 1960), p.182.
대단히 오묘한 그런 것을 잘 나타낸 작품으로서, 꽃그늘을 마치 허리띠 매는 새색
시의 마음씨 같다고 하고 거기에 취한 양 내 마음에도 부끄럼의 대꾸로 아지랑이
가 낀다고 했다. 이런 詩에서는 역시 象徵主義 詩의 영향을 볼 수가 있는 것이다.
11) 위의 예들 가운데 「언덕에 바로 누어」와 「누이의 마음아 나를 보아라」는 4행을
한 편으로 한두 개 연으로 이루어진 작품이다. 그리고 「除夜」는 한 연이 두 행으
로 한 행을 이룬 4연의 작품이다. 그러나 실제 그 형태가 4행으로 된 2연으로 보
아도 무방하지 않나 생각되는 경우다. 참고로 그 전문을 제시해 보면 다음과 같다.

　　더운밤 촛불이 찌르르 녹아 버린다
　　못견디게 묵어운 어느 별이 떨어지는가

　　어둑한 골목골목에 수심은 떳다 가란젓다
　　제운밤 이 한밤이 모질기도 하온가

　　히부얀 종이등불 수집은 거름거리
　　샘물 정히 떠붓는 안쓰러운 마음결

　　한해라 기리운 정을 묻고 싸어 흰그릇에
　　그대는 이밤에 밝으라 비사이다.

적인 행을 하나 더 만들거나 조금 변형시킨 형태로 되풀이하면서 그 나름의 가락을 자아내게 만든다. 그의 시에서 후반부 두 행은 앞의 2행인 주제격에 해당되는 두 행을 보조하는 역할을 한다. 그리고 그 자체로는 전자의 비유와 같은 형태를 취하고 있는 것이다. 이제 구체적으로 그들을 제시해 보면 다음과 같다.

> 님두시고 가는 길의 애끈한 마음이여
> 한숨쉬면 꺼질듯한 조매로운 꿈길이여
> 이밤은 캄캄한 어느뉘 시골인가
> 이슬가치 고힌 눈물을 손끝으로 깨치나니[12]

우리는 영랑 시의 이런 면을 한시(漢詩)의 절구 등에 나오는 기·승·전·결 등의 개념에 대비시켜 볼 수 있다. 한시의 절구에서는 앞에 놓인 두 줄이 그 생각을 펴고 그것을 이어 받는다. 그리고 셋째 행에서 그런 의미 맥락에 비약이 일어난다. 그것으로 작품의 전반부와 후반부에는 층, 절이 생긴다. 그리고 끝부분에서 앞 3줄은 총괄되고 그 나름의 결구가 이루어지는 것이다. 그에 비해서 영랑의 시는 기승(起承)의 자리가 반드시 첫 두 줄은 아니다(위의 예는 우연의 일치다). 그리고 전(轉)의 부분은 비유로 대체되어 있다. 마지막 남은 결(結)에 해당되는 부분이 한시의 경우와 가장 크게 차이가 난다. 김영랑의 시는 여기서 의미의 매듭을 지어 반전을 이루어내는 것이 아니라 오히려 그것을 흐리게 만든다. 이런 사실은 그의 근대시에 대한 인식의 자취로 평가될 수 있다.

근대시, 특히 음악성이 강하게 추구되며 상징주의 미학의 세례도 받고 난 후의 시들은 의미의 전기를 이루는 단락을 비유라든가 상징

---

12) 『詩文學』(1)(1930. 3), p.7.

적 형태로 이루어낼 필요에 직면했다. 그리고 이런 유형에 속하는 작품은 의미의 정확한 테두리를 갖지 않는 것이 정석이었다. 그것으로 한 편의 시가 갖추어야 할 형태의 기본적 단위는 일단 확보할 수 있었다. 이렇게 보면 영랑은 4행시를 통해서 그 나름의 한 시적 형태를 실험한 것이란 해석이 가능하다. 그리고 다른 작품, 특히 영랑의 초기 작품은 그 부분적인 확장 내지 변형에 해당되는 것이다. 영랑 시의 이와 같은 형태에 대해서 일찍이 박용철은 '미시형(美詩形)'[13]이라는 말을 썼고 "그(김영랑을 가리킴-필자주)의 사행곡(四行曲)은 천하일품(天下一品)이라고 단언(斷言)합니다"[14]라는 최대의 찬사를 보낸 바 있다. 물론 여기에는 서로 의기가 투합한 두 사람의 인간관계가 작용한 바도 없지 않은 듯 보인다. 또한 예술적 지향이나 미학에 있어서도 그들은 입장을 같이 하고 있었다. 그러나 그런 사실이 감안되는 경우에도 박용철의 찬사 가운데는 최소한 시인되어야 할 논리의 근거가 포착된다. 그것이 영랑의 시에 나타나는 이상과 같은 형태의 미학이다.

4. 암흑기의 변신, 순수시의 역사 수용

『시문학』 창간호에 처녀작을 발표한 다음 김영랑은 1930년대 중반기에 이르기까지 거의 외곬이라고 할 정도로 서정소곡의 제작, 발표에 전 정력과 정성을 쏟아 부었다. 이 기간 동안 그는 줄곧 부드러운 가락에 아름다운 말들을 골라 쓰는 입장을 고수했다. 이와 아울러 이 시

---

13) 金永郎에게 보낸 사신 한 부분. 참고로 해당 부분을 적으면 "자네 옛적같은 四行이나 八行이 아니 나오나. 그런 美詩形을 完成한 사람이 朝鮮안서 자네 내놓고 누가 있나." 『朴龍喆全集』(2), p.347.
14) 朴龍喆, 「辛未詩壇의 회고와 비판」, 위의 책, p.79.

기의 그의 시에는 내면의 깊이가 사상된 감정의 세계가 포착될 뿐이다. 다시 말하면 창작 행위에서 한 요소로 생각되는 내면성의 탐구가 사상되어 있다. 이런 단순 서정시 제작 상태에 다소간의 변화 양상이 엿보이게 된 것이 1935년도를 전후해서다. 이 해에 김영랑은 그의 첫 사화집인 『영랑시집(永郎詩集)』을 박용철이 주재한 시문학사에서 간행했다. 이를 계기로 김영랑은 4행시를 바탕으로 한 서정소곡 제작을 지양하기 시작한다. 「모란이 피기까지는」은 이런 경우의 우리에게 좋은 보기가 되는 작품이다.

> 모란이 피기까지는
> 나는 아즉 나의 봄을 기둘니고 있을테요
> 모란이 뚝뚝 덜어져버린 날
> 나는 비로소 봄을 여흰 서름에 잠길테요
> 五月 어느 날 그 하로 무덥든날
> 떠러져 누운 꽃잎마져 시드러 버리고는
> 천지에 모란은 자최도 없어지고
> 뻐쳐오르든 내보람 서운케 문허졌으니
> 모란이 지고 말면 그뿐 내 한해는 다가고 말아
> 三百예순 날 하냥 섭섭해 우움내다
> 모란이 피기까지는
> 나는 아즉도 기둘니고 있을테요 찬란한 슬픔의 봄을[15]
>
>   — 「모란이 피기까지는」 전문

이 작품의 구조적인 측면에 대해서는 이미 언급이 가해진 게 있다. 크게 보아 이 작품의 의미 맥락은 네 부분으로 나누어 이해되어야 한다. 첫 단락에서 이 작품의 화자는 모란으로 표상되는 봄을 간절하게 기다린다. 이어 그는 봄을 잃게 된다면 그에 따라 빚어질 그의 슬픔을

---

15) 『文學』(3)(1934. 4), p.10.

노래한다. 셋째 단락에서는 그의 체험과 앞으로 겪을 슬픔을 일치시킨다. 그리고 마지막 단락에서 다시 되돌아올 봄에 대한 기대로 감정의 상태가 일종의 열기에 젖어들 것을 믿게 된다.16) 이와 같은 의미 맥락을 더듬으면서 우리가 유념해야 할 것이 이 작품의 구조적 특성이다. 이 작품도 그 이전의 영랑 시와 대동소이하게 시인의 감정을 바탕으로 하고 있다. 또한 그 성공은 일차적으로 가락 또는 음악성을 통해서 빚어진 것으로 판단된다. 그런데 이때 문제되는 음악성 또는 가락이 영랑의 앞선 작품과는 어떻게 다른 것인지 살펴보지 않을 수 없다.

우선 이에 앞서 발표된 영랑의 시에는 뚜렷이 문맥화될 의미 내용이 없다. 그리고 그의 시는 모두가 이런 느낌을 운율화시켜서 이루어진 것이다. 바꾸어 말하면 이때의 운율은 뚜렷이 나타나는 의미 내용 또는 문장 단위로 포착되는 생각을 갖지 않은 상태에서 빚어지고 있는 것이다. 그러나 「모란이 피기까지는」에 이르러 그런 사정은 상당히 달라진다. 여기에는 최소한 우리가 그 테두리를 지적할 수 있는 의미 내용이 포착된다. 그리고 그것에 겹쳐서 시의 운율에 대한 배려가 가해졌다.

작품 「모란이 피기까지는」은 발표와 동시에 단연 주목의 과녁이 되었다. 적게는 이 작품으로 김영랑이 당대의 가장 훌륭한 서정시인으로 손꼽히게 되었다. 그리고 크게는 30년대 서정시사에 하나의 새로운 이정표가 마련된 것이다. 이것은 그 주변은 물론이며 영랑 자신도 예기하지 못한 사태였다. 그 결과 영랑은 일단 그 원인 규명에 착수했을 공산이 크다. 대체 자신의 성공이 어떻게 가능했던 것인가. 이때 영랑

---

16) 金鍾哲, 「30년대의 시인들」, 『詩와 歷史的 想像力』(文學과 知性社, 1978), pp.17~18 에서 이와 비슷한 4단계론이 피력되어 있다. 그러나 여기서는 그것에 다소 손질이 가해져 있기 때문에 그것으로 혹 잘못된 해석이 이루어졌을 경우의 책임은 전적으로 필자에게 있다.

은 그의 시가 일차적으로 음악성에 의거한 사실에 착안했을 것이다.

그와 함께 「모란이 피기까지는」에는 또 다른 단면이 첨가되어 있었다. 이 작품은 의미 내용이 효과적으로 제시되어 있다. 이런 인식이 빚어진 순간 영랑은 새로운 창작 방법을 개발해 가지 않을 수 없었다. 그가 종래의 '순수한 감정 유로+음악성'의 미학을 재검토하지 않을 수 없었던 것이다. 이때부터 김영랑은 음악성 위주가 아니라 의미 구조에 신경을 쓰는 길에 접어들었다.

그의 시를 위해서 영랑이 의미 내용을 생각하게 되었을 때 그의 뇌리에 떠오른 것으로는 세 가지가 생각될 수 있다. 그 하나가 자연 또는 풍물에서 제재를 취하는 경우이고, 다른 하나는 상황 의식 같은 것을 곁들이는 일이었다. 그리고 세 번째로 생각될 수 있는 것이 전통적인 것, 또는 우리 주변에 전래되는 것 가운데 유의성이 크다고 생각되는 것을 제재로 삼는 일이었다. 이 가운데서 가장 먼저 영랑이 손길을 펼친 듯 생각되는 것이 첫 번째의 경우다. 우선 자연이나 풍물은 우리가 아주 흔하게 접하게 되는 소재들에 속한다. 그의 고장인 강진(康津)은 유난히 그런 소재가 많이 있는 곳이었다. 그의 시 역시 출발 당시부터 다소간은 자연에서 소재가 택해져 있었다. 그런 이유들로 영랑은 자신의 시를 확충시키기 위해 자연이나 풍물을 끌어들이지 않았나 생각된다. 이런 경우 우리에게 좋은 보기가 되는 것으로 「불지암서정(佛地菴抒情)」이다.

그밤 가득한 山정긔는 기척없이 솟은 하얀 달빛에 모다 쓸리우고
한낮을 향미로우라 울리든 시냇물소리마저 멀고 그윽하야
衆香의 밝은 돌에 맺은 금이슬 구을러 흐르듯
아담한 꿈하나 여승의 호젓한 품을 애끓어 사라졌느니

千年옛날 쫓기어 간 新羅의 아들이냐 그빛은 청초한 수미山 나라꽃
정녕 지름길 섰드른 흰옷 입은 고흔 少年이
흡사 그 바다에서 이 바다로 고요히 떨어지는 볕살같이 사라지심

승은 아까워 못견디는 냥 희미해지는 꿈만 뒤쫓았으나
끝없는지라 돌여 밝은 날의 남모를 귀한 보람을 품었을 뿐
토끼라 사슴만 뛰어 보여도 반듯이 그려지는 사나이 지났었느니

고흔 輩의 거동이 있음즉한 맑고 트인날 해는 기우는 제
승의 보람은 이루었느냐 가없어라 미목 청수한 젊은 선비
앞시냇물 모이는 새파란 쏘에 던지시니라.[17]

— 「불지암서정」 전문

　이 작품의 꼬리에는 한 줄로 된 간결한 설명이 붙어 있다. "불지암
(佛地菴)은 내금강(內金剛) 유적(幽寂)한 곳에 허물어 가는 고찰(古刹), 두
젊은 스님을 뫼시고 있다." 이런 설명으로 미루어 보면 이 작품은 영
랑이 언젠가 금강산에 오른 다음 그곳의 풍물을 작품의 소재로 하여
읊조린 것임을 알 수 있다. 영랑은 이 작품 이후 별로 이 유형에 드는
시를 계속하지 않았다. 언뜻 생각하면 이것은 좀 이해가 가지 않는 부
분이다. 앞에서 지적된 바와 같이 영랑은 좋은 자연 풍광을 지닌 고장
에서 태어났다. 그리고 그 자신도 그들을 매우 즐긴 자취를 남긴다.[18]
그럼에도 이 유형에 속하는 작품이 고립되어 나타나는 까닭은 무엇인
가. 우리는 그 이유를 창작 활동에서 영랑이 가진 계산 결과라고 추측
해 볼 수 있다. 30년대 중반기를 지나면서 그는 자신의 시를 좀 더 울
림의 테두리가 큰 것으로 만들고 싶었을 것이다. 그런데 자연이나 풍

---

17) 『文學』(3)(1934. 4), p.16.
18) 이런 경우의 구체적 증거가 되는 것이 「南方春信」(1~4)과 「감나무에 단풍 드는 全
　南의 9월」, 「杜鵑과 종다리」 등이다.

물의 수용으로는 그런 일이 효과적으로 이루어질 전망이 서지 않았다. 그런 것들은 우리 주변에 너무 많이 있고, 그리하여 사람들에게 심상한 것으로 생각될 공산이 컸다. 이런 사실에 생각이 미치자 영랑은 자연과 풍물을 의미의 날로 삼는 일을 그만두지 않았나 생각된다.

두 번째로 제기된 문제에는 영랑의 이력서 사항이 참고되어야 한다. 그가 한때 격렬한 행동으로 반일 저항의 자세를 보인 사실은 이미 밝힌 바와 같다. 그런데 김영랑은 그런 류의 실제 행동과 시가 같은 차원에서 평가될 수는 없다고 본 것 같다. 그 결과로 순수 탐미주의의 길이 지향되지 않을 수 없었다. 이와 아울러 한차례 그런 시도를 한 다음 영랑이 깨치게 된 것이 자신의 시가 지니는 바 구조적 취약성이었다. 물론 초기의 그의 시에 가해진 일부 비평가들의 공격은 반드시 공정한 것이 아니었다. 그러나 그들이 영랑의 시를 가리켜 소녀들의 책상머리에나 놓일 작품이라고 한 것에는 일면의 진실도 없지 않았다.19) 단적으로 말해서 그 무렵 그의 시는 너무 온실에서 가꾼 일년생 화초의 느낌이 짙었던 것이다. 이런 사실을 반성하면서 영랑이 취할 수 있었던 길 가운데 하나가 시를 위해서 역사와 상황을 수용하는 길이었다. 그 구체적 보기가 되는 것이 「독(毒)을 차고」이다.

> 내 가슴에 毒을 찬지 오래로다
> 아직 아무도 害한 일 없는 새로 뽑은 毒
> 벗은 그 무서운 毒 그만 흩어버리라 한다
> 나는 그 毒이 선뜻 벗도 害할지 모른다 위협하고
>
> 毒 안차고 살어도 머지 않어 너나 마주 가버리면

---

19) 尹崑崗, 「丙子詩壇의 回顧와 展望」, 『批判』(33)(1936. 2), p.138에 『永郞詩集』을 평한 다음과 같은 말이 있다. "이러한 것은 (『영랑시집』에 담긴 시들을 가리킴 —필자주) 思春期에 있는 貴童女의 冊床머리에다나 갖다 놓고 싶은 枯渴된 리리크였다."

億萬世代가 그 뒤로 잠잣고 흘러가고
나종에 땅덩이 모자라서 모래알이 된 것임을
「虛無한듸!」 毒은 차서 무엇하느냐고?

아! 내 세상에 태어났음을 원망않고 보낸
어느 하루가 있었던가 「虛無한듸!」 허나
앞뒤로 덤비는 이리 승냥이 바야흐로 내마음을 노리매
내 산체 짐승의 밥이 되어 찢기우고 할퀴라 내맡긴 신세임을

나는 毒을 차고 선선히 가리라
마금날 내 외로운 魂 건지기 위하여[20]

– 「독을 차고」 전문

　여기서 독이란 물론 자기희생의 상징이다. 그것을 화자는 제 자신 또는 '외로운 혼'을 건지기 위한 방편으로 생각하고 있다. 이것이 상황 의식으로 파악되어야 할 까닭은 2연 마지막 자리에서 드러난다. 여기서 화자를 노리는 것은 '이리 승냥이'들이다. 여기 나오는 이리나 승냥이는 무엇을 뜻하는가 하는 문제가 제기될 수 있다. 서정시인으로서 영랑이 목숨처럼 소중하게 생각한 것은 물론 시였다. 시 가운데서도 아름답고 밝은 가락을 지닌 작품들이었음은 거듭 지적된 바다. 바로 그것을 궁극적으로 위협하는 것이 '이리 승냥이'에 해당된다. 한편 이 작품은 1930년대 말기에 쓰인 것이다. 그리고 이 무렵 일제는 우리 시인·작가들이 비정치·순수문학을 하는 일도 방치해 두지 않았다. 그 무렵 일제는 우리 시인들이 우리말을 쓰는 일에 규제와 간섭을 가하다가 끝내는 그 의미 내용까지 지시·통제하기에 이르는 것이다.[21] 이른

---

20) 『文章』(10)(1939. 11), pp.123~124.

21) 朴鍾國, 『親日文學論』(平和出版社, 1966)에 따르면 일제의 전시 체제 구축과 그에 따른 우리 민족의 행동 규제가 강화된 것은 1938년 7월 7일, 국민정신총동원조선연맹이 발족을 보고 난 다음부터다. 이후 일제는 1939년 3월 14일에 황국작가위문

바 국책(國策)에 부응한 시와 소설을 쓰도록 강요한 것이 그것이다.

일제가 우리 시인과 작가들에게 쓰도록 강요한 국책 문학(國策文學)
이란 말할 것도 없이 천황에게 충성하고 그들의 침략 전쟁을 찬양·
미화시키는 일을 뜻했다. 그리하여 영랑이 생명선으로 생각한 순수시
는 지킬 길이 없게 된 것이다. 이런 사태에 직면하고 영랑이 독을 지
니게 되었다는 것은 마지막 자신의 진실인 시와 예술이 부정·말소되
는 일을 좌시하지 않겠다는 결의를 다지는 일이었다. 이것은 상당히
에누리해 보아도 영랑의 시가 순수에서 커다랗게 변모했음을 뜻하는
것이다. 한편 상황 의식을 곁들인 영랑의 후기시 역시 그 숫자가 별로
많지 않다. 그에 비해서는 세 번째 유형에 속하는 작품들이 좀 더 흔
한 편이다. 다만 여기서 주목되어야 할 것은 이 경우 전통적인 제재의
시가 지니는 복합성이다. 영랑은 그의 후기시에서 즐겨 전통적인 쪽의
것을 제재로 택해 썼다. 그러면서 그들이 반드시 정신의 벼리, 또는
절의를 지키는 선에 연해서 수용되고 있는 것이다. 이런 경우의 우리
에게 좋은 보기가 되는 것이 성춘향을 주인공으로 한 작품이다.

> 큰칼 쓰고 獄에 든 成春香이는
> 제 마음이 그리도 독했든가 놀래었다
> 성문이 부서저도 이 악물고
> 사또를 노려보든 교만한 눈
> 그는 예날 成學士 朴彭年이
> 불지짐에도 泰然하였음을 알았었니라
> 오! 一片丹心
> (…중략…)
> 사랑이 무엇이기

단을 만들게 했고 같은 해 10월에 朝鮮文人協會가 발족되었다. 이후 그들은 우리
작가의 창작 활동 세부에 이르기까지 간섭하는 것이다.

貞節이 무엇이기
그 때문에 꽃의 春香 그만 獄死하단말가
지네 구렁이 같은 卞學徒의
흉측한 얼굴에 까물어처도
어린 가슴 달큼히 지켜주는 도련님 생각
오! 一片丹心

상하고 멍든자리 마디마디 문지르며
눈물은 타고 남은 간을 젖어내렸다
버들닢이 창살에 선뜻 스치는 날도
도련님 말방울 소리는 아니들렸다

三更을 세오다가 그는 고만 斷腸하다
두견이 울어 두견이 울어 南原 고을도 깨어지고
오— 一片丹心[22]

— 「춘향」 전문

얼핏 보아도 나타나는 바 이 작품의 주제는 일편단심(一片丹心)이라 할 수 있다. 그것을 성춘향을 통해서 표상하고자 한 데에 이 시의 의미맥락상 뼈대가 있다. 새삼스레 밝힐 것도 없이 성춘향은 우리 사회에서 널리 알려진 정절의 상징이다. 그리고 이것은 이 작품이 동시에 두 가지 세계를 확보할 수 있었음을 뜻한다. 그 하나는 널리 공통된 화제에 우리를 이끌어 들일 수 있었던 점이다. 그리고 다른 하나가 시와 예술, 민족의 명맥 유지를 위협하는 상황에 맞서서 민족적 저항을 시도하려는 마음의 자세다. 이것은 그 후기시에 있어서 영랑이 취한 태도가 그 방법으로 보아서 온당했음을 뜻한다.

물론 작품의 실제에 있어서 이런 방법이 십분 효과적으로 살아났는

---

22) 『文章』(18)(1940. 9), p.84. 단 여기 인용된 후반부는 처음 발표 때에는 없었던 부분으로 『永郎詩選』 발간 때 증보된 것이다.

가가 문제될 수는 있다. 그러나 적어도 이 경우 우리는 영랑 시에 대해서 한 가지 평가에 인색하지는 말아야 한다. 즉 그는 시문학파의 동인으로서 그 누구보다도 순수한 의미의 시를 썼다. 그것으로 그는 시문학파 중 가장 시문학파다운 세계를 지니게 되었다. 또한 그 지양, 극복이 필요한 단계에서 김영랑은 상당히 기능적인 대책도 수립한 단면을 드러내었다. 일제 암흑기에 처해서 순수 서정시의 말솜씨에 역사 또는 상황의식을 곁들인 작품을 만든 것이 바로 그 예이다. 이런 의미에서 영랑이 우리 서정시사에서 차지하는 위치는 아주 독특하다. 우리 현대시사에서 그의 이름은 마땅히 고딕체로 기록되어야 할 것이다.

* 2008년 4월 김영랑 문학제 학술세미나 발표 주제논문

Ⅵ. 문학 절대 의식과 문단 활동

— 박용철론

1. 짧은 생애, 큰 발자취

연보에 따르면 용아 박용철(龍兒 朴龍喆) 시인이 서울의 사직동 자택에서 작고한 것은 1938년 5월이었다. 의식이 있는 동안 그는 번역시의 원고 쓰기에 매달렸다고 한다. 그런 그가 지병인 후두부 결핵으로 타계한 것은 35세였다. 당시 우리 사회의 평균수명은 60세 안팎이었던 것을 감안하면 박용철의 타계는 그 절반을 조금 넘는 경우이다. 이렇게 짧은 생애였음에도 불구하고 박용철은 문학 활동의 여러 분야에서 유의성이 큰 일들을 했다. 박용철의 문단 활동은 1930년대 초 『시문학(詩文學)』을 주재, 발간하면서 화려하게 이루어졌다. 이 순수시 전문지는 그가 심혈을 기울여 발간한 것인데 거기에는 정지용, 김영랑 등 우리 시의 가장 수준 높은 시인들 작품이 수록되었다. 이후 그는 「떠나가는 배」, 「싸늘한 이마」 등을 효시로 한 서정시를 써 가는 한편, 영미·독일 등의 해외시를 번역, 소개했다. 『시문학』에 이어 그는 종합 문예지인 『문예월간(文藝月刊)』을 주재, 발행하였으며 우리 현대시사에서 신선한 충격이 된 『정지용시집』, 『김영랑시집』도 출간시켰다. 『문예월간』에 이어 박용철은 격조 높은 순수문학지 『문학(文學)』을 기획, 발행하였다. 같은 무렵에 그는 연극연구단체인 극예술회에 참여한 바 있다. 거기서 그는 버나드 쇼와 입센, 셰익스피어, 안톤 체홉 등의 작품을 번역, 소개하는 한편 극예술연구회의 기관지인 『극예술(劇藝術)』을 기획, 주재하여 그 발행을 가능케 했다. 이런 박용철의 문단 활동은 창작과 함께 해외 문학의 수입·수용 시도가 병행된 상태로 이루어졌다. 후에 출간된 『박용철전집』 제1권에서 4분의 3을 차지한 양의 번역시가 그 자취로 남아 있다. 또한 「시적 변용에 대해서」, 「효과주의 비평요강」 등 일련의 격조를 지닌 비평을 발표했으며 시조와 한시를 쓰는 한편 창작극에도 손길을 뻗쳤다. 이런 일들은 한 개인이 치르고 꾸려나가기에는 너무 벅찬 시간과 정력, 경비가 소요되는 경우였다. 그럼에도 그 문단 경력을 통틀어도 10년이 미치지 못하는 기간에 박용철은 혼자서 이 엄청난 양의 작업을 진행하여 결실을 보게 한 것이다.

2. 서정시 지상주의의 참모습

박용철의 시와 문학을 외곬으로 뚫고 흘러내리는 것은 문학지상, 좋은 시와 문학 작품을 만들어내는 일이었고 그것을 옹호, 전개시키는 일이었다. 그러나 이것이 단순한 차원의 예술지상주의에 그치지는 않았다. 그가 생각한 좋은 시와 훌륭한 문학이란 서정의 함량을 극대화시키는 것이었다. 그는 이를 실현하기 위해 시의 언어를 갈고 다듬는 일에 비상한 관심을 기울였다. 이에 대한 좋은 보기가 되는 것이 『시문학』 창간호의 편집 후기 허두 부분이다.

> 우리는 詩를 살로 색이고 피로 쓰듯 쓰고야 만다. 우리의 詩는 우리 살과 피의 맺힘이다. 그럼으로 우리의 詩는 지나는 거름에 슬적 읽어치워지기를 바라지 못하고 우리의 詩는 열번 수무번 되씹어 읽고 외여지기를 바랄 뿐 가슴에 느낌이 있을 때 절로 읊어나오고 읊으면 느낌이 일어나야만 한다. 한말로 우리의 詩는 외어지기를 구한다. 이것이 오직 하나 우리의 傲慢한 宣言이다.[1]

여기서 주제어로 강조되고 있는 것은 물론 시다. 그리고 전후 문맥으로 보아 박용철에게 시는 절대를 의미했다. 우선 박용철은 시를 살로 새기고 피로 쓰듯 쓰겠다는 선언을 앞세웠다. 그 다음 그 시가 읽는 이들에게도 깊은 사랑을 받아야 한다는 생각을 피력했다. 그러니까 말을 바꾸면 박용철은 그의 일체를 시에 건 사람이다. 여기에는 이미 육당(六堂)이나 고주(孤舟)류의 '시=개화 계몽'의 괭이식 도구론이 통하지 않는다. 『폐허(廢墟)』나 『백조(白潮)』의 경우도 그의 생각과는 현격한 차이가 있다. 『폐허』나 『백조』 동인에게 시는 자신들의 가슴에 맺힌 응어리를 풀기 위한 감정의 방수로(放水路)였다. 이것은 그들에게 시에 앞서, 인간 또는 자기 자신이 있음을 뜻한다. 그러나 박용철의 경우에 시는 그가 전심전력을 기울여서 매달리는 필생의 사업이었고, 일체를 뜻했다. 그랬기에 그가 '살' 또는 '피'로 새기는 시를 지향하고 나선 것이다.

여기서 우리는 박용철의 시일체주의가 어디에서 비롯된 것인가를 따져볼 필요를 느낀다. 이 경우 우리가 무엇보다 먼저 주목해야 할 것

---

1) 『시문학』(1)(1930. 3), p.39.

이 있다. 그것은 박용철의 시 선택이 일종의 진로 변경과 함께 이루어 진 점이다. 그 이전 우리 주변에서 시는 대개 청소년기부터 지망하고 나서는 것이 통례였다. 그런데 박용철은 원래 이공계 지망생이었고, 거기서 시로 방향을 바꾼 것도 비교적 나이가 들고 나서의 일이었다.[2] 이것은 그가 이공계 지망 때 지닌 희망과 의욕을 송두리째 시 쪽으로 이동시켰음을 뜻한다. 뿐만 아니라 여기서 덧붙여서 작용한 듯 보이는 것이 박용철의 수재 의식이다. 우리가 수재라고 말할 때 그것 은 대체로 교육 체제 속의 학교 성적으로 의역되어 버린다. 그래서 그 의식을 가진다는 것은 단연 다른 사람의 추종을 허락하지 않는 평가 를 받아야 한다는 정신 성향을 빚어내는 것이다. 그의 진로 변경과 우 등 기록은 박용철로 하여금 시에서도 최상의 성과를 올리기를 기했을 공산이 크다.[3]

이런 관점에서 보면 박용철이 우리에게 던진 몇 개의 수수께끼가 어느 정도 풀린다. 우선 그는 여유 있는 집 출신이었지 그 자신이 대 단한 자산을 가진 것은 아니었다. 그리고 적어도 동경유학 시절까지 출판에 관심을 가진 자취는 포착되지 않는다. 그럼에도 귀국해서 얼마 지나지 않아 『시문학』의 기획·발간을 시도했다. 이 경우에 우리는 당 시 『시문학』과 같은 문예동인지가 채산을 맞출 길이 없었다는 사실에 유의할 필요가 있다. 그 이전에 나온 『폐허』와 『백조』, 『금성』 등이

---

2) 이 사이의 사정에 대해서는 김영랑의 후기, 『박용철전집』(1)(시문학사, 1940), p.12 참조

3) 여기서 또 하나 고려되어야 할 것이 박용철의 一高 진학 시도가 있었던 사실이다. 즉 그는 靑山學院 4학년 때 일차 一高에 응시했다. 그리고 낙방의 고배를 마셨다. 이때 만약 그가 원하는 대로 진학이 이루어졌다면 창작 대신 학구의 길로 들어섰 을지 모른다. 그러나 一高에 실패한 나머지 외국어전문을 택했다. 그리고 외국어전 문으로는 문학 연구의 정상 차원이 구축되기가 쉽지 않았다. 이런 계산과 그에 따 른 보상 심리가 박용철을 실제 창작 활동 쪽으로 내몰았을 공산이 크다. 一高 진 학 시도에 대해서는 金永郎, 「人間 박용철」, 『朝光』(1939. 12), p.316 참조

모두 그랬던 것이다. 더욱이나 박용철의『시문학』발간은 위의 경우와는 사정이 상당히 달랐다.『폐허』에서『금성』이 발간된 시기에는 시문학을 위한 발표지로 알맞은 것이 없었다. 그러나『시문학』이 발간된 1930년대 초에는 이미 우리 주변에 적지 않은 문예지가 발행되고 있었다. 그런데 박용철은 그것을 이용하려 하지 않고 새로 시 전문지를 창간·발행한 것이다. 뿐만 아니라『시문학』세 권을 내는 가운데 그는 그런 류의 사업이 채산성이 없다는 사실을 충분히 체득한 터였다. 그럼에도 그는『문예월간』을 출간했고, 이어『문학』을 탄생시켰다. 이것은 피상적으로 보면 발표 매체에 기울인 정성이며 편집자의 감각으로 풀이됨직도 하다. 그러나 이런 해석으로는 박용철이 세속적 손익 계산에 어두운 시골 샌님이 될 뿐이다. 철저하게 그는 새롭고 훌륭한 정상급의 시를 쓰고 싶었던 것으로 보인다. 그것도 그 혼자뿐이 아니라 한 떼의 시인을 모아서 새 차원의 개척을 기도했다. 그런데 그런 일이 효과적으로 이루어지기 위해서는 새로운 발표 매체가 필요했다. 그런 나머지 출간된 것이『시문학』이며,『문예월간』과『문학』등이 된 셈이다. 이렇게 보면 박용철의 출판사 경영과 잡지 발간의 속셈이 한결 명백해진다. 단적으로 말해서 그것은 그의 정상급 시를 노린 의지의 한 표현인 것이다.

한편 박용철의 초기시를 검토해 보면 그가 생전에 보여준 일련의 행동들이 더욱 명쾌하게 설명될 수 있다. 애초부터 격조 있는 서정시를 지향한 점에서는 박용철이 다른『시문학』동인들과 조금도 다를 것이 없었다. 그러나 문학, 또는 시의 해석에 있어서 그는 다른 동인들과 상당한 차이를 보여준다. 이 경우의 좋은 보기가 되는 것이「떠나가는 배」,「고향」등이다.

나 두 야 간다
나의 이 젊은 나이를
눈물로야 보낼거냐
나 두 야 가련다

아늑한 이 항구—ㄴ들 손쉽게야 버릴거냐
안개가치 물어린 눈에도 비최나니
골잭이마다 발에 익은 뫼ㅅ부리모양
주름쌀도 눈에 익은 아— 사랑하는 사람들

버리고 가는 이도 못 닛는 마음
쫓겨가는 마음인들 무어 다를거냐
도라다보는 구름에는 바람이 희살짓네
압대일 언덕인들 마련이나 잇슬거냐

나 두 야 가련다
나의 이 젊은 나이를
눈물로야 보낼거냐
나 두 야 간다

— 「떠나가는 배」 전문4)

고향을 찾어 무얼하리
일가 흩어지고 집무너진데
저녁 가마귀 가을 풀에 울고
마을 앞 시내도 넷자리 바뀌었을라.

어린 때 꿈을 엄마 무덤 우에
남겨 두고 떠도는 구름 따라
멈추는 듯 불려온지 여나무해
고향은 이제 찾아 무얼하리.

---

4) 『시문학』(1)(1930. 3), pp.22~23.

하날가에 새 기쁨을 그리어보랴
남겨둔 무엇일래 못잊히우랴
모진 바람아 마음껏 불어쳐라
흩어진 꽃닢 쉬임 어디 찾는다냐.

험한 발에 짓밟힌 고향 생각
—아득한 꿈엔 달려가는 길이언만—
서로의 굳은 뜻을 남게 앗긴
옛사랑의 생각같은 쓰린 심사여라.

— 「고향」 전문5)

이들 작품은 정지용의 것과 근본적으로 다른 성향의 시다. 「향수」
로 대표되는 바 정지용은 자기감정을 직접적인 말로 토로하지 않는다.
그는 대상 또는 제재를 그 이전에 심상으로 제시한다. 심상 가운데도
감각적 범주에 드는 차원으로 대상을 노래하여 그것을 선명하게 객체
화한다. 이런 경우의 좋은 보기가 되는 것이 "얼룩백이 황소가 해설피
금빛 게으른 울음을 우는 곳"이다. 여기서 황소의 울음은 청각적 사실
일 뿐이다. 그것을 '얼룩백이', '금빛 게으른 울음' 등으로 매체화하여
선명하게 색채 감각화하고 있는 것이다.6) 이에 반해서 「떠나가는 배」
나 「고향」은 적지 않게 주정적이다. 낭만파의 단면을 드러내는 이들
시에도 비유가 쓰이기는 했다. 그러나 그 매체들은 시인이 지닌 감정
을 증폭시키고 있을 뿐 그것이 심상으로 제시되어 화학적 변화를 일
으키지는 않았다. 이것이 그의 시와 정지용의 작품들 사이에 가로놓인
근본적 차이다.

---

5) 『문예월간』(1931. 11), pp.50~51.
6) 이에 대해서 자세한 것은 김용직, 「정지용론」, 『한국현대시사』(1)(한국문연, 1996),
　 pp.237~238 참조

이와 아울러 박용철의 작품은 그 말씨가 김영랑의 것과도 상당히 다르다. 김영랑은 감정을 정서로 바꾸는 데 역점을 두면서 말을 썼다. 그리하여 그 말들은 의미 내용을 갖는 게 아니라 어떤 분위기를 자아내도록 쓰인 것이다. 그러나 박용철의 시는 그와 달라서 상당히 관념적인 내용을 담고 있는 편이다. 그 결과 그의 말들은 감각의 상태에 그치기보다 다소간 서술적인 쪽으로 기울어졌다. 또 하나 여기서 지적되어야 할 것이 이 작품에 나타나는 상실 감정이라든가 우수의 그림자 같은 것이다. 따지고 본다면 상실의 감정은 김영랑에게도 없지 않았다. 그러나 그의 경우 상실의 느낌은 내면화하기 이전의 가벼운 감상에 그쳐 있다. 말하자면 김영랑의 정감은 마음 밑바닥에 닿는 깊이나 무게가 느껴지지 않는 상태에 속하는 것이다. 그러나 박용철의 경우에는 사정이 다르다. 그의 우수나 상실 감정 속에는 대개 사변적인 속성이 깃들여져 있다. 범박하게 보면 이것은 호흡 영역의 확장에 대한 시도인 동시에 정신의 깊이를 수용하려는 노력에 해당된다. 그리고 거기에는 제 나름의 논거가 마련된 자취도 검출된다.

넓은 의미에서 창작 활동이란 제 목소리를 지니며 제 설자리를 마련하는 일에 해당된다. 그런데 시문학파가 발족한 뒤 그 영역은 아주 제한되어 있었다. 『시문학』 동인 가운데 한 사람인 김영랑은 이미 짧은 형식 속에 해맑은 가락을 담은 시를 발표했다. 그리고 정지용은 독특한 말씨로 선명한 심상의 시를 발표하고 있었던 것이다.[7] 그러니까 감각이나 정서만으로는 박용철이 새로 기를 꽂을 여지가 없었던 게 당시 우리 시단의 상황이었다. 이런 사정을 감안한 나머지 이루어진 것이 박용철의 사변적 공간 개발 시도가 되는 셈이다. 아울러 그 말씨가 길어진 까닭도 바로 이런 데 있다. 이것은 분명히 박용철이 그 나

___
7) 이에 필요한 자세한 것은 김용직, 「김영랑론」, 위의 책, pp.87~90 참조

름의 설자리를 마련하고자 한 시도에 해당된다.

그런데 문제는 이와 같은 시도가 시도로 끝날 수 없었던 데 있었다. 되풀이되지만 한국 시단에 진출하면서 박용철이 노린 것은 질적으로 정상에 속하는 서정시의 제작이었다. 그런데 그를 위해 사색적인 내용을 갖는다는 것은 어디까지나 부차적인 문제였다. 물론 하잘것없는 제재나 옅은 내용을 바닥에 깐 작품보다는 여러 사람에게 유의성을 갖는다거나 철학적 깊이를 다룬 시가 묵직하게 보일 공산은 있었다. 그러나 그것은 시를 위한 여러 소인들이지 그 자체가 시는 아닌 것이다. 이런 사실은 한국 근대시에 나타난 여러 사례를 통해서도 얼마든지 입증된다. 가령 개항기에 육당이나 고주는 즐겨 문명·개화를 노래했다. 그런 내용은 당시 우리 주변에서 충분히 우리를 긴장케 하는 제재들이었다. 또한 신경향파의 카프의 경우에도 비슷한 이야기가 가능하다. 목적의식을 내세운 그들의 시는 어떻든 현실에 입각한 작품의 제작을 위해 쓰인 것들이다. 그러나 그런 의도에도 불구하고 개화·계몽을 노래한 시나 대지에 발을 붙이기를 기한 프로 시들 가운데 좋은 시로 손꼽힐 수 있는 것들은 아주 드물었다. 박용철은 우리 근대시사가 이런 단계를 거친 다음에 활동을 시작한 시인이다. 그럼에도 불구하고 그의 시는 그런 목표에 넉넉히 도달했다고 생각되지 않는다. 따라서 이 의욕과 실제의 거리를 의식한 순간, 그는 또 다른 시도를 하지 않을 수 없었다.

이때의 모색에는 창작의 기준이 필요했다. 그것을 박용철이 같은 시문학파 동인인 정지용이나 김영랑의 것으로 삼을 수는 없었다. 그렇게 되면 그의 시는 당대의 것의 모방·아류에 떨어질 수밖에 없었기 때문이다. 박용철은 그것을 동서 고전에서 구해야 했고 그와 아울러 개성으로 표현하지 않을 수 없었다. 이때 문제가 되는 개성 추구는 그가 터득해야 할 과제였다. 그것을 차질 없이 이끌기 위해서 그에게 비평적 가늠자가 필요했다. 좋은 시, 절정의 시를 쓰기를 기한 박용철이 여러 방면에 손을 뻗칠 필요가 여기에 있었다.

3. 하나의 원천―서구 근대시 수용

시단 등장과 함께 박용철은 목표 달성을 위해서 몇 가지 시도를 하였다. 그는 우선 그의 시가 가져야 할 질적 수준 확보를 위해 동서 고전을 살피고자 했다. 그 구체적 형태로 나타난 것이 해외시의 수용 시도였다.

박용철이 기능적으로 해외시를 수용하기 위해서는 두 가지 방법이 생각될 수 있었다. 그 하나가 한시(漢詩)를 익히고 거기서 시 쓰기의 기법을 터득하는 일이었다. 지금과 달라서 그의 세대에게는 당시(唐詩)를 중심으로 한 한시 읽기가 별로 힘든 일이 아니었다. 1930년대에 이르기 전까지 우리 사회에서는 학동이 소학교에 입학하기 전에 『천자문』이나 『동몽선습』, 『소학』을 읽는 것이 거의 관례였다.8) 그 연장선상에서 당시나 한국의 한시들은 중등학교 이수자들에게도 꽤 널리 읽히고 있었다. 박용철도 어느 정도 그것을 이용할 수 있는 교양을 지니고 있었다. 구체적으로 1929년 여름에 그가 김영랑에게 편지를 보낸 편지에서 찾을 수 있다. 거기에 그는 칠언절구 한 수를 곁들여 보냈다.

> 비 젖은 닢사귀는 반득반득 빛이 살고
> 춤추는 가장이는 나붓나붓 절을 한다

---

8) 박용철 약력, 『전집』 권말에 따르면 그는 네 살 때 외가에서 『사자소학(四字小學)』을 배운 것으로 나타난다.

닙은 옷 비마저 보자 꽃빛 산틋하여라
細雨活葉誇榮生 輕風舞枝感天情
田澗不厭衣漸濕 山昏却喜花鮮明[9]

널리 알려진 바와 같이 절구는 엄격한 규범에 의해 쓰인다. 박용철
의 이 한시에는 그것이 뚜렷하게 나타난다. 우선 여기에는 운(韻)이 제
대로 지켜져 있고 염(斂)도 큰 오류가 없다. 이렇게 보면 한시에 대한
박용철의 소양은 의심의 여지가 없게 된다. 그러나 당시 우리 주변의
사정은 박용철로 하여금 이런 한시를 그가 지향하는 좋은 서정시의
기준으로 전면 수용할 수 없도록 만들고 있었다. 그가 쓰고자 한 것은
넓은 의미의 현대시였다. 이때 문제되는 현대시의 개념 속에는 반드시
새롭다든가 신선하다는 느낌이 포함되어 있었던 것이다. 뿐만 아니라
다시 여기서 무엇이 '새로움'이며 '신선한 것'인가도 문제되어야 한다.
박용철이 쓰고자 한 것은 자유시였다. 자유시였기 때문에 그것은 '새
로움'과 '신선함'을 불가피하게 박용철 나름의 문체나 형태를 통해서
제시할 필요가 있었다. 이렇게 되면 한시가 그에게 전면적인 전범으로
쓰일 계제가 아니었다. 이런 까닭으로 한문과 한시를 통한 수용은 창
작시의 직접적인 전범이 될 수가 없었다.

한시의 경우와는 달리 박용철은 서구 근대시 수용을 위해서는 좋은
조건을 지니고 있었다. 우선 그는 전통적으로 영어 교육에 비중을 둔
아오야마학원을 다녔다. 그리고 동경외어에서는 독일어를 전공한 바
있다. 거기서 얻어낸 소양과 실력으로 그는 영시와 독일어 작품을 읽
을 수 있었다. 특히 독일의 근대시인들 수용에는 상당한 능력을 보였
다. 그 증거는 『시문학』 창간호에서부터 나타난다. 구체적으로 거기서

---

9) 『박용철전집』(2), p.312. 단, 앞에 놓인 우리말 부분이 3행으로 된 것은 한시의 직
역을 뜻하는 것이 아니라 시조 형식을 택한 데서 빚어진 의역의 결과다.

그는 실레르의 「헥토르의 이별」, 괴테의 「미뇽의 노래」를 번역·소개
했고, 이어 하이네의 「내 눈물에서는」, 「다수한 봄밤」, 「나를 사랑하는
주리아」, 「남의 나라에서」, 「일어나며 묻는 말」, 「뺨에 뺨을 대어라」,
「한마디 말씀에다」, 「노래의 날개에 너를 싣고」, 「아름다운 고기잡이
아가씨」, 「소나무는 외로이 서서」 등 10편에 달하는 해외시를 우리말
로 옮겨 놓았던 것이다. 이들 번역시는 그 솜씨만으로도 상당한 수준
에 이른 것들이다.

> 노래의 날개에 너를 싣고
> 사랑아 멀리, 가고 지워라
> 깐지스 강가 꽃피는 들로
> 거기서도 가장 아름다운 구석을 나는 아노니
>
> 고요한 달빛 아래
> 붉게 꽃피는 뒤안이 있고,
> 연꽃은 저의 어여쁜
> 어린 누의를 기다리고 있다.
>
> 시르미꽃 웃고 속살거리며
> 하날의 별을 치어다 본다
> 장미는 저이끼리 귀에 대이고
> 향기로운 이야기를 가만이 한다.
>
> 순하고 살가운 사슴은
> 이리 뛰여와 귀기우린다.
> 그러고 멀리서 소리내는
> 거룩한 강의 흐름이 들린다.
>
> — 「노래의 날개에 너를 싣고」 1~4연[10]

---

10) 『박용철전집』(1), pp.269~270.

이러한 박용철의 역시에서 우리가 읽을 수 있는 것은 두 가지로 나타나는 번역의식이다. 우선 여기에는 가능한 한 원시(原詩)에 충실하려고 한 의식이 검출된다. 그 결과 번역시에서 원시의 행과 연 구분이 정확하게 지켜졌다. 또 하나 우리말의 고유한 맛도 살리고자 했다. 그 단적인 증거가 되는 것이 1연 둘째 행의 '가고 지워라'다. 이 부분은 본래 '가고 싶다'로 직역될 수 있다. 그것을 '―지워라'와 같은 어미로 표현한 것은 우리말만이 갖는 어감을 살리고자 한 시도의 결과다.

박용철의 역시가 지닌 이런 단면은 역시를 통해 역시 이외의 것을 노린 결과로 풀이될 수도 있겠다. 그의 유고집을 보면 박용철은 독일, 영국, 미국, 아일랜드 등 여러 나라의 서구시 308편을 우리말로 옮겨 놓았다. 그런데 이들 작품 가운데 발표 매체를 통해 활자화한 것은 불과 20여 편에 지나지 않는다. 이것은 그가 번역시를 자체로 꾀한 것이 아니라 다른 방편으로 이용했을 가능성을 암시한다. 그리고 위에 본 바와 같이 그는 번역시를 통해서 우리말 연습을 병행하고 있는 것이다. 이런 사실로 미루어 보면 박용철이 서구시 번역을 통해 노린 것이 무엇이었느냐가 짐작된다. 즉 그는 그것을 통해서 자신의 창작시를 살찌우고자 했으며 나아가 그것을 좋은 시를 쓰기 위한 연습용으로 이용한 것이다.

박용철의 창작시는 상당히 특색이 있다. 그의 시는 어두운 색조 또는 우수의 그림자를 깃들인 것이 적지 않았다. 이것을 박용철의 성장 환경에 결부시켜서 설명하고자 한 예도 있다.[11] 그러나 이런 배경론과 함께 우리가 또 하나 고려해야 할 것이 그의 독서 체험이다. 구체적으로 박용철은 한때 키에르케골에 경도된 적이 있다. 그는 키에르케

---

11) 김윤식, 「박용철론」, 『한국근대작가논고』(일지사, 1974), pp.127~128.

골에서 시와 시인에 관계되는 부분을 번역·소개한 바 있다. 다음은
그 한 부분에서 가려 뽑은 것이다.

> 詩人이라는 것은 무엇이냐. 그 가슴 속에 심각한 고뇌를 감추고 歎
> 息啼泣을 아름다운 음악같이 울려낼 수 있는 입술을 가진 불행한 사람
> 이다. 옛날 희랍의 폭군 팔라리스가 眞鍮로 쇠[牛]를 만들고 그 속에 넣
> 어서 태워 죽이던 불행한 사람들과 같다. 이 불쌍한 사람들이 부르짖는
> 소리가 이 폭군의 귀에는 미묘한 음악으로 들렸다는데 그와 마찬가지
> 운명 아래 詩人도 놓여 있는 것이다.12)

> 어떠한 종류의 美든지 그 발달의 극점에 가서는 민감한 사람의 가슴
> 에 눈물을 잣는다. 우수는 모든 사람의 정조 중에서 가장 정당한 것이
> 다. 영혼이 이를테면 그 流謫의 버드나무 아래 쉬어 앉아서 머언 고향
> 을 생각하는 동경의 한숨을 쉴 때에 그 영혼의 노래의 主調가 우수가
> 되지 않고 어쩔 것이냐.13)

우리가 여기서 새삼스럽게 키에르케골의 내면세계에 대해서 거론할
필요는 없을 것이다. 널리 알려진 바와 같이 그는 서구의 대표적인 실
존주의 철학자의 한 사람이다. 그에 따르면 우리가 실존하기 위해서는
단독자가 되어야 한다. 단독자가 되기 전 우리는 온통 감각의 세계 또
는 쾌락과 충동을 좇는 생활에 빠져 있다. 그것은 물론 키에르케골이
상정한 윤리적 실존의 전단계에 속한다. 그리고 종교적 실존이 전제되
지 않은 것이기 때문에 미와 예술, 시의 차원은 본질적인 의미에서 비
애와 환상, 우수에 젖지 않을 수 없는 것이다. 물론 여기서 박용철의
시에 엿보이는 우수가 과연 키에르케골의 것과 동일한 차원의 것인가
는 살펴보아야 한다. 그러나 한 발 물러서 생각하면 박용철의 키에르

---

12) Verschiedene, 『문학』(1)(1934. 1), p.31.
13) Verschiedene, 『문학』(2)(1934. 2), p.23.

케골 수용은 비교문학의 범주에 드는 일이다. 그런데 비교문학에서 수용과 영향은 반드시 동질적인 선이나 대등한 차원에서 이루어지지 않는다. 이런 사정을 감안해 보면 박용철과 서구 문학의 관계가 더욱 명백해진다. 적어도 그는 자신의 시를 위해 끈질기다고 생각될 정도로 서구 쪽의 것을 읽고 살폈다. 그리고 그를 통해서 상당한 수확이 있었음도 부인할 수 없는 일인 것이다.

4. 시론과 미학적 실체성

박용철 문학을 말하는 자리에서 반드시 지적되어야 할 것이 그의 비평 활동이다. 그가 이 분야에서 펼친 활동은 시기적으로 서구시 수용보다도 뒤진 것이었다.『시문학』창간호를 보면 그는 창작시와 함께 번역시를 발표했다. 그러나 같은 무렵에 그가 비평에 속하는 글을 발표하지는 않았다. 이것은 앞의 전제를 다시 확인하게 만든다. 즉 박용철은 그의 시를 위해 한 기준으로 서구의 근대시를 수용한 것이다. 그에 부수된 요구로 시 자체에 대한 생각을 이론적으로도 규명하고 싶었기에 시론에도 손을 댄 것이다.

1) 순수와 변용의 논리 - 시의 해석

어차피 박용철이 시를 향해 던지는 질문 방식에는 어느 정도의 테두리가 정해져 있었다. 그는 절정을 노래하고 싶은 시인이었다. 그런데 이때 문제되는 절정이란 모든 독자의 심금을 울리는 작품을 뜻했다. 그런데 초기에 품은 박용철의 이에 대한 해석은 다분히 낭만파의

입김을 느끼게 하는 선에서 이루어졌다.14)

> 詩라는 것은 詩人으로 말미암아 창조된 한낱 존재이다. (…중략…)
> 우리가 거기에서 받는 인상은 혹은 비애·환희·우수, 혹은 평온·명정,
> 혹은 격렬·숭엄 등 진실로 추상적 형용사로는 다 형용할 수 없는 그
> 自體數대로의 무한수일 것이다. 그러나 그것이 어떠한 방향이든 詩란
> 한낱 高處이다. 물은 높은 데서 낮은 데로 흘러나려온다. 詩의 심경은
> 우리 일상생활의 수평정서보다 더 고상하거나 더 우아하거나 더 섬세
> 하거나 더 장대하거나 더 격월하거나 어떤든 '더'를 요구한다. 거기서
> 우리에게까지 '무엇'이 흘러나려와야만 한다.15)

여기에는 우리가 놓쳐서는 안 될 것이 두 가지 있다. 우선 박용철
은 시를 시인에 의해 빚어지는 것으로 보았다. 그리고 시인의 내면에
엉긴 것이 밖으로 표출된 것을 시로 파악한 점도 주목되어야 한다. 그
런데 이때 문제되는 엉긴 것, 또는 내용물은 카프나 민족문학파의 경
우처럼 이데올로기의 류가 아니다. '비애', '환희', '우수' 등의 단어로
유추될 수 있는 바와 같이 그것은 명백히 감정의 범주에 속하는 것들
이다. 다만 그것은 일상생활에서 빚어지는 것 이상의 것이어야 한다.
이것은 평생의 생활신조로 소박한 생활과 함께 고매한 이상을 지향한
워즈워드의 감정의 자발적 분출론을 연상케 만드는 견해다. 그런 의미
에서 박용철이 출발 당시에 지닌 시의 인식은 다분히 낭만주의의 흐
름을 느끼게 하는 경우였다.

한편 이런 류의 소박한 시론은 어차피 지양·극복되어야 했다. 시
인이 마음속에 간직한 높고 깊은 생각이 작품의 동기를 이루는 것은

---

14) 이에 대해서는 한계전, 「하우스만 시론의 수용과 순수시론」, 『한국현대시론연구』(일
　　지사, 1983), p.135에서 언급된 것이 있다.
15) 박용철, 「『시문학』 창간에 대하여」, <조선일보>(1930. 3. 2), 『박용철전집』(2), pp.142
　　~143.

사실이다. 그러나 이런 상태가 곧 시를 완성시켜 주는 것은 아니다. 실제 작품 활동에서 시는 제재나 생각의 문맥화며 그 형태·구조화의 과정을 반드시 거칠 필요가 있다. 그런데 위의 글에는 그에 대한 배려의 자취가 전혀 검출되지 않는 것이다.

『시문학』 창간에 즈음해서 쓴 글은 물론 본격적인 의미의 비평이 아니었다. 따라서 우리는 거기서 박용철이 그 무렵 가졌던 시에 대한 생각의 일단을 파악하는 것으로 족하다. 좀 체계가 선 그의 시론은 그 후에 기대할 수밖에 없는 것이다. 이제까지 박용철이 보여준 본격 비평의 하나로 주목된 것에 「효과주의적 비평논강(效果主義的 批評論綱)」이 있다. 그 제목으로 짐작되는 바와 같이 이 글은 애초 창작론이 아니라 비평론으로 쓴 것이다. 따라서 시에 대한 박용철의 생각이 어떻게 변했는가를 살필 수 있는 직접적 자료는 아니다. 그러나 적어도 여기에는 그의 문학관의 일단이 피력되어 있다. 여기서 '효과'란 예술 작품의 평가를 독자의 반응에서 구하고자 하는 입장에서 쓴 것이다. 이렇게 보면 박용철은 그가 지향하는 좋은 시의 기준을 가늠하기 위한 한 방편으로 독자론 내지 수용 비평의 입장을 취한 것이다. 구체적으로 이 글에서 박용철은 예술 작품의 올바른 평가를 위해 몇 가지 전제를 세웠다. 그에 따르면 일반 독자의 내면세계는 심한 개인 편차를 가지며 또한 유동적이라는 것이다. 따라서 작품의 올바른 평가를 그들에게 맡길 수가 없다. 또한 그 지양·극복책으로 통계학이 이용되어서도 안 된다. 이것을 그는 '효과(效果)의 실증적 측정'이라고 배제했다.[16] 한 사회를 구성하는 여러 사람에게 작품에 대한 의견을 묻고 그것으로 효과를 결정하고자 하는 것은 예술을 신문기사의 차원으로 격하하는 일이다. 하기는 박용철이 이 방법을 논평 없는 상태로 기술하기는 했

---

16) 『박용철전집』(2), p.27.

다. 그러나 다음 자리에서 그는 분명하게 비평가의 역할을 말하고 있다. 그에 따르면 비평가는 효과의 민감한 '계량기'인 동시에 예술 작품이 발표됨으로써 일어날 수 있는 일련의 사태까지 효과적으로 예보할 수 있는 '청우계(晴雨計)'여야 한다.[17] 그러면서 박용철은 여기서 문제되는 비평의 효과적 달성이 어떻게 가능한 것인가를 어느 정도 생각해 두었다. 그에 따르면 과거의 비평은 지나치게 개인의 능력 또는 직관이나 천재에게 작품의 평가를 내맡겼다는 것이다. 그가 효과주의 비평론을 쓸 무렵에는 사회통계론을 신봉하는 또 하나의 극단론이 대두되었다고 보았다. 효과주의 비평론의 주안점은 바로 이 두 개의 극단론에서 빚어지는 부작용을 효과적으로 해소하려는 데 있었던 것이다. 효과주의론은 일종의 독자수용론이지 양질의 서정시를 만들어내는 데 필요한 기법론은 아니었다. 그리하여 어차피 박용철은 그의 시를 위해서 이런 단계를 지양하지 않을 수 없었다.

좋은 시와 나쁜 시를 가늠하면서 정상의 작품 만들기에 기한 박용철의 모색 과정을 살피는 우리에게 또 하나 주목되는 시론(詩論)이 그의 하우스만 수용 시도다. 구체적으로 이런 현상은 『문학』 2호에 「시(詩)의 명칭과 성질」을 번역·소개한 일로 집약되어 나타난다. 본래 하우스만의 이 글은 1933년 5월 9일 케임브리지 대학에서 있었던 기념강연이다. 여기서 하우스만은 존슨 박사의 주장을 반박함으로써 위트 옹호론과 17세기 형이상학파시 예찬론에 맞섰다.[18] 그와 아울러 시를 지적인 것 내지 이성의 산물이라고 보는 견해에도 반대했다. 그는 시에 그 이상의 의의를 부여했던 것이다.

---

17) 위의 책, p.28.
18) 위의 책, pp.54~57.

시는 내 생각에는 이성적인 것보다는 육체적인 것이다. (···중략···) 어떤 날 아츰 면도를 하다가 나는 내 생각을 조심해 감시해야 할 것을 경험으로 배웠다. 만일 詩의 한 줄이 내 마음 속에 떠오른다면 내 살에는 소름이 끼쳐서 면도가 나아가지 아니하는 것이다. 이 특별한 표징과 같이 오는 것은 脊柱를 타고 나려가는 전율이다. 또 한 가지 표징은 목이 갑갑해지며 눈물이 눈에 솟아오르는 것이다.[19]

여기서 무엇보다 주목해야 할 것이 시 곧 육체론이다. 이 말의 뜻하는 바는 육체의 반대 개념을 생각해 보는 것으로 그 윤곽이 파악될 수 있다. 육체의 반대 개념은 정신이며 이 경우에 정신이란 이지(理智)며 이성(理性)이다. 하우스만은 처음부터 끝까지 시를 반이성(反理性), 반주지주의(反主知主義)의 범주에 속하는 것이라고 주장한 사람이다. 그러면서 같은 자리에서 그는 워즈워드와 R. 번즈를 끌어들였다. 그것으로 그는 시가 반의도적(反意圖的)인 것이라는 주장을 보강했던 것이다. 여기서 의도란 시인이 그 나름의 계획을 세우고 지성을 작동시키는 상태를 가리킨다. 하우스만은 시를 그 반대 입장에서 빚어지는 것으로 생각했다.

가령 워—즈위—드도 말하기를 詩는 강한 감정의 자발적 유일이라 했고, 번—즈도 이런 고백을 남겼다. "나는 일생에 두 번이나 세 번 충동이 아니라 목적을 가지고 詩作을 했다. 그러나 나는 도무지 성공하지 못했다." 한 말로 하면 내 생각에는 詩의 산출이란 제1계단에 있어서는 능동적이라는 것보다는 오히려 수동적, 非志願的 과정인가 한다. 만일 내가 詩를 정의하지 않고 그것이 속한 사물의 종별만을 말하고 말할 수 있다면, 나는 이것을 분비물이라 하고 싶다.[20]

---

19) 위의 책, p.71.
20) 위의 책, p.72.

이것은 아주 끈질긴 '시=내면세계의 표현' 설(說)이지 그 이상도 그 이하도 아니다. 이렇게 보면 이 글에서 하우스만이 취한 입장은 아주 명쾌하게 드러난다. 그것은 그가 철두철미하게 낭만주의의 자세를 지니고 있는 점이다. 한편 여기서 궁금해지는 것이 박용철의 하우스만 수용 사유다. 당시 우리 주변에는 T. E. 흄과 I. A. 리차즈 등 주지주의계의 비평 이론과 작품 분석 방법이 수입 중에 있었다. 그럼에도 이 비평의 전초 지대를 외면한 상태에서 박용철이 철 늦게 생각되는 낭만파 시론을 번역·소개한 까닭은 무엇인가. 우선 하우스만은 작품세계가 매우 암울하고 비관적인 색조에 젖은 시인이다.[21] 그것을 그는 제 나름의 독특한 말씨라든가 가락에 실음으로써 독자에게 즐거움을 주는 것으로 바꾸려고 시도했다. 박용철의 시 역시 우수가 깃들은 것이었음은 이미 살핀 바와 같다. 그러니까 그는 시를 통해서 하우스만에게 아주 친근한 감정을 품었을 공산이 있다. 이와 아울러 우리에게 또 다른 암시가 될 수 있는 것이 박용철의 시적 체질이다. 그 자신이 이공계를 지망한 때가 있었음에도 불구하고 시를 논하는 자리에서 박용철은 철두철미하게 조화라든가 균형 감각에 의거한 작품을 싫어했다. 본래 박용철은 김기림에 대해서 상당한 호감을 갖고 있었다. 그랬음에도 불구하고 『기상도(氣象圖)』가 나왔을 때 그는 이 장편시에 대해 비관적이었다.

> 이 長詩가 잡지에 발표되었을 때 필자는 이 詩의 이메지의 교묘한 구사, 풍자적 문명비평의 정신, 더욱이나 그의 야심적인 企圖에도 불구하고 이 시인의 정신의 연소가 이 거대한 소재를 화합시키는 고열에 달치 못했다는 것과 詩의 각부가 직선적으로 제각기의 방향을 가진다

---

21) 이에 대한 자세한 언급으로는 Christopher Ricks, The Nature of Housman Poetry, *A. E. Housman : A Collection of Critical Essays*(Englewood Cliffs, 1968) 참조.

는 것을 말한 일이 있다. (…중략…) 필자가 이 시인을 존경함에도 불구하고 이 詩를 참으로 사랑하지 못하는 이유는 이 詩가 폭풍경보로 시작해서 폭풍경보해제로 끝나는 이 均整된 좌우동형적 구성이다.[22]

여기서 좌우동형적 구성이란 말은 도식적으로 나타나는 시적 계산의 부작용을 가리킨다. 박용철은 은연 중 그에 맞서는 자리에 '정신의 연소'를 갖다 놓았다. 이것은 단적으로 말해서 반지성주의이며 낭만파의 기질이다. 이런 생리상의 상통이 있었기에 그는 하우스만을 수용했으리라 본다. 그런데 문제는 바로 여기에서 다시 제기된다. 그가 상당한 정열을 들여 하우스만을 수용했음에도 불구하고 그것이 서정시의 제작을 위해서 기능적이며 효과적인 돌파구를 마련해줄 수는 없었다는 것이다. 본래 낭만주의 시론은 영감과 천재론에 그 끈이 이어진다. 거기에 시작 개혁을 위한 기법이 개입할 여지는 없었다.

소박한 입장의 낭만주의 시론은 결국 표출론(表出論)의 자리를 벗어나지 못한다. 거친 표출이 시가 될 수 없는 것은 통곡이나 욕설이 예술이 될 수 없음을 보아 아주 명백해진다. 이런 사실에 대한 인식은 박용철이 문단 생활을 거듭하는 가운데 차츰 인식된 것 같다. 하우스만 수용과 같은 무렵에 그는 시가 직접적인 내면세계의 표출이 아니라 그 변용으로 가능하다는 사실을 깨치기 시작했다. 이런 경우 우리에게 아주 좋은 보기가 되는 것으로 다음과 같은 것이 있다.

> 詩의 主題되는 감정은 우리 일상의 감정보다 그 수면이 훨씬 높아야 됩니다. 물은 높은 데서 낮은 데로 흘러듭니다. 그래야 우리가 그 詩를 읽을 때에 거기서 우리에게 흘러 나려오는 무엇이 있을 것이 아닙니까. 더 고귀한 감정, 더 섬세한 감각이 남에게 없는 '더'를 마음속에 가져야 비로소 시인의 줄에 서 볼 것입니다.

22) 『박용철전집』(2), pp.109~110.

그러나 이 '더'는 나타날 '더'라야 할 것입니다. 우리의 감각이 觸知할 수 있는, 나타나 있는 것만이 우리의 感受의 대상이 되는 것입니다. 그림 그리기를 배우지 않은 사람이 좋은 경치를 그리기 위하야 붓을 들기로 그려놓은 것을 본 우리는 웃을 뿐입니다. 美人을 앞에 놓고 석고를 만져보려도 손의 숙련이 없으면 훌륭한 조상의 出來를 우리는 헛되이 기다릴 것입니다. 詩의 표현이 그림 그리기나 조각 만들기와 그 원리에 있어서 다름없을 줄은 사람마다 알면서도 졸렬한 말솜씨로 그려지지 아니한 그림과 보기 숭한 조상을 만들어 사람 앞에 붓그러운 줄 모르고 내놓습니다.23)

박용철은 여기서 분명히 '시=감정의 자연스러운 유로'론(論)을 정정·보완하고 있다. 뒤에 그는 시가 감정의 직접적인 표출이 아니라 그 재조직, 편성이라는 사실을 좀 더 뚜렷이 인식하게 된다. 그 단적인 표현으로 쓰인 것이 「시적 변용에 대해서」이다. 이 글은 그 부제목으로 '서정시의 고고한 길'을 달고 발표되었다. 이로 미루어 보아도 이 글이 박용철의 서정시에 대한 생각을 집약시킨 것임을 알게 된다.

이 글은 크게 세 부분으로 나누어진다. 우선 허두 부분에서 박용철은 시가 제작자의 몫임을 밝힌다. 그것을 그는 "우리의 모든 체험은 피 가운데로 용해(溶解)한다. 피 가운데로 피 가운데로"24)라고 표현했다. 다음 그는 시작의 주체인 시인의 성격에 대해 말하고 있다. 그에 따르면 그것은 참고 기다리며 괴로움이나 아픔까지 시를 위해서 자양화시키는 일을 뜻한다. 세 번째 이런 인내와 수련, 고심과 노력을 거치고 나서야 비로소 참된 시를 뜻하는 '생명의 꽃'25)이 피어난다. 이것을 박용철은 시적 변용, 곧 시의 길이라고 보고 있는 것이다.

널리 알려진 바와 같이 「시적 변용에 대해서」는 그 아름다운 문장

---

23) 박용철, 「신미시단의 회고와 비판」, 『박용철전집』(2), pp.77~78.
24) 『박용철전집』(2), p.3.
25) 위의 책, p.7.

으로 이름이 높은 글이다. 또한 이 글에는 박용철의 시관이 집약적으로 담겨 있기도 하다. 그러나 서정시론 자체로서가 아니라 그 제작자로서 박용철이 문제되는 경우 이 글에는 명백한 난점이 있다. 그것은 하우스만 수용의 경우와 같이 여기에도 구체적인 시작의 전략이 제시되지 못한 점이다. 결국 박용철은 원론에 속하는 비평에서는 창작시의 지름길을 찾지 못하였다. 그렇기에 당연히 그의 촉수(觸手)는 다른 쪽으로 뻗칠 수밖에 없었다.

2) 박용철의 실제 비평

한국 문단에서 실제 비평이란 신문과 잡지에 월간과 연평의 형태로 발표되는 것이다. 박용철이 이런 류의 우리 주변 시를 다루기 시작한 것은 1931년부터다. 이해 12월 7일자 <중앙일보>를 통해서 그는 우리 시의 한 해를 결산하는 「신미(辛未)시단의 회고와 비판」을 썼다. 그 이전에도 박용철이 쓴 실제 비평류의 글이 아주 없었던 것은 아니다. 그 구체적 보기가 되는 것이 1932년 12월호 『문예월간』에 실린 「문예시평」이다. 그러나 거기서 다룬 것은 연극과 소설 등이었다. 그러니까 시에 관한 실제 비평으로는 「신미시단의 회고와 비판」이 허두에 놓이는 것이다. 그리고 이 글 이후 박용철은 연거푸 「을해시단(乙亥詩壇) 총평(總評)」(1935), 「병자시단(丙子詩壇)의 일년성과(一年成果)」(1936), 「정축년(丁丑年) 시단회고」(1937) 등을 작성, 발표했다. 참고로 밝히면 박용철이 연평을 쓰지 않은 1933년과 1934년에는 거기에 그럴 수밖에 없는 사정이 있었다. 우선 1933년도에 그는 동경행을 계획한 바 있다.[26] 뿐만 아니라 이때 그는 『문학』을 발간하기 위해 동분서주하였다. 그리고 다

26) 위의 책, p.291.

음해에 건강이 악화되어 일체 집필을 유보하지 않을 수가 없었다.[27]

결국 박용철은 부득이한 사정이 아닌 경우 한 해도 빠지지 않고 연평에 손을 댄 셈이다. 당시 우리 주변에서는 실제 비평에 속하는 글로 서평과 연평, 월평, 그리고 자유스러운 입장에서 쓰는 작품론 등이 있었다. 그런데 서평은 대개가 내용 소개와 의례적인 인사말 등으로 끝나는 것이 통례였다. 그리고 월평은 거개가 신문사나 잡지사의 기자들이 쓰고 있었다. 또한 30년대 후반기에 이르기까지 시 분야에서 본격적인 자유기고의 작품론은 별로 쓰이지 않았다. 이렇게 보면 이 분야에서 연평의 비중은 꽤나 큰 것이 된다. 그런데 여기서 고려되어야 할 것이 이와 같은 연평을 박용철이 그가 타계하기 직전까지 해마다 집필한 사정이다. 이런 경우 우리가 생각할 수 있는 집필 동기에는 대개 세 가지 정도를 들 수 있다.

우선 그 하나로 생각될 수 있는 것이 자기 현시욕이라든가 문단에서의 위치 확보를 위한 방편론 같은 것이다. 글을 쓰는 모든 사람은 자신의 글이 여러 사람에게 읽히고 그 이름이 드날리기를 바라는 법이다. 박용철의 연평도 그런 입장에서 쓰였을 가능성이 있다. 다음 또 하나의 경우로 생각될 수 있는 것이 고료 수입 문제다. 당시 우리 주변에서 문인들의 경제 사정은 아주 좋지 않았다. 일반 문예지나 잡지사에서는 고료를 지불하지 않았다. 그들이 얼마간 수입을 올릴 수 있는 길은 그리하여 신문사 측의 원고를 쓰는 경우에 국한되었다. 그런데 박용철의 연평은 모두가 그런 쪽의 청탁에 응해 쓰인 것이다. 한편

---

27) 이에 대한 사정은 1933년 3월 22일자로 이헌구에게 보낸 편지에서 잘 드러난다. "오자마자 묘하게 수일 몸이 시원치 않아 집에서는 대단한 병자취급이오. 독서, 원고 집필 등 엄금 형편입니다. 내 생각에는 그저 그만한데 밖에서 보기에는 그저 그만한 모양이 아닙니다. 劇硏 번역을 도적것으로 하느라고, 미안한 생각만 있고 어쩔 줄 모르겠습니다. 기관지에 낼 글은 아무나 맡아서 쓰시도록 하지요 지금 이 모양에 쓸 것 같지 못합니다." 위의 책, pp.302~303.

이런 경우 또 하나 고려되어야 할 것이 집필자 자신의 내면적 요구나 의도 같은 것이다. 대개 글을 쓰는 사람은 그 글이 쓰고 싶은 의욕을 돋우어 줄 때 손쉽게 그에 매달리는 법이다. 박용철 역시 좋은 글을 써서 이름을 문단 안팎에 드날리고 싶었을 것이다. 어쩌면 이런 세 번째 동기가 박용철의 글쓰기에서는 가장 큰 자극 계열이 되었을 것이다.

박용철이 연평에 손을 댄 동기 가운데 가장 비중이 크게 저울질되는 쪽은 위에 말한 세 가지 경우 중 마지막 것으로 짐작된다. 1930년대 중반 그는 연평들을 썼다. 그런데 그 무렵 이미 그는 『시문학』과 『문예월간』 등 당대 일류급 문예지의 주재·발간자였고, 또한 거기에 수준급의 작품을 발표하고 있었다. 따라서 구태여 문단을 의식하고 자기 현시의 방편으로 연평에 손을 댈 필요가 없었던 것이다. 다음 박용철이 지닌 재정 형편에 대해선 이미 그 사정이 앞에서 드러난 바와 같다. 단적으로 말해서 그는 『시문학』이나 『문예월간』, 『문학』 등을 기획해서 발간할 수 있을 정도로 경제적 능력이 있는 가문의 출신이었다. 그런 그가 얼마간의 고료를 생각한 나머지 연평을 썼을 리는 없다. 더욱이나 30년대 중반기에 접어들면서 박용철은 차츰 건강 상태가 좋지 않았다. 그리고 연평을 쓰기 위해서는 좋든 싫든 1년간 여러 신문 잡지에 발표된 작품과 단행본으로 나온 시집들을 읽을 필요가 있다. 이것은 상당한 끈기와 정력이 요구되는 일이다. 그렇다면 우리가 연평을 쓰기 위해서는 거기에 이런 부담을 보상하고 남을 정도로 의식이 붙을 전망이 서야 하는 것이다. 그런데 박용철에게 건강이나 경제적인 문제까지 부차적인 것으로 생각될 수 있는 경우란 자신의 시를 위한 일밖에 없었다. 이렇게 보면 그가 연평에 매달린 이유가 분명해진다. 즉 박용철은 자기 자신의 보다 좋은 시를 쓰기 위해서 그 정

보 확보 내지 비평적 안목을 세우려는 의도와 함께 실제 비평에 속하
는 시평을 쓴 것이다.

실제 비평에서 박용철이 호평을 가한 시인들은 김영랑과 정지용·
신석정(辛夕汀)·김현구(金玄鳩) 등이다. 구체적으로 김영랑에 대해서 그
는 "그의 사행곡(四行曲)은 천하일품(天下一品)"이라느니, "미(美)란 우리의
가슴에 저릿저릿한 기쁨을 일으키는 것"이라면 "그의 시(詩)는 한 개의
표준으로 우리 앞에 설 것"[28]이라는 말을 아낌없이 사용했다. 또한 지
용에 대해서는 '시인의 시인'[29]이라는 칭예를, 그리고 신석정에게는
"이 시인의 고요한 명상을 나는 사랑합니다"라고 긍정적 평가를 아끼
지 않았다. 이미 나타난 바와 같이 정지용, 신석정 등은 작품의 성향
이 박용철의 시와는 180도 다르다.

박용철은 감정을 진술 형태로 노래한 시를 많이 썼다. 그에 반해서
정지용과 신석정은 감정을 객체화시켰고 심상 제시, 특히 시각적 심상
을 제시한 작품을 즐겨 쓴 편이다. 그럼에도 불구하고 박용철이 그들
의 시에 대해 아낌없는 찬사를 보낸 까닭이 무엇인가가 궁금하다. 그
가장 큰 요인으로 추정되는 것이 언어의 세련미가 아닌가 한다. 정지
용이나 신석정과 함께 그가 김영랑에게도 칭찬을 아끼지 않았다. 김
영랑의 시는 정지용이나 신석정과 그 성향이 달랐다. 그러나 거기에
는 세 사람의 공통 특질 같은 것으로 우리말이 아름답게 다듬어진
단면이 포함되어 있었다. 이것이 그가 세 사람의 시에 호평을 가한
비밀인 셈이다. 그러나 이 경우에 아주 뜻밖으로 생각되는 예가 나타
난다. 그것이 김기림(金起林)의 시에 대해서 박용철이 비판적이었던 점
이다. 이미 언급된 바와 같이 『기상도』에 대해서 그는 이례적이라고

---

28) 박용철, 「신미시단의 회고와 비판」, 『박용철전집』(2), pp.78~79.
29) 위의 책, p.79.

생각될 정도로 부정적인 의견을 폈다.

> 이 詩(「氣象圖」를 가리킴―필자주)의 인상은 한 개의 모티브에 완전
> 히 통일된 樂曲이기보다 필름의 다수한 단편을 몬타쥬한 것 같은 것이
> 다. (…중략…) 시인의 敬服할 만한 노력과 계획에 불구하고 시인의 정
> 신의 연료가 이 거대한 소재를 화합시키는 高熱에 달하지 못하고 그것
> 을 겨우 접합시키는 데 그쳤든 것 같다. 그중에서도 필자의 가장 불만
> 인 점은 이 詩가 명랑한 아침 폭풍경보에서 시작해서 다시 명랑한 아
> 침 폭풍경보해제에 끝나는 이 완전한 左右同形的 구성이다.30)

이런 발언에 앞서 박용철은 『기상도』를 가리켜 "총체적으로 이 시
에는 혼란과 요설(饒舌)의 인상이 있다"31)라는 말도 썼다. 이것은 그가
김영랑이나 정지용의 시에 보낸 호평에 견주어 보면 좀 지나치다고
생각되는 혹평이다. 이것은 박용철이 정지용의 시에 가한 호평과 너무
도 대조적이다. 『기상도』가 비판된 같은 글에는 정지용의 「유리창」이
언급되어 있다. 널리 알려진 바와 같이 이 시는 전문이 10행으로 된
것이다. 그러니까 일간신문의 학예란이 연평의 게재지면이라는 사정을
감안해 본다면 결코 작품을 예시하는 일이 손쉽지 않은 경우다. 그럼
에도 박용철은 서슴없이 이 작품을 전문으로 제시했다.

> 유리에 차고 슬픈 것이 어린거린다
> 열없이 붙어서서 입김을 흐리우니
> 길들은양 언날개를 파다거린다
> 지우고 보고 지우고 보아도
> 새까만 밤이 밀려나가고 밀려와 부디치고
> 물먹은 별이, 반짝, 寶石처럼 백힌다.

---

30) 박용철, 「을해시단총평」, 『박용철전집』(2), p.95.
31) 위의 책, p.94.

밤에 홀로 유리를 닦는 것은
외로운 황홀한 심사이어니
고흔 肺血管이 찢어진채로
아아, 늬는 山새처럼 날러갔구나.32)

— 정지용, 「유리창」 전문

이 작품이 훌륭한 점을 박용철은 강렬한 감정에 있다고 보았다. 그리고 그 감정이 유리창을 통해 구체화되었기 때문에(그것을 결정(結晶), 응축(凝縮)이라고 함—필자) 명품, 가작이라는 입장을 취했다.33) 이것은 그가 여러 시론을 통해서 편 '좋은 시=특이한 체험이 절정에 달한 순간, 또는 그런 상태의 확보+그것을 언어 최고의 기능으로 발휘시키는 길'로 도식화될 수 있다. 그리고 여기서 우리가 지나쳐 볼 수 없는 것이 박용철 시론의 근본 전제다. 다른 자리에서 그는 '시가 감정의 자연스러운 발로'34)라는 워즈워드 류의 소박한 낭만주의를 굳이 비판했다. 그러나 그 다음 자리에서 박용철이 그대로 곧장 신고전주의나 주지주의의 입장을 취한 것은 아니다. 좋은 시를 절정의 순간이나 그 상태의 확보로 보았다는 것은 그가 시를 여전히 시인의 몫으로 돌리고 있음을 뜻한다. 이것은 차원을 달리했다고 할지라도 여전히 낭만주의적인 발언이다. 그런데 시를 소박한 감정의 표출 이상의 것이라고 보기 위해서 그는 '시=생리적(生理的) 필연'이라는 개념을 내세웠다. 박용철은 여기서 문제되는 생리(生理)를 다시 전생리(全生理)라고 재명명한 다음, 그 뜻이 "육체, 지성, 감정, 감각, 기타의 총합을 의미한다"35)고 못 박았던 것이다.

---

32) 위의 책, p.90.
33) 위의 책, pp.91~93.
34) 위의 책, p.76.
35) 위의 책, p.84.

박용철이 『기상도』를 호되게 비판한 까닭도 바로 이런 그의 시론에 근거를 둔 것이다. 그는 김기림이 주장하는 주지주의 또는 지성의 시를 기교, 또는 기법만에 의거하려는 경향으로 파악했다. 그렇다면 내용 또는 주제가 되는 의미나 감정은 뒷전으로 물러나고 새로우려는 고안(考案)만이 독주 상태가 된다. 박용철에 따르면 그것은 유행에 편승하는 디자이너의 길일 뿐이다. "선인(先人)과 같은 시를 쓸 우려가 있으니 우리는 새로운 고안을 해야 한다는 데서 출발하면 거기는 의상사(衣裳師)에로의 길이 있을 뿐이다."36) 물론 이와 같은 김기림 비판은 전면적 진실이 아니다. 널리 알려진 바와 같이 김기림은 T. E. 흄이나 T. S. 엘리어트의 신봉자였고, 신고전주의자였다. 그런 그는 낭만주의 미학의 중심 개념에 속하는 시인의 의도나 사상·세계론을 지양·극복하지 않을 수 없었다. 그리고 그에 대체하는 개념으로 지성과 기법의 필요를 내세우지 않을 수 없었다. 이것을 박용철은 일방적으로 받아들여서 손끝으로 시를 쓰려는 입장이라고 배제해 버린 것이다.

그러나 여기서 문제되어야 할 것은 이런 류의 이른바 낭만주의 시론이 갖는 논리상의 정당성 여부를 가늠해내는 일이 아니다. 이미 되풀이된 바와 같이 시인으로서 박용철은 그의 창작을 위해서 시론을 펴고 실제 비평을 했다. 그런데 실제 비평에서 그가 얻어낸 것은 그가 지닌 창작 생리의 확인이었고, 교양 생리의 표출이었다. 그를 통해서 그는 김영랑과 정지용·신석정 등에게 박수를 보냈다. 그리고 김기림의 시작 태도를 비판한 것이다. 그러나 정작 이 단계에서 필요한 일은 끝내 유보 상태로 남아 있었다. 즉, 좋은 시 제작의 전제를 이루는 기본 이론 내지 설계도에 해당되는 안건이 미해결 상태로 남은 것이다. '최고의 기능을 발휘하는 언어'.37) 연평이 중심이 되어 있는 박용철의

---

36) 위의 책, p.84.

실제 비평 어디에도 이에 대한 설명이 제대로 가해진 구절은 없다. 여기서 우리는 박용철이 그가 바라는 절정의 시를 위해서 또 다른 모색의 손길을 뻗칠 필요가 있었음을 짐작하게 된다. 이런 문제는 창작시의 경우에 절실한 문제로 나타났다. 박용철은 그 해결을 위해서 전심전력으로 창작에 임하고 문단 활동도 펼쳤다. 그러나 그의 육신이 그의 의욕에 병행되지 못했다. 그 나머지 그는 35세의 푸른 나이로 작고, 타계했다. 그의 조서(早逝)는 그 자신이나 이웃친지에게뿐만 아니라 한국 문단의 큰 손실이었다. 마지막 그의 이름 앞에 고개를 숙이고자 한다.

---

37) 구체적으로 박용철은 언어란 말 대신 나타날 '더'라는 말을 쓰고 있다. 그런데 여기서 나타날 '더'란 곧 詩가 표현 매체를 통해 이루어짐을 뜻한다. 그리고 그것은 언어의 문제로 귀착된다.

Ⅶ. 여류시인의 법식 넘어서기

— 모윤숙론

1. 생동하는 의식과 함께

영운 모윤숙(嶺雲 毛允淑)은 평생을 생동하는 의식과 더불어 문학 활동을 펼친 시인이다. 1960년대 중반 그는 지방문협의 초청을 받고 경상도 내륙지방을 순회한 적이 있다. 그 첫날 그에게는 안동문협(安東文協)이 주관하는 자리의 강연이 예정되어 있었다. 그날 그는 예정보다 상당히 빨리 안동역에 도착했다. 충분한 시간 여유가 있었으므로 시인 모윤숙은 한국 유학의 상징인 퇴계 이황(退溪 李滉) 선생의 위패를 모신 도산서원을 찾아보기로 했다. 그러나 이 여류시인의 방문을 도산서원은 문전박대하며 허락하지 않았다. 그 무렵까지 영남지방에서 전통 유림의 법식(法式)은 엄연히 존재하여 여성의 서원 출입을 금제로 정하고 있었다.

모윤숙 시인은 그날 밤 열린 안동문협 주최의 강연장에서 등단 벽두에 보수 유림의 구태의연한 법식 해석을 비판했다. 퇴계 선생이 살아있다면 고리타분한 유림과 여성 참배자인 모윤숙 중 누구를 더 좋아했겠는가. 이렇게 제기된 질문에 대한 해답은 명백했다. 당연히 퇴계 선생이 여류시인 모윤숙을 선호했을 것이라는 해석이었다. 이 당돌하며 어느 모로 보면 무례하기까지 한 시인 모윤숙의 발언에 보수 유림의 흐름을 잇는 안동지방의 문학도와 기타 인사들이 숨을 죽이고 경청하는 사태가 벌어졌다.

우리나라에서 서원이 개설된 역사는 그 무렵까지 적어도 다섯 세기 가까이에 걸친 것이었다. 그 뼈대를 이루어온 법식 가운데 하나인 여성 참배 불가(不可) 조항을 모윤숙 이전에 모순으로 지적하고 타파, 극복을 주장한 예는 한 사람도 없었다. 두루 알려진 것처럼 예술과 시는 관습적인 것을 묵수하는 쪽에 있는 것이 아니라 그 과감한 타파, 혁신을 통한 창조적 차원 확보를 전제로 하는 것이다. 모윤숙 시인의 안동 문협 주최 강연 석상의 발언은 바로 그와 일치하는 창작 심리의 결과였고 구태의연한 문화 해석에 가한 정문(頂門)의 일침이었다. 이것으로 우리는 하나의 합의 사항을 이끌어낼 수 있다. 바로 시인 모윤숙이 여류뿐 아니라 우리 문단을 통틀어 보아도 유례가 드물 정도로 생동하는 의식과 함께 산 점이다.

2. 여류시인의 탄생, 민족 정서를 바탕으로

모윤숙의 이력서 사항을 보면 그가 우리 문단에 진출한 시기는 1930년대 초두로 파악된다. 1931년 12월호 『동광(東光)』에는 그의 등단 작품인 「피로 새긴 당신의 얼굴을」이 수록되어 있다. 이후 그는 「활약의 웃음 전해 주리니」(『동광』, 1932. 3), 「추억」(『삼천리(三千里)』, 1932. 3), 「봄을 찾는 마음」(『삼천리』, 1934. 4), 「영원의 탑이 되라, 그 웃음 봄 하늘 아래서」(『동광』, 1932. 7), 「광야로 가는 이」(『신동아(新東亞)』, 1932. 6), 「왜 우느냐고」(『신생(新生)』, 1932. 6), 「기억하느냐」(『동광』, 1932. 7), 「나그네의 하소」(『동방평론(東方評論)』, 1932. 7), 「오빠의 눈에」(『신동아』, 1932. 7), 「물소리」(『동광』, 1932. 10), 「꿈에 본 수도사」(『신생』, 1932. 11) 등을 발표하며 뚜렷하게 한국 시단의 일각을 차지했다.[1]

등단과 함께 이루어진 모윤숙 시인의 활발한 활동상은 그의 처녀시집 『빛나는 지역(地域)』의 출간과 함께 기하급수적으로 팽창되었다. 1933년 창문사(彰文社) 발행으로 나온 이 시집은 '그늘진 천국(天國)', '극락수', '빛나는 지역', '푸른 침실' 등 4부로 이루어져 있으며 「문허진 성 밑에서」 이하 총 105수의 작품이 수록되어 있다. 그 권두에 김활란(金活蘭)과 함께 모윤숙 시인이 평생 마음의 등대로 섬긴 춘원 이광수(春園 李光洙)의 서문이 붙어 있다. 이 서문에서 춘원은 "조선말을 가지고 조선민족의 마음을 읊은 여시인(女詩人)으로는 아마 모윤숙 여사(毛允淑 女士)가 처음일 것이다"라고 적었다. 그에 이어 춘원은 모윤숙 시인에 대해 "여사(女士)는 조선의 땅을 '안으려' 하는 시인(詩人)이다. '검은 마리를 풀어 허리를 매고 힘차게 불꺼진 조선의 제단에 횃불을 켜놓으려 한다'고 웨치는 시인(詩人)이다"라고 했다.[2]

---

1) 모윤숙은 문단 등장 전에도 습작시기를 가진다. 1929년 10월에 창간호가 나온 『梨花』에 그는 M.Y.S의 서명으로 시 「靑春」, 「봄을 맞으며」와 함께 「宗敎敎育의 必要」라는 논설을 썼다. 이어 그는 거의 매호 이 교지에 시나 논설을 발표했는데, 4집에 실린 「숲속에서」는 "湖水와 같이 좍 퍼진 탈 숲에서/ 넬여가든 밤바람에 가만히 취하여/ 방향없이 가든 길을 어느듯 멈추노라"로 시작한다. 이 작품은 뒤에 간행된 시집 『빛나는 地域』에 수록되었다. 또한 같은 호에 그는 논설 「철학과 문예」를 썼으며, 교내 학생 조직인 기독청년회에 문학부 임원으로 이름이 올라 있다. 『梨花』(1), p.186.

2) 모윤숙, 『빛나는 지역』(창문사, 1933), p.4.

시집 『빛나는 지역』에 김활란(金活蘭)의 서문이 실린 것은 모윤숙 시인이 이화여전 출신이기 때문일 것이다. 당시 그는 이화여전의 교수이면서 학감으로 근무하고 있어 모든 학생의 학내외 활동을 보살피고 있었다. 한편 춘원과 모윤숙의 관계는 시집이 나오기 전부터 각별한 것이었다. 한국 신문학의 개척자인 그는 모윤숙을 비롯한 이화여전 학생들에게 우상 같은 존재였다. 특히 의욕적으로 작품을 쓰고 있었던 모윤숙은 마음속으로 깊이 그를 사모, 사숙하고 있었다. 그런 모윤숙에게 지상으로서가 아니라 직접 춘원을 만날 기회가 찾아왔다.

이화여전을 졸업한 다음 모윤숙은 간도의 명신학교에서 교편을 잡았다. 그 후 건강이 악화되어 서울에 돌아왔다가 결원이 생긴 배화여고로 자리를 옮겨 앉았다. 이때부터 시인 모윤숙은 중앙지에 작품을 활발하게 발표하게 된다. 그것이 춘원의 눈에 들게 되어 마침 동아일보사 출판국에 근무한 김자혜(金慈惠)에게 이야기가 오고간 듯하다. 당시 춘원은 동아일보의 주간으로 있었고 김자혜는 『신가정(新家庭)』의 기자였다. 김자혜는 모윤숙 시인의 이화여전 선배였는데 그를 통해서 춘원이 먼저 만났으면 하는 전갈을 했다. 다음은 춘원과의 첫 만남을 밝힌 모윤숙의 회고록 가운데 한 부분이다.3)

나는 『개척자』나 『무정』을 읽으면서도 이런 분은 내 생전에 감히 못 만나겠지 했던 것이다. (…중략…) 나는 너무 꿈 같았다. 학교에서 두 시간을 마치고 열한 시가 되어 東亞日報 아랫층 응접실에 나는 서 있었다. 金여사가 내려왔다. 조금 있더니 맞은 편 문이 열리며 회색 양복에 안경을 낀 분이 들어오셨다.

---

3) 『毛允淑全集』(6)(성한출판사, 1978), pp.136~137. 단 이때 발표했다는 작품 「검은 머리 풀어」는 실재 조사 결과 『東光』에는 실리지 않은 것으로 나타난다. 이 무렵 모윤숙이 발표한 글은 수필 「異域의 女敎員」, 「秋愁」 등으로 각각 『동광』 7월호와 11월호에 실린 것인데 위의 기술은 기억상의 착오일 가능성이 있다.

중간 키에 적당한 체중을 가진 분이었다. 사진에서 본 얼굴 그대로 였다. 나는 그를 소설 쓰는 분으로보다 뜻을 가진 민족의 친구로 생각 하면서 그의 글을 늘 읽었던 것이다. 저 분이 春園 선생일까 하고 나는 머리를 숙여 인사를 드렸다. 그는 나더러 앉으라고 권했다. 金여사와 나는 같이 앉았다. "『東光』에 실린 「검은 머리 풀어」란 詩를 읽었소 앞 으로도 그런 글을 많이 쓰라고 불렀소 允淑씨 詩 몇 편을 다 읽었지요. 수사와 다듬는데 좀 유감이 있으나 그건 詩에 있어서 그리 큰 문제가 아니오 아직 젊으니까 앞날을 위해서 하는 말이요 詩는 제 혼을 가져 야 하오 (…중략…)"

나는 숙였던 머리를 들었다. 그의 눈은 진놀빛을 강하게 뿜고 있었 다. 그런 눈빛을 나는 처음 보았다.

모윤숙이 가진 이때의 만남은 그 후 이 여류시인의 작품 세계 형성 에 매우 중요한 지렛대로 작용했다. 춘원과 만나기 전에 모윤숙의 시 는 어느 편인가 하면 여러 소재들을 택해서 거기에 주정적인 내용을 담는 것으로 이루어졌다. 그것이 춘원을 만나고 난 다음부터는 말들이 민족이나 향토에 상관되는 쪽으로 수렴되어 갔다. 이런 경우의 보기가 되는 작품에 「조선의 딸」이 있다.

이 마음 물결에 고요치 못할 때
밀부신 그의 음성 내곁으로 날아와
내 영혼의 귓가를 흔들어줍니다.
"너는 지금 무엇을 생각하느냐"고

내가 자리에 피곤히 기대었을 때
소리없이 그의 손은 내가슴에 찾아와
고달픈 내 魂에 속삭입니다.
"너는 왜 잠이 들지 못하느냐"고
헤어진 치마보고 艱難을 슬퍼할 때
어대선지 그 얼골은 가만히 나타나

깨어진 窓틈으로 속삭입니다.
"너는 朝鮮의 딸이 아니냐"고

그리운 사람 있어 눈물질 때면
내 어깨 가만히 흔드는 이 있어
慈悲한 목소리로 들려 줍니다.
"人生의 全部는 사랑이 아니라"고

— 「朝鮮의 딸」 전문4)

얼핏 보아도 나타나는 바와 같이 이 작품은 화자가 마음 바닥에서부터 귀의하고자 한 대상을 주제격으로 한 시다. 여기서 그 대상은 추상적 존재가 아니라 인격적 실체로 나타난다. 화자는 그를 통해서 세속적 생활고나 애정 문제 이상의 차원에 이르는 길을 생각한다. 그렇다면 화자의 영혼을 지배하고 가난을 무릅쓰게 만들며 감각적 차원의 사랑을 초극할 수 있게 한 '그'는 누구인가. 그 제목으로 보아 여기서 우리는 '그'를 식민지 체제로 빼앗긴 나라, 또는 그런 상황 속에서 신음하는 민족을 인격화시킨 것으로 추정해 볼 수 있다. 모윤숙의 이와 같은 민족 지향은 이력 사항을 참조하면 그 뿌리의 일부가 드러난다.

모윤숙 시인의 아버지 모학수(毛鶴壽)는 일찍부터 만주, 시베리아 쪽을 넘나들면서 민족 운동에 관계했다. 특히 서재필(徐載弼)과는 매우 가까운 동지로 망명 생활 후에도 자주 연락을 한 사이였다.5) 모윤숙은 그런 아버지를 깊이 존경하면서 자라나게 되었고, 그 자신도 기회 있을 때마다 민족의식에 입각한 행동을 지향하게 되었다. 학창시절에는 3·1절 기념일 상급생과 함께 만세 시위를 감행할 양으로 태극기를 준비했다. 또한 졸업반이 되었을 때는 학내 행사를 준비하면서, 그 가

---

4) 『빛나는 지역』, pp.98~99.
5) 『모윤숙전집』(6), pp.44~45.

운데 합창 순서를 넣어 "무궁화 삼천리 내 사랑아 (…중략…) 아 조국을 떠나 방황하는 동포/ 그리는 회포 깊도다./ 동포여 돌아와 노래 부르자/ 무궁화 동산은 우리 집이라/ 우리 강산 우리 조국/ 아, 만세 만만세"라는 가사의 노래를 불렀다. 그 결과 서대문 경찰서에 연행되어 일경의 문초를 받았다.[6]

3. 제2기의 시—내면성의 확보

모윤숙의 초기시에 대해서 최재서(崔載瑞)는 그 중요 모티브가 고독과 동경에 있다고 지적한 바 있다.[7] 시인은 근본적으로 꿈꾸는 자들이다. 그들은 생리적으로 현실에 만족을 느끼지 못하는 존재다. 현실에 만족하지 못하므로 많은 시인들은 꿈을 그리며 또한 그 연장 형태에 속하는 이상을 추구한다. 그것이 미지의 공간에 대한 동경으로 나타나는 것이다. 이렇게 보면 최재서의 모윤숙평은 그 외연이 너무 크게 잡혀진 경우다. 이와 달리 우리는 모윤숙의 초기시에서 두 가지 정도의 특징적 단면을 지적할 수 있다. 우선 이 여류시인의 시는 여류답지 않게 굵직한 부피를 느끼게 하며 연약하지 않은 목소리로 이루어져 있다. 이런 경우의 좋은 보기가 되는 것이 작품 「빛나는 지역」이다.

> 一萬 화살이 空中에 뛰놀듯이
> 우리의 심장엔 먼 앞날이 춤추고 있다.
> 은풍이 감겨진 아름다운 福地에
> 우리의 긴 生命은 永遠히 뻗어가리
>
> — 「빛나는 지역」 부분[8]

---

6) 위의 책, pp.128~129.

7) 최재서, 「시의 도덕과 생활」, 『文學과 知性』(인문사, 1938), pp.188~189.

이 작품에는 "四千年 黃昏"이라는 구절이 포함되어 있으며 그 마지막 줄은 "二千만 긴 생명은 영원히 흘러가리"로 되어 있다. 여기 나오는 숫자들은 말할 것도 없이 우리 민족의 역사이며 당시 우리 민족의 총 인구수다. 이런 의식을 모윤숙은 "먼 앞날이 춤추고 있다", "영원히 뻗어가리"라고 노래했다. 이것은 여성적인 목소리가 아니라 그 반대가 되는 경우다. 여기서 모윤숙의 시는 여류들이 빠지기 쉬운 유약성에서 벗어나 작은 일에 구애받지 않고 역경을 타개하여 넓은 서부를 개척하려는 열정을 담고 있다.

이와 아울러 모윤숙 시의 또 다른 단면을 이루는 것이 외발성(外發性)이다. 여기서 말하는 외발성이란 향내성(向內性)과 대척되는 개념이다. 흔히 여성들이 갖는 정서는 거칠지 않고 섬세하며 감미롭다. 그와 아울러 남성들이 소재와 대상을 선이 굵은 목소리로 읊조리는 대신 여성들은 그것들을 내면화시켜서 감미로운 가락으로 읊조리고자 한다. 그런데 위의 시편들에서 이미 드러난 바와 같이 모윤숙의 시는 그렇다기보다 진취적이며 새로운 시야를 타개하려는 정열에 넘쳐 있다. 이것을 우리는 일단 외발성이라고 할 수 있을 것이다. 여기서 우리는 모윤숙 시의 한 특징을 해석하는 데 필요한 자료를 김소월에서 구할 수 있다.

모윤숙 이전에 김소월은 한국 시단에 등장하여 섬세한 눈길과 감미로운 가락으로 많은 독자의 심금을 울렸다. 그런데 많은 시편에서 그는 내밀스러우며 살뜰한 눈길을 느끼게 하는 세계를 엮어냈다. 이것은 그의 시가 여성적이며 향내적인 것임을 뜻한다. 그에 비하면 모윤숙의 시는 무명이나 삼베의 올에 대비 가능한 절박성을 주조로 했다. 이 역

8) 『빛나는 지역』, p.120.

시 초기 모윤숙의 시가 지니는 한 특징적 단면으로 파악될 수 있다.

『빛나는 지역』을 낸 직후 모윤숙 시는 하나의 전기를 맞이했다. 30년대 중반기에 접어들면서 일제(日帝)의 한반도 통치책은 가일층 강경 일변도를 치달렸다. 침략 전쟁의 차질 없는 수행을 위해 일제는 한반도에 전시 체제를 구축하는 데 물불을 가리지 않았다. 그 결과는 당연한 사태의 귀결로 언론 통제, 우리 시인·작가의 작품들에 대한 가혹한 규제를 수반시켰다. 이와 같은 압제, 탄압의 상황 속에서『빛나는 지역』에 나타난 것과 같은 민족의식이라든가 반일 저항적인 감정은 전혀 살아남을 여지가 없었다.

다음 시단 상황으로 보아도 모윤숙의 시에는 변모가 요구되었다. 그 무렵 우리 시단에는 이미 시문학파(詩文學派)가 시도한 감각적 언어 사용이 한 줄기를 이룬 터였다. 뿐만 아니라 그에 후속해서 나타난 시인들이 이상(李箱), 서정주(徐廷柱), 오장환(吳章煥), 유치환(柳致環), 백석(白石), 이용악(李庸岳) 등이다. 이들은 제 나름의 작품 해석과 창작에 요구되는 기법 수련으로 상당 수준의 작품들을 만들고 있었다. 그것을 뒷받침하는 언어 구사 솜씨 또한 뚜렷하고 튼튼했다. 그런 틈서리에서 제 나름의 존재 의의를 가질 수 있기 위해서는 모윤숙 시인도 한 단계 높은 차원의 작품들을 쓸 필요가 있었다. 이런 문학사의 요구에 어느 정도 대응책을 마련한 것이 제2기에 접어든 다음의 모윤숙이었다. 이런 경우의 좋은 보기가 되는 것이「빌밭에 선 여자(女子)」,「갈숲에 오는 소리」,「하수(河水)로 간다」,「비파호(琵琶湖)」 등이다.

孤獨은 드디어 言語를 잃고
깊은 숲에 잠들다
지나가는 바람도
흘러나리는 달빛도

그 얼굴에 검은 沈默을 깃들일 뿐

(…중략…)

나는 문득 깨어
아모도 없는 河水로 간다.

가시덤불 어두운 숲으로
나는 달려 달려 새벽으로 간다.

물은 맑은지도 모르고
물은 흐린지도 모르고
나는 마음의 슬픈 장미를 살리려
물가로 달리노라 아무도 모르게.

— 「河水로 간다」 부분9)

골잭이의 杉나무 얼골은
멀어갈수록 싱싱한 表情이다

느리게 흐르는 안개새로
산듯거리는
초록빛 진주 하늘

비취색 물그늘에
생각을 싣고
조고만 황홀에 잠긴다
슬픔의 둘레는 커졌다 적어졌다
감은 눈섭엔 어슴프레한 꽃이 핀다
물가에 불리는
다수운 바람 따라 微笑도 날려보내고
湖水의 창에 저녁 짓거림을 속삭여도 본다.

---

9) 『文章』(1940. 4), pp.130~131.

가고 오는 흐름도 없이
속으로만 숨쉬는 水晶의 집
미끄러운 물우에
거친 放浪을 잠재우며
오늘 나는 琵琶湖에 떴다

파아란 물을 손에 담아
빛검은 별을 달랜다.
湖水의 넋이 보오히 풍길 때마다
듣고 싶은 웃음소리가 있어서

— 「琵琶湖」 전문10)

　이들 작품을 발표하기 전에 모윤숙은 그의 제1기 시를 격상시킬 중
간 과정을 거쳤다. 그 계기를 만든 것이 1935년도의 『시원(詩苑)』 참여
다. 오일도(吳一島)의 주재로 이루어진 이 잡지는 박용철(朴龍喆)의 『시문
학』 다음에 나온 것으로 해외문학파를 기반으로 하여 격조 높은 시
전문지를 지향했다. 본래 해외문학파는 동경유학생 중 외국 문학전공
자들이 주축으로 이루어진 문학연구단체였다. 이 문학연구단체는 1927
년도에 기관지격인 『해외문학(海外文學)』을 발간했으며 또한 신극연구단
체인 극예술연구회도 만들었다.11) 모윤숙은 이화여전의 후배인 김수임
(金壽任)과 함께 이 연극단체에 가입하여 그 구성원이 되었다.12) 이때의
활동이 인연으로 모윤숙은 『시원』에 작품을 발표하게 되었다.

　한개의 발자욱은 소멸치 않고

---

10) 『人文評論』(1940. 11), pp.220~221.
11) 李杜鉉, 「극예술연구회」, 『韓國新劇史研究』(서울대출판부, 1966), pp.170~171.
12) 위의 책, p.178. 각주 부분에 극예술연구회 제3회 공연 참가 중, 모윤숙과 김수임
　　의 이름이 나타난다.

적은 마음 길 위로
항상 거닐어 간다.

손에 떨어진 장미를
푸른 바람 있는 화원으로 달려갈까?

소낙이 속에서도
그 餘音 흐리지 않고
귓가에 변함 없다.

어이타 砂邊에 기절한 별을
빛쐬인 天城門 앞에 빌어볼까?

— 「餘音」 전문13)

이 작품의 주제는 이루어질 길 없는 사랑일 것이다. 우리가 갖게
되는 사랑이란 현실적으로 완결 형태를 이룰 수가 없다. 사랑에 빠진
사람은 언제나 상대방과 함께하는 시간을 기대하며 갈망한다. 마지막
두 줄이 그런 차원을 함축적으로 말하고 있는 것이다. 그런데 이 작품
을 쓰기 전과는 달리 모윤숙은 여기서 그 자신이 갖게 된 감정, 곧 이
성에 대한 그리움을 직접적으로 토로하는 일을 삼가했다. 그 대신 여
기에는 연모의 주인공이 남기고 갔을 것으로 추정되는 발자국 소리가
먼저 나온다. 그리고 다음 자리에서 그것은 장미로 전이되었고, 이어 소
나기 소리와 함께 어엿하게 감각적 실체가 된다. 그러면서도 이 작품의
말은 적지 않게 상징적이다. 이것은 명백하게 지적되어야 할 모윤숙 시
의 변모다. 따라서 이 시인의 제1단계가 『시원』을 통해 극복되기 시작
한 점을 지나쳐 보아서는 안 된다.

위와 같은 예비 지식을 가지고 모윤숙 시의 제2단계에 접근하면 한

---

13) 『詩苑』(4)(1935. 8), p.12.

결 그 이해가 쉬워진다. 여기서 시인 자신을 뜻하는 화자는 이성 이전에 속하는 감정의 지배를 받는다. 그 나머지 그의 행동은 거의 충동적인 것으로 시작한다. 그러니까 아직 어두움이 가시지 않은 시각에 가시덤불과 숲을 헤치고 강으로 달려가는 동작이 선행하는 것이다. 그러나 이런 동작은 초기 모윤숙 시가 그랬던 것과는 달리 일상 언어의 상태로 끝나지 않는다. "고독은 드디어 언어를 잃고", 이것은 이 시인의 동작이 그 전제를 사유 공간에 두고 있음을 뜻한다. 그러니까 이 단계에서 모윤숙은 세계와 사물 인식의 피상적 상태를 극복하고 본격 창작 활동의 문을 두드린 셈이다.

다음 「비파호」에 대해서도 비슷한 이야기가 가능하다. 그 문맥으로 보아 이 작품의 계절은 봄으로 파악된다. 이 작품이 발표되기 전 모윤숙은 폐가 나빠서 경도(京都) 쪽으로 정양을 간 부군 안호상(安浩相)을 찾아갔다고 한다.14) 이 작품은 그때 둘러본 비파호를 제재로 한 것이다. 그런데 여기서 간과될 수 없는 것이 이 작품의 기법이다. 이 작품의 의미상 줄기가 되는 것은 대충 두 가지일 것이다. 그 하나는 3연의 한 줄에 나오는 감정 상태로서의 '슬픔'이다. 그리고 다른 하나는 "듣고 싶은 웃음소리가 있어서"라는 마지막 줄이다. 이것은 말할 것도 없이 감정의 범주에 드는 심리 현상들이다. 『빛나는 지역』 단계에서 모윤숙은 이런 감정을 감각적 실체로 형상화하는 대신 그대로 읊조리기 일쑤였다. 그것이 이 작품에서는 물그림자와 일체가 되고 그 인격적 실체로 전이되었다. 이것은 시의 소재인 사물과 현상들이 구체화된 것임을 뜻한다. 모윤숙은 『빛나는 지역』 다음 단계에서 시를 위한 기법상 훈련도 가진 것이다.

---

14) 『毛允淑全集』(6), p.165.

4. 일제 말기와 8·15 직후

　1930년대 말을 거쳐 1940년대 초에 이르자 우리 민족에게 가해진 일제의 식민지 상황은 극악의 상태에 이르렀다. 그전에 일제는 대륙 제패의 야욕을 품고 중일전쟁을 일으켰다. 그 전국(戰局)이 바람직한 방향으로 전개되지 않자 일제는 다시 태평양 전역으로 전선을 확대시켰다. 그것으로 세계대전의 방화범이 된 것이다. 개전 초기에 그들은 승승장구하는 듯 보였다. 그러나 남태평양과 인도 접경까지 전단이 확대된 다음 일본군은 연합군의 적수가 되지 못했다. 위용을 자랑하던 그들의 연합함대가 몇 차례의 해전에서 패배한 다음 작전 능력 상실의 상태가 된 것이다. 연전연승이라고 자랑한 그들의 육해공군도 대륙과 해양 도처에서 격파, 패퇴하여 붕괴되어 버렸다.

　이 위기 상황에 직면하자 일제는 초전시 체제를 선포하였다. 식민지 한반도에서는 일체 인원과 물자들이 침략 전쟁의 도구로 징발되었다. 우리 시인과 작가들이 이런 상황의 국외자가 될 수는 없었다. 1939년 10월 일제는 우리 시인과 작가들을 동원하여 그들의 이른바 성전(聖戰) 수행의 실천 조직인 조선문인협회(朝鮮文人協會)를 발족시켰다. 그 발기자가 된 사람들이 이광수(李光洙), 김동환(金東煥), 임화(林和), 이기영(李箕永), 유진오(兪鎭午), 박영희(朴英熙), 정인섭(鄭寅燮), 주요한(朱耀翰) 등이다.[15] 일제는 문인협회를 발족시킨 다음 곧 우리 시인, 작가들에게 침략 전쟁의 북과 나팔이 되도록 강요했다. 『문장』, 『인문평론』 등 우리 문단의 공기는 폐간되었고 우리 시인과 작가들의 조선어 사용이 금제가 되었다. 일제는 그들의 말인 일본어를 국어라고 하여 상용(常

---

15) 이에 대해서는 林鍾國, 『親日文學論』(평화출판사, 1966), pp.96~97 참조

用)을 강요했다. 문인협회는 1943년 4월에 이르자 "반도문단의 국어화 촉진(國語化促進)과 문학자의 일본적 연성(日本的 鍊成)에 정진(精進)"하기를 기하는 조선문인보국회(朝鮮文人報國會)로 개편되었다.[16] 순수시인 신석정(辛夕汀)까지가 "꽃 한송이 피워낼 지구도 없고/ 노루새끼 한마리 뛰어다닐 지구도 없다"고 노래하지 않을 수 없는 상황이 몰아닥친 것이다.[17]

칠흑 같은 식민지 체제의 질곡 속에서 일제는 여류시인이라고 수수방관의 자유를 허용하지 않았다. 1941년 12월 27일 부민관에서 열린 결전부인대회(決戰婦人大會)에서 모윤숙은 전쟁 협력을 내용으로 한 「여성들도 전사(戰士)」를 발표했다. 또한 비슷한 내용을 담은 시편인 「호산나, 소남도(昭南島)」, 「동방(東方)의 여인(女人)들」, 「해군특별공격대의 어머니에게 바치는 시편」, 「어머니의 힘」 등도 만들었다.[18] 이것은 역사의 회오리 속에서 모윤숙이 범한 문학적 과오일 수밖에 없다. 그러나 그에 대한 정당한 평가를 위해서는 불가피하게 당시 한반도를 지배한 상황, 여건이 고려되어야 한다. 문인보국회 발족 후 일제가 강요한 침략 전쟁 미화(美化)에 동원된 시인, 작가가 모윤숙 하나에 그친 것은 아니다. 이때에 문단의 원로와 중진인 이광수와 최남선이 성전 찬양의 글을 썼다. 주요한, 김억, 김동환 등이 황군(皇軍)을 찬양, 고무하는 작품들을 발표했다. 뿐만 아니라 카프 출신의 임화(林和), 김남천(金南天), 이기영(李箕永), 박세영(朴世永), 한설야(韓雪野), 송영(宋影), 이찬(李燦) 등도 예외 없이 침략 전쟁 미화(美化)의 작품을 남기고 있는 것이다.[19]

---

16) 위의 책, p.149.

17) 辛夕汀, 「슬픈 構圖」, 『朝光』(1939. 10), p.54, 『슬픈 牧歌』(낭주문화사, 1947), p.32.

18) 임종국, 앞의 책, pp.251~252.

19) 이에 대해서 林鍾國은 일제 암흑기에 민족을 배반한 글을 쓰지 않은 예로 李陸史, 尹東柱와 함께 변영로, 오상순, 이희승과 청록파 3인의 이름을 들었다. 위의 책, p.467.

일제 암흑기에 이르러 모윤숙이 남긴 문단 활동에 대해서는 또 다른 사정도 감안될 필요가 있다. 이미 드러난 바와 같이 그는 이화여전 때부터 항일 저항적인 행동으로 일제 고등계의 요시찰자 명단에 이름이 올라 있었다. 시집 『빛나는 지역』이 나오게 되자 일제는 모윤숙의 의식 성향을 검토, 주목하기 시작했다. 그들은 그 서문의 한 부분인 "저는 생명의 밧줄을 조선(朝鮮)이란 외로운 땅에 던져놓고 운명의 전주곡을 타 보았으면 하는 자입니다"에 주목했다.[20] 태평양 전쟁이 시작되었을 때 일제는 국민 총동원 체제를 선포하고 한반도 내의 일체 항일 저항, 민족적 움직임을 뿌리 뽑고자 했다. 이런 상황에서 총독부 경찰이 모윤숙의 작품 세계를 지나쳐 보았을 리가 없다. 1940년대 초에 그는 창씨개명을 거부하고 민족의식을 가진 작품을 쓴 것이 문제되어 경기도청 지하실, 취조계에 연행되어 고초를 겪었다.[21] 이때 모윤숙은 다른 시인, 작가들과 같이 국책 문학 활동에 적극적으로 협력할 것을 강요받은 것이다.

모윤숙과 같은 시기에 국책 문학을 하도록 강요받은 여류로 노천명(盧天命)이 있다. 앞에서 드러난 바와 같이 그도 모윤숙과 같이 이화여전을 다녔으며 또한 『시원』에도 작품을 발표한 순수문학도 출신이다. 일제 군부의 강요가 있자 그 역시 국책 문학 활동자가 되었다.[22] 그는 뒤에 연안으로 망명한 김사량(金史良)과 함께 제2차 황군위문단(皇軍慰問團)인 학도병 방문단의 일원으로 북지(北支)에 파견되기까지 했다. 이때 노천명과 황군위문단에 참가한 김사량도 국내에서 전쟁 협력 문학인 「해군행(海軍行)」을 쓰고 「바다의 노래」를 발표했다.[23] 일제 말

---

20) 『빛나는 地域』, p.7.

21) 모윤숙, 「회상의 창가에서」, 『모윤숙전집』(6), pp.175~177.

22) 이에 대한 자세한 것은 김용직, 「암흑기의 국외탈출, 延安行」, 『김태준평전』(일지사, 2007), p.336 참조.

기에 모윤숙이 가진 작품 활동은 이런 사정이 감안된 가운데 해석되어야 한다. 다른 시인, 작가들에게는 적용되지 않는 애국과 반민족의 기준이 유독 모윤숙에게만 엄격해야 할 이유는 없는 것이다.

일제 암흑기의 막바지를 거쳐서 우리 민족은 식민지 체제의 질곡에서 해방되었다. 1945년 8월 15일 일제는 연합군 앞에 무릎을 꿇고 우리 민족은 36년간의 노예 상태에서 풀려난 것이다. 이 역사적 국면을 맞이하여 모든 시인, 작가들과 함께 모윤숙도 자주, 통일, 번영 부강의 조국을 마음 깊이 그리며 갈망했다. 그러나 해방과 함께 빚어진 정치와 사회 상황은 그런 기대나 희망에 위배되는 상황을 몰고 왔다. 미소, 양군의 한반도 분할 관리가 국토 분단을 불러오자 그것이 곧 좌우 이데올로기의 격심한 대립으로 이어졌다. 이런 상황에 영향되어 우리 문단의 상극, 대립상은 정치, 사회 단체의 그것을 능가할 정도가 되어 버렸다.

8·15 직후 문단의 주도권은 좌파 카프 출신인 임화, 김남천 등에 의해 장악되었다. 그들은 8·15 다음날 이미 문학건설본부의 조직에 착수하고 곧 그것을 확대 개편하여 조선문학가동맹을 결성했다. 1946년 2월 그들이 개최한 전국문학자대회 석상에는 100여 명의 시인, 작가와 함께 각계각층의 문화인 800명이 모여들었다.[24] 당시 우리 문단의 총 인원이 200여 명을 밑돌았을 것으로 추산된다. 이 숫자에는 38선 북쪽의 문단 인구가 3, 40명 포함된다. 이런 사정을 감안하면 문학가동맹의 기동성과 세력 규모가 어느 정도였던가를 가늠할 수 있을 것이다. 기승을 부렸다고밖에 말할 수 없는 문학동맹계의 소용돌이 속에서 모윤숙은 처음부터 그들과 일선을 긋고 우파 민족진영계 문학자

---

23) 임종국, 앞의 책, pp.214~215.
24) 김용직, 『해방기시문학사』(민음사, 1992), pp.44~45.

로 행동했다.

문학가동맹의 문단 장악이 있고 난 상태에서 우파 민족진영계의 조직 형태로 나타난 것이 중앙문화협회(中央文化協會)다. 이 조직의 창립은 1946년 9월 18일에 이루어졌으며 그 중요 구성원은 박종화, 양주동, 서항석, 이헌구, 김광섭 등과 함께 모윤숙이었다.[25] 이 민족진영계 문예 조직은 다음해 2월 전조선문필가협회로 개편, 발족한다. 이때는 정인보, 설의식, 이병도, 오종식 등이 새롭게 참가하고 이승만, 김구, 김규식, 안재홍 등 우파 정객들의 지지, 격려를 받는다.[26] 모윤숙은 이 무렵 그 활동의 중심축을 이승만을 정점으로 한 독립촉성회 쪽으로 잡았다. 그런 이유로 대한민국정부 수립이 있기까지 그가 민족진영계 문학 단체의 활동에 적극적으로 참가한 궤적이 뚜렷이 나타나지 않는다. 그러나 바쁜 정치 활동의 틈을 이용하여 작품 발표를 게을리하지는 않았다. 그 구체적 증거로 나타나는 것이 시집 『옥비녀』의 간행이다. 1947년 2월에 나온 이 시집에는 『빛나는 지역』 다음에 쓴 일제치하 시기에 제작한 작품과 함께 8·15 이후에 쓴 시가 수록되어 있다. 그 권두에 실린 「삼팔선(三八線)의 밤」은 "山장미 철철이 피어 희고/ 맑은 물 그득 흘러 시원한 곳/ 향기로운 풀과 사과나무 우거진 숲/ 내고향 牧歌의 黃昏 북조선이라오"로 시작한다. 2연부터 이 작품에는 38선 북쪽에 고향을 둔 화자가 등장한다. 그는 국경이 아닌 국경선을 지키는 경비병에게 고향에 가고 싶다고 사정하고 애원한다.

　　　나는 이론도 모르오
　　　아모 주의도 모르오
　　　소리치며 작란치던 그곳

---

25) 위의 책, pp.26~27.
26) 위의 책, pp.36~37.

흰 파도 구슬처럼 부풀어 오르는
저 북쪽 바다 갈매기 날개에
鄕愁의 피곤을 찾아가는 길이요

눈물에 젖어 열다섯번
낯설은 사람들에게 애원도 해보오
고향에 보내주 고향에
아— 어느새 나는 다른 나라 국경에 서 있었드란가
          (…중략…)
큰소리 울니던 조국이여!
사슬이 풀렸다 황홀하던 조국이여!
진실로 기뻐 북치던 조국이여!
그대 즐거움 이제 어대 숨었느뇨?
이밤 三八線 山길에
외로워 우는 백성의 우름 듣는가 듣는가?

— 「三八線의 밤」 부분27)

　해방 시단에서 발표 된 모윤숙 시의 특징은 크게 두 가지로 지적될
수 있다. 그 하나는 일제 말기에 잠복 상태가 된 애국적 정열이 문장
밖으로 넘쳐나듯 드러나는 점이다. 그러나 시인 모윤숙이 해방과 함께
이루어질 줄 안 자주 독립 통일 번역 국가는 동서 진영의 대립으로
실현 불가능의 상태가 되었다. 이 시의 의미 맥락에서 또 하나의 줄기
가 되고 있는 것은 이런 국토 분단에서 빚어진 통한의 정이다. 이것은
이 작품의 바닥에 애국의 다른 이름인 우국의 감정이 깔려 있음을 뜻
한다. 이와 아울러 이 무렵 모윤숙의 시에는 기법의 문제가 제기된다.
시인에게 소재 상태의 정서나 감정은 시 자체가 아니다. 시인의 감정
이란 시가 될 수 있는 한 여건일 뿐이다. 시인은 그것을 바탕으로 하

---

27) 모윤숙, 『옥비녀』(동백사, 1947), pp.2~3.

여 말을 다듬고 체험을 재조직 편성하여 생동하는 언어의 결정체를 만들어야 한다. 그것을 가능하게 만드는 것은 감정이나 관념을 심상으로 대체시키고 말들이 빛깔과 울림을 가질 수 있도록 하는 기법이다. 아쉽게도 해방을 맞고 난 다음 한때 모윤숙은 이 시의 선결 요건을 충분하게 살려내지 못했다. 어쩌면 그는 정치 활동에 너무 바쁜 나머지 좋은 시를 쓰기 위한 선결 요건인 시간적 여유가 너무 없었던 것인지도 모른다.

격동하는 해방 정국과 거기서 빚어진 우리 사회의 혼돈상은 모윤숙 시인의 생활과 문학에 큰 변동을 빚어내게 만들었다. 1946년에 접어들자 우리 사회는 모스크바 3상회의 결정으로 들끓게 된다. 모스크 삼상회의 결정이란 1945년 말 모스크바에서 미, 소, 영 등 세 나라의 외상들이 모여 전후 처리 문제를 논의하는 과정에서 생긴 것이다. 이 3상회의에서는 카이로 회담의 전제에 따라 우리 민족의 독립 정부 수립이 논의되었다. 그 내용의 일부에 미, 영, 중, 소 등이 5개년 한반도를 관리, 통치한다는 조항이 포함되어 있었다. 8·15를 맞은 다음 우리 민족 전체는 일제의 패망과 함께 즉시 독립 정부가 서는 줄 알았다. 그런 상황에서 5개년 신탁통치 조항이 포함되자 곧 우리 사회 전체의 거센 반발이 야기되었다. 애초 모스크바 3상회의 결정을 반대한 정당은 이승만과 김구계에 그치지 않았다. 공산당과 여운형계도 그 배제를 주장하고 즉시 독립 정부 수립을 외쳤다.

그러나 1946년에 접어들자 공산당과 여운형계의 좌파 등이 모스크바 3상회의 결정을 카이로 회담에 따른 임시 정부 수립의 수순이라고 하여 지지, 찬동하는 방향으로 급선회를 했다. 이에 대하여 이승만의 독립촉성회와 김구계는 전면 배제, 반대로 임했다. 우파들의 치열하고 극렬한 반대 운동이 있었음에도 3상회의 결정에 따른 후속 조치가 미,

소 양국에 의해 취해졌다. 그들은 대표들 회담을 갖고 한반도의 공동 관리에 필요한 위원회를 구성했다. 그러나 협의 대상 문제로 미소공동 위원회는 성과 없이 결렬되어 버렸다.[28] 미소공동위원회가 기능을 상실하고 해체되자 한반도 문제는 UN에 상정되었다. 이때의 UN 상정은 소련이 배제된 상태에서 미국이 주동으로 강행하여 이루어졌다. 그 내용의 중요 부분은 3상회의 결정에서 문제된 5개년의 준비 기간을 생략하고 즉시 한반도에 독립 정부를 세우는 일이었다. 이에 대해서 소련 측은 3상회의 결정위배론을 펴고 남북한 대표 참석을 전제로 한 한반도 문제 해결을 주장했다. 그러나 그들이 상정한 안은 34 : 7로 부결되었다. 미국 측 안이 가결되자 UN은 소정의 업무를 수행하기 위해 임시 한국위원단을 구성했다. 1948년 초 한국위원단의 인원들이 미군의 관할지역인 38선 남쪽에 들어왔다. 애초 그들의 활동 범위는 한반도 전역에 걸칠 예정이었다. 그러나 소련군과 북로당이 이를 거부했다. 이에 38선 이남에서만이라도 정부 수립을 위한 선거 실시를 목표로 삼고 유엔 한국위원단의 활동이 시작되었다.

이 단계에서 한반도의 정치 정세는 다시 한 번 크게 요동을 쳤다. 북에서 소련군과 북로당이 한국위원단의 활동을 비난, 배제한 것은 그들이 지향한 정치 노선에 비추어 예상된 사태의 귀결이었다. 그러나 UN 감시하의 정부 수립을 위한 선거는 이승만계와 한민당을 제외한 우파 자체 내에서도 반발을 샀다. 남한 단독 선거가 민족 분열을 영구화시킬 것이라는 우려와 함께 김구와 김규식 등 우파들이 UN의 한국위원단 활동에 응하고자 하지 않았다.[29] 이와 같은 정치 상황 속에서 모윤숙은 이승만의 정치 노선을 전폭 지지했다. 이때부터 그는 이승만

---

28) 이에 대한 자세한 것은 宋南憲, 『解放三年史—1945~1948』(까치, 1985), pp.233~236 참조

29) 위의 책(Ⅱ), pp.243~250 참조

의 정치 일정을 차질 없이 수행하는 전위 부대로 활약했다. 그리하여
UN 한국위원단을 환영하였고 나아가 그들의 활동을 지원, 보조하는
입장을 취했다.

5. 역사의 격랑기, 『풍랑(風浪)』의 세계

모윤숙이 혼신의 노력을 기울여 지지, 원호역을 다한 이승만과 한
민당의 시도는 1948년 8·15의 국회 구성과 그와 함께 이루어진 대
한민국정부 수립으로 일단 열매를 맺기에 이르렀다. 이와 때를 같이
하여 모윤숙은 그 자신의 본령인 문학과 문단으로 복귀했다. 모윤숙
을 포함한 민족진영계의 시인과 작가들은 1947년에 이르자 전국문화
단체총연합회를 결성한다.30) 여기에는 전국문필가협회와 청년문학가
협회가 가입되었을 뿐 아니라 극예술연구회, 미술협회, 고려음악회,
조선서도협회 등 예술단체들이 두루 망라되었다. 일단 정치 활동에서
물러선 모윤숙은 이 문화단체총연합회의 중앙위원이 되었다. 이 단계
에서 모윤숙이 펼친 또 하나의 사업이 종합문예지 『문예(文藝)』의 창
간, 주재다.

8·15 후 문단의 주도권이 좌파문학가동맹계에 의해 장악, 주도된
사실은 이미 밝힌 바와 같다. 그런 상황은 그들이 신문, 잡지 등 출판
매체 장악을 가능하게 만들었다. 모윤숙이 『문예』를 창간하기까지 민
족진영계는 문학가동맹계의 기관지와 준기관지들에 대비될 발표 매체
가 없었다. 『문예』는 이런 좌파의 독주 상태에 제동을 걸고 그 지양,
극복을 가능하게 만든 종합문예지였다. 지금 그 집필진을 보면 박종

---

30) 方基煥, 「文總, 芸總의 구성」, 『解放文學 20年』(정음사, 1966), pp.132~133.

화, 김진섭, 김동리, 유치환, 조지훈, 박두진, 박목월 등 민족진영계의 시인, 작가들의 이름과 함께 중간파인 염상섭, 최정희 등, 그리고 8·15 직후 한때 문학가동맹에 관계한 이병기, 백철, 황순원, 박영준 등의 이름이 보인다. 이것은 『문예』가 이 단계에서 좌파의 일방적인 이념 노선을 극복하고 문단의 대통합을 지향한 것임을 뜻한다.31)

모윤숙이 『문예』 창간과 함께 보인 문학적 정열은 창간호 후기의 한 부분인 "내가 문학과 떠날 수 없는 사람이어서가 아니라 진실로 민국(民國)의 빛나는 독립과 광영(光榮)을 위하여 나는 나의 정열과 생활을 오로지 『문예』에다 걸기로 했다"에서 단적으로 드러난다.32) 여기에서 모윤숙은 스스로 한때 그가 참여한 정치 활동이 일종의 외도이며 문학만이 그의 진실임을 밝히고 있는 셈이다. 그러나 대한민국정부 수립과 함께 이루어진 모윤숙이 이런 문학과 문단 복귀는 얼마가지 못해서 다시 한 번 엄청난 장벽과 시련에 봉착한다.

1950년 6월 25일 동족상잔의 슬픈 비극인 한국동란이 발발했다. 이날 새벽 충분한 무력을 비축하고 사전 작전 계획을 가진 상태에서 인민군은 남침을 감행했다. 북쪽에 비해 장비와 병력 모두가 열세인 가운데 허를 찔린 국군은 개전 벽두에 전 전선을 돌파당했다. 개전 3일째에 수도 서울이 인민군 전차 부대에 의해 유린되었다. 이 동란의 소용돌이 속에서 모윤숙은 중앙방송을 통해 수도 사수를 외치고 결사 항전을 내용으로 한 작품을 읽었다. 그런 서슬 속에서 그는 제때에 피난을 하지 못했다. 한강교 폭파와 함께 퇴로를 차단당한 그는 한때 인민군 수중에 들어간 서울에 잔류하지 않을 수 없었다. 이런 상황으로 하여 모윤숙은 인민 재판의 현장도 목격했다. 죽음의 골짜기를 헤매면

---

31) 조연현, 「『文藝』지의 창간과 문단의 반영」, 『내가 살아온 韓國文壇』(현대문학사, 1968), pp.31~35.
32) 『文藝』(1), p.203. 편집후기면.

서 이 시인은 한 몸을 숨기기 위해 광주 산골에 숨어 살게 되었다. 문
자 그대로 지옥을 체험하는 생활을 했다.33) 9·28 서울 수복과 함께 그
는 구사일생으로 국군에 구출되어 문단에 복귀할 수 있었다. 이때의
체험을 토대로 한 작품들이 모윤숙의 제3시집인『풍랑(風浪)』에 수록되
어 있다.

> 친구도 사랑도 다 간 나라에
> 수수나무 너는 안가고
> 내 몸을 이처럼 가리워주니
> 어머니 같이 정겨운 수수깡 냄새야
> 사람이 오거든
> 너와 나의 이야기를 알려 주지 말라
> 네 품에 死刑囚가 숨었단 말을
> 행여 아무에게 눈짓하지 말라
>
> 수수잎사귀야!
> 나를 아무도 모르게 안아다오
> 네 잎사귀로 내 숨결을 덮어다오

— 「수수밭에서」 전문34)

인민 정권의 점령지역이 된 서울에서 모윤숙은 일급 사형수감이었
다. 이것이 그와 사형수가 일체화된 까닭이다. 이와 아울러 이 시에서
는 죽음의 위협 속에 놓인 시인의 목숨이 수수깡에 기탁되어 있다. 극
한 상황에 처한 시인의 모습이 자연의 하나인 수수깡과 일체화된 것
이다. 여기서 우리는 다시 모윤숙이 8·15 직후 한때 망각해 버린 객
관적 상관물 이용이 살아난 점을 볼 수 있다. 이 시의 바탕이 된 것은

---

33)『모윤숙 전집』(6), pp.264~266.
34)『風浪』(문성당, 1951), pp.9~10.

시인이 겪은 전쟁 체험 또는 극한 상황이다. 이런 시의 소재는 그 자체로 노래되었다면 감정이나 관념으로 끝날 뿐이다. 감각과 관념은 감각적 차원으로 전이되어야 비로소 시가 된다. 이런 시 창작의 기본 원리를 모윤숙은 8·15 직후의 정치 활동의 부작용으로 소홀하게 했다. 위의 작품에는 그 지양, 극복이 다시 이루어져 있다. 여기서 우리가 얻어낼 수 있는 작품 평가의 말도 명백해진다. 이 단계에서 모윤숙은 마침내 시를 의식하지 않은 가운데서도 그가 겪은 체험의 일부와 감정을 정서적인 말로 엮어낼 줄 알게 된 것이다. 모윤숙이 이때에 쓴 전쟁시 가운데 널리 알려진 것으로 「국군은 죽어서 말한다」가 있다.

산 옆   외따른 골짜가에
혼자 누어 있는 국군을 본다.
아무 말, 아무 움직임 없이
하늘을 향해 눈을 감은 국군을 본다.

누른 유니폼 햇빛에 반짝이는 어깨의 표식
그대는 자랑스런 대한민국의 소위였고나.
가슴에선 아직도 더운 피가 뿜어 나온다.
장미보다 더 짙은 피의 향기여!
엎드려 그의 주검을 통곡하며
나는 듣노라! 그대가 주고간 마지막 말을……

나는 죽었노라 스물다섯 젊은 나이에
대한민국의 아들로 나는 숨을 마치었노라.
질식하는 구름과 바람이 미쳐 날뛰는 조국의 산맥을 지키다가
드디어 드디어 나는 숨지었노라.

내손엔 범치못할 총 한자루, 내 머리엔 깨지지 않을 철모가 씌어져
원수와 싸우기에 한 번도 비겁하지 않았노라.

그 보다는 내 핏속엔 더 강한 대한의 혼이 소리쳐
나는 달리었노라. 산과 골짜가, 무덤위와 가시숲을
이순신 같이, 나폴레온 같이, 시이저 같이,
조국의 위험을 막기 위해 밤낮으로 앞으로 앞으로 진격! 진격!
원수를 밀어 가며 싸웠노라.

— 「국군은 죽어서 말한다」 부분35)

　이 작품을 지배하고 있는 것은 생과 죽음, 사랑과 용기 등 시인에게 매우 강한 충격을 가한 전쟁 체험들이다. 시에서 말들이 구체화되는 과정을 거치지 않고 외연만을 가지는 경우 그것은 추상적인 것이 된다. 추상화된 말들은 시의 유일, 최대 요건인 정서와 가락을 빚어내는데 방해 요인으로 작용한다. 모윤숙의 전쟁시에는 그 극복이 이루어져 있다. 여기서 화자의 행동은 객관적 상관물로 바뀌어 심상으로 제시되었다. 이 시의 일부에 직설적으로 감정이 토로된 부분이 있기는 하다. 이 작품에는 그것을 보상하고 남을 정도의 고조된 목소리가 담겨 있다. 그것으로 시인이 겪은 전쟁 체험이 독자들을 끌어들이는 자극제 역할을 이루어낸 것이다. 특히 젊은 국군 장교를 주인공으로 하고 그를 조국 방위의 상징으로 부각시킨 솜씨는 주목에 값한다. 그리하여 이 시는 6·25 동란을 통해 사선을 넘나든 여러 장병들에게 상당한 메아리를 일으켰다.

　이밖에도 모윤숙의 문학과 시가 제기하는 문제는 한두 가지가 아니다. 1930년대 중반부터 시인은 산문시 형태의 연가풍 작품『렌의 애가(哀歌)』를 썼다. 그 초판은 39면의 얄팍한 것이었는데 출간 1개월에 못 미치는 기간에 매진되었다고 한다.36)『렌의 애가』에서 주인공이 되는

---

35) 위의 책, pp.75~85.
36) 송영순,『모윤숙 시 연구』(국학자료원, 1997), p.560.

시론은 그 첫 단계에서 춘원 이광수의 심상에 수렴된다. 그 후 그것은 시인의 부군인 안호상(安浩相) 박사 쪽으로 이동하였다. 이어 8·15 직후에는 좀 더 보편적인 인간상으로 확충되었으며 제4기에 이르러서는 복합적인 인간상으로 확충되었다.

1960년대 이후 모윤숙 시인의 시론은 서울법대 교수인 유기천(劉基天)의 모습으로 바뀌었다. 후에 서울대학교 총장을 지낸 유기천은 모윤숙보다 여섯 살이 아래였다. 모윤숙이 1947년 안호상 박사와 이혼을 한 다음 그를 알게 되어 『렌의 애가』의 주인공이 된 것이다. 당시 그에게는 미국대학의 저명한 법학자 실빙이란 부인이 있었다. 그러나 모윤숙 시인은 그런 일에 개의치 않았다. 성실한 인품과 학자로서 높은 자질을 가진 유기천에게 매료되어 곧 그에게 월송(月松)이라는 호를 지어 주었다. 모윤숙 특유의 열정을 앞세운 정신적 사랑이 시작된 것이다. 후에 유기천은 박정희 정권의 헌법 유린과 학원 탄압 사태에 항의하여 반체제 노선을 택했다. 당연히 군사 정권의 탄압이 그에게 가해졌다. 모윤숙은 이에 대해서 적극 유기천을 비호하는 입장을 취하고 청와대에 작용하여 그를 체포, 투옥시키지 말도록 주선하는 역할을 맡았다.37) 모윤숙의 『렌의 애가』 최종본에 나오는 시론의 심상은 바로 이러한 유기천에 수렴된다.

이밖에도 모윤숙은 「논개」와 「황룡사 구층탑」 등 장편서사시를 썼다. 우리 문학사에서 서사시의 전통은 매우 가는 선으로 밖에 나타나지 않는다. 모윤숙의 작품은 그 지양, 극복을 꾀한 점으로 보아서 문학사의 의의가 적지 않다. 돌이켜 보면 모윤숙은 여류이면서 여류 이상의 차원을 구축한 시인이다. 8·15 직후 한때 투신한 정치 활동에서는 그 분야에서도 놀라울 정도의 능력을 발휘했다. 종합문예지인 『문

---

37) 崔鍾庫, 「모윤숙의 마지막 시론」, 『유기천』(한돌출판사, 2007), pp.283~287.

예』를 발간하고 이데올로기의 깊은 골을 메우려 시도한 문단 통합의
의지 역시 문단사의 의의를 가진다. 이와 같은 한국 문단과 문학사에
끼친 그의 공적은 제대로 분석, 평가되어야 한다. 앞으로 시도되는 또
하나의 모윤숙론에서는 이에 대한 담론의 자리가 마련되기를 믿고 기
대한다.

* 2009년 5월 모윤숙 시인 탄생 100주년 기념 학술세미나 발표 주제논문

Ⅷ. 한국 현대시에 있어서의 '바다'

1. 현대시의 효시, 「해에게서 소년에게」

한국 현대시의 기점이 되는 작품은 육당 최남선(六堂 崔南善)의 「해(海)에게서 소년(少年)에게」다. 그동안 우리 주변에서는 이에 대해서 약간의 이론이 있었다. 하나는 우리 현대시의 효시를 이승만(李承晩)의 「고목가(古木歌)」로 잡은 경우다. 이 작품은 1898년 3월 5일 발행『협성회회보』에 실린 것으로 그 1연과 3연은 다음과 같다.[1]

슬프다 뎌 나무 다 늙었네
병들고 썩어서 반만 셧네
심악혼 비바람 이리 져리 급히 쳐
몃 빅년 큰 남기 오늘 위틱

---

1) 이승만, 「고목가(古木歌)」,『협성회회보』(10) ; 최덕교,『한국잡지백년사』(1)(현암사, 2000), pp.57~58.

　　　　　(…중략…)
　　　버튀세 버튀세 뎌 고목을
　　　쑤리만 굿박여 반근되면
　　　새가지 새입히 다시 영화 봄되면
　　　강근이 자란 후 풍우 불외

— 이승만, 「고목가(古木歌)」

　이승만의 「고목가」가 아닌 또 하나의 우리 현대시 기점 수정론은 육당 자신의 말을 근거로 하고 있다. 이런 견해를 토대로 한국 현대시사를 쓰고자 한 것은 조지훈 교수였다. 그는 「구작(舊作) 3편」을 들어 이 작품이 「해에게서 소년에게」를 쓰기 한 해 앞섰음을 지적한 바가 있다.[2] 이때 소급론의 근거가 된 것이 「구작 3편」의 끝자리에 붙인 육당 자신의 '1907년작'이라는 기록이다.[3]

　구체적으로 「구작 3편」은 1909년 4월호 『소년』에 수록된 작품이다. 그러니까 발표 연도가 「해에게서 소년에게」에서 한 해 뒤진다. 본래 근대 이후의 문학과 시는 활자화된 시기를 기준으로 그것이 공인 상태에 들어간다. 다만 우리 현대문학과 시에는 이에 대해서 예외 격에 해당되는 사항이 고려될 수가 있다. 널리 알려진 대로 우리 현대문학과 시는 그 시발기부터 식민지적 상황에 함몰되어 있었다. 그 결과 반제 의식을 가진 작품, 구체적으로 일제의 우리 민족 침탈에 저항하는 내용을 담은 작품에는 간섭과 규제가 뒤따랐다. 이런 이유로 우리 현

---

2) 조지훈, 「한국현대시사의 관점」, 『조지훈 전집』(3)(일지사, 1973), p.166.

3) 최남선, 「구작3편 후기」, 『소년』(6)(1909. 4), p.3. "나는 천품(天稟)이 시인이 아니러라. 그러나 시세와 몇 나 자신의 경우는 연(連)해 연방(連方) 소원(素願) 아닌 시인을 만들려하니 (…중략…) 필경 그 에게 최절(摧折)한 바 되어 정미(丁未)의 조약이 체결되기 전, 3삭(三朔)에 붓을 들어 우연히 생각한 것을 기록하야 시초로하여 3・4삭(三・四朔) 동안에 십여편을 얻으니 이곳 내가 붓을 시(詩)에 쓰던 시초오, 아울러 우리 국어로 신시(新詩)의 형식을 시험하던 시초라 이에 게재하는 바 이것 3편도 그중엣것을 적록(摘錄)한 것이라."

대시 가운데 민족적 저항을 뼈대로 한 작품에는 그 발표 시기의 선후
가 반드시 문제되지 않을 수도 있다. 그러나 「구작 3편」은 문명 개화
를 지향한 것으로 민족적 저항과는 무관한 시였다. 이런 사정이 감안
되면 구태어 「구작 3편」의 선행설을 주장할 논리적 근거가 성립되지
않는다.

　다음 「고목가」에 대해서는 형태와 양식의 문제가 제기된다. 일반적
으로 한국 현대시의 형성·전개는 개화가사와 창가, 신체시의 단계를
거친 것으로 파악되어 왔다.[4] 개화가사란 문명 개화나 반제 의식을
뼈대로 한 작품들이다. 그러나 그 형태는 한국 고전시가의 틀인 3·4
조 내지 4·4조의 외형률을 그대로 답습한 것이다. 이에 대해서 창가
는 반봉건, 문명 개화의식을 뼈대로 한 가운데 7·5조나 6·4조 등 고
전시가의 외형률을 탈피한 점이 다르다. 그러나 이런 형태가 곧 창가
＝현대시(근대시)의 충분 조건이 되는 것은 아니다. 우리가 현대시 또
는 근대시라고 말할 때 그것은 다른 예술 형태에 부수된 것은 아니다.
근대 이후의 시들은 형태상 자족성이 확보되어야 한다. 그런데 창가는
그 명칭으로 짐작되는 바와 같이 가창을 전제로 한 가사(歌詞)의 뜻을
지니는 것이다.[5] 뿐만 아니라 이승만의 이 작품은 그 후 신체시로 연
결되지 못했다. 이런 고립 현상을 들어 현대시의 시발점으로 삼는 것
은 난점이 수반되는 일이다. 이와는 달리 「해에게서 소년에게」는 연
구분과 함께 후렴구로 생각되는 행이 있으나 분명하게 그 각 행의 형
태는 독립되어 있다. 이런 까닭으로 우리는 한국 현대시의 효시로 이

---

4) 이에 대한 것은 김용직, 「개화기시가」, 『한국근대시가』(학연사, 2002) 참조
5) 우리 근대시 가운데 창가의 효시가 되는 작품은 「황제탄신경축가」다. 이 양식은
　최남선의 장편시가인 「경부철도가」, 「한양가」, 「세계일주가」 등에 이르러 완결형이
　되었다. 이들 작품은 독립된 형태를 취하지 못하고 서양 음악의 악곡을 의식 가운
　데 제작된 것이다. 이에 대한 것은 위의 책, 「창가」 부분 참조

작품을 손꼽지 않을 수 없다.

2. 새로운 문화 기호로서의 바다,
육당 시의 문학사적 의의

　신체시의 양식적 성격에 대해서도 이제까지 우리 주변에서 몇 가지 이견이 제출되었다. 어떤 연구자는 「해에게서 소년에게」를 정형시라고 본 바 있다. 그 이유가 된 것이 대응되는 각 연의 행들이 일정한 자수율을 가진 점이다.[6] 이와 다른 어느 자리에서는 「해에게서 소년에게」로 대표되는 신체시가 반율문(半律文), 반산문(半散文)으로 해석했다. 여기서 반율문, 반산문이란 신체시가 완전한 의미의 정형시가 아닌 동시에 그렇다고 본격적인 의미의 자유시로 정의되기에도 미흡한 점이 있음을 지적한 것이다.[7] 양식론에서 빚어진 이들 혼선 현상을 정리하기 위해서는 「해에게서 소년에게」의 원문을 검토할 필요가 있다.

　　　　一

　　쳐—ㄹ썩, 쳐—ㄹ썩, 턱, 쏴—아.
　　짜린다, 부슨다, 문허바린다,
　　泰山 갓은 놉흔뫼, 딥태 갓흔 바위ㅅ돌이나,
　　요것이 무어야, 요게 무어야,
　　나의 큰 힘, 아나냐, 모르나냐, 호통까지 하면서,
　　짜린다, 부슨다, 문허바린다.
　　쳐—ㄹ썩, 쳐—ㄹ썩, 턱, 튜르릉, 콱.

---

6) 조연현, 『한국현대문학사』(제1부)(현대문학사, 1956), p.160.
7) 김춘수, 『한국현대시형태론』(해동문화사, 1958), p.23.

二

> 텨—ㄹ썩, 텨—ㄹ썩, 턱, 쏴—아.
> 내게는, 아모것도, 두려움 업서,
> 陸上에서, 아모런, 힘과 權을 부리던 者라도,
> 내압헤 와서는 꼼짝 못하고,
> 아무리 큰, 물건도 내게는 행세하디 못하네.
> 내게는 내게는 나의 압헤는.
> 텨—ㄹ썩, 텨—ㄹ썩, 턱, 튜르릉, 콱.

三

> 텨—ㄹ썩, 텨—ㄹ썩, 턱, 쏴—아.
> 나에게, 덜하지, 아니한 者가,
> 只今까디, 업거던, 통긔하고 나서 보아라.
> 秦始皇, 나팔륜, 너의들이냐,
> 누구누구누구냐 너의 亦是 내게는 굽히도다,
> 나허구 겨르리 잇건 오나라.
> 텨—ㄹ썩, 텨—ㄹ썩, 턱, 튜르릉, 콱.[8]

> — 최남선, 「해에게서 소년에게」

위와 같은 원문을 검토해 보면 「해에게서 소년에게」 정형시설에는 감출 길이 없는 허점이 나타난다. 르네 웰렉이 지적한 것처럼 양식은 문학사의 영역인 동시에 종류와 계층을 찾아내어 구별해내는 작업이다.[9] 이때에 우리는 개개의 작품, 곧 시와 소설들을 구체적으로 분석, 검토해야 한다. 양식론에서 이런 작업은 개별 작품의 독립성을 인정하는 각도에서가 아니라 그들을 집합 형태로 묶어 종과 유로 규정하기 위한 것이다. 이런 논리에 비추어보면 「해에게서 소년에게」 정형시설은 비평적 판단에 필요한 논리적 절차를 저버린 것이 아닐 수 없다.

---

8) 최남선, 『소년』(1)(1908. 11), pp.2~3.

9) Rene Wellek, Austin Warren, *Theory of Literature*(London, 1955), p.247.

먼저 여섯 연으로 이루어진 「해에게서 소년에게」의 대응되는 연의 각행이 일정한 자수율을 가진 점은 정형시설이 지적한대로다. 그러나 이 작품 다음에 육당이나 그 어느 다른 신체시 작자가 이와 꼭 같은 형태의 작품을 쓴 예는 나타나지 않는다. 이와 아울러 「해에게서 소년에게」의 형태는 우리 고전시가에서 그 예를 찾을 수가 없다. 이 작품 바로 앞에 나온 창가에도 전혀 이와 동일 형태가 발견되는 바 없다. 이것은 이 작품이 개화가사나 창가와 같이 동시다발 형태로 제작되지 않았음을 뜻한다.

김춘수(金春洙)는 「해에게서 소년에게」를 두고 "심리적으로 퍽 불안한 형태라 할 수 있겠고 역사적으로는 진보적인 형태"라고 지적했다.[10] 여기서 심리적 불안이란 말은 과도기 시가가 갖게 된 속성으로 재해석이 가능하다. 또한 "역사적으로 진보적"이라는 말은 신체시가 한국 고전시가는 물론 개화가사에 비해서도 근대시가 양식에 한 발자국 다가섰음을 뜻한다. 이것으로 우리가 「해에게서 소년에게」로 대표되는 육당의 신체시들이 장르의식에 철저하지 못했다든가 문학 사상의 부수 현상이라는 생각은 할 수 없다. 명백히 이 시는 신체시 양식이 기폭제를 이룬 작품이다.

「해에게서 소년에게」의 기능적인 평가, 해석을 위해서는 이 작품이 『소년』 창간호의 권두를 장식한 점도 지나쳐 볼 수 없는 일이다. 널리 알려진 대로 육당이 『소년』 창간에 앞서 설립, 발족시킨 것이 우리 사회, 대중의 정신적 계몽을 뜻하고 만든 신문관(新文館)이다. 이 출판사를 통해 육당은 민족 고전의 간행과 보급을 꾀했고 다른 한편으로 월간 잡지 『소년』을 발행했다. 이 잡지는 발간사나 권두언을 갖지 않았다. 다만 창간호 양옆에 발간 취지를 밝힌 말이 나온다.

---

10) 김춘수, 앞의 책, p.23.

今에 我帝國은 우리少年의 智力을 資하야 我國歷史에 大光彩를 添하고 世界文化에 大貢獻을 爲코뎌하나니 그任은 重하고 그責은 大한더라.

　　本誌는 此責任을 克當할만한 活動的 進取的 發明的 大國民을 養成하기 爲하야 出來한 明星이라 新大韓의 少年은 須臾라도 可離티 못할 디라.[11]

흔히 개항기라고 말하는 19세기 말과 20세기 초에 우리 사회는 엄청난 부피의 서구적 충격을 받았다. 우리가 별 준비도 없이 맞이한 이 상황은 밖으로 서구와 아서구(亞西歐)화 한 일본의 침략적 야욕 앞에 우리 민족이 노출된 사태였다. 또한 안으로 우리는 봉건의 낡은 울타리에서 벗어나 근대화의 틀을 짜지 않으면 안 되었다. 개항과 함께 우리 사회는 반제(反帝)와 반봉건(半封建), 자주 독립과 근대화라는 두 개의 과제를 동시에 떠맡게 된 것이다. 이런 사실들로 미루어 보면 육당의 신문관(新文館) 창립과 『소년』지 발간은 바로 반봉건, 근대화를 위한 시도와 함께 이루어진 것이다.

「해에게서 소년에게」의 '소년'은 우리 겨레를 위해 새 시대와 새 세계를 열 역군을 뜻한다. 그렇다면 여기에 나오는 '해(海)', 곧 바다는 어떤 내포를 가지는가. 이 작품 첫 연에서 바다는 "짜린다, 부슨다, 문허 바린다"로 되어 있다. 이때 의인화된 바다가 부정, 배제의 대상으로 삼고 있는 것은 낡은 시대의 상징인 동시에 그 권력 형태인 제국(帝國)과 제왕(帝王)들이다. 여기서 육지는 말할 것도 없이 구체제의 표상이며 지나간 날을 지배한 가치 체계와 질서를 상징한다.

「해에게서 소년에게」가 나오기 전 우리 시가와 문학 작품에서 중요

---

11) 『소년』(1), 표지. 인용문 전반부 3행이 우측 상단에 후반부 3행은 좌측 상단에 나뉘어 종서로 인쇄되었으며 흑선으로 테두리가 되어 있다.

제재가 된 것은 바다가 아니라 산이었다. 우리 개국 신화 자체가 태백산(太白山)을 무대로 한다. 우리 선조들은 신라, 고려, 조선 왕조를 거치는 가운데 왕도(王都)를 정하고 나면 그 진산으로 태백과 송악, 북악을 지정했다. 그 언덕에 (신라의 경우에는 경주 남산) 호국의 신사와 절을 만들고 또한 주변에 웅장한 규모의 성을 쌓았다. 이에 반해서 고전 문학기의 문학 작품에서 바다는 대체로 기피나 경계의 대상이 되어 왔다. 신라의 비단 문화에 바탕을 둔 연오랑(延烏郞)의 설화는 왜국의 문화 약탈을 단적으로 드러낸다. 고려 시대의 일본 정벌과 그 후 남해안 일대를 어지럽힌 왜구의 발호도 비슷한 맥락에서 이해될 수 있다. 특히 조선 왕조 시대에 일어난 임진왜란은 해양 세력이 우리 민족에게 끼친 상상을 점한 침략 사태였다. 「해에게서 소년에게」에 이르러 이런 바다의 심상이 180° 바뀌게 되었다.

이미 드러난 바와 같이 이 작품의 주인공은 소년이다. 이 소년이 낡은 시대, 낡은 체제를 전면적으로 배제, 극복하는 공간으로 삼고 나서는 것이 바다이다. 그 까닭이 궁금한 우리에게 명백한 해답도 이미 마련되어 있다. 서구적 충격을 뜻하는 개항기에 이르러 우리 민족의 살 길은 반봉건, 근대적인 차원을 구축하는 길밖에 없었다. 그 길을 육당은 서구 근대문화의 기능적인 수용으로 잡았다. 그가 10대 중반에 신문관을 창립하고 한국 최초의 근대적인 잡지인 『소년』을 창간한 것도 이런 의식이 발로된 결과였다. 그의 활동으로 우리는 근대적인 발표 매체인 종합 잡지를 갖게 되었으며 근대시, 또는 현대시의 효시가 되는 시가 양식으로서의 신체시도 전경화(前景化)시킬 수 있었다. 이것으로 우리 문화를 지배해온 기호의 의미가 새롭게 자리를 잡았다. 이미 지적된 바와 같이 「해에게서 소년에게」가 나오기 전단계까지 우리에게 바다는 기피와 경계의 공간이었다. 그것이 이 작품과 함께 바다가 문명 개화, 진보와 새 차원 문화 건설의 상관물로 바뀌게 된 것이다. 단적으로 말하여 「해에게서 소년에게」는 한국 현대시의 기폭제를 이룬 시일 뿐 아니라 문화 기호에도 새로운 체계를 이룩하게 만든 작품이다.

3. 정물화(靜物化)된 바다—김억(金億)과 김소월(金素月)

신체시의 단계에서 주역이 된 것은 육당과 고주(孤舟) 등이었다. 이들은 문명 개화의 열정에 불탄 나머지 시를 문학의 한 양식으로서가 아닌 근대화의 한 도구로 삼고자 했다. 그것을 비유화시킨 것이 개화의 괭이화이다.[12] 이때의 생각에는 시가가 그 자체에 그치지 않고 민중 계몽의 수단이라는 느낌이 내포되어 있다. 일종의 문학도구설에 해당되는 이런 생각은 그러나 1920년대에 형성된 우리 시단의 예술성 지향에 따라 급격하게 퇴조되어 갔다.

육당과 고주에 이어 우리 시단에 진출한 것은 『창조』와 『폐허』, 『백조』의 동인들이었다. 그들은 일본을 거쳐 들어온 해외문학의 영향을 받아 시가 정치와 사회 운동의 도구에서 탈피하여 그 자체의 존재 의의와 가치 체계를 구축해야 한다는 것을 깨닫게 되었다. 주요한, 김억, 김소월 등에 의해 작품의 서정성 추구가 우리 시단의 한 흐름이 되었다. 특히 김억은 당시 아직 모색기를 벗어나지 못한 우리 시를 가능한 한 아름다운 말들로 꾸며 나가고자 했다. 그는 가능한 한 감미(甘美)롭다고 생각되는 정신 세계를 바탕으로 삼았다. 거기에 아름다운 느낌, 고운 가락이 빚어진 말을 배합시키는 입장을 취했다. 그 나머지 그의

---

12) 이에 대해서는 일찍이 백철 교수가 『조선신문학사조사』(수선사, 1948), pp.90~91에서 『靑春』(12) 권두시 「하게 또 하세」를 인용한 다음 "계몽 신체시로서의 사명을 다 했다"고 지적한 것이 있다.

시세계는 육당과 고주에 비해 규모가 작은 것이 되었다. 이 시기에 등장한 김소월은 김억의 제자였다. 일찍부터 그의 비호를 받으면서 시작 활동에 들어갔다. 그러나 말을 골라 쓰고 작품을 만들어내는 솜씨에 있어서 그는 곧 스승인 김억을 능가했다. 생전에 나온 단 한 권의 시집 『진달래꽃』에 이르러 김억과 기타 다른 선배 시인들을 누르고 어엿하게 우리 시단의 일인자 자리에 올랐다. 그러나 김억과 김소월 두 시인의 작품 가운데 '바다'를 노래한 것은 별로 많지 않다.

모래밭 스며드는 하얀 이물은
넓은 바다 동해를 모다 휘돈물

저편은 元山港口 이편은 長籥
고기잡이 가장님 들고나는길

모래밭 사륵사륵 숨여드는 물
몇번이나 내손을 씻고 스친고

몇번이나 이물에 어리였을까
돌고나며 우리님 검은 그얼굴

　　　　　　　　　－ 김억, 「사공의 아내」 전문 13)

뛰노는 흰 물결이 일고 또 잦는
붉은 풀이 자라는 바다는 어디

고기잡이꾼들이 배 위에 앉아
사랑 노래 부르는 바다는 어디

파랗게 좋이 물든 藍빛 하늘에

---

13) 김억, 『민요시집』(한성도서, 1948), pp.169~170.

저녁놀 스러지는 바다는 어디

곳 없이 떠다니는 늙은 물새가
떼를 지어 좇니는 바다는 어디
건너서서 저便은 딴 나라이라
가고 싶은 그리운 바다는 어디

— 김소월, 「바다」 전문 14)

김억의 초기시에는 서구 근대시의 충격이 두드러지게 나타난다. 특히 번역시집 『오뇌의 무도』에서 시도된 프랑스 상징주의 시의 그림자가 그의 초기시에는 짙은 색조로 깔려 있다.15) 그러나 이 과도기적 단계를 벗어나면서 그는 곧 한국적인 정조와 가락을 빚어내려고 시도했다. 이 무렵부터 그는 시를 거칠지 않은 생각에 부드러운 가락, 고운 말씨를 빚어내는 그릇으로 해석한 것 같다. 그 나머지 억센 느낌을 주는 말들과 거칠게 느껴지는 가락이 극히 배제되었다. 이런 그의 창작 경향은 바다시에도 그대로 투영되어 나타난다. 1929년도에 나온 『안서시집(岸曙詩集)』에는 권두에 「황포의 첫봄」이 실린 것을 비롯하여 「비」, 「갈매기」, 「물결」, 「오늘 하로도」, 「포구의 노래」, 「눈」 등 바다시가 태반 이상을 차지한다. 이 가운데서 열린 바다, 특히 파도에 뒤설레고 목숨을 담보하는 역사와 생활 현장 무대로서의 바다가 등장하는 작품은 단 한 편도 없다. 보기로 든 「사공의 아내」는 바로 김억의 바다시 표준판이다. 여기서 바다는 먼 나라로 통하는 공간이 아니며 그 위에서 삶을 엮어가는 어부나 물기슭, 파도나 바람의 무대도 아니다. 이때

---

14) 이 작품은 <동아일보>(1921. 6. 14), 『개벽』(26)(1922. 8) 등에 발표된 다음 1925년 매문사에서 발행된 『진달래꽃』에 수록될 때 현형과 같이 되었다.
15) 이에 대한 본격적 고찰은 리학동, 「프랑스 상징주의의 이입과 영향」, 『한국근대시의 비교문학적 영향』(일조각, 1981) 참조

의 바다는 뭍에서 바라보는 그것이며 고요하고 목가적 삶을 엮어가기를 소망하는 여인의 감상과 함께 있다. 그 결과 이 시에서 바다는 여학교의 미술시간에 예시화로 내걸림직한 풍경화의 배경이 되어 버렸다. 이것이 1920년대 한국 바다시의 한 양상이다.

김소월이 김억의 살뜰한 지도를 받는 가운데 문단 생활을 한 사실은 널리 알려진 바와 같다. 작품 연보를 보면 김소월이 첫 작품인 「낭인(浪人)의 봄」, 「우(雨)의 적(滴)」 등을 발표한 것은 1920년 벽두인 『창조』3호를 통해서였다. 당시 김소월은 오산중학교의 학생에 지나지 않았고 그 이전에 전혀 시를 발표한 경력이 없었다. 이런 그를 추천하여 그 무렵 우리 문단의 유일한 문예지인 『창조』의 동인으로 참여시킨 것은 김억이다. 같은 해에 그는 『학생계』에 김소월의 대표작이 된 「먼 후일」 이하 다섯 편의 작품을 발표하게 했다.

김소월은 1920년에는 『학생계』와 <동아일보>를 통하여 「풀따기」, 「봄밤」, 「하늘」, 「바다」 등의 시가, 그리고 1921년에 『개벽』에 「금잔디」, 「꿈」, 「엄마야 누나야」, 「달맞이」, 「제비」, 「바다가 변하야 뽕나무 밭이 된다고」, 「진달래꽃」, 「풀따기」 등 실로 60여 편에 이르는 작품을 게재, 발표하였다.[16] 이런 김소월의 작품 발표는 같은 무렵 그의 문단 선배들로 한국 시단에 확고한 자리를 잡은 기성들 가운데도 달리 유례를 찾기 힘든 일이었는데, 그것이 일개 신인들에 의해 이루어진 것이다. 따라서 기적이라고 할 수밖에 없는 현상의 저변에 깔린 사정이 궁금하다. 이에 대한 해답은 김억의 경력 사항 추적으로 손쉽게 파악될 수 있다. 이 무렵, 김억은 『학생계』의 추천위원이었다. 또한 <동아일보>와 『개벽』에서도 학예부의 고문역을 하고 있었다.[17] 이것으로

---

16) 김용직, 「김소월 연보」, 『김소월 전집』(서울대출판부, 2001), pp.557~559.

17) 이에 대해서는 김용직, 「김억의 작가연보」, 『범우비평판 한국문학 김억편』(범우사, 2004), pp.299~300 참조.

김소월의 초기 활동에 김억이 결정적 역할을 한 점은 불보듯 명백한
일이다.

　김소월의 작품 가운데 바다, 또는 해외를 노래한 것은 아주 제한되
어 있다. 이 유형에 속하는 작품으로는 「바다」, 「붉은 조수(潮水)」, 「바
다가 변하야 뽕나무 밭이 된다고」이며 『진달래꽃』에 수록되어 있다.
유고로 발견된 것 가운데서 이에 해당되는 것은 한 편도 없다. 이와
아울러 김소월의 바다시에 나타나는 말씨와 가락은 매우 강하게 김억
시의 미학에 연계된 단면을 드러낸다. 김억의 「사공의 아내」가 그렇듯
위의 바다도 열린 공간이 아니다. 그의 바다 또한 내해(內海)이며 고기
잡이들이 사랑 노래를 부르기에 알맞은 근해다. 그곳은 봄빛으로 물든
하늘 아래 저녁노을이 물드는 곳일 뿐이다. 여기서 먼 나라는 가고 싶
은 곳, 곧 동경의 땅일 뿐 화자가 직접 넘나드는 공간이 아니다.

　이미 밝힌 바와 같이 김소월은 스승인 김억을 훨씬 능가할 정도로
훌륭한 시의 제작자였다. 그런 능력으로 그는 김억의 작품보다는 훨씬
기능적인 말들을 써서 그의 시를 채색도 선명한 그림으로 만들어내었
다. 그러나 김억의 바다시와 꼭 같이 그의 작품에도 상상력의 폭과 깊
이는 기능적으로 개발되지 못했다. 작품 「바다」로 대표되는 바 이 유
형에 속하는 그의 시에는 식민지 체제를 산 우리 민족의 생활도 제대
로 반영되지 않았다. 역사, 현실을 의식한 자취도 뚜렷한 선으로 떠오
르는 것이 없다. 그러나 이 말이 그대로 김소월의 모든 작품이 시대와
상황을 외면했다는 비판으로 연결되는 것은 아니다. 바다시와는 또 다
른 유형에 속하는 「금잔디」, 「엄마야 누나야」, 「달밤」, 「접동새」, 「해
가 산마루에 저물어도」, 「왕십리(往十里)」, 「삭주구성」, 「가는 길」, 「밭
고랑 우헤서」, 「나무리벌 노래」, 「삼수갑산(三水甲山)」 등을 통해 그는
우리나라의 산과 언덕을 노래했으며 거기에 담긴 사람들의 정을 가락

에 실은 작품을 썼다. 그 가운데 많은 것은 그 의식이 민족적 저항의 목소리를 담기 이전의 것이었으나 몇 개의 작품에는 그렇지 않은 것이 있다. 조만식을 주인공으로 한 「제이. 엠. 에쓰에게」가 그에 해당되는 것이며 「삭주구성」이나 「춘향과 이도령」도 같은 유형의 작품으로 해석되어야 할 것들이다.[18] 이런 경우 우리는 명백하게 신민 체제 속의 수탈의식이 내포된 「나무리벌 노래」, 「팔베개 노래」, 「고향」 등도 지나쳐 버려서는 안 된다.

특히 여기서 우리가 명기해야 할 것이 김소월의 대표작 가운데 하나인 「초혼(招魂)」이다. 널리 알려진 대로 이 시는 "산산이 부서진 이름이여/ 허공중에 헤어진 이름이여!"로 시작한다. 이 작품의 화자는 사랑하는 사람과 이별한 나머지 비통한 마음으로 그를 부르는 여인이다. 그 처절한 어조로 하여 그 심상은 왜국에 가서 불모가 된 남편을 기다리다가 돌이 된 박제상의 아내를 연상하게 만든다. 이 작품을 이제까지 우리는 단순 애정시로 분류해 왔다. 그러나 좀 더 기능적인 구조 분석이 이루어지면 이 작품의 해석은 그와 180° 달라져서 반제 의식이 내포된 작품으로 읽을 수 있다.[19]

4. 임화(林和)의 바다─「현해탄(玄海灘)」과 반제 의식

1920년대 중반기를 경계선으로 우리 시와 문단에는 뚜렷한 지각 변동 현상이 일어났다. 이 무렵에 이르기까지 우리 시와 문단을 지배한 것은 일종의 문학주의였다. 창조파에서부터 『백조』·『금성』 동인이 추

---

18) 이에 대한 자세한 것은 김용직, 「전통적 정조와 창조─김소월론」, 『한국현대시인 연구』(서울대출판부, 2000), pp.42~460 참조
19) 이에 대한 자세한 것은 이 책의 「김소월론」 참조

구한 것은 예술적 가치가 높은 것, 아름답고 훌륭한 차원의 작품들이었다. 그러나 이 시기에 우리 민족이 직면한 현실은 가혹하기 그지없었다. 3·1 운동 이후 일제가 한때 문화 정치를 표방하기는 했다. 그러나 이 시기에도 일체의 반제, 반체제 운동은 일제에 의해 엄격하게 규제, 탄압되었다. 경제적으로는 일방적인 수탈이 이루어졌으며 사회·문화 분야에서 심한 차별 정책이 자행되었다. 이런 상황 속에서 예술을 위한 예술을 한낮의 잠꼬대로 몰아붙이는 일파의 문학자들이 나타났다. 그들이 신경향파로 지칭된 사회주의 문학 운동가들이다.

신경향파는 1925년에 이르자 계급 문학 운동의 결집 조직인 조선프롤레타리아예술동맹, 약칭 카프를 결성했다. 초기에 그 주동 분자는 김기진(金基鎭), 박영희(朴英熙) 등이었다. 1930년대에 접어들자 이들과 노선 투쟁을 벌이는 일군의 소장파 계급 문학 운동가가 나타난다. 임화(林和)와 김남천(金南天), 안막(安漠) 등이 그들이다. 이들은 카프의 조직 활동에서 구 카프계인 김기진, 박영희보다 한층 강경한 입장을 주장했다. 그와 아울러 창작 활동에서도 예술성을 감안하는 입장에 반대하고 일체 활동의 볼세비키화를 기도하고 나섰다. 카프의 소장파 가운데 임화는 구 카프계의 김기진과 첨예하게 대립했다. 그는 김기진이 계급 문학 운동에서 예술적 의장과 독자인 대중의 지적 수준이 감안될 필요가 있다는 논리를 전면 배제했다. 그는 김기진의 주장에 대해 사회주의 문학의 포기 형태이며 개량주의적이요, "간기병적(肝氣病的), 춘향전식"이라는 말을 서슴지 않았다.[20]

노선 투쟁에서 초강경 노선을 표방한 임화가 바다시에 손을 댄 것은 「우산 받은 요코하마 부두(埠頭)」부터였다. 1929년 가을에 발표된

---

20) 林和, 「예술운동에 대하여」, <동아일보>(1929. 9. 20), 「김기진군에게 답함」, 『조선지광』(1929. 11), p.66.

이 시의 무대는 제목으로 드러나는 바와 같이 열린 바다가 아니라 일
본의 한 항구다. 이 시의 화자는 일본 본토에서 반제 투쟁을 벌이다가
추방된 청년이다. 그의 상대역으로 등장하는 것이 일본인 소녀인 '가
요'다. '가요'는 그가 사랑하는 조선인 반제 투쟁가가 추방을 당하게
되자 큰 충격을 받는다. 그래서 비가 와서 미끄러운 부두의 독크로 달
려온다. 화자는 그것으로 '가요'가 부상당할 수도 있는 위험을 경계하
면서 투쟁 대오에 그가 복귀할 날을 다짐한다.

異國의 계집애야!
눈물은 흘리지 말어라
街里를 흘러가는 '데모'속에 내가 없고 그 녀석들이 빠졌다고―
섭섭해 하지도 마러라

네가 工場을 나왔을 때 電柱 뒤에 기다리든 내가 없다고―
거기엔 또다시 젊은 勞動者들의 물결로 네 마음을 굿세게 할 것이
있을 것이며
사랑에 주린 幼年工들의 손이 너를 기다릴 것이다―
그리고 다시 젊은 사람들의 입으로 하는 演說은
勤勞하는 사람들의 머리에 불같이 쏘다질 것이다

드러 가거라 어서 드러 가거라
비는 독크에 나리우고 바람은 덱기에 부디친다
雨傘이 부서질라―
오늘―쫓겨나는
異國의 靑年을 보내 주든 그 雨傘으로 來日은 來日은 나오는
그 녀들을 맞을게다.
소리 높게 京濱街道를 걸어야 하지 않겠느냐
오오 그러면 사랑하는 港口의 계집애야
너는 그냥 나를 떠나보내는 서러움
사랑하는 산아희를 離別하는 작은 생각에 주저앉을 데가 아니다

네 사랑하는 나는 이 땅에서 쫓겨나지를 않았는가
그 녀석들은 그것도 모르고 갇혀 있지를 않은가 이 생각으로
이 慣한 事實로 비달기 같은 가슴에 밝았게 물들어라
그리하여 하얀 네 살이 뜨거서 못 견딜 때
그것을 그대로 그 얼골에다 그 대가리에다 마음껏 메다 쳐버리어라
그러면 그때는 지금은 가는 나도 벌써
釜山, 東京을 거쳐동무와 같이 요꼬하마를 왔을 때다

― 林和, 「우산 받은 요꼬하마 부두」 부분21)

　제작된 시기로 보아 이 작품은 임화가 카프의 주도권을 장악하기 전에 쓴 것이다. 이 작품의 제작 동기가 된 것은 나프를 대표하는 시인 나카노 시게하루(中野重治)가 쓴 「비나리는 품천역(品川驛)」이라는 시다. 나카노는 일본 거주 조선인 반제 투쟁자로서 나프에 관계하고 『무산자(無産者)』를 발행하여 독자적인 계급 문예 조직을 운영한 이북만(李北滿), 김호영(金浩永)이 추방을 당하게 되자 이 시를 썼다.22) 「우산 받은 요꼬하마 부두」의 배경이 비가 오는 날이듯 이 작품도 비가 내리는 품천역(品川驛)이다. 임화가 추방을 당하면서도 다시 반제 투쟁이 성공하여 돌아갈 날을 다짐하듯 나카노도 추방당하는 사람을 향하여 승리의 순간을 노래했다.

조선의 산아이요 계집 아이인 그대들
머리 끝 뼈끝까지 꿋꿋한 동무
일본 푸레타리아트의 앞잡이요 뒷군
가거든 그 딱딱하고 두터운 번질번질한 얼음을 두다려 깻쳐라
오랫동안 갇히었던 물로 분방한 홍수를 지어라
그리고 또다시

---

21) 김용직, 『한국현대경향시의 형성·전개』, pp.142~145.
22) 이에 대한 것은 김윤식, 『한국근대문학사조사』(한길사, 1984), p.234 참조.

　　해협을 건너 뛰어닥쳐 오너라

— 中野重治, 「비나리는 品川驛」23)

　임화가 비판, 공격의 과녁으로 삼은 김기진도 문단 활동의 시작을
시를 통해서 했다. 그러나 이들 작품이 나올 무렵에 그는 소설로 방향
을 전환했고 보다 많이 계급 이론을 휘두른 평론과 수상 등을 썼다.
당시 계급시를 쓰는 기준으로 보아 그는 임화에 다소 뒤쳐진 상태였
다. 이런 상황에서 나온 것이 「우산 받은 요꼬하마 부두」였다. 이것으
로 작품 활동에서 그가 수세로 몰리고 임화의 우위가 공인 상태로 들
어간 것이다. 이렇게 보면 「우산 받은 요꼬하마 부두」는 단순하게 바
다를 다루었다는 것 말고도 한국의 프로 문학사에서 제 나름의 의의
를 갖는 작품이다.

　1930년대에 접어들면서 임화는 문자 그대로 파란이 중첩하는 생활
을 했다. 1930년대 초두에 그는 『군기(群旗)』 사건으로 통칭되는 카프
의 1차 검거 선풍에 휩쓸려 연행, 투옥되었다.24) 이때 불기소 처분을
받고 석방되자 곧 그는 구 카프계에서 프로예맹의 주도권을 빼앗아
동조직의 볼셰비키화에 박차를 가했다. 그가 카프의 최초이며 최후의
기관지 『집단(集團)』을 발행한 것도 바로 이때다. 이어 그는 카프의 조
직을 소장파 중심으로 개편하고 본격 계급 문학 운동의 전개를 시도
했다. 그러나 당시 이미 식민지 체제의 강화에 박차를 가한 일제가 그
런 시도를 두고 볼 리 없었다. 1934년 2월에 벌어진 카프의 2차 검거
때 임화는 연행, 투옥을 면했다. 그러나 이것은 일제의 치밀한 사전
계산의 결과에 따른 것이었다. 카프의 동지들이 전주 형무소에 수감당

---

23) 김용직, 앞의 책, p.146. 단, 이 작품은 일문으로 되어 있는데 번역은 林和가 한 것
　　이다.
24) 김윤식, 『한국 근대문예 비평사 연구』(한일문고, 1973), p.43.

한 동안 총독부 경찰은 그를 연행하여 카프의 해산계 제출을 명했다.
이런 사태에 직면하자 임화는 한때 그가 주도한 카프의 해산계를 경
기도 경찰부에 제출했다.[25]

　카프 해산계의 제출과 함께 임화는 계급 문학 운동의 이탈자, 또는
전향자의 운명에 처해졌다. 조직론의 시각에서 보면 이것은 씻을 수
없는 과오를 그가 범한 것이다. 그러나 창작 활동을 가늠자로 보면 이
런 상황은 반드시 부정적 의미만을 갖는 것은 아니다. 계급 운동 조직
의 주동자의 자리를 물러나면서 그에게는 얼마간의 시간상 여유가 생
겼다. 또한 경찰이 카프의 조직 구성을 주도할 때처럼 사사건건 규제,
간섭을 가하는 사태도 완화되었다. 이에서 얻어낸 여유를 통해 임화는
예술성을 감안한 작품 활동을 할 수 있었다. 1936년도에 발표된 바다
의 시 「현해탄(玄海灘)」은 이 시기의 작품이다.

　　　　이 바다 물결은
　　　　예부터 높다.

　　　　그렇지만 우리 靑年들은
　　　　두려움보다 용기가 앞섰다.
　　　　山불이
　　　　어린 사슴들을
　　　　거친 들로 내몰은 게다.

　　　　對馬島를 지나면
　　　　한가닥 수평선 밖엔 티끌 한점 안 보인다.
　　　　이곳에 太平洋 바다 거센 물결과
　　　　南進해온 大陸의 北風이 마주친다.
　　　　몽블랑보다 더 높은 파도,

---

25) 위의 책, p.46.

비와 바람과 안개와 구름과 번개와,
亞細亞의 하늘엔 별빛마저 흐리고,
가끔 半島엔 붉은 신호등이 내어 걸린다.

아무러기로 靑年들이
평안이나 행복을 구하여,
이 바다 험한 물결 위에 올랐겠는가?
첫번 항로에 담배를 피우고
둘잿번 항로에 연애를 배우고,
그 다음 항로에 돈맛을 익힌 것은,
하나도 우리 청년이 아니었다.

(…중략…)

오로지
바다보다도 모진
大陸의 삭풍 가운데
한결같이 사내다웁던
모든 靑年들의 명예와 더불어
이 바다를 노래하고 싶다.

비록 청춘이 즐거움과 희망을
모두 다 땅속 깊이 파묻는
비통한 매장의 날일지라도,
한번 玄海灘은 靑年들의 눈앞에,
검은 喪帳을 내린 일은 없었다.

오늘도 또한 나젊은 靑年들은
부지런한 아이들처럼
끊임없이 이 바다를 건너가고, 돌아오고,
내일도 또한
玄海灘은 靑年들의 해협이리라.

영원히 玄海灘은 우리들의 해협이다.

— 林和, 「玄海灘」 부분26)

이 작품은 임화의 출세작 가운데 하나인 「네거리의 순이(順伊)」나 「거북무늬 화로와 오빠」와 좋은 대비감이 된다. 전자에서는 프로 문학도로서 임화가 지닌 목적의식이 뚜렷한 선을 긋고 나타난다. 그에 비해서 이 작품의 그것은 거의 묵시적인 것으로 그친다. 이 작품 제2연에 "山불이/ 어린 사슴들을/ 거친 들로 내몰은 게다"이라고 한 부분이 있기는 하다. 여기에 제시된 것은 일반적인 의미의 상황 의식이며 거기서 빚어진 반항도 유별나게 계급적인 것이 아니다. 이런 표현이 그대로 계급적 저항에 직결하여 설명될 수는 없을 것이다. 이와 비슷한 이야기가 이 작품의 다음 연에서도 그대로 반복 가능하다. 여기서는 시대의 요구에 따라 한 몸을 내던져 반제 운동을 시도하는 사람들을 임화는 "낯선 물과 바람과 빗발에/ 흰 얼굴은 찌들고/ 무거운 任務는/ 곧은 잔등을 농군처럼 굽혔다"라고 형상화했다. 여기에 '농군', 곧 농민이라는 기본 계층의 호칭이 나오기는 한다.

그러나 이것은 식민지 체제에 놓인 우리 민중을 총괄한 비유의 한 형태일 뿐이다. 이것으로 이 시가 계급의식을 뼈대로 한 것이 아님에 유의해야 한다. 이 작품에도 핍박받는 계층의 고통 받는 모습을 부각한 부분이 나오기는 한다.

삼등 선실 밑 깊은 속
찌든 寢林에도 어머니들 눈물이 배었고,
흐린 불빛에도 아버지들 한숨이 어리었다.
어버이를 잃은 어린아이들의

---

26) 林和, 『玄海灘』(동광서점, 1938), pp.215~221.

아프고 쓰린 울음에
대체 어떤 죄가 있었는지?
나는 울음소리를 무찌른
외방 말을 歷歷히 기억하고 있다.

— 林和, 「玄海灘」 부분27)

　　여기서 삼등선실에서 화물짝 취급을 당하며 바다를 건너야 하는 사람들은 물론 우리 민족이다. 그 가운데도 제 고향에서는 날마다의 끼니를 이을 길이 막혀 버려 대판(大阪)이나 신호(神戶), 횡빈(橫濱)으로 막일을 얻으려 떠나가는 이민의 무리이다. 그들을 등장시킨 점으로 보아서 이 작품이 계급의식과 아주 무관한 것은 아니다. 그러나 이 부분의 의미 맥락에서 역점이 놓인 곳은 마지막 두 줄이다. 이때 특히 주목되어야 할 구절이 "울음소리를 무찌른/ 외방 말"이다. 여기서 울음소리는 어버이를 잃은 나머지 어린 아이들이 쏟아낸 비명의 결과다. 그것을 무찌른 외방 말이란 바로 일본말을 뜻한다.

　　임화가 이 작품이 포함된 시집 『현해탄』을 발간한 것은 1938년이다. 이 무렵에 이미 일제는 만주를 병탄한 뒤였고 전단을 중국으로 확대시켜 대륙 제패의 야욕을 달성하려는 전쟁 수행에 여념이 없었을 때였다. 1930년대 중반기부터 일제는 한반도의 병참기지화를 획책했으며 중등 이상의 학교에 배속 장교제를 두고 우리 민족 말소 정책의 일환으로 내선일체(內鮮一體)의 정책 방향을 수립, 강행했다. 황국 신민(皇國臣民)의 서사(誓詞)를 복창케 하는 한편, 각급 학교에서 조선어 과목을 폐지시켰으며 그에 이어 일본어를 국어로 상용(常用)하도록 강요하였다.28) 이런 상황 속에서 임화는 우리 모국어와 일본어를 구별하여 '외

---

27) 위의 책, p.221.
28) 이에 대한 것은 김용직, 「일제말 암흑기와 시단」, 『한국현대시사』(한국문연, 1996), pp.556~559 참조

방어'라는 말을 썼다. 이것은 계급을 넘어서 나타난 민족의식의 발로
가 아닐 수 없다.

　시집 『현해탄』에는 작품 「현해탄」과 함께 「해협의 로맨티시즘」, 「밤
갑판(甲板)우」, 「해상(海上)에서」, 「지도(地圖)」, 「어린 태양(太陽)이 말하되」,
「상륙(上陸)」, 「바다의 찬가(讚歌)」 등 다수의 바다시가 실려 있다. 이들
작품을 지배하고 있는 의식은 「바다의 찬가」 마지막 두 연을 통하여
집약되어 나타난다.

　　　　詩人의 입에
　　　　마이크대신
　　　　재갈이 물려질 때
　　　　노래하는 열정이
　　　　沈默 가운데
　　　　최후를 의탈할 때

　　　　바다야
　　　　너는 몸부림치는
　　　　肉體의 곡조를
　　　　伴奏해라

　　　　　　　　　　　　　　— 林和, 「바다의 찬가」 부분[29]

　「네거리의 순이(順伊)」와 「거북무늬 화로와 오빠」를 쓸 무렵 적어도
임화에게는 노동 쟁의를 다룰 상황이 허용되었다. 「우산 받은 요꼬하
마 부두」에도 현해탄을 가로지르는 계급 전선의 형상 의식이 엿보인
다. 그러나 1930년대에 접어들자 일제의 전시 동원 체제는 모든 사상
투쟁을 말소시켜 버렸다. 그런 상황 속에서 임화는 카프의 해산계를

---

29) 林和, 『玄海灘』, p.250.

냈고 이후 명시적인 상태로는 반제 투쟁의 의지를 담은 글을 쓰지 못하게 되었다. 그러나 1930년대 후반기부터 빚어진 일제의 초전시체 아래서도 그는 「현해탄」을 썼으며 「바다의 찬가」에 담긴 바와 같이 민족의식의 불씨를 간직하고 있었다. 그러나 한국전쟁 직후 그는 북쪽에서 미제의 고용 간첩이며 공화국 정부 전복 음모를 획책한 반혁명 분자로 선고되어 단두대의 이슬로 사라졌다.[30] 임화의 바다시는 파란만장한 그의 생애가 남긴 무덤 앞의 묘표라고 할 수 있다.

5. 이 담론의 종장과 보태는 말

여기에 이르기까지 우리는 최남선의 「해에게서 소년에게」에서 시작하여 김억과 김소월의 바다시를 검토해 보았다. 또한 해금 시인으로 임화가 남긴 경향 문학으로서의 바다시와 전향 후 그가 남긴 현해탄 계의 작품도 분석, 검토하여 살펴보았다. 처음 이 담론이 기도한 것은 한국 현대시사의 재산 목록에 해당되는 바다시의 총체적 검토와 그 분석, 파악이었다. 여기에 이르기까지 이 작업은 애초에 시도한 작업량의 허두 부분을 다룬 데 그친 것이나 다름없다. 처음 이 작업을 시작했을 때 그 어느 경우보다도 폭이 있는 검토, 분석의 대상으로 삼고 싶었던 것이 정지용과 함께 김기림(金起林)의 바다시였다.

정지용의 첫 시집인 『정지용시집(鄭芝溶詩集)』의 허두에 나오는 작품은 「바다1」, 「바다2」 등이다. 이들 작품을 이룬 언어들은 그 선명 자

---

30) 북쪽에서 林和를 비롯한 남로당계의 숙청공판이 이루어진 것이 1958년 8월이었다. 그 사이 사정을 전하는 것에 「비운의 남로당계 문인 李喆周」, 『北의 藝術人』(계몽사, 1966)이 있다. 또한 이에 대한 자세한 해석은 김용직, 「비상군사체제하의 문학 : 처형의 허구성」, 『북한문학사』(일지사, 2008) 참조

체인 감각으로 발표와 동시에 시단 안팎의 화제가 되었다. 이태준(李泰俊)은 그의 『문장강화』에서 "바다는 뿔뿔이/ 달어나랴고 했다// 푸른 도마뱀떼 같이// 재재발 거렸다"를 보기로 들어 그 독특한 표현 효과를 높이 평가했다.[31]

　　김기림의 장시 「기상도」는 "비늘/ 돋힌/ 海峽은/ 배암의 잔등/ 처럼 살아났고"로 시작한다. 이 작품의 한 장인 '병(病)든 풍경(風景)'에서 그는 한국 모더니즘의 시의 보기가 되는 한 연을 만들었다.

> 보라빛 구름으로 선을 둘른
> 灰色의 칸바쓰를 등지고
> 구겨진 빨래처럼
> 바다는
> 山脈의 突端에 걸려 퍼덕인다.
>
> 　　　　　　　　　　　　　　　－ 김기림, 「기상도」 부분[32]

　　물리적인 차원에서 바다는 육지의 대가 되는 공간일 뿐이다. 그런 자리에서 바다는 하늘과 맞닿아 질펀한 물나라를 이루는 데 그친다. 김기림은 그것을 '구겨진 빨래'와 일체화시키고 산맥의 한 모서리에 걸리도록 만들었다. 이것은 정지용에서 시작한 한국 모더니즘 시가 사물의 감각적 제시에 보인 뚜렷한 성과다. 이와 아울러 김기림은 소품인 「바다와 나비」를 통해서 또 하나의 특이한 풍경화 그리기에 성공했다.

> 아모도 그에게 水深을 일러 준 일이 없기에
> 흰 나비는 도모지 바다가 무섭지 않다

---

31) 李泰俊, 「의음어, 의태어와 문장」, 『文章』(1939. 5), pp.190~191.
32) 『金起林全集』(1)(심설당, 1998), p.143.

靑무우 밭인가 해서 내려갔다가는
어린 날개가 물결에 저려서
公主처럼 지쳐서 돌아온다

三月달 바다가 꽃이 피지 않아서 서거픈
나비 허리에 새파란 초생달이 시리다

— 金起林, 「바다와 나비」 전문33)

얼핏 보아도 나타나는 바와 같이 이 시의 소재가 되고 있는 것은 초승달이 뜬 밤바다다. 그 바다에 나비가 날아든다. 일상적인 차원에서 나비가 바다, 그것도 깊은 바다로 생각되는 공간을 밤에 날아드는 일은 생기지 않는다. 이 비현실적인 일을 현실적인 것이 되도록 하기 위해 김기림은 바다를 청무우 밭과 일체화시켰다. 일찍 정지용은 그의 바다시에서 파도를 "감람 포기포기"로 표현했다. 같은 한국의 모더니스트로서 김기림이 지닌 상상력은 그에 촉발되었을 가능성이 있다. 이와 아울러 또 하나 주목되는 것이 이 시의 나비가 죽음의 심상을 지니는 점이다. 청무우 밭인 줄 알고 날아든 나비의 날개 아래 펼쳐진 곳은 일망무제의 밤바다다. 어린 날개가 저린 '나비'는 거기에서 끝내 살아남지 못할 것이다. 이러한 심상이 주목되는 것은 S. 스펜더의 「바다 풍경」에 대비될 수 있기 때문이다. 「바다 풍경」에서 스펜더는 해변가로 날아든 나비가 바다를 장미 밭으로 착각하고 거기에서 익사하는 장면을 제시했다. 두 시인의 두 작품은 나비가 바다를 꽃밭이나 경작지로 착각하여 날아든 점에서 공통되며, 죽음의 심상이 깃든 점에서도 공통분모를 가진다.34)

---

33) 위의 책, p.174.
34) 이에 대한 자세한 것은 김용직, 『김기림 : 후반기의 金起林 모더니즘과 詩의 길』
    (건대출판부, 1997), pp.145~490 참조 단, 여기서 필자는 김기림이 스펜더의 영향을

정지용, 김기림과 함께 일제 식민지 시대의 바다시를 논하는 자리에
서 또 하나 특기되어야 할 시인이 있다. 곧 『시인부락(詩人部落)』 출신인
서정주(徐廷柱)다. 새삼스럽게 밝힐 것도 없이 서정주는 그의 시를 육체
와 정신의 갈등장, 또는 인간 본능의 탐구장으로 생각했다. 「문둥이」,
「대낮」, 「맥하(麥夏)」 등에 나타나는 것은 뒤틀리는 인간의 정신 풍토
그 자체다. 그의 처녀 시집 『화사집(花蛇集)』에 이런 의식 성향이 집약,
반영된 「바다」가 포함되어 있다.

> 귀기우려도 있는 것은 역시 바다와 나뿐.
> 밀려왔다 밀려가는 무수한 물결우에 무수한 밤이 往來하나
> 길은 恒時 어데나 있고, 길은 결국 아무데도 없다.
>
> (…중략…)
>
> 아라스카로 가라 아니 아라비아로 가라
> 아니 아메리카로 가라 아니 아프리카로
> 가라 아니 沈沒하라. 沈沒하라. 沈沒하라!
> 오— 어지러운 心臟의 무게 우에 풀닢처럼 훗날리는 머리칼을 달고
> 이리도 괴로운 나는 어찌 끝끝내 바다에 그득해야 하는가.
> 눈뜨라. 사랑하는 눈을뜨라…… 청년아,
> 산 바다의 어느 東西南北으로도
> 밤과 피에 젖은 國土가있다.
>
> 아라스카로 가라!
> 아라비아로 가라!
> 아메리카로 가라!
> 아푸리카로 가라!

— 徐廷柱, 「바다」 부분35)

받았을 것이라고 해석했다. 그러나 김종길 교수가 그 후 김기림의 작품이 스펜더
의 시집이 나오기 전에 쓰인 점을 들어 필자의 생각이 오류라고 지적했다.

서정주의 바다시에 넘치고 있는 것은 본능을 뼈대로 한 인간의 몸부림이며 그 심리 형태인 자의식의 분출 같은 것이다. 서정주 이전에 자의식의 세계를 파헤친 시인으로 이상(李箱)이 있었다. 그러나 그는 개체로서 인간을 탐구하기보다 초현실주의에 맥락이 닿은 것으로 생각되는 심층 심리의 영역에 매달린 시인이다. 서정주는 이를 극복하여 매우 치열하게 개체로서의 인간이 지닌 육체의 의미를 파고든 것이다. 그 결과 그의 바다시는 바다가 곧 인간과 등식화되고 그것이 다시 육체의 몸부림으로 전이되어 나타난다. 이것은 아무리 에누리해도 한국 현대시의 뚜렷한 체질 개선 같은 것이었다.

이제 이 작업을 마무리하면서 한 가닥 아쉬운 느낌을 저버리지 못한다. 이 작업을 시작하면서 나는 서정주 이후에 전개된 한국 바다시의 양상도 상당한 폭과 깊이를 가진 형태로 고찰하고 싶었다. 그것이 제대로 이루어지지 못한 것이 이 담론이다. 또한 지금 우리는 문자 그대로 지구 공동체 시대를 산다. 이 시대의 바다는 하늘과 함께 지난날과 다른 문화 기호 구실을 한다. 그것을 본론으로 다루지 못한 채 이 담론이 일단락되는 것이다. 시간의 제약이 뒤따르는 때문이기는 하나 아쉬운 마음은 저버리지 못한다. 앞으로 기회가 되면 보충하고자 한다.

* 2008년 가을 한국시인협회 주최
현대시 100주년 기념 학술세미나 주제강연 논문

---

35) 『未堂徐廷柱詩全集』(민음사, 1983), pp.55~56.

Ⅸ. 육당 최남선(六堂 崔南善)과 민족 문화 운동

1. 약간의 전제

우리 근대사에 끼치는 육당 최남선(六堂 崔南善)의 그림자는 매우 거대하며 동시에 뚜렷하다. 10대 후반에 이르러 그는 이미 한국 최초의 종합잡지 『소년(少年)』을 기획, 창간했다. 그를 통해 새 시대의 요구에 부합되는 신체시를 발표했으며 국민문학의 전제가 되는 신문장 운동을 전개했다. 같은 무렵 그는 개화 계몽의 중심기관이 된 '신문관'을 설립하였다. 그를 통해 그는 『외국지지(外國地誌)』, 『대한지지(大韓地誌)』, 『시문독본(時文讀本)』, 『태서교육사(泰西敎育史)』 등 다수의 교양 도서를 발간한 바 있다. 이들은 그 내용이 모두 당시 우리 민족과 사회가 요구한 반봉건, 근대화의 차원을 개척하려는 의욕과 함께 편찬된 것이었다. 이러한 활동들은 민중의 개화, 계몽이라는 뚜렷한 목적을 두고 있었다. 이와 때를 같이 하여 육당은 당시 우리 주변에서 통용되어온 구문장, 곧 한자(漢字), 한문투 문장(文章)의 지양, 극복을 시도했다. 이른바 시문체(時文體)를 개발, 전경화시킨 것이다.

등장 초기부터 3·1 운동이 일어나기까지의 육당이 펼친 활동은 제1단계에 속한다. 이 시기에 우리 민족은 미증유(未曾有)라는 표현이 적절할 정도로 역사의 격동기를 거쳤다. 1905년 을사보호조약과 그 후 5년 뒤에 몰아닥친 한일합방으로 인한 국권 상실이 그 구체적 형태였다. 이후 우리 민족은 일제의 무단 노예화 체제 속에 함몰되었고 그에 항거하는 반제 투쟁을 끈질기게 시도하였다. 이 민족사의 대격동기에 육당은 실력을 통한 반제 투쟁보다는 문화 운동 형태의 활동을 더 많이 하였다. 그것을 항목화하여 제시하면 다음과 같다.

① 상당의 해외 문학 작품과 그에 준하는 글들을 수입·소개했다.[1] 이를 통해 우리 문단과 문화계에 서구의 근대적 문화 수용이 활성화되었다.

② 초창기의 문화 종합지 『소년』과 『아이들 보이』, 『붉은 저고리』, 『청춘』 등을 주재했다. 이 무렵에 그는 창가(唱歌)·신체시(新體詩) 등을 제작 발표하여 우리 문학사에 새로운 형태의 시가 양식을 등장시켰다. 이를 통해 한국 근대문학사의 지평을 타개하고 우리 주변에 새 시대의 맥박과 호흡을 불어넣었다.

③ 그 이전까지 쓰인 낡고 고루한 문장과 문체를 개혁하는 데도 결정적 역할을 했다. 이전 우리가 써온 문장이란 대개 문주언종(文主言從)의 한문체가 압도적으로 많았다. 그것을 구어체 문장(口語體 文章)으로 고치고, 한글 위주로 글을 쓰도록 하는 데 주도한 바 있다. 그를 통해서 우리 사회의 언어와 문장 생활에 획시기적 차원이 타개되었다.[2]

---

1) 여기서 準文學 作品이란 「스마일쓰 先生의 勇氣論」, 『少年』(2. 8), 「린커언의 인물과 그 事業」, 『少年』(3. 1) 등 범박하게 보아도 문학 작품이라고는 계정될 수 없는 것들을 가리킨다.

2) 이에 대해서는 趙演鉉, 「崔南善의 先驅的 功績」의 한 부분인 「近代文章의 開拓」,

2. 민족 문화 탐구 활동

육당의 제2단계 활동은 3·1 운동과 함께 그 막이 열렸다. 문화활동가와 독립운동가로서의 의식이 미분화 상태에서 그는 독립선언문을 기초하여 일제에 의해 연행, 구금, 투옥되었다. 이 사건으로 그는 2년 반 남짓을 서대문 형무소에 영어의 몸으로 살았다. 출옥 후 그는 반제 운동과 문화 활동의 미분화 상태에서 전자를 사상하기로 결심한 듯 보인다. 어떻든 3·1 운동 이후 육당은 민족 운동에서 반제 투쟁 노선으로 다소간 거리를 두기 시작했다. 우리 민족사에서 3·1 운동이 지니는 의의는 일반적으로 지성 동원(Intellectual Mobilization)과 종교 동원(Religious Mobilization) 단계의 지양, 극복으로 평가된다. 이때의 지성 동원이란 독립협회로 대표되며 지식인들에 의한 사회 개혁 시도를 뜻한다. 또한 종교 동원이란 동학 농민 혁명으로 표출된 신앙 집단의 새 국면 개척 사태를 가리킨다.[3] 3·1 운동은 그 다음 단계에서 일어난 거족적 동원(National Mobilization) 형태였다. 이 운동을 통해 우리 민족은 비로소 민중이 자발적으로 궐기한 가운데 국토 전역에 걸쳐 전 민족이 궐기하여 반제 투쟁을 전개하게 되었다.

3·1 운동에 즈음하여 육당은 항일 저항, 민족 운동의 총본부에 위치한 사실은 이미 지적된 바와 같다. 되풀이하면 그는 독립선언문을 기초했고 그로 하여 만세 시위의 주동자급 가운데 한 사람이 되었다. 서대문 형무소에 수감된 육당은 사상범으로 복역했다[4]. 그는 거기서

『韓國現代文學史』(現代文學社, 1956), p.197 참조

3) Gregory Henderson, *Korea: The Politics of the Vortex*(Harvard, 1960).

4) 이때 六堂은 가출옥 처분을 받고 형기 만료 전인 1921년 10월에 가출옥되었다. 「육

2년 남짓 죄수로 갇혀 있다가 석방되었다. 이때부터 육당에게는 요시 찰인(要視察人)의 딱지가 붙어 다녔다. 이런 상황 속에서 그의 활동은 대충 세 가지 형태 가운데 하나를 선택할 수밖에 없게 되었다. 첫째, 다른 민족 운동의 동지들이 그렇게 한 것처럼 식민지 한반도를 탈출 하여 해외로 망명하여 독립운동을 전개하는 길이다. 다음 두 번째 길 로는 민족적 저항을 포기하고 총독 정치가 허용하는 범위 안에서 체 제에 순응하면서 생활하는 길이 있었다. 이것은 한 몸의 안위(安危)를 생각한 나머지 반제 투쟁의 길을 포기하고 일제의 발치에 무릎을 꿇 고 민족적 절조를 파는 반역 행위였다. 그리고 또 다른 길로 생각될 수 있었던 것이 적극적인 행동을 유보(留保)한 상태에서 학술, 연구, 문 화 활동의 차원에서 민족 운동을 벌이는 일이었다. 서대문 형무소에서 출감한 다음 육당이 택한 것이 바로 이 세 번째 길이었다.

이 사이의 사정을 제대로 파악하기 위해서 우리는 한 가지 사실에 주목해야 한다. 그것이 독립선언서를 기초했음에도 불구하고 육당이 정작 민족대표 33인 중에는 그의 이름을 올리지 않은 일이다. 애초 전 민족을 동원할 계획으로 만세 시위가 계획되고 독립선언문이 작성되 었을 때 당연히 육당에게도 민족대표로서의 서명이 거론되었다. 그러 나 이때 육당은 현상윤(玄相允), 송진우(宋鎭禹), 김성수(金性洙), 함태영(咸 台永) 등과 함께 민족대표로 그 이름을 올리지 않고 2선에 물러서는 입장을 취했다.5) 이제까지 우리 주변의 이에 대한 해석으로 육당의 유화적인 태도와 함께 직접 행동을 통한 민족 운동 대신 문화 운동을 전개하려는 의도론이 있었다.

그 의식 성향으로 보아 육당은 만해 한용운(萬海 韓龍雲)이나 해외파

당 최남선선생연보」, 『六堂이 이땅에 오신지 百周年』(동명사, 2004), p.363.

5) 이에 대해서는 洪一植, 「3·1 독립선언서 연구」, 『六堂이 이 땅에 오신지 百周年』, p.250 참조

가 된 단재 신채호(丹齋 申采浩)와는 사뭇 다른 유형에 속하는 사람이었다. 만해나 단재는 어느 편인가 하면 일종의 준비론에 속하는 문화 활동형의 민족 운동을 전면적으로 반대, 배제했다. 그들에게 민족 운동이란 곧 총통 정치에 대한 적극, 전면, 직접적인 반대 투쟁을 뜻했다. 그러나 육당은 독립운동이 그런 유형의 단기 접전만으로 이루어질 수 없음을 알고 있었다. 독립운동에는 민족적 역량의 육성과 확보라는 또 하나의 전략이 수립될 필요가 있었다.

일제는 3·1 운동 후 위장된 우리 민족 지배 정책으로 문화 정책을 표방했다. 그에 따라 제한된 범위 내에서라는 단서가 붙기는 했으나 우리 민족에게 언론, 출판의 문을 열어 놓았다. 이 무렵부터 일제는 신문, 잡지의 발간을 허가했다. 학문, 예술, 교육 등 문화 활동의 규제가 얼마간 완화되었다. 육당은 이 단계에서 이런 일제의 한반도 통치 유화책에 편승하기로 했다. 그 나머지 그는 제1단계에 보인 직접 활동을 통한 민족 운동을 유보 상태로 돌렸다. 그 대신 그는 고대사를 중심으로 한 한국사 연구에 매달렸고, 민족 문화의 수원(水源)이 되는 고전의 발굴과 번각, 반포에도 남다른 열정으로 임했다. 이와 아울러 민족의 혼이 깃든 고적, 국토 산하 순례를 거듭하고 그에 대한 조사, 보고서도 작성하여 대중에게 알리는 사업도 벌렸다. 이 무렵에 그는 우리 민족 문학의 형성, 전개에도 깊은 관심을 기울였다. 이런 그의 태도를 가장 잘 보여주는 것이 시조 부흥 운동(時調復興運動)을 통해 이루어진 그의 발자취다.

3. 민족사 연구

육당이 꾀한 민족 문화 탐구 시도 가운데 제일 먼저 손꼽아야 할 것이 한국사 연구와 그 정리, 체계화 시도다. 초창기에 이루어진 그의 한국사 연구는 우리 고대와 중세 역사에 대한 탐구 시도로 시작되었다. 그 시기는 3·1 운동 이전까지로 소급한다. 구체적으로 육당은 1918년 6월호 『청춘』을 통해서 「계고차존(稽古箚存)」을 발표했다. 이 글은 제1기 단군시절, 제2기 부여시절로 이루어진 것으로 그 바닥에는 육당의 야심찬 한국 고대사 탐구 의욕이 내장되어 있다.[6]

1920년대에 이르자 육당은 체제와 분량 양면으로 보아 본격적이라고 할 수 있는 우리 역사 쓰기에 착수했다. 그 단적인 보기에 해당되는 것이 『동명(東明)』에 연재된 「조선역사통속강화(朝鮮歷史通俗講話)」다. 육당의 이 통사는 우리 손에 의해 쓰인 것으로는 최초의 근대적인 한국사에 해당된다.[7] 뿐만 아니라 그 의식의 뼈대를 이룬 것은 명백하게 우리 민족에 대한 인식 시도다.

> 이 『朝鮮歷史』의 기약하는 바를 얼른 말하면 그 精神(內容)에 있어서는 朝鮮人의 朝鮮歷史가 되고 그 形式(分量)에 있어서는 最小限度, 最大要領으로써 하는 時間의 端的인 說明者가 되려 함이다.[8]

---

6) 『靑春』(14)(1918. 6). 이것은 『靑春』의 본문 목차에서 독립된 체재로 간행되어 있어 그 면수 표시도 별도로 이루어져 있다. 국한문 혼용체로 된 이 글은 제1기 단군시절이 6절, 제2기 부여시절이 20절로, 총 면수가 62면이다.

7) 이에 대해서는 洪以燮, 「朝鮮民族史의 方法과 課題」, 『韓國史의 方法』(探求堂, 1970), p.21 참조. 홍이섭은 여기서 한국사의 개설서 가운데 근대적인 방법에 의한 최초의 것이 玄采의 『東國史略』이라고 전제한다. 그러나 이 책은 林太輔의 것을 대본으로 한 것이라고 했다. 그리고 이어서 "이 뒤를 이어 韓國史의 通史的인 것으로 나타난 것은 아무래도 崔南善(號 六堂)의 『朝鮮歷史』일 것이다"라고 밝혔다.

8) 崔南善, 「「朝鮮歷史通俗講話」는 어떻게 쓸 것인가?」, 『六堂崔南善全集』(1)(高大亞細

여기서 일차적으로 나타나는 것은 육당이 한국사 기술의 지름길을 모색한 자취다. 그와 동시에 그가 최초로 우리 역사를 요령 있게 체계화하고자 한 개척 의식도 이 작업에는 내포되어 있다. 이와 같이 시작된 육당의 한국사 연구는 1920년대 중반부터 그 열기가 기하급수적으로 불어났다. 이 무렵부터 그는 우리 민족의 건국 시조로 일컬어진 단군에 대해 비상한 관심을 갖기 시작하는데,[9] 그 구체적인 표현으로 나타난 것이 77회에 걸쳐 동아일보에 연재된 「단군론(檀君論)」이다. 육당의 이 글은 그에 앞선 회의론을 일축하고 우리 민족사의 기점을 단군시대로 잡은 데서 시작된다. 이때부터 육당은 스스로의 주장을 증명하기 위해서 여러 문헌을 참고하고 다방면에 걸쳐서 논리적 근거를 제시하는 문헌중심주의의 입장을 취하기 시작했다. 이 제1단계에서 그가

亞問題研究所, 1973), p.16.

9) 그 단적인 증거가 되는 것이 1926년 2월 11일~12일 양일에 걸쳐 <동아일보>를 통해 발표된 「檀君 否認의 妄」이다. 이 글은 그 부제가 '「文教의 朝鮮」의 狂論'이다. 여기서 광론이란 당시 경성제대 예과부장으로 재직중인 小田이 단군의 존재를 부정하려는 주장을 내세운 것을 가리킨다. 六堂의 이에 대한 반론은 일본인 학자의 단군부정론과 그 추종자들에 대해 일괄해서 제기한 비판에 해당되는 것이었다.
  "朝鮮의 歷史로서 檀君을 消去하려 함은 日本 學者의 傳統的 謬見일 뿐 아니라, 또 日本 爲政者들의 朝鮮精神을 殘虐하는 上의 一必要 手段을 삼는 바이니, 여기에 대하여 曲學諂官의 醜學究가 學問의 탈을 씌운 非學問의 꼭두각시를 만들어 낸 것이 1, 2에 그치지 아니한다. 檀君 否認의 論이 日本 學界에 出現하기는 이미 30년의 歲月을 經하였고, 그 端緖는 那珂, 白鳥輩의 年少好奇하고 立異衒能하자는 데서 생긴 것이지마는, 이것이 日本人의 對朝鮮 觀念이 變易되는 趨勢를 따라서 턱없이 學界의 容認을 얻게 되고, 더욱 兩國間에 괴상한 政治關係가 생기면서 그 思想 政策上 필요로 朝鮮人 民族精神의 出發點으로 생각되는 이 檀君 國祖를 意識的 努力으로써 기어이 抹消하기를 힘써 왔다. 곰팡내 나는 檀君僞造論을 끄집어내다가 朝鮮 歷史의 中에서 그 反證을 보이려 한 今西 某와, 또 檀君 傳説의 造作을 目睹한 것처럼 高麗 中葉 어느 僧徒가 당시의 民族的 感情을 基本으로 하여 지어 낸 것이라고 斷定한 三浦某는 실로 다 日本의 最高學部에서 敎職을 擔한 者로, 朝鮮總督府의 殘祿客任을 帶한 者들이었다." 『六堂崔南善全集』(2), p.77.

발표한 국사 관계의 중요 논문을 들어 보면 다음과 같다.

朝鮮史學의 出發點	<東亞日報>	1927.3.29
『三國遺事』解題	『啓明』 1	1927.3
兒時朝鮮	東洋書院	1927.7
不咸文化論	『朝鮮及朝鮮民族』	1927.8
檀君神典의 古義	<東亞日報>	1928.1.1~2.28
檀君神典에 들어 있는 歷史素	<中外日報>	1928.1
朝鮮歷史講話	『한빛』	1928.1~7
檀君 及 그 研究, 古山子의 大東輿地圖	『別乾坤』	1928.4
檀君과 三皇五帝	<東亞日報>	1928.8.1~12.16
朝鮮史講話	『青年』 81, 83	1928.7, 1928.11
新羅淸海鎭大使 張寶高	『怪奇』	1929.5
神代의 大植民家 新羅王子 天日槍	『怪奇』	1929.5
朝鮮歷史講話	<東亞日報>	1930.1.12~3.15
古朝鮮에 있어서 政治規範	『朝鮮學報』	1930.8
新羅 眞興王의 在來 三碑와 新出現의 磨雲嶺碑	『青丘學叢』	1930.11

　이상은 1930년도에 이르기까지 발표된 육당의 한국사 관계 글 가운데 중요하다고 생각되는 것을 들어본 데 지나지 않는다. 육당의 한국사 연구는 이 뒤에도 줄기차게 계속되었다. 그리하여 『역사일감(歷史日鑑)』[10], 『고사통(故事通)』을 비롯하여 8·15 후에는 『신판조선역사(新版朝鮮歷史)』, 『국민조선역사(國民朝鮮歷史)』 등을 발표하였다. 또한 한국사에서 문제되는 모든 사실과 사항, 사건을 총망라한 『역사사전』을 기획, 추진하여 그 원고 일부가 작성된 사실도 널리 알려진 바와 같다.[11]

10) 이 글은 처음 제목을 「昔年今日」로 하고 1939년 2월 19일부터 <每日申報>에 연재가 되어 총 224회로 끝난 것이다. 8·15 후인 1947년 4월에 東明社에서 단행본으로 간행될 때 이와 같은 제목이 되었다.
11) 이 사전은 六堂이 필생의 사업으로 추진한 것으로 해방 후 집필에 착수하여 그후 ㄱ부분이 조판되어 지형까지 떴다고 한다. 그러나 6·25로 간행에 이르지 못하

이런 사실을 감안해 보면 우리는 육당의 한국사 탐구가 갖는 의의를 단적으로 파악할 수 있다. 한마디로 그는 이 방면에서 문자 그대로 선구자적인 존재였다. 그리고 1920년대뿐만 아니라 그 후 상당 기간까지 이 분야에서 독보적인 활동을 한 것이다.

한편 육당의 한국사 연구는 크게 두 개의 유형으로 나타난다. 그 하나가 국사에 대한 지식, 교양을 보급하기 위해 쓰인 글들이다. 이 무렵 전공으로 한국사를 택한 사람들은 학술논문 작성의 기준에 따라 사실을 발굴하고 그것을 정리, 평가하고자 했다. 그러나 육당은 그가 이해, 파악한 여러 사실을 반드시 일반 대중에게도 알리려는 입장을 취했다. 우선 그는 많은 역사 관계의 논문을 전문지가 아닌 일반 교양지를 통해서 발표했다. 뿐만 아니라 그 기술 방식이나 문장도 일반이 이해하기 쉽도록 평이하게 풀어 썼던 것이다. 이와 아울러 육당의 한국사 연구에는 그 바닥에 민족적 자아 탐구 의식이 뚜렷한 줄기를 이루었다. 구체적으로 「조선역사통속강화(朝鮮歷史通俗講話)」를 보면 거기에는 역사 연구의 목적이 다음과 같이 밝혀져 있다.

> 自己를 알믄 一切 智識의 根本이다. 自己의 過去를 알고 現在를 알고 그리하여 當來하는 運命을 똑바로 알려 함은 自己의 尊嚴과 그 生活의 價値를 생각하는 이에게 아모것보담 앞서는 緊切한 智識이다. 더욱 歷史는 現在 吾人의 處地가 由來한 一切 源委를 的確히 開示함으로써 참으로 劌切한 反省과 深奧한 感奮을 받게 되어 境遇의 改化와 地位의 向上에 安固한 出發點을 供給한다. 우리로 하여금 自己의 本質을 透視하고 自己의 立地를 正視하는 點에서 歷史는 眞實로 唯一, 正確한 映寫幕이다. 이 點에 있어서 民族的 子覺을 誘發하고 進하여 自覺의 內容을 充實케 하야 眞實한 自助心을 助長하고 確實한 自主力을 樹立케

고 지형마저 일부 소실되었다. 환도와 동시에 다시 집필이 시작되었으나 ㄱ부분에 그친 채 육당은 타계했다. 그 후 남은 지형과 원고 등이 보존되어 오다가 『六堂崔南善全集』이 간행될 때 활자화되기에 이르렀다.

하기로 아무러한 詩篇보담도 哲學說보담도 가장 有力한 것이 歷史다.
아니, 自己의 歷史에 對하야 항상 正當한 理解가 있을진대 새삼스럽게
自覺自勵할 필요도 없고 또 自助自主 같은 것이 問題될 까닭이 없을
것이다. 그의 反對로 自覺이 必要하고 自主가 急務한 民族, 社會일진대,
아모것보담 먼저 自己의 歷史에 對하야 正確한 觀念을 가지기에 힘쓸
것이다.12)

한마디로 한국사 연구를 통해서 육당이 노린 것 가운데 하나는 민
족의 계몽·교도와 자아 각성이라는 두 개의 축이었다. 이와 같은 육
당의 한국사 연구가 우리 주변에 끼친 공적은 매우 듬직한 부피를 가
지고 나타났다. 우선 그가 추진한 한국사 연구의 폭이 넓어지고 지식
을 제공하는 양이 많아지자 그에 정비례해서 우리 주변의 민족에 대
한 인식도 그 넓이와 깊이가 더해 갔다. 그 다음 단계에서 그것은 자
연스럽게 우리 학계와 문단 일각에 민족과 문화·전통에 대한 관심을
불러일으키는 쪽으로 작용하게 된 것이다.

4. 문화 유산 발굴 정리와 해석, 평가

한국문화 연구를 본격화한 단계에서 육당이 크게 역점을 두고 시
도한 것 가운데 하나가 우리 민족의 문화 유산을 발굴, 정리하고 그
해석과 평가를 줄기차게 추진해 나간 일이다. 이 분야에서 끼친 육
당의 활동상은 대충 세 가지 형태로 나타났다. 그 하나는 우리 선조
들이 끼친 문헌 또는 고전들을 찾아내어 정리하고 그것을 소개·평
가한 일이다. 이것은 곧 당시까지 일제 총독부와 일인 관학자(官學者)
에 의해 주도된 고전의 정리와 평가가 우리 민족의 참여를 뜻하는

---

12) 崔南善, 「朝鮮歷史通俗講話」, 『東明』(3)(1922. 9), p.11.

민간 주도로 이동되었음을 뜻한다. 다음 그가 꾀한 일이 민요·전설·속담 등 구비 전승 문화 유산을 수집, 소개한 사업이다. 여기에는 일반 민속과 풍속·전승 예술들까지가 두루 포함된다.

뿐만 아니라 육당은 우리 선인들이 끼친 유적이나 유물 등에 대해서 상당한 관심을 지닌 분이었다. 수시로 그는 유적과 유물이 있는 현장을 찾았으며 실물을 직접 살핀 다음 그에 대한 생각을 담은 글을 써서 발표했다. 먼저 육당이 답사해서 관심을 표명한 고적·유물들은 국내 여러 곳에 산재하는 단군 사당을 비롯하여 낙랑 고분, 흥복사, 원각사 등의 옛날 사지 및 백제·신라·가야의 유적들이다.[13] 뿐만 아니라 그는 북으로 멀리 여행하여 만주와 연해주 지방까지 발을 뻗쳐 고구려와 발해가 끼친 여러 사적과 유물들도 답사했다.

유동 문화에 속하는 민요와 민담 등의 수집, 발굴은 우리 학계의 미개척 분야였다. 육당은 이 황무지에 개척의 삽을 내려 건국 신화·동화·선녀 설화·여의주 설화·괴담 등을 채집, 일반에게 소개했다.[14] 또한 『조선상식문답(朝鮮常識問答)』이나 『조선속상식문답(朝鮮續常識問答)』을 보면 세시풍속·유희·속요로 일컬어진 잡가와 민요 등이 광범위하게 걸쳐 수집, 소개되어 있다.

이상 세 유형의 시도 가운데 육당이 가장 강하게 역점을 두고 추진시킨 사업은 다름 아닌 고전문헌들의 정리, 평가 사업이었다. 본래 육

---

13) 그 자취의 일부분에 해당되는 것이 『六堂崔南善全集』(9)에 실려 있는 「피무덤이에서」, 「古蹟 保存의 要諦」, 「朝鮮의 古蹟」, 「興福寺, 圓覺寺로부터 파고다 公園까지」, 「三都 古蹟 巡禮」, 「通溝의 高句麗 遺蹟」, 「古蹟 愛護에 대하여」, 「江西大墓」, 「雙楹塚」 등이다.

14) 『六堂崔南善全集』(5)에는 朝鮮의 神話, 朝鮮의 神話와 日本의 神話, 外國으로서 歸化한 朝鮮古談, 神話 傳說上의 牛, 朝鮮의 民譚 童話, 토끼타령, 奇談小說, 動物故鄕 小說, 寶盆說話, 仙境說話, 異物世界說話, 隱君子說話, 異人說話, 如意珠說話, 因鬼致富說話, 怪談, 動物怪談, 變化怪談, 人妊談 등 여러 장에 걸쳐 다수의 민담·설화가 수록되어 있다.

당은 우리 문화 유산의 정리, 보급 사업에 대해서 일찍부터 눈을 뜬 분이다. 신문관(新文舘)의 단계에서 이미 그는 이능화(李能和)의 『조선불교약사(朝鮮佛敎略史)』를 발간했고, 그 밖에 『조선리언(朝鮮俚諺)』, 『원효대사(元曉大師)』 등의 책들도 펴낸 바 있다. 그의 이런 사업은 그 후 조선광문회(朝鮮光文會)를 통해 본격화되었다. 구체적으로 광문회가 발족된 것은 1910년의 일이다. 그러니까 시기적으로 보아 이 회의 발족은 아직 근대문화 운동의 초창기에 속한다. 그럼에도 이 철 이른 시기에 육당은 우리 고전을 그것도 다방면에 걸쳐서 정리, 평가하여 널리 일반이 이용할 수 있도록 발간, 보급시키는 일에 착수했다. 그리고 그 범위 역시 역사·지리에서 시작하여 언어·문학·병서·교육·경제류에까지 미치는 방대한 것이었다.15)

육당이 시도한 고전 해석 번각 사업이 제대로 이루어지기 위해서는 몇 가지 여건이 확보될 필요가 있었다. 그것이 곧 막대한 재력과 인력이었다. 광문회(光文會)은 초기에 고전소설에 속한 『춘향전』, 『옥루몽』,

---

15) 참고로 광문회의 취지문과 규정 다음에 붙어 있는 제1기 간행 계획 고전 목록을 보면 다음과 같다.

歷史類	東國通鑑, 東史綱目, 三國史記, 四郡志, 渤海考, 渤海世家, 東國兵鑑, 興王肇乘, 黎室記
地理類	擇里志, 山水經, 道里表, 山經表, 金剛山記
風土類	東國歲時記, 海東諸國記
語音類	東言解 , 訓蒙字會, 類合, 雅言覺非, 三韻聲彙物名考
歌辭類	龍飛御天歌
經學類	尙書補傳
文學類	松穆館集, 夏園詩抄, 四家詩集, 二十一都懷古詩
兵事類	兵學通
經濟類	山林經濟
敎訓類	海東小學
彙纂類	芝峰類說, 星湖僿說, 熱河日記
全集類	益齋亂稿, 栗谷全書, 李忠武全書, 林忠愍實記, 梅月堂集

『사씨남정기』, 『흥부놀부전』, 『심청전』, 『장화홍련전』, 『조웅전』 등을
정리해서 일반 대중에게 공급했다. 또한 본격적인 고전 번각 사업으로
『동국통감(東國通鑑)』과 『열하일기(熱河日記)』가 발간된 사실도 명기될 필
요가 있다.16) 그러나 이 방대한 사업은 육당과 같은 개인의 힘으로는 기
능적으로 이루어질 수가 없는 일이었다. 그리하여 처음 의도한 사업 규
모와는 상당한 거리를 보이는 선에서 그 활동이 답보 상태로 들어갔다.

그러나 광문회의 활동이 정지되었다고 해서 육당이 이 분야에 품은
의욕과 정열이 아주 종식된 것은 아니었다. 구체적으로 그의 고전 정
리, 보급 사업은 그 후 동명사(東明社)와 계명구락부(啓明俱樂部) 등을 통
해서 승계, 계속 추진되었다. 특히 우리 민족 문화 유산 발굴과 정리,
보급 사업에서 계명구락부는 매우 중요한 구실을 한 조직이다. 본래
이 기구의 활동은 육당이 재야 한국어 연구가의 한 사람인 박승빈(朴
勝彬)과 제휴하면서 구체화된 것이다. 이 기구를 통해서 육당은 광문회
이래의 숙원인 조선어 사전 편찬 사업을 기도했다. 이 사업은 그 실무
를 임규(林圭)가 담당하고 그에 조선어학회의 이윤재(李允宰)가 가세하여
한동안 어휘 수집과 그 정리, 체계화 작업이 시도되었다.17)

또한 계명구락부에서는 순수 한국학 연구지로 『계명(啓明)』을 발간했
다. 육당은 거기에 「삼국유사해제(三國遺事解題)」를 썼고 당시 희귀본에
속한 『금오신화』 전문을 원문대로 활자화시켜 발간한 바 있다. 이런
사례로 미루어서 우리는 민족의 고전을 정리, 보급하고자 한 육당의
의지와 열기를 짐작할 수 있다. 그런데 여기서 우리가 주목하지 않을
수 없는 것이 이런 사업 바닥에 깔린 육당의 민족의식이다. 계명구락
부에 선행해서 그가 펼친 사업의 하나에 동명사가 있었음은 이미 밝

---

16) 趙容萬, 『六堂崔南善』(三中堂, 1964), pp.112~114.
17) 趙容萬, 위의 책, p.325.

혀진 바와 같다. 그런데 그 간행사에서 육당은 '민족(民族)의 완성(完成)'을 위해서 『동명』을 발간한다고 밝혀 놓았다.[18] 뿐만 아니라 그는 같은 발표지에 민족 완성의 의미와 의의를 제시해 두었다. 그것이 곧 「조선민시론(朝鮮民是論)」의 한 부분을 통해서 나타난다. 이때의 민시(民是)란 국시(國是)의 상대 개념이다. 일제 치하에서 이 말은 우리 민족의 구성원인 다수 대중을 뜻한다. 이 글에서 육당은 3·1 운동을 가리켜 "한껏 팽창된 세력은 다만 분화구가 될 곳을 찾은 것뿐이었습니다"라고 했다. 이 말은 이 무렵 그가 가졌던 민족의식을 단적으로 드러낸다.[19]

육당이 시도한 민족 탐구의 또 다른 단면은 국토 산하의 순례와 그에 대한 예찬을 통해서도 나타난다. 본래 육당은 일찍부터 우리 국토 산하에 대해서 남다른 관심을 가지고 있었다. 구체적으로 『소년』과 『청춘』지 시대에 이미 그는 우리 국토의 명소·고적을 소개하는 기사들을 만들어 발표했다. 이런 육당의 활동은 1920년대에 접어들자 더욱 가속화되었다. 이 무렵부터 그는 몸소 한반도 내의 여러 명산, 대천을 찾아나서 그 현장을 체험하는 입장을 취했다. 거기서 얻은 여러 생각과 느낌들을 제 나름의 문장으로 표현, 발표해 나갔다. 그들이 곧 방대한 양에 달하는 기행문들이며, 수상과 가사·시조·답사기 등이다. 그 중요한 것들로는 「심춘순례(尋春巡禮)」(<동아일보>, 1925.3~5), 「조선유람가(朝鮮遊覽歌)」(<동아일보>, 1926.6.1~10), 「백두산근참기(白頭山覲參記)」(한성도서, 1927.7), 「금강예찬(金剛禮讚)」(한성도서, 1928.7), 「송막연운록(松漠燕雲錄)」(<매일신보>, 1937.10~1938.4) 등이 있다. 이 가운데서 「심춘순례」는 그 기점을 전주(全州)로 한 것이다. 이 글의 주된 내용은 전라남북도 일대와 특히 지리산 연변의 풍광과 인문·지리에 대한 것들이다.[20]

---

18) 崔南善, 「『東明』 간행사」, <東亞日報>(1922. 8. 24), 『六堂崔南善全集』(9), p.558.
19) 『東明』(1), p.3.

다음 「조선유람가」는 각 행이 7·5조로 이루어져 있고, 다시 그들은 4행이 한 단위가 되어 한 절을 이룬다. 전편은 80절로 되어 있어 총 분량이 320행에 이르는 장편 기행시가다. 이 작품 각 절 다음에는 그 사이사이에 지리·고사에 관한 정보·지식이 주석 형식으로 첨부되어 있다. 따라서 그 체제로 보면 이 작품은 「경부철도가(京釜鐵道歌)」와 비슷하다. 다만 「경부철도가」는 경부선의 각 역이 주가 되어서 그 풍광과 역사 인문지리의 지식이 노래한 것에 반해서 이 작품은 허두가 우리 민족의 성지인 백두산에서 시작된다는 것이 다르다.

　　　　一

　　大地의 거룩한힘 기동이 되어
　　한울을 버틔고선 白頭의 聖山
　　猛虎의 수파람이 울리는 거긔
　　聖人이 나섯고나 英雄 길렀네

　　[白頭山] 東方 大陸의 地形上 根本이 되는 同時에, 그 人文의 始祖이신 桓雄 及 檀君이 여기 降生하시고, 또 扶餘 以下의 모든 建國者들이 이를 依支하여 出世 成業한 곳이므로, 예부터 聖山 靈地로 崇仰됨. 大將峰 標高 二七四四米

　　　　二

　　한팔을 南에던저 錦繡三千里
　　無窮花 향내덥힌 大朝鮮半島
　　山 아니 놉흐시냐 물이 곱고나
　　白花가 얽흐러진 文化의 동산

---

20) 「尋春巡禮」는 '一. 百濟舊疆으로'에서 시작하여 母岳山·金山寺·白羊寺·龜巖寺·內藏寺·邊山地方·潭陽·無等寺·赤壁·母后山 維摩寺 등으로 이어지고 이어 松廣寺를 비롯한 지리산 주변의 여러 명소와 사찰이 나온다.

三

一萬尺靈峰우에 神秘를 담고
風雲을 희롱하는 造化의 天池
頭滿江鴨綠江이 左右로 나가
瑟海를 당긔엿다. 渤海를 끼고

[瑟海·渤海] 咸境道 저쪽의 東海를 朝鮮 古書에 瑟海로 적고, 平安
道 저쪽의 西海를 시방도 支那에서 渤海라 일컬으니, 그 原義는 다 神
海를 意味함.

四

天坪이 씃업는데 紅松숩깁허
神市의 녯터전을 찾는다리만
東에는 紅湍水와 西엔 盧頂嶺
새로워 어제가튼 天王堂잇다

[天坪] 白頭山麓에 생긴 數百里 大野를 예부터 天坪이라 일컬으니,
朝鮮의 全局인 桓雄 神市의 터라 할 것이라. 天坪의 東에 當하는 茂山
의 紅湍水邊과 西에 當하는 甲山의 盧頂嶺上에다 桓雄 及 檀君을 崇奉
하는 天王堂이 있다.

五

大紅山小白山이 억개든 곳에
數업는 高峰長嶺 샛담이 되어
沃沮의 咸境道가 東에 생기고
樂浪의 平安道가 西에 벌렸네

[沃沮·樂浪] 咸境道는 옛날 沃沮國이요, 平安道는 한때 漢民族의 居
地로 樂浪이란 郡이 되었다가 뒤에 다시 高句麗로 들어갔다.

六

尹瓘의 아홉城이 어듸만이뇨

金나라 끼친 글을 北靑에 낡고
太祖의 一代英風 무엇에 볼가
五百年 묵은 빗치 咸興 掛弓松

　[尹瓘] 高麗 睿宗時에 都元帥로 女眞을 쳐서 그 居地이던 咸興 以北
을 도로 찾아서 거기 九城을 쌓았다.[21]

　얼핏 보아도 나타나는 바와 같이 이 작품에서 육당이 기도한 것은
한반도 명소, 고적의 순례, 소개를 통한 민족의식의 진작이었다. 여기
에는 창조적 차원의 개척 시도보다는 이미 알려진 정보·지식을 이용
하여 우리 민족의 역사, 전통을 밝혀내려는 의도가 더 강하게 작용하
고 있는 것이다. 이 작품 머리에는 김영환(金英煥)이 작곡한 악보가 붙
어 있다. 이것은 이 작품이 창작시에 역점을 두고 쓰인 것이라기보다
그 내용이 널리 대중에게 보급되고 노래로 불리기를 뜻한 가운데 작
성된 것임을 뜻한다.

　다음 「백두산근참기」는 육당이 우리 민족사의 발상지라고 생각한,
백두산에 오르고 나서 만든 기행문이다. 여기에는 육당이 당시 이미
독보적 경지에 이른 우리 상대사와 단군 연구의 지식이 여러 곳에서
원용되어 있다. 또한 그가 지닌 국토 지리·민속·고사의 지식도 종횡
으로 구사된 자취가 나타난다. 뿐만 아니라 그 사이사이에는 작자 자
신의 느낌이 운문으로 표현된 부분이 포함되어 있다. 다음은 육당이
우리 건국 창업의 주역이라고 생각한 단군(檀君)과 그를 우리 땅에 내
려 보낸 환인(桓因)을 생각하고 적은 자유시 형식을 취한 글의 일부다.

　한아버지!
　제 제물을 바다 주십시오

---

21) 『六堂崔南善全集』(5), pp.374~375.

인제부터의 제 몸과 마음과 피와 숨은 온전히 한아버지의 祭祀
退膳입니다.
한아버지의 일흠으로써
이것의 모든 사람의 飮福거리가 됨이 무론 저의 本懷입니다.

한아버지
한아버지를 뵈온 이 눈은
다른 아모것을 다시 보지 아니하야도 섭섭한 것 없습니다.
한아버지의 품에 싸힌 저는
왼 세상과 왼 동무를 다 일흘지라도 결코 외로움이 잇슬리 업습니다.
한아버지께만 총명하고 지혜로워진다 하면
저는 질겨서 다른 모든 것에서
바보 되고 못난이 되고 멍청이 되겟습니다.
한아버지의 속에서
모든 것을 노켓습니다.
모든 것에 버리는 바 되겟습니다.
비웃기고 놀림감 되고 욕먹고 채쭉 맞는 者됨을 사양하지 않겠습
니다.22)

　　육당의 시가 작품은 창가와 신체시의 경우와 그 이후의 사이에 뚜
렷한 경계 현상이 나타난다. 전자의 손에 속하는 작품들은 내용보다
형태 양식에 대한 의식이 앞서 있다. 국민문학파의 단계에서 그의 작
품들 가운데 주류를 이룬 것은 시조다. 그런데 이 단계에 그가 발표한
시조는 예외 없이 3장 6구의 틀에 충실한 것들이다. 그럼에도 위에 보
인 「백두산근참기」의 삽입 시가에서는 사정이 크게 다르다. 여기서는
형식에 대한 배려가 부차적인 것이 되어 있다. 그 대신 스스로가 믿는
대상에 대해 넘치는 열정을 앞세우고 있는 것이 이들 작품의 특징이
다. 여기서 다시 우리는 이 작품이 우리 민족사에서 그 제재가 택해져

---

22) 『六堂崔南善全集』(6), pp.140~141.

있음을 주목해야 한다. 육당은 민족의식을 내용으로 한 작품에서 형태와 기법을 뒷전으로 돌렸다는 것이다.

다음, 「금강예찬」은 그 기술방식에 있어서 「백두산근참기」와 잘 대조가 되는 글이다. 이들 두 글은 산을 대상으로 한 점에서는 그 성격이 꼭 같다. 앞에서 보인 바와 같이 「백두산근참기」에는 육당의 주관적인 생각과 여러 정서적 반응을 앞세운 부분이 상당히 많이 나온다. 그에 비해서 「금강예찬」은 비교적 객관적인 필치로 금강산의 여러 명소들을 소개·설명하고 있는 것이다. 이 책 허두에 놓인 말에 따르면 본래 육당은 금강산에 대해 ① 학적 검토와 ② 유람 안내의 글 작성, ③ 금강산에 관한 고문헌 수집·정리 등을 꾀한 듯하다. 그리고 『금강예찬』은 ②의 경우에 해당되는 작업이다. "二는 金剛遊覽의 嚮導記 提供이니 金剛山 各景勝의 排置·構成·要素·特質·歷史的 由緒·遊歷上 要件 等을 敍述하야 一般 探勝客의 伴侶를 삼으려 하는 것으로 本書는 실로 이 使命을 위하여 撰成한 것입니다."23) 이 책의 문장이 비교적 기술적이 된 까닭은 이와 같은 육당의 의도가 작용한 결과로 보인다. 그러나 그 문장에 다소 객관적 입장이 취해진 것이 곧 금강산에 대한 필자의 정신적 거리를 뜻하는 것은 아니다. 이 경우 우리는 이 책 목차 앞에 붙인 육당의 다음과 같은 말을 참고해야겠다.

金剛山은 朝鮮人에 대하야 단지 一山水 風景이 아닙니다. 우리 모든 心意의 物的 表象으로 久遠한 빗과 힘으로써 우리를 引導하며 警策하는 精神的 最高 殿堂인 것입니다. (…중략…) 朝鮮人은 古來로 이 神秘한 意趣를 가장 賢明하게 領會하야 진작부터 金剛山을 信仰의 一目標로 하야 가장 敬虔한 歸依를 바쳤습니다. '金剛山'이라 할 指導原理下에서 朝鮮身 及 朝鮮心을 久遠으로 發展하라 함은 실상 우리 父母 未生

---

23) 『金剛禮讚』(漢城圖書株式會社, 1928), p.1.

前부터의 약속입니다.[24]

「송막연운록」에서 육당의 답사 무대는 위의 경우들과 크게 달라진다. 이 제목에서 송(松)은 송화강 곧 만주 일대를 가리키며 막(漠)은 몽골, 그리고 연(燕)은 북경, 운(雲)은 산서(山西)를 가리킨다.[25] 그러니까 이것은 남북 만주와 몽골 일부, 중국 북부까지 포괄하는 기행문이다. 그러나 실제 이 글의 내용에는 북경과 산서지방이 포함되지 않고 있다. 참고로 이때 육당이 답사한 주요 지역을 보면 용정촌, 연길, 혼춘, 동경성, 적수폭(吊水瀑), 경박호(鏡泊湖), 목단강(牧丹江), 금상경지(金上京趾), 하르빈, 전가전(傳家甸), 신경(新京), 길림(吉林), 송화강(松花江), 개원평야(開原平野), 봉천(奉天), 천주산(天柱山), 통구(通溝)의 고분벽화, 청진사(淸眞寺), 대남하(大南河), 태자하(太子河), 요양(遼陽), 요동성(遼東城), 요택(遼澤), 영구(營口), 개평(蓋平), 안시성(安市城), 만가령 고지(萬家嶺 高地), 금주(金州), 대련(大連), 여순(旅順) 등이다.

이 여정으로도 짐작되는 바와 같이 이때에 육당이 답사한 지역은 대체로 부여와 고구려·발해 등의 역사가 펼쳐진 우리 민족의 고토 전역이다. 이 경우에도 육당은 우리 선조들이 끼친 역사의 자취를 더듬으면서 감회에 젖는다. 또한 가능한 한 착실하게 각 지역의 지리·역사적 사실과 풍물·습속·인정 등을 전달하려는 입장을 취하고 있다. 뿐만 아니라 몇몇 곳에는 그곳과 관계되는 사료들을 삽입·인용하여 학구적인 단면을 드러낸다. 동시에 각 장 끝자리에는 반드시 시조가 첨부되어 있다. 다음은 용정촌과 안시성에 곁들여 쓰인 작품이다.

　　　이령성 흘린 땀과 저렁성해 뿌린 피가

24) 위의 책, p.10.
25) 『六堂崔南善全集』(6), p.663.

帽兒山 험으러저 平地된다 가시리오
間島의 우리 것임도 흔들린다 하리오[26]

安市城 고마움을 李世民이 아랏스라
사람곳 어들진대 一丸子의 작은 성도
天下로 對敵 못함을 가르친 것이니라.[27]

　이런 보기들로 맹백해지는 바와 같이 「송막연운록」은 역사 기행의
성격이 강한 글이다. 이런 경우는 말할 것도 없지만 기타의 국토 순례
를 의도한 글에서도 육당은 대체로 자연을 대하면서 우리 민족의 과
거를 되새기고 앞날을 생각하는 입장을 취했다. 그에게 자연과 국토
산하는 어떤 경우에도 그 자체의 공간인데 그치지 않았다. 그들은 반
드시 민족과 역사 전통에 결부, 해석되는 매개체 구실을 했다. 이에
대해서는 그 스스로가 그 까닭을 밝혀 놓은 글이 있다.

　朝鮮의 國土는 山河 그대로 朝鮮의 歷史며 哲學이며 詩며 精神입니
다. 文字 아닌 채 가장 명료하고 정확하고 또 재미있는 記錄입니다. 朝
鮮人의 마음의 그림자와 생활의 자취는 고스란히 똑똑히 이 國土의 위
에 박혀 있어 어떠한 風雨라도 마멸시키지 못하는 것이 있음을 나는 믿
습니다. 나는 朝鮮 歷史의 작은 一學徒요 朝鮮 精神의 어슬픈 一探究者
로 진실로 남다른 愛慕, 嘆美와 한가지 무한한 궁금스러움을 이 山河大
地에 가지는 자입니다. 작은돌 하나와 마른 나무 밑둥에도 말할 수 없는
감격과 흥미와 또 연상을 자아냅니다. 이것을 조금조금 色讀하게 된 뒤
로부터 朝鮮이 위대한 詩의 나라, 哲學의 나라임을 알게 되고, 또 완전
상세한 實物的 오랜 歷史의 소유자임을 깨닫고, 그리하여 쳐다볼수록 거
룩한 朝鮮 情神의 불기둥에 약한 視膜이 퍽 많이 어득해졌습니다.[28]

---

26) 『六堂崔南善全集』(6), pp.499~500.
27) 위의 책, p.624.
28) 崔南善, 「巡禮記의 卷頭에」, 『尋春巡禮』(白雲社, 1927), p.1.

결국 육당이 우리 국토와 산하대지(山河大地)를 순례하면서 지니게 된 의식은 하나의 초점에 수렴된다. 그는 비단 명소·고적·선인이 끼친 역사의 발자취가 남은 곳뿐만 아니라 우리 국토의 모든 자리에서 겨레의 마음을 읽고 그 숨결을 느꼈다. 그리고 그것을 일종의 낭만파적인 정열과 함께 문자로 나타낸 것이 육당의 수상과 기행문이다.

5. 시조 부흥 운동과 육당

육당의 시조 부흥 운동은 국민문학파의 일원으로서 시도되었다. 여기서 국민문학파란 1930년대 접어들어 형성된 카프의 대항 세력으로 나타난 민족문학 진영 문인들의 집합이었다. 1920년대 전반기에 우리 문단에는 일제의 식민지적 질곡을 배제하고자 한 시인·작가가 나타났다. 그들은 그들에 앞선 『창조(創造)』, 『폐허(廢墟)』, 『백조(白潮)』의 문학이 민중의 현실과 동떨어진 문학으로 부질없는 영탄(詠嘆), 환상(幻想)에 빠져버렸다고 단정했다. 그 지양 극복책으로 이들이 표방하고 나선 것이 민중의 현실에 입각한 문학, 대지(大地)에 튼튼하게 뿌리를 내린 문학이었다. 이런 지향이 새로운 지향이라고 하여 그들은 자신들의 문학을 신경향파의 문학이라고 주장했다. 신경향파는 그들의 지향으로 하여 현실과 사회의 근본적 개혁을 기도하면서 그 이념으로 계급주의 노선을 택했다. 1920년대 중반기에 이르자 신경향파는 사회주의 예술의 전위조직인 조선프롤레타리아예술동맹을 결성하게 되었다. 통칭 카프(KAPF)로 일컬어진 이 조직은 발족과 동시에 그 행동 강령을 뚜렷하게 표방하였는데, 그것이 계급 혁명의 실현이다.

그 행동 강령에 따라 카프의 문학 활동에서 예술적 성과는 부차적인 것이 되었다. 문학의 또 다른 속성으로 생각되어온 표현 매체나 형태, 양식과 나아가 전통과 민족 문제도 그들에게는 대체로 부수적인 위치로 떨어졌다. 그들이 노린 것은 오로지 유물변증법적 사관에 입각한 계급의식의 추구였다. 마침내 우리 문단에 계급지상주의 집단이 나타난 것이다. 1920년대 중반기 이후 한국 문단이 카프의 제패 상태로 들어가자 기성문인들 가운데 일부가 그에 대해 반발하기 시작했다. 이때에 자연발생적으로 카프에 반발한 것이 『창조』, 『폐허』, 『백조』 등의 문예동인지 출신과 함께 해외문학파(海外文學派)였다. 이들은 문학이 계급 이전에 속하는 전통의 소산이며 작품의 전제가 되는 것이 표현 매체인 국어국자라는 사실에 주목했다. 또한 문학 작품이 이루어지기 위해서는 형태와 양식에 대한 인식이 필요하며 그런 감각과 개념은 결국 한 민족의 문화 전통에 귀착하는 것이라고 지적했다. 이들이 카프의 일방적인 전횡 속에서 자연발생적으로 형성된 국민문학파(國民文學派)다.

국민문학파는 카프의 계급지상주의에 맞서 국어국자에 대한 관심을 촉구하고 작품의 내용이 외래 사조의 하나에 지나지 않는 마르크스주의 일변도로 흐르는 것을 경계했다. 그들은 우리 문단의 시인 작가들이 가져야 할 의식의 중심이 조선정신, 조선의 혼이 되어야 하리라는 생각을 가졌다. 그들은 또한 카프의 문학이 혁명의 도구 내지 부품에 그친다는 논리에 맞서 민족 정신과 그 표현 방법을 문제 삼았다. 그 결과 그들에 의해 관심의 과녁이 된 것이 한국 문학사상 고유 양식의 하나인 시조였다. 국민문학파는 우리 문학 양식 가운데 그 전통이 매우 오래된 것이라는 사실과 함께 그 형태가 상당히 탄력적이라는 사실에 착안했다. 그리하여 이 한국 문학의 고유 양식을 새롭게 개조, 부흥하려는 시도를 가지게 되었다.

국민문학파의 시조 부흥 운동에 육당은 이론과 함께 작품을 실제 창작하는 두 분야를 아우르는 형태로 참여했다. 육당이 시조에 대한 그의 생각을 피력한 것은 「조선국민문학(朝鮮國民文學)으로의 시조(時調)」와 「시조 태반(時調 胎盤)으로의 조선민성(朝鮮民性)과 민속(民俗)」 등 두 편을 통해서다. 후자에는 그 허두에 우리 민족이 옛적부터 가무를 좋아한 사실이 지적되어 있다. 이것은 시조를 시가의 한 형태로 보고 그 원시 형태가 민요 무용에 있다는 생각을 바탕으로 한 것이다. 그 내용으로 보아 시조 부흥의 의의나 방법을 말한 것은 아니다. 이에 비해서 「조선국민문학으로의 시조」에는 "時調는 조선인의 손으로 인류의 운율계에 제출된 一詩形이다. 朝鮮人의 音波의 우에 던진 朝鮮我의 그림자이다. (…중략…) 朝鮮心의 放射性과 朝鮮語의 섬유조직이 가장 압착된 상태에서 표현된 功든 탑이다"29)라는 생각이 피력되어 있다. 이에 이어 육당은 시조의 방향을 '조선인(朝鮮人)의 사상(思想), 감정(感情), 고뇌(苦惱), 희원(希願), 미추(美醜), 애락(哀樂)'을 정직하게 담아내는 데 있고, '그 제일 조건, 근본 조건'이 '조선(朝鮮)스러움'30)에 있다고 지적했다. 이것은 그가 시조의 기본 지향을 조선주의로 잡았음을 뜻한다.

단적으로 말해 한국사 연구와 한국 문화 탐구의 경우와 꼭 같이 시조를 통해서도 육당은 민족주의의 원칙을 고수하고 있는 것이다. 한편 육당의 시조론에는 그 기법이나 형태에 관한 것이 없다. 육당은 이 분야의 활동을 다른 시조 전문작가들에게 기대했을 공산이 있다. 이 무렵에 이미 가람 이병기(李秉岐)나 노산 이은상(李殷相) 등이 시조 시단에 등장했다. 그들은 시조 창작에 전념한 한편 시조의 이론적 정립에도 상당한 공을 들였다. 실제 이병기는 시조 부흥을 위해 형태·기법상의

---

29) 崔南善, 「朝鮮國民文學으로서의 時調」, 『朝鮮文壇』(16)(1926. 5), p.4.
30) 위의 책, p.6.

혁신을 제창했다. 육당과 달리 그는 시조의 현대화를 위해 투식어를 버리고 개성 추구를 주장했다. 그를 위해 탈조선주의(脫朝鮮主義)가 제의되었을 정도다.31) 이들 시조 전공자들의 현대화 지향에 비해 육당은 시조의 형태를 3장 6구의 정형시(평시조)로 생각한 듯 보인다. 그런 형식 속에 조선정신, 또는 조선의 혼을 담고자 한 것이 그의 창작 시조였다.32)

국민문학파의 단계에서 육당의 창작시조를 집약시킨 것이 사화집 『백팔번뇌(百八煩惱)』다. 1926년 동광사에서 발간한 이 시조집에는 모두 108편에 달하는 창작시조들이 수록되어 있다. 이 시조집은 근대적 창작시조집으로서는 최초의 것이다. 뿐만 아니라 거기에 수록된 작품의 숫자나 질 역시 당시 우리 주변에서 주목의 과녁이 되기에 족한 것이었다.33) 구체적으로 이 시조집에는 제작자의 개인적인 감정을 소재로 한 것에서부터 민족적인 의식에 관계되는 내용을 담는 것들에 이르기까지 다양한 성격의 작품들이 실려 있다. 이제 그 가운데서 보기를 들면 다음과 같은 것들이 있다.

    一

님자채 달도 박고
님으로해 꽃도 고아

진실로 님 아니면
꿀이 달랴 쑥이 쓰랴

---

31) 李秉岐, 「시조는 革新하자」. 이에 대한 자세한 것은 김용직, 「시조의 부흥시도」, 『韓國現代詩史』(학연사, 2002), pp.371~373 참조

32) 민족적 자아 탐구로 이야기될 수 있는 六堂의 이와 같은 단면에 대해서는 김용직, 「六堂 崔南善의 등장」, 『現代文學』(363)(1985. 3) 참조

33) 이에 대해서는 林仙默, 「崔南善과 『百八煩惱』」, 『現代時調의 樣相』(단대출판부, 1983) 참조

해떠서 변하옵기로
님탓인가 하노라

　二
감아서 뵈든 그가
뜨는 새에 어데 간고

눈은 아니 밋드래도
소리 어이 귀에 있나

몸아니 계시건마는
만저도 질듯하여라

　三
무어라 님을 할가
해에다나 비겨볼가

쓸쓸과 어두움이
얼른하면 쫓기나니

아무리 겨울 깊어도
음달 몰라 하노라

　四
구태라 어데다가
견주고자 아니하며

억지로 무엇보다
낫다는 건 아니언만

남대로 고우신 것을

아니랄길 없노라34)

─ 「안겨서」 부분

一

아득한 어느 제에 님이 여기 나립신고
벋어난 한가지에 나도 열림 생각하면
이 자리 안 찾으리까 멀다높다 하릭까.

二

끝없이 터진 앞이 바다 저리 닿았다네.
그 새에 올망졸망 뫼도 둑도 많건마는
업대어 나볏들 하다 고개들 놈 없고나

三

몇몇번 비바람이 아랫녘에 지냈는고
언제고 님의 댁엔 맑은 하늘 밝은 해를
들어나 환하시려면 구름 슬쩍 건혀라.35)

─ 「檀君窟에서」 전문

앞의 작품에서 주제격이 된 감정은 연모의 정이다. 그리고 이때 연모의 대상이 되고 있는 것은 님이다. 육당의 작품에 나오는 님에 대해서는 그 내포가 민족 내지 사회 역사에 귀속되는 것으로 보고 '조선(朝鮮)'으로 규정한 예가 있다.36) 그러나 적어도 위의 작품에서 그것은 그런 심상으로 이야기되기에는 너무 육감적이며 아기자기한 느낌을 유발시키고 있다.

---

34) 『百八煩惱』(東光社, 1925), pp.12~15.

35) 위의 책, pp.41~44.

36) 이런 경우의 좋은 보기가 되는 것이 "『百八煩惱』 百八篇의 基調는 님의 사랑함이니 대체 六堂의 님이 누구인가? (…중략…) 나는 그를 짐작한다. 그 님의 닐음은 '조선'인가 한다."이다. 『百八煩惱』 발문 부분, pp.2~3.

이에 좋은 대비감이 되는 것이 「단군굴(檀君窟)에서」이다. 여기서 님은 명백히 우리 건국 시조인 단군이다. 육당 자신으로 생각되는 이 작품의 화자는 그에 대해서 사무치는 정과 그에 못지않은 깊이와 넓이로 내포한 경배의 마음을 가지고 있다. 이 작품을 이렇게 읽으면 앞의 작품에 대해서도 조금 다른 해석이 가능하다. '조선'이나 국조에 대한 그리움의 정은 다 같이 애정의 변형이다. 그것을 이념에 가까운 형태로 노래한 것이 「단군굴에서」이다. 그리고 조선이나 국조에 대한 외경심에 남녀 사이에 이루어지는 애정의 모양을 습합시킨 것이 앞에 놓인 작품으로 볼 수 있다. 여기서 우리가 얻을 수 있는 결론은 명백하다. 그의 창작시조에서도 육당의 의식을 지배하고 있는 것은 조선의 혼이며 민족 정신이다.

6. 끝자리 요약과 결론

이미 드러난 바와 같이 육당의 민족 문화(民族文化) 탐구는 1920년대 중반부터 본격화되었다. 그 전 단계에서 그는 일단 연구와 담론에 요구되는 문헌 자료들을 수집하고 그 체계화의 기초가 되는 관계 이론들도 터득해낸 것 같다. 그런 바탕 위에서 그는 수많은 논설들을 쓰고 연구 보고와 일반인을 위한 교양물도 편찬, 간행해낸 것이다. 이 단계에서 육당이 택한 행동 방식은 대체로 일제가 표방한 문화 정책의 테두리를 의심하면서 이루어졌다. 그럼에도 그의 활동은 무시로 총독부 치안 조직의 규제 간섭을 받았다. 1930년대에 접어들자 상황은 급격하게 악화 일로를 치달렸다. 일제는 1931년에 만주사변을 일으켰다. 중국의 동북지방을 손아귀에 넣기로 한 그들은 이어 중국 본토에 전단을 펼 계획을 수립 중에 있었다. 이런 상황 속에서 육당이 써서 간행한 『임진란(壬辰亂)』이 총독부의 검열망에 걸렸다. 처음 『임진왜란(壬辰倭亂)』으로 표기된 그 제목에서 '왜(倭)'자가 삭제되었고 본문에 나오는 '적(賊)'도 모두 '적(敵)'으로 고쳐졌다. 이후 일제의 후반 단속은 더욱 강화되어 문화 활동의 범위 내에서 시도한 육당의 민족주의도 손발이 모두 묶이는 상황이 연출되었다.

돌이켜 보면 육당의 제2기는 1920년대 중반부터 1930년대 초에 걸치는 짤막한 기간이다. 줄잡아도 그 기간은 10년에도 미치지 못한다. 그럼에도 이 짧은 기간 동안 그가 펼친 활동은 매우 다양하고 중요한 의미가 부여될 수 있는 것들이다. 조선사 연구에서 그는 개척자인 동시에 우리 역사 연구를 본격화시킨 공로자이기도 하다. 그가 등장하기 전 우리 고대사와 중세사 연구는 미개척 분야에 속해 있었다. 뿐만 아니라 일부 분야에는 일인학자(日人學者)들이 선공(先攻) 형태를 취한 사태가 야기되었다. 그들은 제나라 역사에서 건국 시조를 천조대신(天照大神)이라고 하면서 단군조선(檀君朝鮮)을 고려 승려들에 의한 조작이라고 부정해 버렸다. 이에 육당은 1926년 11月 12日 <동아일보>를 통하여 「단군 부인(檀君 否認)의 망(妄)」을 쓴 것을 필두로 일인학자들의 주장을 전면 배제, 그 나름대로 자료를 정리하고 논리의 체계를 세워 단군 우리 민족 시조설을 착실하게 전개했다.[37]

육당의 우리 고전 주해, 정리와 보급 활동 또한 획시기적인 것이었다. 그가 발굴, 보급 활동을 벌리기 전 『금오신화(金鰲新話)』나 『열하일기(熱河日記)』, 『삼국유사(三國遺事)』, 『동사강목(東史綱目)』 등 우리 고전은

---

37) 이때 六堂이 반박문을 쓴 상대는 京城帝大 史學科 교수인 小田庫吉였다. 뿐만 아니라 같은 무렵 단군부정론을 쓴 예로는 한국인 학자인 白南雲과 金台俊도 있었다. 이에 대한 것은 金容稷, 「六堂 단군론의 실제」, 『김태준 평전』(일지사, 2007), pp.241~250 참조.

우리 주변의 일반 독서인에게 전혀 알려져 있지 않았거나 이름만이 전해온 것들이었다. 육당은 이들을 정리, 활자화하여 연구자와 일반인들에게 이용 가능하도록 만들었다. 그 모태로 조직 운영된 것이 조선광문회(朝鮮光文會)였고 동명사(東明社), 계명구락부(啓明俱樂部)였다. 이들을 기획, 조직하여 운영해 나가기 위해서는 막대한 인력과 재정이 필요했다. 당시 우리 주변의 여건이 제대로였다면 그것은 국가 기관의 후원을 기다려서 이루어나갈 사업이었다. 육당은 이 엄청난 일들을 그 혼자의 노력과 열정으로 추진해 나갔다. 이 분야에서 그가 이룬 업적은 마땅히 정당한 평가를 받아야 할 것이다.

육당의 국토 순례(國土巡禮), 우리 명승고적의 답사와 조사, 보고에 대해서도 위의 경우와 거의 같은 결론이 나올 수 있다. 그가 찾고 오른 다음 그 나름의 관찰 기록을 만들기 전에 백두산과 묘향산, 지리산, 금강산 등은 거의 소재 상태로 남아 있었다. 「심춘순례(尋春巡禮)」, 「백두산근참기(白頭山覲參記)」, 「금강예찬(金剛禮讚)」 등이 나옴으로써 우리 주변에 비로소 우리 강토 위의 산하와 명소 고적들이 민족 정서의 자기장으로 탈바꿈하게 된 것이다. 특히 이 경우에 우리가 지나쳐 버릴 수 없는 것이 「송막연운록(松漠燕雲錄)」이다. 이미 앞에서 제시된 바와 같이 육당이 이 글을 집필한 것은 1937년 가을부터 1938년 봄에 걸치는 기간이었다. 당시 그는 만주국의 건국대학(建國大學) 교수 신분이었다. 그런 신분을 이용하여 육당은 중국 동북성을 두루 돌아다니면서 고조선에서 시작하여 부여와 고구려, 발해 등 우리 겨레가 세운 여러 나라의 옛 터전을 찾아내어 그것들을 문맥화시키고, 고증해냈다. 이것은 일제의 끊임없는 감시, 규제 속에서도 육당이 우리 겨레와 그 정신을 찾아내고자 한 노력의 결과이다.

시조 분야에서 나타난 육당의 민족의식 역시 이미 그 전모가 드러난 바와 같다. 시발점에서부터 그는 시조를 조선 정신과 조선 혼의 그 릇이라고 생각했다. 『백팔번뇌(百八煩惱)』로 집약된 창작시조에서 그는 매우 외곬으로 우리 겨레의 역사와 고적, 국토, 산하를 다루었다. 이 기간 육당의 의식을 지배한 것도 우리 민족이었고 그 역사, 전통이었 다. 다음은 그가 지리산을 제재로 하고 읊은 「천왕봉(天王峰)에서」 3수 다음에 붙인 말이다.

> 朝鮮인의 古信仰에는 天을 天主로 알고 山을 天門으로 아는 一面이 있어 域中의 高山上峰을 생명의 본원으로 崇仰하고 이러한 山岳을 '붉' 이라 '둙'이라 '술'이라 일렀었다. 또 그 인격화한 신을 聖母라 王大夫 人이라 老姑라 하야 그곳에 配享하니 이러한 산악을 '어머니 붉'이라고 불렀다. 智異山은 남방에 있는 母岳 중의 母岳으로 시방까지도 속칭에 '어머니'이라 하는 버릇이 남아 있다.[38]

연구와 문화 활동의 테두리 안에서 이루어진 것이기는 했으나 육당 이 평생을 통해 시도한 것은 민족(民族)을 파헤치고 가꾸어 내고자 한 문화 활동이었다. 이런 그의 활동도 1932년을 경계선으로 서서히 그 막을 내려가게 되었다. 이 해에 일제는 중원(中原) 제패의 야욕과 함께 중일전쟁(中日戰爭)을 일으켰다. 그와 함께 한반도에는 일제의 침략 전 쟁 수행을 위한 후방 단속이 강화되고 삼엄한 전시 체제가 구축되어 갔다. 그 일환으로 총독부와 일제의 군부는 우리 민족의 지도분자를 위협하여 그들의 체제 옹호와 선전의 도구로 만들어 사역시키는 일을 벌였다. 육당은 일제의 시각에서 보면 일급에 속하는 우리 민족의 지 도자였다. 이런 상황·여건으로 하여 1930년대 후반기에 접어들면서

---

38) 『百八煩惱』(동광사, 1926), P.62. 여기 나오는 '붉', '둙' 등의 의미 읽기는 六堂의 한 국의 고대사 풀이의 한 바탕을 이룬 바 思想, 不咸文化論의 한 표현이다. 다만 이런 그의 생각은 논리적 근거가 성립될 수 없어 우리는 그대로 받아들일 수 없다.

그는 외곬으로 파헤치고 추구한 민족 문화 탐구 활동을 일단 접지 않을 수가 없었다. 이런 상황으로 하여 육당은 한때 조선사편찬회에 관계하고 만주 건국대학의 교수로 부임했으며 태평양 전쟁의 막바지에는 학병 권유 강연을 했다. 우리는 이것이 육당이 우리 역사에 끼친 과오가 아니라고 할 수는 없다. 그러나 이런 부정적 일면이 있음에도 불구하고 육당이 우리 민족 문화의 탐구와 그 선양에 바친 열정과 성력, 그를 토대로 이루어진 뚜렷한 발자취는 그 자체로 인정, 평가되어야 한다. 이런 사실을 확인하고자 한 것에 이 작업이 시도된 근본 동기와 목적이 있는 것이다.

X. 춘원 이광수(春園 李光洙)의 민족의식
－ 1920년대 담론에 나타나는 점진주의의 의의

1. 들머리의 말

매우 많은 경우 이광수(李光洙)의 문학적 담론에서 민족의식은 중심 개념 구실을 한다. 신문화 운동 초창기의 한때 그는 주체의식보다는 서구 추수주의에 기운 적이 있다. 우리 사회의 근대화를 위해서 이것은 지양, 극복되어야 할 사태였다. 그런 인식과 함께 이광수는 얼마간 우리 것의 수호보다 서구의 근대문화 수용에 역점을 두었던 것이다. 그러나 일단 그런 과도기 단계가 마감되자 이광수는 뚜렷한 행동의 지표로 우리 민족에 입각하는 입장을 취했다. 이런 경우의 가장 좋은 증거 자료가 되는 것이 그의 초기 소설이다.

일찍 김동인(金東仁)이 지적한 것처럼 『무정(無情)』은 한국 현대문학사에서 근대소설의 새 국면을 타개한 작품이다.[1] 이 소설에는 근대소설의 정석(定石)으로 생각되는 배경 설정이 있고 그 인물로 이형식과 박영채 등이 등장한다. 그들의 행동은 고대소설의 상투적 인간형을 극복한 것으로 개성을 가지고 있다. 이들에 의해 전개되는 사건과 이야기는 앞선 사건과 원인으로 작용했다. 이것은 이 작품이 근대소설의 필수 요건인 인과율로 엮이어 플롯을 가졌음을 뜻한다.

한국 최초의 본격 근대소설인 『무정』은 그러나 제작 동기에 있어서 서구 추수주의의 결과가 아니다. 그 바닥에 깔려 있는 것은 뚜렷한 줄기로 파악되는 우리 사회, 우리 민족의 새 지평 타개 의지다. 이런 경우 우리가 지나쳐 버릴 수 없는 것이 『무정』의 다음과 같은 부분이다.

> 아아 우리 땅은 날로 아름다워 간다. (…중략…) 어둡던 세상이 평생 어두운 것이 아니요 무정할 것이 아니다. 우리는 우리 힘으로 밝게 하고 유정하게 하고 즐겁게 하고 가별케 하고, 굳세게 할 것이로다. 기쁜 웃음과 만세의 부르짖음으로 지나간 세상을 조상하는 무정을 마치자.[2]

얼핏 보아도 나타나는 바와 같이 여기서 중요 단어가 되는 것은 '우리 땅'이며 '우리 세상'이다. 이런 말들의 관념 형태는 말할 것도 없이 민족이다. 이것으로 이광수의 초기 문학이 매우 뚜렷하게 민족을 향한 경사를 보이고 있는 점은 의심의 여지가 없게 된다.

2. 독립선언과 상해임시정부 참여

이광수의 초기 담론에서 민족의식의 줄기를 파악하기 위해서 우리는 좀 더 그 문맥을 검토해 볼 필요가 있다. 그가 동경 유학시기에 발

---

1) 金東仁, 「春園研究」, 『東仁全集』(홍자출판사, 1956), pp.510~511.
2) 『李光洙全集』(1)(三中堂, 1962), p.318.

표한 글의 하나에 「위선 수(獸)가 되고 연후에 인(人)이 되라」가 있다. 그 한 부분에서 이광수는 지난날 우리 사회를 지배한 유교 도덕을 타파의 과제로 지적했다. 아울러 그는 '군비와 교육과 교통 기관, 산업의 발달'의 진흥이 곧 민족과 국가 부흥의 길이라고 주장했다.[3] 이광수의 이런 생각에 대한 해석은 당시 우리 민족이 처한 정치적 상황에 비추어서 이루어져야 한다. 19세기 말부터 우리 민족은 서구와 아서구(亞西歐) 일본의 제국주의적 침략 야욕에 노출되어 있었다. 이런 상황에 처한 우리 민족의 자주와 독립은 당연히 반봉건, 근대화의 시도와 함께 반제(反帝), 민족 자위의 각도에서 이루어지지 않을 수 없었다. 이광수의 초기 작품들에는 이에 대한 의식의 단면이 잘 검출되지 않는다.

이광수의 초기 작품에 나타나는 반제 의식(反帝意識)의 불투명성은 1919년 2월을 분수령으로 뚜렷하게 선을 긋고 나타난다. 이 해 2월 8일 동경에서는 재일본 동경유학생이 궐기하여 반식민지 투쟁 선언의 봉화가 올랐다. 그것이 최팔용(崔八鏞), 김도연(金度演), 송계백(宋繼白), 최근우(崔謹愚), 백관수(白寬洙), 서춘(徐椿) 등이 주축이 되어 발표한 「조선청년독립단선언문」이었다. 이 선언문은 그 성격으로 하여 동경유학생들의 공동 명의로 발표되었다. 그러나 그 기초자는 명백하게 이광수였다. 따라서 이에 담긴 의식 형태는 이 시점에 처한 그 자신의 정신 성향으로 파악되어도 무방할 것이다. 이 선언문은 "조선 독립단은 我二千萬民族을 대표하여 정의와 자유의 승리를 得한 世界萬國의 前에 독립을 기성하기를 선언하노라"로 시작하는 전문과 함께 그 꼬리에 4항으로 된 결의문을 가지고 있다. 그 넷째 항목에서 이광수는 "前 諸項 要求가 失敗할 時에는 吾族은 日本에 대하여 永遠히 血戰을 宣함"이라는 말을 붙였다.[4] 이 단계 이전에 이광수가 역점을 두고 추구한 것

---

3) 『李光洙全集』(2)(三中堂, 1962), p.151.

은 반봉건, 서구의 선진 문화 수용을 통한 우리 민족의 근대화였다. 이때의 근대화를 위한 모형에는 일찍 아서구화(亞西歐化)한 일본도 포함되어 있었다. 2·8 독립선언을 분수령으로 이광수는 그런 일본을 적으로 돌렸으며 나아가 그들과 맞서 우리 민족이 혈전(血戰)을 무릅쓰리라는 각오와 결의를 피력하게 되었다. 이것은 2·8 선언 후 그의 민족의식에 반외세(反外勢), 자주 독립의 의지가 추가된 명백한 증거다.

2·8 독립선언을 주도한 다음 이광수는 상해로 망명하는 길을 택했다. 그가 상해에 도착했을 때 거기에는 이승만(李承晩)을 수반으로 한 한국의 임시정부가 구성되어 있었다. 이때의 상해행은 이광수에게 최초가 아니었다. 1913년 그는 오산을 출발하여 만주를 거쳐 시베리아의 치따에 이른 다음 다시 남쪽으로 길을 잡아 안동을 지나 상해에 이른 적이 있었다. 당시 이광수는 미국으로의 유학길을 모색하고 있었으나 국제 정세가 그의 길을 가로막았다. 그 나머지 1914년 8월에 상해를 떠나 다시 한반도로 돌아온 것이다.[5] 첫 번째 상해행 때와는 달리 그가 두 번째로 감행한 상해행에는 뚜렷한 목적이 있었다. 그것이 바로 독립선언서에서 밝힌 바와 같이 일제와 맞서 독립을 쟁취하기 위한 길로 그곳에 이른 점이다.

구체적으로 이광수가 상해에 도착한 것은 2월 하순으로 추정이 된다.[6] 그가 상해에 도착했을 때 상해에 임시정부가 구성되었다. 이승만

---

4) 『李光洙全集』(17), pp.12~15.

5) 이에 대한 자세한 것은 金允植, 『李光洙와 그의 時代』(2)(학길사, 1986), pp.382~390 참조

6) 위의 책에서 金允植 교수는 李光洙가 1932년에 쓴 글에 의거해서 그의 상해 도착을 1919년 2월 5일이라고 했다(위의 책, pp.637~638). 그러나 이 일시는 동경의 독립선언이 2월 8일이었음을 감안할 때 성립 근거가 희박하게 된다. 이와 별도로 「雪山과 나」, 『李光洙全集』(8), p.297을 보면 李光洙가 그의 상해 도착을 '기미년 2월 하순'이라고 적었다. 李光洙의 일본 탈출이 2·8 선언 전이라고 하더라도 그는 배편을 이용하여 상해로 갔다. 지금과 달리 그 여정에는 2, 3일이 소요되었

을 대통령으로 한 이 임시정부에서 국무총리는 안창호였다. 그는 자칫 감정과 관념론에 빠지기 쉬운 임시정부의 행동 방침을 차분하게 실용형으로 짜 나갔다. 이광수도 처음 임시정부의 조직 명단에 이름이 거론되고 있었다. 그것을 강인하게 그가 거부했다. 그러자 안창호는 이광수에게 홍보직과 함께 사료 편찬 등 두 가지 일을 맡겼다. 임시정부에서 홍보 활동은 신문 발간을 뜻했다. 또한 사료 편찬이란 한일합방과 3·1 운동 등을 통해서 시도된 우리 민족의 항일 저항 운동의 실적을 찾아내어 기록, 평가하는 일이었다. 이들 두 사업 중에서 이광수가 주력한 것은 임시정부 기관지의 편집, 발행이었다.

임시정부의 국무총리 안창호는 사료 편찬 사업 요원으로 이광수와 함께 김병조, 이영근, 김두봉 등을 임명했다. 그러나 당시 임시정부의 성격으로 투쟁 실적 기록보다는 국내와 국외를 향한 홍보, 선전 활동이 더 중요했다. 이광수는 이에 착안하여 그 자신이 중심 역할을 하면서 그 아래 영업부장 이영렬, 출판부장 주요한을 거느린 임시정부 기관지를 발간했다. 그가 주재한 임시정부 기관지는 최초 그 제호를 『독립(獨立)』이라고 했다. 그 이전 임시정부는 등사판으로 『우리소식』을 발간했다. 그것이 활판으로 바뀌고 제대로 된 신문 체재에 의해 간행된 것이 1919년 8월 21일부터 나온 『독립』인 것이다. 당시 사장은 박은식(朴殷植)이었는데 1920년 4월부터 그 명의가 이광수로 바뀌었다.[7] 일단 임시정부의 기관지 발행을 책임지면서 이광수는 심혈을 기울여 한국 민족의 일제 기반 배제와 독립 전취의 당위성을 역설했다. 무기명으로 발표된 논설들을 통해 그는 일제의 주권 침탈을 강한 어조로 비난했다. 식민지 체제가 빚어낸 갖가지 비리와 참상을 고발, 성토하

다. 이런 사정을 감안하면 2월 5일 설은 재고의 여지가 있다.

7) 金源模, 「독립신문과 광복론」, 『영마루의 구름』(단국대 출판부, 2009), p.232.

는 내용의 기사도 실었다. 이광수가 논설 형식이 아닌 시가로 쓴 「광복기도회에서」는 당시 그가 지닌 민족의식의 성격을 단적으로 들어낸다. 이 작품에서 화자는 나라찾기를 소망한다. 그가 간절하게 광복을 바란 까닭은 단순했다. 식민 체제하에서 한국 민족은 공포와 기아에 떨고 있었기 때문이다.

> 망명의 이역 길치인 오막사리 검을은 불빛에
> 말없이 모혀앉은 남녀의 얼골을 봅시오
> 思鄕과 憂國의 눈물에 붉은 눈들을 봅시오
>
> 푹 숙으린 고개
> 멀니 땅밑해서 오는듯한 떨리는 기도의 소래
> 검은 바람가치 왼방으로 획드는 구쓺은 늣김
>
> 지아비를 일흔 안해 아들딸을 일흔
> 어머니 주여 그네의 피눈물을 써서 주시고
> 소원을 일워주소서 아아 이 진정의 發願
>
> 무덤에 한발을 노흔 팔순이 넘은 할머니
> 철도 나지 아니한 어린아해 규중에 깊히 자란 처녀들까지
> "하나님이시여" 부르는 그녀의 부르는 소리를 들읍시오
>
> ― 「광복기도회에서」 부분8)

3. 임시정부 이탈과 귀국의 논리

상해에서 이광수는 1921년 4월까지 체재했다. 그 사이 그의 명성은 국내와 국외에서 단연 다른 이의 추종을 허락하지 않을 정도였다. 『무

---

8) 『독립신문』(81)(1920. 6. 1).

정(無情)』을 발표한 다음 그에게는 한국 현대문단의 최대 작가라는 월계관이 씌워졌다. 그와 아울러 2·8 독립 선언으로 그는 항일·저항 민족 투쟁의 상징적인 존재가 되어 있었다. 그런 그가 1921년 봄에 돌연 두 해 남짓한 해외 망명 생활에 종지부를 찍고 귀국을 했다. 이 뜻밖의 사태는 곧 우리 주변과 해외에까지 비등하는 여론의 회오리바람을 일으키게 되었다. 일찍 그를 지지·옹호한 많은 사람들이 그의 상해 탈출과 귀국을 항일 저항 투쟁의 포기이며 민족적 반역 행위라고 생각했다. 더러는 민족 해방 투쟁의 길을 걷는 지사(志士)로서의 그가 일개 부녀자의 읍소(泣訴)를 뿌리치지 못해 민족을 저버렸다고 비난하는 예도 생겼다.[9]

당시 우리 주변의 이런 비난에는 한 가지 근거가 있기는 했다. 상해에 체재하면서 임시정부의 홍보와 선전을 담당한 이광수를 귀국토록 만든 것은 부인인 허영숙 여사였다. 그녀는 1919년 이광수의 동경 이탈과 함께 외기러기 신세로 국내에 남아 있었다. 그 세월이 만 2년에 이르게 되자 그녀는 비상한 결심과 함께 상해행을 감행했다. 이광수는 처음 물론 완강하게 귀국을 거부했다. 그것을 허영숙 여사가 구명 차원에서 귀국해야만 한다고 윽박질렀다.[10] 실제 이광수는 그 동안 지병이 된 폐병이 악화되어 더 이상 객지 생활을 할 수 없었기 때문이다.

뿐만 아니라 그 무렵에 이르러 상해임정은 이미 제대로 된 정부 형

---

9) 이에 관해서 참고할 수 있는 것이 李秉岐의 다음과 같은 일기다. "조선일보에 春園이 돌아왔다는 말이 났다. 許英肅하고 相思病이 나서 왔단다. (…중략…) 이천만 동포니 삼천리 강산이니 하고 남보다 더 떠들고 사랑하는 체 한 이가 겨우 한 허영숙에게 바치었다." 『가람 文選』(신구문화사, 1966), p.104.

10) 이때 완강하게 귀국을 거부하는 春園을 강제로 이끈 것은 許英肅 여사였다. 그 정보가 상해임정 감찰부장인 金九에게 새어나가 許英肅 여사는 반역자로 처단 명령을 받고 있었다. 극한 상황에 처하자 許여사는 한때 바다에 투신 자살을 기도했다고 한다. '춘원의 따님이 되는 李廷華 교수의 2007년 3월 5일 구술'에 의거.

태와 기능을 지니지 못한 상황이었다. 임시정부 구성원들 사이에는 파벌 싸움이 도를 넘어 있었다. 그 위에 국내와 국외에서 들어오던 활동 자금도 급격하게 줄었다. 상당히 많은 민족운동자들이 1920년도 말부터 상해를 떠나 국내로 돌아가거나 만주, 노령, 미국 등으로 흩어져 버렸다. 이런 활동 여건의 악화도 이광수의 마음을 뒤흔드는 요인으로 작용한 것이다. 그러나 이와 같은 사유만으로 이광수가 귀국을 했다고 보는 것은 우리가 민족운동자의 저항 투쟁을 시정속류(市井俗類)의 차원으로 격하시키는 일이다. 우선 이광수의 귀국이 부인의 강요에 의한 것이었다면 그것은 한 인간을 의지 박약자로 만든다. 이런 경우의 우리에게 좋은 대비감이 될 수 있는 것이 단재 신채호(丹齋 申采浩)다. 신채호는 41세가 된 1920년에 독립운동의 동지인 박자혜(朴慈惠)와 결혼했다. 그 직후 장남 수범(秀凡)이 났으나 망명 생활의 궁핍한 경제 사정으로 생계를 이을 길이 전혀 없었다. 같은 무렵에 그는 다섯 권으로 된 『조선사 통론』도 완성했다.[11] 당시 조선 총독부는 문화 통치를 표방하면서 해외 망명자가 귀국하면 온정을 베풀 것이라고 선전해 마지 않았다. 기약이 없는 해외 생활에 그의 부인은 함께 귀국하기를 종용했다. 그럼에도 그는 1928년까지 부인과 함께 중국 생활을 했고 그 후 차남 두범(斗凡)이 출생하고서야 아들 둘과 부인만을 고국으로 돌아가게 했다.

이광수의 귀국을 해외 민족주의 운동의 퇴조 현상으로 보려는 생각도 천박한 속류사회 배경론이다. 전후 일본의 사회과학연구자들 사이에는 일본 공산당의 전향에 대한 분석이 시도되었다. 경직된 문예사회학도들은 계급주의자들의 전향을 국가 권력의 물리적 탄압에 대한 굴복이라고 규정했다. 이에 대해서 전향이 그처럼 단선적으로 이루어지

---

11) 『丹齋 申采浩 全集』(형설출판사, 1979), pp.501~504.

는 것이 아니라 인간의 심리 상태, 곧 개체에 내재하는 의식의 변화를 고려해야 할 것이라는 해석이 나타났다.12) 이런 전향 해석은 인간의 행동을 물리적인 힘의 차원에서 탈피시킨 점에서 전향론의 새 국면을 타개한 것이다. 그러나 전향의 구체적 동기가 지적되지 못한 점에서 역시 한계가 있었다. 이 한계를 지양시킨 것이 민중운동자와 그들의 기반인 대중 사이에 괴리가 생긴 것이라는 분석이었다. 계급주의란 결국 민중을 위한 것이며 그 기반이 민중으로 귀착하는 것이었다. 그것이 1930년대에 이르자 관념적인 형태가 되고 대중은 계급 운동 자체에서 멀어져 갔다. 여기서 빚어진 단절감이 전향을 불러왔다는 생각이다.13)

그 행동 형태가 국가 체제에 대한 반항이라는 점에서 계급주의자의 반항과 우리 민족운동자들의 독립운동은 공통분모를 가지고 있다. 그에 대한 해석에서 전향을 개체 자체의 의식상 문제로 잡는 관점은 우리에게 하나의 시사를 던진다. 단 일본에서 문제된 고립감은 세계관만을 고집한 계급 운동을 대중이 외면해 버렸다는 단절의식을 지적한 것이다. 이광수의 경우 그것은 위와 같은 의식상의 문제이기 전에 보다 현실적인 것이었다.

> 식칼이나 부지깽이를 들고 나가라 하시니, 누구더러 나가란 말씀이오 우리는 안전한 상태에 있어서 본국이나 서·북간에 있은 우리 동포더러 나가 죽으란 말씀이요? 그렇게 식칼과 부지깽이를 들고 나가 죽을 마음이 있으시면 나라가 망한지 벌써 10년이 넘었는데 어찌하여 선생네들은 아직도 죽지 않고 살아계시오14)

이것은 이광수가 8·15 후에 쓴 그의 자서전 『나의 고백』에서 이영

---

12) 『共同硏究 轉向』(平凡社, 1955), pp.85~88.

13) 木多秋五, 『轉向文學論』(未來社, 1979), p.226.

14) 『나의 고백』(春秋社, 1950), p.261.

근(李英根)의 발언으로 적어 놓은 것이다. 이들 발언을 기능적으로 이해하기 위해서는 그 배경이 된 역사적 사실을 기억할 필요가 있다. 이영근에 의해 이런 발언이 나오게 된 것은 1920년 10월 2일 혼춘사건(琿春事件)이 일어났기 때문이다. 그 무렵 일제의 관동군은 만주를 병탄하기 위해 그 구실을 만드는 공작을 벌였다. 그들은 중국의 마적을 사주해서 혼춘성을 습격하게 만들었다. 그것을 구실로 현지에 대병력으로 된 일본군을 투입하여 일거에 중국 동북부의 정세를 장악하고 그것으로 괴뢰 정권을 세울 발판을 구축하기 위한 구실을 만들려는 속셈에서였다. 1920년 9월 14일 관동군은 일차적으로 마적을 시켜 혼춘성을 습격하게 만들었다. 이때 마적들은 일본 영사관도 습격했다. 그 다음 수순으로 일제는 그 일대에 살고 있는 우리 동포를 습격하여 학살극을 벌였다. 이 소식이 상해에 알려지자 경악한 임시정부가 긴급 각료 회의를 열었다. 그 자리에 국무총리 이동휘(李東輝), 내무 이동녕(李東寧), 재무 이시영(李始榮)과 함께 이광수와 이영근 등의 독립신문 간부들도 참석했다.[15]

회의가 시작되자 곧 이동휘는 격앙된 목소리로 일제의 잔학무도한 학살 행위를 규탄했다. 그에 이은 발언으로 그는 즉시 총궐기하여 원수인 일제를 구축하자고 주장하면서 그 방법으로 수단 방법을 가리지 않는 혈전을 주장했다. 식칼이나 부지깽이 등의 말은 이때 그가 주장한 전투론에 포함된 것이다. 그의 이런 발언에 대해 이영근이 위와 같이 심한 반발 내용을 담은 말로 공박을 가했다. 그 결과 다혈질인 이동휘가 욕설에 가까운 질책을 이영근에게 퍼부었다. 그와 함께 이동휘는 임시정부 국무총리의 자리를 박차버리고 그 길로 시베리아로 가버렸다. 『나의 고백』에서 이광수는 이런 사실을 소설에 가까운 사실로

---

15) 위의 책, p.264.

기술해 놓았다. 그 문면으로 보아 이때 이영근의 발언은 당시 그가 마음속에 품고 지낸 민족 운동 해석의 복사판에 가까운 것이었다. 여기서 우리는 한 가지 사실을 읽을 수 있다. 『나의 고백』에 나타나는 기술 태도로 보아 이광수는 상해에서의 민족 운동이 감정론에 떨어졌다고 본 것 같다. 그 나머지 그는 일단 부인의 손길에 이끌리듯 한반도로 돌아온 것이다.

작가로서의 이광수를 문제 삼아 보는 경우에도 위와 거의 같은 논리가 가능하다. 두루 알려진 것처럼 근대 이후의 문학에서 그 요건을 이루는 것은 작가, 작품과 함께 독자이다. 『무정』 이후 이광수 자신이 한국 문단의 대표적 작가라는 사실은 이미 밝혀진 바와 같다. 그것은 이광수의 상해 체재 기간에 더욱 배가(倍加), 증폭되었다. 그러나 짧은 이 두 해 동안 국내 문단에서는 뚜렷하게 변혁의 기류가 형성되었다. 1919년 초두에 국내에서는 주요한(朱耀翰), 김동인(金東仁)을 주축으로 『창조(創造)』가 발간되었다. 한국 최초의 이 순문예지에는 창간호에 주요한의 「불노리」, 김동인의 「약(弱)한 자의 슬픔」, 전영택(田榮澤)의 「혜선(惠善)의 사(死)」 등이 수록되었다. 그들은 명백하게 그 이전까지 한국 문단이 가진 작품 수준에서 한걸음 더 나간 것이었다. 상해에서 이광수는 주요한을 통해서 발간 직후의 『창조』를 본 것으로 추정된다. 『창조』 2호에는 그의 이름이 동인(同人) 명단에 올라있다. 호를 거듭하면서 『창조』에는 김동인의 「마음이 옅은 자여」, 전영택의 「천치(天痴)? 천재(天才)?」, 「운명(運命)」 등의 작품이 실렸다.

김동인은 뒤에 다소 과장이 된 어조로 그가 주동해서 발간하게 된 문예동인지에 대해 "당시에 『창조』 동인이라 하면 조선문화계의 빛나는 존재"라는 말을 썼다.16) 뿐만 아니라 1920년대 후반기에는 『창조』

에 이은『폐허(廢墟)』가 제2차 문예동인지로 발간되었다. 이 잡지의 주동자는 오상순(吳相淳), 변영로(卞榮魯), 김억(金億)과 함께 염상섭(廉想涉)이었다. 이 가운데서 가장 주목에 값하는 작가가 염상섭이었다. 그는 근대소설의 요체가 되는 자연주의의 기법을 우리 문단에 도입, 적용한 작가로 등장했다.『창조』와『폐허』동인들의 이런 진출에 반해 상해에 체재한 2년 동안 이광수는 거의 작품다운 작품을 발표하지 못했다. 현지에서 그가 이용할 수 있는 발표지는 <독립신문>이 고작이었다. 그것은 항일·민족 운동의 선전과 홍보를 위한 기관지였으므로 본격적인 의미의 문예 작품을 실을 수가 없는 발표 매체였다. 이밖에 그는 동인으로 그의 이름이 오른『창조』에 시를 보내기는 했다. 그것이『창조』6호에 수록된「밋븜」이며 7호 권두에 실린「강남(江南)의 봄」이다.

> 버들가지가 흔들린다
> 부드럽은 江南의 봄바람에
> 뽀얀 水園의 大氣속에
> 그리고 젓빛 같은 日光속에
> 버들가지가 나부낀다
>
> 종달의 소리가 끗도 안나서
> 情人의 집 낫닭이 운다
> 종달이 또 운다, 바람이 또 분다
> 童子軍의 行軍喇叭이 들린다
> 아아 사람을 困케 하는 江南의 봄이어

— 「강남의 봄」 전문17)

이 작품으로 나타나는 바 상해에 머문 동안 이광수의 문학은 명백

---

16) 金東仁,「文壇三十年史」,『東仁全集』, p.387.
17) 『창조』(7), p.1.

히 제자리걸음 상태에 머물러 있었다. 그에 반해서 그의 후속 부대로 나타난 『창조』와 『폐허』 동인들의 소설과 시는 그를 뒷전으로 돌릴 기세로 걸음을 재촉하고 있었다. 20년대 후반기부터 상해 임정이 거의 유명무실한 조직으로 전락해 버린 사실은 이미 밝힌 바와 같다. <독립신문> 발간도 그에 따라 크게 위축되어 버렸다. 동경에서 독립선언을 주도한 다음 이광수가 해외로 탈출하면서 가슴에 품은 포부는 두 가지 가닥으로 잡혀 있었을 것이다. 하나는 상해를 민족 운동의 근거지로 삼고 항일, 독립 운동을 당당하게 펼쳐나가리라는 결의를 내포시킨 것이었다. 그와 함께 그에게는 작가로서의 포부가 있었을 것이다. 당시 상해는 일제의 규제, 간섭이 미치지 않는 곳으로 자유로운 작품 활동이 허용되는 지역이었다. 한국 침략의 본거지인 동경을 떠나면서 이광수는 민족 투쟁의 결의와 함께 상해에서 오랫동안 그의 뇌리를 떠나지 않은 본격 소설을 써서 그의 이름을 국내외에 떨치게 하리라는 포부도 가졌을 것이다.

이들 포부 가운데 하나인 항일·독립 민족 운동은 거듭되는 임정내의 파당 싸움으로 급격하게 쇠퇴해갔다. 문학 활동의 여건은 더욱 말이 아니었다. 임시정부의 홍보 부문을 담당하면서 그는 차분하게 작품을 구상하고 쓸 겨를이 거의 없었다. 뿐만 아니라 바쁜 정치 활동을 틈타서 작품을 만들어도 발표 여건 역시 매우 나빴다. 상해나 북경에서는 그의 작품을 게재할 발표 매체를 구할 수가 없었던 것이다. 또한 부수가 제한된 일간지에 작품을 실어도 그것을 읽어줄 독자 또한 매우 제한되어 있었다. 이광수가 여기서 느끼게 된 단절감은 전자를 능가했다면 몰라도 그보다 덜하지는 않았을 것이다. 이에서 빚어진 고민과 갈등 또한 이광수의 상해 생활에 종지부를 찍게 한 요인으로 작용한 것이다.

4. 위장 형태의 민족 활동, 「민족개조론」과 그 주변

이광수의 국내 귀환은 물론 공개리에 이루어지지 않았다. 부인인 허영숙 여사가 향도 역할을 하는 가운데 그의 귀국은 잠행 형태가 될 수밖에 없었다. 귀국 도중 그는 선천(宣川) 부근에서 일제의 경찰에 의해 체포, 연행되었다. 그 직후 불기소로 석방이 되었으나 그로 하여 이광수의 국내 활동은 상당 기간 동안 총독부 경찰의 감시 아래 놓였다.[18] 이광수에 대한 총독부 경찰의 감시는 1921년과 1922년 초두에 이르기까지 엄격하게 계속되었다. 그 보기가 되는 것이 한 논문에 관계된 사건이다. 이광수는 1921년 11월 『개벽』의 요청에 따라 「소년(少年)에게」를 집필, 발표했다.[19] 1921년 10월호 『개벽』과 11월호, 두 회에 걸쳐서 연재한 이 글의 중요 내용은 우리 민족의 힘을 새로운 행동 철학에서 구하는 것이었다. 이 글에서 이광수는 어른들이 아닌 소년들이 장차 전개될 민족의 새 역사를 창조할 주역이라고 전제했다. 이어 그는 우리 민족의 결함을 경제적 파산, 도덕적 파산, 지식적 파산이라고 지적하고 이것을 탈피시키기 위해서 소년들이 분기할 필요가 있다는 생각을 폈다. 이런 내용으로 미루어 보아 이때의 이광수의 견해 가운데는 별나게 항일, 저항적인 생각이 담겨 있지 않았다. 그럼에도 총독부 경찰은 이 글이 발표되자 그를 출판법 위반 혐의로 종로서에 연행해갔다.[20] 이런 사실들이 가리키는 바는 명백하다. 적어도

---

18) 이에 관한 것은 朴啓周·郭鶴松, 『春園李光洙』(三中堂, 1950), 제5장 「말없는 압록강」 부분 참조

19) 이때의 서명은 李光洙가 아니라 魯啞子로 되어있다. 또한 『李光洙全集』에는 이 글이 『개벽』 11월호에 한꺼번에 발표된 것으로 적혀 있으나 그것 역시 착오다. 『李光洙全集』(20), p.282 참조.

20) 위의 책, p.282.

귀국 후 얼마 동안 이광수는 그의 상해임정 관계 활동으로 인해 일경
의 빈틈없는 감시를 받았던 것이다.

총독부 경찰의 감시·규제에서 이광수가 어느 정도 풀려난 것은
1922년도 후반기 이후부터로 추정된다. 이때부터 그는 종학원(宗學院)에
강사로 초빙되어 철학과 윤리학의 강의를 담당했다. 또한 같은 해 새
로 창간된『신생활(新生活)』에「금강산유기(金剛山遊記)」를 발표하고 이어
다음 해에는『무정』에 이어 두 번째의 장편소설『개척자(開拓者)』를 흥
문당에서 간행했다. 이『개척자』는 국내 독자들의 열띤 호응을 얻었
다. 그 나머지 발간 3개월에 초판이 모두 매진되어 새 판을 간행할 정
도의 성과를 올렸다.[21] 어느 정도 총독부 경찰의 감시가 완화되자 이
광수는 곧 국내판 민족 운동에 손을 쓰기 시작했다. 그 구체적인 형태
가 된 것이 흥사단(興士團)을 국내에 조직, 가동시킨 일이다. 상해에 체
재하는 동안 이광수는 흥사단의 발기자인 안창호(安昌浩)와 한 방에서
기거를 했다. 그의 민족 운동의 골자가 되는 개체의 인격 도야와 그를
통한 민족의 역량 확충으로 전개될 자주 독립 쟁취론은 이광수의 마
음 속 깊은 곳까지 뒤흔들었다. 그 나머지 1920년 가을 어느 날 그는
소정의 문답 절차를 치르고 정식으로 흥사단에 입단했다.[22]

귀국 직후 이광수는 안창호를 주인공으로 한 장편소설『선도자(先導
者)』를 최남선이 주재한『동명(東明)』에 연재했다. 이 소설은 연재 111
회째에 이르러 총독부의 간섭으로 중단되었다. 그 얼마 뒤 그는 북경
에 체재중인 안창호를 비밀리에 찾아가 만났다. 이때 이광수는 안창호
가 품은 민족 운동의 경륜을 원고로 작성하여 국내에 반입했다. 이 원
고는 뒤에 주요한이 주재한 흥사단의 준 기관지『동광(東光)』에 연재되

---

21) 위의 책, p.284.
22) 朴啓周·郭鶴松,『春園李光洙』(三中堂, 1962), pp.267~269.

었다[23] 이와 함께 『동광』 창간호에는 이광수의 평론 「예술평가(藝術評價)의 표준」과 장백산인(長白山人)의 서명으로 발표된 「개인 일상생활의 혁신이 민족발흥(民族勃興)의 근본(根本)」이 실려 있다. 전자에서 이광수는 예술 양식으로서의 문학이 그 특징을 미(美)에 둔다고 말했다. 이것은 예술 일반론이어서 사회 개혁 의지가 담기지는 않았다. 그러나 후자의 골자가 되고 있는 것은 '① 거짓말을 하지 말자, ② 할 일이어든 곧 하자, ③ 약속을 충성으로 지키자' 등이며 그 여섯째 항목이 "날마다 동포를 위하여 어찌할고를 생각하자"로 되어 있다.[24] 이것으로 우리는 귀국 후 이광수의 사회 활동을 일관하여 지배한 것이 흥사단형 개체의 인격적 도야와 그를 통한 민족적 역량 함양임을 명백히 파악할 수 있다.

넓은 의미에서 흥사단식 민족 운동은 그것을 점진주의, 준비론이라고 규정할 수 있다. 상해시대부터 이광수는 이동휘류의 급진주의, 전투론이 마땅치 않았다. 그 나머지 귀국 후 그는 상황이 허용되는 범위 내에서 준비론을 펴고 또한 그 전파에 힘을 기울였다. 이미 드러난 바와 같이 귀국 직후 발표를 시도한 「소년에게」가 바로 그 구체적 표현 형태였다. 이 무렵 그는 「소년에게」와 함께 「중추계급(中樞階級)과 사회(社會)」(『개벽』, 1921.7), 「팔자설(八字說)을 기초(基礎)로 한 조선인(朝鮮人)의 인생관(人生觀)」(『개벽』, 1921.8), 「예술(藝術)과 인생(人生)」(『개벽』, 1922.1), 「문학(文學)에 뜻을 두는 이에게」(『개벽』, 1923.3), 「금강산유기(金剛山遊記)」(『신생활(新生活)』, 1922.3), 「국민생활(國民生活)에 대(對)한 사상(思想)의 노력(勞

---

23) 『東光』에 게재된 島山의 글 가운데 중요한 것들의 제목은 다음과 같다. 괄호 내 숫자는 호수.
　　合同과 分離 (1), 당신은 주인입니까 (2), 합동의 요건―지도자 (4), 부화에서 떠나 착실로 가자 (5), 오늘의 일은 오늘에 (7), 오늘의 조선 학생 (8), 조선 청년의 인내와 용단력 (9), 사업에 대한 책임심 (10), 낙관과 비관 (12)
24) 李光洙, 「개인의 일상 생활의 혁신이 민족적 발흥의 근본이다」, 『東光』(1), p.33.

力」(『개벽』, 1922.4) 등의 논설을 잇달아 발표했다. 이들은 모두가 다소간 준비론의 입장을 취한 민족운동론이었는데 1922년 중반에 이르러 그 종합·집약판에 해당되는 글이 발표되었다. 그것이 개벽 5월호에 수록된 「민족개조론(民族改造論)」이다.

「민족개조론」의 전제가 된 생각은 민족이 사는 길이 민족의 역량 양성이라는 전제였다. 이때 문제되는 힘을 기르기 위해서 이광수는 민족과 사회의 정신적인 혁명을 주장했다. 그의 그런 생각은 우선 민족을 구성하는 개인 개인의 자질 향상을 전제로 한다. 그 토대 위에서 집단적 세력, 곧 단합된 힘이 형성된다. 이 과정을 통하여 민족의 새 지평 타개에 요구되는 공고한 역량이 형성된다고 본 것이다.[25] 이 단계에서 이광수의 생각을 가장 집약적으로 담은 글이 「민족개조론」이다. 이 무렵에 쓴 이광수의 글이 모두가 그렇듯 여기에는 그의 독특한 행동 철학이 깔려 있다. 그에 따르면 인간은 불가피하게 환경과 여건의 영향을 받게 마련이다. 그런데 그 환경과 여건은 고정된 것이 아니라 수시로 변화, 발전한다. 인간들 역시 그에 대해서 기능적으로 대처해 나가야 한다. 그 길만이 우리 자신을 무기력과 쇠퇴에서 벗어나 번영에 이르게 만들기 때문이다. 그런데 이때 문제되는 대응 방식으로 이광수가 제시한 것이 민족의 개조(改造)였다. 그에 의하면 변화, 발전하는 상황·여건에 민족이 오불관언(吾不關焉)의 입장을 취할 수는 없다. 왜냐하면 그때 그 민족은 역사에서 이탈하여 파멸의 구렁으로 떨어지기 때문이다.

이광수는 민족 개조의 방향타를 윤리·도덕적인 것으로 잡았다. 그에 따르면 과거에도 우리 민족은 새 사회 건설의 시도를 가진 바 있다. 그 보기의 하나로 든 것이 독립협회의 사회 개혁 운동이다. 이광

---

25) 노양환, 앞의 책, p.282.

수는 독립협회가 민주적이며 애국심을 고창했고, '혁구취신주의(革舊就新主義)'에 입각한 민간 차원의 자발적 움직임이라는 점에 주목하였다.[26] 그러나 그들은 단체와 조직 구성의 전제 조건에 맹목이었다. 여기서 이광수가 내세운 조직 구성의 전제 조건은 한 가닥으로 수렴된다. 그것은 하나의 올바른 목적 아래 모여서 움직이는 잘 짜이고 굳게 뭉쳐진 단결력이다. 그리고 이를 위해서 이광수는 그 구성원들이 문제된다고 보았다. 그에 따르면 사회의 개조를 시도하는 조직체가 제대로 이루어지기 위해서는 세 개의 서로 다른 성격의 구성원이 요구된다.

> 東洋式 생각으로 보면 어떤 단체는 그 단체를 거느리는 英雄 하나만 있으면 되는 것같이 생각하지마는 한 단체가 成立되고 生活하야 가는 데는 三種의 人物이 鼎의 三足과 같이 必要한 것이외다. 三種의 人物이 란 무엇이뇨, 中心人物 또는 指導者와 專門家와 會員이외다.[27]

「민족개조론」에서 이광수는 지도자와 전문가의 성격에 대해서는 자세히 밝혀 놓지 않았다. 이에 대해서 그가 언급한 것은 「민족적 경륜(民族的經綸)」을 통해서였다. 그에 앞서 도산 안창호(島山 安昌浩)를 모델로 한 『선도자(先導者)』에 그 모형이 다소 부각된다. 그것을 구체화시킨 것이 「민족개조론」이다. 여기에서 이광수는 지도자와 전문가의 자격을 밝힌 다음 좋은 회원이 되는 일 역시 그에 못지않게 어려운 일이라고 보았다. 그리고는 그 요건을 회(會)를 사랑하고 위하는 것이라고 못 박고 있는 것이다. 이때 이광수가 그 세부 항목으로 손꼽은 것이 "회의 목적과 계획을 잘 이해하여 그 규칙을 잘 복종하며 회비를 꼭꼭 내고 집회에 꼭꼭 출석하는 것"[28] 등이다. 이런 일의 이행은 책임감, 질서

---

26) 李光洙, 民族改造論, 『開闢』(23)(1922. 5), pp.27~28.
27) 위의 글, p.29.

의식, 단체 정신, 민족의식 등을 전제로 한다. 그리고 이런 행동의 기틀을 다지는 길을 윤리, 도덕의 계발로 가능하다고 보았다.

이광수의 「민족개조론」은 상해에서 그가 입단한 홍사단의 「무실역행론(務實力行論)」의 국내 반입판이라 할 수 있다. 실제 이광수는 이런 사정을 이 글 허두에서 어느 정도 밝혀 놓았다. 다음은 그 일부분이다.

> 나는 많은 希望과 끓는 精誠으로 이 글을 朝鮮民族의 將來가 어떠할까? 어찌하면 이 民族을 現在의 쇠퇴에서 건져 幸福과 繁榮의 將來에 引導할까 하는 것을 생각하는 兄弟와 姉妹에게 드립니다. 이 글의 내용인 民族改造의 思想과 計劃은 在外同胞中에서 發生한 것으로서 내 것과 一致하여 마침내 나의 一生의 目的을 이루게 된 것이외다.29)

이광수가 도산 안창호를 만난 것은 상해시대가 처음이 아니었다. 그 이전에 그는 일개 학생의 신분으로 도산을 먼빛으로나마 상면한 바 있었다. 1907년 도산은 샌프란시스코에서 귀국하는 일정을 틈타 동경을 거친 적이 있다. 그때 그는 재일 한국인 유학생 단체인 태극학회의 요청으로 계몽적인 강연을 행했다.30) 이광수가 도산을 처음 본 것은 바로 그때였던 것이다. 그러나 그때 도산은 워낙 바쁜 일정이었고 또한 이광수는 한갓 학생 신분에 지나지 않았다. 그리하여 두 사람이 직접 인간관계를 맺을 겨를은 얻지 못하고 말았다. 그러던 것이 상해 망명 생활에서 도산을 만나고 이광수는 곧바로 그에게 깊이 경도되어 갔다.

우선 이광수는 근대 과학 문명의 세례를 받은 유학생 출신이었다. 그

---

28) 위의 글, p.29.
29) 위의 글, p.18.
30) 張利郁, 『島山 安昌浩』(太極出版社, 1972), pp.77~78.

는 일본의 정치, 경제, 군사 능력을 잘 알고 있었다. 동시에 국제 정세에도 상당한 수준의 지식을 가진 터였다. 그는 민족의 독립이 관념에 치우친 민족 정신이나 일제에 대한 적개심만으로 달성될 수 없음을 누구보다 잘 알고 있었다. 그런데 이광수가 만주와 시베리아, 북경, 상해에서 만난 대부분의 민족운동자들은 대체로 이런 사실에 대해 둔감한 편이거나 맹목적이었다. 그러나 이광수는 도산 안창호를 만나고 그가 다른 관념론자와 아주 상반된 지도자인 것을 알게 되었다.

한편 안창호는 일종의 정신적 청교도주의자였다. 그는 평생 인생을 올바르게 살아야 한다는 생각에 충실하고자 했다. 이때 올바르게 사는 기준이 되는 것이 윤리, 도덕을 지키며 인격을 갈고 다듬는 일이었다.[31] 이것으로 이광수가 생각한 지도자상이 떠오른다. 그에게 우리 민족의 지도자는 식민지 체제의 지양, 극복을 기하는 사람인 동시에 그 전략을 관념론이나 정신주의로 잡는 사람이 아니었다. 그에게 지도자는 민족적 역량을 현실로 파악하고 그 힘을 개체의 완성을 통해 기르게 하는 인격적 실체를 뜻했다. 이와 아울러 이광수에게 지도자는 수준 높은 세계인식의 능력과 함께 도덕적으로도 그 나름의 차원을 구축해야 한다. 그런데 이광수의 눈에는 바로 도산이 이 두 개의 조건을 모두 갖춘 인물로 생각되었다. 도산이 상해에 도착했을 때 거기에는 풍문과 혼란이 판을 치고 있었다. 그런 속에서 그는 여러 독립운동자들을 모으고 그들의 의견을 수렴해서 임시정부를 발족시키고 그 기반을 다져 나갔다. 독립운동의 구체적 활동 방안과 행동 강령을 세운 것 역시 도산 안창호였다. 이광수는 그 사이의 사정을 다음과 같이 밝

---

31) 이와 같은 단면은 李光洙의 작품 제작 태도를 통해서 단적으로 드러난다. 李光洙는 그 일생을 통해서 문학의 목적을 인생에 봉사하는 데 있다고 보았다. 그의 많은 소설과 시는 그의 이와 같은 생각의 표현들이다. 그리고 이때 인생을 잘 사는 기준이 되는 것이 바로 인격의 도야였다.

힌 바 있다.

> 島山은 이 방략을 두 부분으로 나누어서 제일부는 독립 달성까지의 운동 방략, 제이부는 건국 방략으로 하여서 이번에 제출된 의견들은 제이부로 돌리고(여기서 의견이란 상해 임정의 일차 국무회의에서 총장, 차장, 국무위원들에게 요청하여 제출케 한 것이다—필자주) 독립하기까지의 방략은 창작할 수밖에 없었던 것이다.[32]

도산이 평소의 신념으로 인격 도야를 기한 단면은 여러 가지 면으로 나타난다. 흥사단 문답의 제일 전제가 개인의 인격 함양이라는 사실은 널리 알려진 바와 같다. 도산의 이런 행동 양태는 이갑(李甲)에 대한 그 나름의 대우를 통해서도 나타난다. 한때 이갑은 흥사단의 조직 취지에 찬동해서 입단을 희망했다. 그러나 이때 도산은 단호하게 그것을 거절해 버렸다. 그 이유는 이갑이 풍류남아의 기질을 가졌기 때문에 그의 도덕성을 믿을 수 없다는 것이었다. 그러나 이것은 어디까지나 흥사단의 입단 때에 한한 이야기다. 후에 이갑이 시베리아에서 병들어 반신불수로 움직일 수 없다는 소식을 전해 들은 도산은 곧 300불을 그의 치료비에 쓰라고 보내주었다. 이때의 300불은 도산 자신이 파나마 운하의 인부 노릇을 하고, 그 부인이 바느질품을 팔아서 모은 것이었다.[33] 이렇게 보면 도산 안창호는 곧 이광수가 민족적 지도자로서 갖기를 바란 두 개의 요건을 모두 갖춘 경우가 된다. 그리하여 이광수는 한때 그 자신이 가장 존경하는 인물 가운데 한 사람을 도산 안창호라고 밝히기까지 했다. 참고로 밝히면 이광수가 존경한 또 한 사람은 우리 민족의 성웅인 충무공 이순신이다.[34] 이것으로 귀국 후

---

32) 『李光洙全集』(13)(三中堂, 1964), p.238.

33) 李光洙, 「島山에 관한 이 생각 저 생각」, 『李光洙全集』(17), pp.393~394.

34) 『李光洙全集』(16), p.28. 참고로 해당 부분을 그대로 옮겨 보면, "나는 朝鮮 사람

이광수가 택한 행동의 성향이 명백해진다. 한마디로 그는 흥사단 운동을 국내에 반입하여 민족 운동을 계속시킨 것이다. 그 담론 형태를 집약시킨 것이 「민족개조론」이었다.

5. 점진주의의 논리와 실제

「민족개조론」은 그것이 발표되자 곧 문단과 사회 각계각층의 비등하는 물의를 몰고 왔다. 당시 우리 주변에서 발간된 신문과 잡지가 모두 이광수를 공격하고 나섰다. 또한 동경에서도 그를 매장하자는 연설회가 열렸다.[35] 일부 흥분한 청년들은 이광수의 집으로 몰려들었다. 그들은 또한 「민족개조론」을 실은 개벽사와 종학원장으로 있는 최린(崔麟)의 집도 습격했다. 참고로 밝히면 최린은 상해에서 귀국한 이광수를 곧 종학원의 강사로 초빙한 바로 그 당사자였다. 「민족개조론」에 대한 이와 같은 반응은 물론 그 논지(論旨) 때문이었다. 「민족개조론」에서 이광수는 한국 민족이 못 사는 까닭을 도덕적 결함 때문이라고 전제했다. 일반 대중들은 이것이 우리 민족을 모독한 반역적 발언이라고 받아들였다. 그 결과 이광수를 타도하자는 거센 회오리가 일어난 것이다. 지금 돌이켜 보면 이것은 반드시 냉철한 사리 판단의 결과라고 보기는 힘들다.

「민족개조론」에 이어 이광수는 「민족적 경륜」을 발표했다. 이 글에서 중점적으로 다루고 있는 것은 민족의 집단적 훈련 전략이다. 「민족

중에서 두 사람을 崇拜합니다. 하나는 옛사람으로 李舜臣이요, 하나는 이제 사람으로 安島山입니다. 나는 七, 八年前에 『先導者』라는 小說을 맡았거니와 그 主人公이 安島山인 것은 말할 것도 없습니다.”
35) 朴啓周·郭鶴松, 앞의 책, p.314~316.

개조론」에서는 개인의 수양이 특히 강조되었다. 그들이 수양을 통해서 인격이 함양된 다음 단계에서 전개되어야 할 단체 활동의 의미나 의의에 대해서는 자세한 언급이 가해지지 않은 것이다. 「민족적 경륜」은 그러니까 「민족개조론」의 후속편 내지 조직활동론에 해당된다. 이 글의 첫머리에는 그런 의도가 명시되어 있다.

> "朝鮮民族의 將來에 對한 計劃이 무엇이냐?" 하고 누가 우리에게 물을 때에 우리는 무엇이라고 대답하랴. (…중략…) 이러한 質問에 對하여 甲의 朝鮮人은 甲의 意見대로 對答하고 乙의 朝鮮人은 乙의 意見대로 대답하려니와 바로 그 甲이나 乙이 朝鮮人中에 가장 偉大한 人物이라 하더라도 그네의 대답이 우리 朝鮮民族의 대답은 아니요 오직 그네 個人의 대답이다. 대개 個人의 意見은 그대로는 決코 民族的 行爲로 表現되지 못하고 오직 그 意見의 民族的 意見 卽 그 民族의 中心團結의 意見이 된 뒤에야 비로소 民族的 行爲 또는 運動으로 實現되는 것이기 때문이다. 이렇게 論來하면 아직까지 우리 民族에게는 民族的 計劃이 없다 할 것이다. 各人의 意識 속에 潛在한 目的과 計劃은 있으려니와, 그것이 아직은 凝集치 못한 것이다.[36]

이런 전제 다음 이광수는 세 가지 범주에 걸쳐서 민족적 도덕성 향상을 위한 계획을 펼쳐 보였다. 그 내용은 문화뿐 아니라 정치와 산업, 경제 및 교육 등 여러 분야에 걸친 것이었다. 그에 따르면 정치적 계획이란 정치적 조직, 훈련 곧 결사와 조직 활동이 전개되어야 함을 뜻한다. 그 사유를 이광수는 "① 당면의 민족적 권리와 이익을 옹호하기 위하여, ② 조선인을 정치적으로 訓練하고 團結하여 民族의 政治的 中心勢力을 作하여 써 將來 久遠한 政治運動의 基礎를 成하기 위하여"[37]라고 밝혀 놓았다. 또한 산업·경제 문제에 대해서는 민족의 경

---

36) 李光洙, 「民族的 經綸」, <東亞日報>(1924. 1. 2).

37) <東亞日報>(1924. 1. 3).

제 능력 양성을 그 전제로 삼았다. 이광수에 따르면 민족적 경제 능력은 밖으로 일제의 민족 자본 수탈과 시장 독점을 막아내는 일이었다. 또한 안으로 그것은 민족 자본을 축적하고 생산 능력을 증대, 확장시키는 것을 뜻했다. 그 구체적 방안으로 이광수는 물산장려 운동을 손꼽았다. 이때에 이광수는 구체적 방안도 제시해 놓았다. 그것이 "① 消極的으로 保護關稅의 代用效力을 얻기 위하여 朝鮮産品 同盟者를 얻을 것, ② 積極的으로 朝鮮人의 日用品이요, 또 朝鮮에서 제조하기 가능한 산업기관을 일으킬 資金의 出資者를 얻기 위하여 一大 産業的 結社를 組織할 것"[38] 등이다.

한편, 교육 문제에서 이광수는 과거 우리 민족의 입장을 날카롭게 비판하고 있다. 그에 따르면 과거 우리 민족은 교육을 일부 지배계층의 전유물로만 생각했다. 동시에 그것은 실생활과는 무관한 것을 가르치고 배우는 관념적 차원에 그쳤다는 것이다. 이광수는 그 지양, 극복을 외치면서 민족적 경륜을 지닌 교육을 제창했다. 이와 아울러 그는 민중을 두루 계도하는 교육과 실생활에 원용 가능한 교육을 주장한 바 있다. 그것이 이용, 후생에 입각한 교육이다.[39] 이광수는 이 이용, 후생의 일이 과학 교육을 통해 열린다고 보았다.

> "……歐洲 先進國이 우리보다 優越한 것은 이 科學的 知識의 普及
> 에 있는 것이요, 우리가 그만 못한 것은 科學的 知識이 그만 못한 까
> 닭이다.[40]

「민족적 경륜」은 그것이 발표되자 「민족개조론」 때를 능가할 정도

---

38) <東亞日報>(1924. 1. 4).
39) <東亞日報>(1924. 1. 5).
40) <東亞日報>(1924. 1. 6).

로 심한 논란의 소용돌이를 몰고 왔다. 아직도 일반에게는 「민족개조론」때 품은 감정의 앙금이 남아 있었다. 그리하여 각계각층에서 이광수를 성토하는 목소리가 높아지고 다시 세론(世論)이 들끓게 되었다. 그 결과 이광수는 그때까지 몸담고 일을 본 동아일보의 객원 자리를 내어놓지 않으면 안 되었다.[41]

여기서 우리가 고려해 보아야 할 것이 있다. 과연 이광수가 이와 같은 사태를 예견하지 못했을까 하는 점이다. 그에게는 이미 「민족개조론」을 쓰고 난 직후의 아픈 생채기가 있을 터였다. 그는 이념과 원칙만을 앞세우는 고집불통의 지사형 인간도 아니었다. 문필인이며 신문 잡지 발간에도 관계했기 때문에 세태의 흐름에 대해서도 비교적 민감한 쪽이었을 것이다. 그럼에도 그는 「민족개조론」의 후속편에 해당되는 「민족적 경륜」을 썼다. 이것은 적어도 한 가지 사실을 명백하게 알려 준다. 그것이 귀국 후 그가 상당한 열도와 함께 우리 민족의 도덕적 재무장을 시도한 점이다.

한때 이광수는 교육의 윤리, 도덕화가 아니라 개체 중심론을 편 적이 있다. 이 경우 좋은 보기로 들 수 있는 것이 초기 논설들이다. 이광수의 초기 논설들은 1910년대부터 쓰였다. 그 중요한 것들은 「금일(今日) 아한(我韓) 청년(靑年)과 정육(情育)」(『대한흥학보(大韓興學報)』 10, 1910.2), 「조선(朝鮮)사람인 청년(靑年)들에게」(『소년』, 1910.6), 「교육가(敎育家) 제씨(諸氏)에게」(<매일신보>, 1916.11.12), 「위선(爲先) 수(獸)가 되고 연후에 인(人)이 되라」(『학지광(學之光)』 17, 1917.1), 「숙명론적(宿命論的) 인생관(人生觀)에서 자력론적(自力論的) 인생관(人生觀)에」(『학지광』 17, 1918.8), 「자녀중심론(子女中心論)」(『청춘』 15, 1918.9) 등이다.

이들 글을 통해 낡은 교육의 지양, 극복을 외치면서 이광수는 구태

---

41) 노양환, 年報, 『李光洙全集』(20)(三中堂, 1964), p.285.

의연한 도덕률을 강요하는 교육의 지양, 극복을 주장했다.[42) 「위선 수
가 되고 연후에 인이 되라」나 「숙명론적 인생관에서 자력론적 인생관
에」에 나타나는 논지가 그 집약판 구실을 한다. 이들 글을 통해서 이
광수는 인간이 경직된 기성 가치관의 희생물일 수 없음을 주장했다.[43)
그와 아울러 그는 우리 자신의 생활이 일방적으로 환경 여건에 지배
되는 것이 아니라고 강조했다. 그는 의욕과 정열로 스스로의 앞길을
타개해 나가는 데 인생의 의의가 있다고 보았다.[44) 「자녀중심론」에서
이상과 같은 이광수의 생각은 일단 정리, 종합된다. 이 글은 그 허두
에서 과거 우리 사회의 폐습이 부조 중심(父祖中心)인 데서 빚어진 것
이라고 전제했다.[45) 여기서 부조 중심이란, 달리 말하면 낡은 윤리와

42) 李寶鏡, 「今日 我韓 靑年과 情育」, 『大韓興學報』(10)(1910. 2), pp.16~19.

43) 참고로 해당 부분을 뽑아 보면, "道德이니 禮儀니 하는 것은 個人이나 民族이 靑
年 元氣時代를 經하여 老成期에 入한 後에 生하는 것이니, 個人이 道德, 禮儀의 종
이 되게 되면, 그는 이미 墓門이 近하였고 民族이 道德, 禮儀만 崇尙하게 되면 그
는 이미 劣敗와 滅亡을 向하는 것이라." 이광수, 「爲先 獸가 되고 然後에 人이 되
라」, 『李光洙全集』(20), pp.150~151.

44) 大抵 宿命論的 人生觀은 오직 朝鮮人에게만 있는 것이 아니요 아직 自己의 力을
自覺하지 못한 未開 民族, 또 오래 外人의 支配下에 呻吟한 殘弱한 民族에게 共通
한 것이외다. (…중략…) 이렇게 宿命論的 人生觀을 全然히 버리고 自己의 運命을
오직 自己의 힘에 달렸다 하는 自力論的 人生觀(그렇게 부를 수 있다 하면)을 가져
吾人의 本分은 無限한 理想을 實現하려는 無限한 奮鬪努力이 있다 함을 깊이 自覺
하는 것이 現在 朝鮮人의 死活에 關한 要機라 하오 이광수, 「宿命論的 人生觀에서
自力論的 人生觀에」, 『李光洙全集』(17), pp.63~64.

45) 李光洙, 「子女中心論」, 『靑春』(15)(1918. 9), p.16. 참고로 여기서 이 글 결론 부분을
옮겨 적어보면 다음과 같다.
　　"우리는 우리 先祖를 온통 모아 놓은 것보담 貴하고 重하다. 毋論 우리 父母네
보담 重하다. 우리는 우리의 先祖가 하여 놓은 모든 일보다도 더 크고 많고 價值
있는 일을 할 使命을 가진 사람들이다. 그러므로 우리는 우리가 最善이라고 斷定
하는 바를 實現하기 위하여서는 우리가 忌憚할 아무것도 없다. 우리는 先祖도 없
는 사람, 父母도 없는 사람(어떤 意味로는)으로 今日 今時에 天上으로 吾土에 降臨
한 新種族으로 自處하여야 한다. 그래서 우리의 一生에 우리의 最善을 다하다가
우리의 後代에 오는 健全한 子女들에게 그것을 물려주어야 한다. 우리의 子女로
하여금 우리의 身體와 精神을 온통 그네의 食料를 삼게 하여야 한다. 우리의 子女

도덕의 일방통행 상태를 가리킨다. 그런데 그 지양, 극복의 목표가 곧 자녀의 해방과 자녀 중심의 교육이라는 것이다. 이것은 서구 시민사회의 형성기에 시도된 인간의 해방, 자아 인식을 통한 개성 추구를 연상하게 한다. 본래 서구의 근대 사회 형성을 위해 주체가 된 것은 전국민이나 대중이 아니었다. 그 무렵 자아 추구를 외치고 시도한 것은 일부 선구적인 지식인들이었다. 그에 호응한 것이 시민 계층이다. 이런 의미에서 초기에 이광수가 품은 사회관 내지 민족에 대한 인식은 다분히 지식인 또는 시민 계층 중심의 단면을 드러낸다.

귀국 후 이광수가 보여준 민족관은 위와 같은 지식인 또는 시민 계층 중심론을 지양시킨 것이다. 앞에서 본 바와 같이 그는 민족의 구성원을 몇 개의 유형으로 나누어 보았다. 그리고 민족 개조를 위해 그들이 모두 포괄되어야 함을 전제했다. 해외 망명 생활을 통해서 이광수는 항일·독립 운동이 거족적인 차원에서 시도되어야 할 필요를 뼈저리게 느낀 듯하다. 그 결과 인격 도야와 단결을 전제로 하는 가운데 전 구성원의 동원 체제 수립을 뜻하는 포괄적 민족운동론을 제창하기에 이른 것이다.

물론 이광수가 귀국 직후 시도한 민족의 이해, 파악에도 난점이 전혀 없는바 아니다. 이광수는 우리 민족이 맛보는 가난과 불행의 요인을 모두 우리 자신의 결함으로 돌렸다. 그러나 실제에 있어서 그런 요인은 극히 부분적인 것이었다. 식민지 체제 아래에서 우리 민족은 부지런하게 일하고 근검, 저축을 하고 싶어도 그 여건과 터전을 마련할 길이 차폐되어 있었다. 많은 농토는 일제의 수탈 정책으로 동척(東拓)의 손아귀에 넘어가거나 일인(日人)의 소유가 되었다.[46] 손쉬운 일자리

되는 者로 우리를 발길로 차게 하여라. 우리의 어깨로 그네가 높이 오르려는 발, 登床이 되게 하여라. 우리의 身體로 그네가 江을 건너 나아가기에 必要한 橋梁의 材料가 되게 하며, 泥濘을 메우는 瓦礫이 되게 하려라.'

도 구하려야 얻을 수 없는 형편이었다. 식민지적 수탈 상황 아래서 우리 동포들은 아침저녁의 끼니를 잇기가 어려웠다. 그런 상황, 여건 속에서 수양을 쌓아 덕성을 기르고 기술을 익혀 민족의 역량 함양으로 식민지 체제를 극복한다는 것은 아무리 양보해도 이상론이었다.

「민족개조론」으로 대표된 이광수의 식민지문화극복론은 그것이 발표되자 곧 좌파들에 의해 일종의 자기기만 내지 난시 현상이라고 지적된 바 있다. 사실 식민지 체제 아래에서 무엇보다 앞서 문제될 것은 총독 정치의 철폐였고 그를 통한 민족 해방이었다. 식민지 지배 체제의 철폐 없이 우리 민족의 반봉건, 근대화가 이루어질 리 없었고 자주

---

46) 이와 같은 사실은 일제가 작성한 통계 자료를 통해 단적으로 드러난다. 己未萬歲 운동이 일어난 초기 1919년 한반도 내의 계급별 농가 호수는 지주 甲종이(토지 소유 정도를 말함—필자주) 16,274호, 乙종이 74,112호, 자작농 525,839호, 자작 겸 소작 1,045,606호, 소작 1,003,003호였다. 그것이 1920년도부터 1930년도까지에는 다음과 같이 나타난다.

年次	地主 甲	乙	自作	自作兼小作	小作	純火田民	計
年	戶	戶	戶	戶	戶	戶	戶
1914		46,754	569,517	1065,705	911,261	—	2592,237
1921	17,002	80,103	533,188	994,976	1091,680	—	2716,949
1922	17,157	81,926	534,907	971,877	1106,598	—	2712,465
1923	17,904	82,498	527,494	951,667	1123,275	—	2702,838
1928	20,777	83,824	512,983	864,381	1255,954	33,269	2799,188
1929	21,326	83,170	507,384	885,594	1283,471	34,332	2815,277
1930	21,400	82,604	504,009	890,291	1334,139	37,514	2869,957

　　여기서 우리는 1920년도 이후 해마다 자작농의 숫자가 줄고 있음에 주목해야 한다. 그에 반해서 소작농과 화전민의 수는 상대적으로 증가하고 있다. 이것은 일제의 토지 수탈 기관인 동척에 의해 우리 농민들이 그 경작지를 빼앗기고 소작농으로 전락하거나 유리 걸식 상태에 들어갔음을 보여준다.
　　朝鮮總督府農林局, 「조선에 있어서 小作에 관한 參考事項摘要, 山邊健太郎」, 『日帝統治下의 朝鮮』(岩波新書, 1979), p.45.

독립, 번영의 지평 타개가 제대로 될 리 없었기 때문이다. 그럼에도 이광수는 바로 이와 같은 대전제를 뒷전으로 돌리고 개체의 수양을 전제로 한 민족개조론을 주장했다. 본래 민족에 대한 올바른 인식은 역사나 사회에 대한 제 나름의 비평적인 안목 없이 이루어지지 않는다. 그리고 역사나 사회에 대한 비평적 안목이란 상황 여건에 대한 올바른 눈길을 통하지 않고는 확보될 수가 없다.

우리가 사회나 역사를 보는 눈길을 레이몽 아롱은 대충 세 가지로 나누어 파악한 바 있다. 그들이 곧 기술·실천 비평적인 태도, 윤리·이념적인 경우 및 이데올로기 비평 태도 등이다. 먼저 이데올로기 비평 태도란 신봉하는 이데올로기의 절대성을 믿어 의심치 않는 경우를 가리킨다. 이때 현실은 그 이데올로기를 통해서만 긍정되거나 부정된다. 그러니까 이것은 매우 경직된 관념 독주형의 사회 비평 태도다. 이 경우에 속하는 좋은 보기가 되는 것이 맑스주의자들의 입장이다.

기술 비평은 일단 기존 질서의 대원칙을 시인, 수긍한다. 그 전제 위에서 부분적인 모순이나 시행착오 현상을 수정하고자 하는 것이다. 윤리·이념적인 비평 태도는 기술적인 경우와 좋은 대조가 된다. 여기서는 처음부터 기존의 가치 체계라든가 행동 이념이 부차적인 것으로 돌아간다. 이때는 사회, 역사의 새 국면 타개가 부분적인 수정이나 개혁으로는 제대로 이루어지지 않는다고 믿는다. 그리하여 한 사회를 지배하는 전통이라든가 체제 자체를 배제하고 그 구조를 뿌리째 뒤엎어 버리고자 한다.47) 레이몽 아롱의 시각에 따르면 이광수가 귀국 후 보인 행동 양태는 기술 비평의 유형에 속한다. 여기서 나타나는 한계가

---

47) Raymond Aron, *L'Opium des Intellectuells*(Paris. 1955), pp.220~221 : 安秉煜 역, 『知識人의 阿片』(湖岩文化社, 1962), pp.244~245 ; Terence Kilmartin, *The Opium of the Intellectuals*(New York, 1957), pp.210~211 ; 渡邊善一郎 역, 『現代의 知識人』(論爭社, 1960), pp.246 ~247.

손쉽게 드러난다. 일제 식민지 체제라는 특수 상황에 비추어 볼 때 그의 민족관은 당연히 윤리 비평의 입장을 취하고 있어야 했다. 그럼에도 이광수는 이런 사실에 둔감했다. 그는 소박하게도 식민지 체제 아래에서 기능적인 민족의 개조가 가능하다고 믿었다. 그리하여 윤리적인 입장을 취해야 할 자리에서 기술 비평의 태도를 택하고 나섰다.[48]

그 한계에도 불구하고 상해에서 귀국 직후 보여준 이광수의 민족인식에는 그 나름의 공적이 포함되어 있다. 우선 이 단계에 이르면 이광수가 현실을 보는 눈은 그 전단계의 경우와 사뭇 다르게 나타난다. 그 이전 그의 담론은 어느 편인가 하면 일률적으로 기성 세대 비판의 성격을 띤 것이었다. 그리하여 주제에서는 구도덕 타파의 성격을 지니게 되었고, 문체와 문장 구조에 있어서는 새로운 차원을 구축하려는 의욕이 독주하고 있었다. 1920년부터 이광수는 문체나 문장, 기법에 앞서 인간과 의도를 내세운다. 다음은 그가 문학 지망자에게 보내는 글로 쓴 논설 가운데서 뽑아 본 것이다.

最後에 한 가지 文學者나 文士되기에, 그 中에도 民衆의 精神을 支配하는 文士가 되기에 가장 重要하고 가장 必要한 것이 있으니 진실로 工夫보다도 天才보다도 글 잘 짓는 것보다도 必要한 것이 있으니 그것은 健全한 人格이외다. 무슨 知識이나 무슨 能力이나 健全한 人格者에게 있고야 그것이 民族이나 全人類에게 利益을 주는 것이지 不健全한 人格者가 知識이나 能力을 가지면 도리어 害毒을 끼치게 되고 그 가진 知識이나 能力이 클수록 그 주는 害毒이 더욱 큰 것이외다.[49]

여기서 우리는 이 무렵 이광수의 담론에 내포된 두 가지 특질을 지

---

48) 이런 관점에서 李光洙를 본 선행 작업으로는 金鵬九, 「新文學 初期의 啓蒙思想과 近代的 自我」, 『韓國人과 文學思想』(一潮閣, 1964), pp.80~81이 있다.

49) 李光洙, 「文學에 뜻을 두는 이에게」, 『開闢』(21)(1922. 3), p.15.

적할 수 있다. 그 하나는 좋은 작품을 쓰기 위해서 인격의 도야를 선행시켜야 한다는 생각이다. 그리고 다른 하나가 문학의 독자적 존재 의의에 대한 반대 의견이다. 이광수는 문학의 독자적 존재 의의를 부정하는 가운데 그것이 인생과 사회에 봉사해야 한다고 보았다. 그런데 훗날 이광수는 전자를 거의 언급하지 않았다. 지금 우리가 그 사유를 짐작하기는 어렵지 않은 일이다. 적어도 본론화 단계 이후에서 근대문학은 인간과 작품의 혼동론을 수긍하지 않는다. 이광수 역시 그런 사정을 모를 리가 없었다. 그리하여 이 부분에 대해서는 다시 되풀이하지 않게 된 것이다. 그러나 후자에 준하는 생각을 이광수는 1920년대 후반기 이후에도 거듭 확인, 강조했다.

> 내가 小說을 쓰는 究竟의 動機는 내가 新聞記者가 되는 究竟의 動機, 教師가 되는 究竟의 動機와 一致하는 것이니 그는 곧 朝鮮과 朝鮮民族을 위하는 奉仕, 義務의 履行이다. 이것뿐이오, 이밖에는 아무것도 없다. 내가 一生 하는 일이 朝鮮과 朝鮮民族의 地位向上과 幸福의 增進에 毫末만큼이라도 寄與함이 될지어다 하는 것이 내 行動의 根本動機다.[50]

결국 1920년대 초기에 이광수의 담론을 통해서 나타나는 문학관은 그의 민족관과 표리의 형태를 이루었다. 그는 이 단계에서 초기의 개화·계몽의식을 중심으로 한 개성 추구의 입장을 지양하고 있다. 그 대신 민족을 위하는 봉사의 문학론을 들고 나선 것이다. 위와 같은 이광수의 문학관은 스스로의 작품이 지닌 세계도 변혁시키게 했다. 가령 『흙』에 나오는 허숭은 이미 『무정』의 이형식이나 박영채가 아니다. 그는 구도덕을 배제하고 새로운 과학 문명을 습득하는 지식인인 데 그치지 않는다. 그 이전에 그는 살여울로 표상된 한국 농촌의

---

50) 李光洙, 「余의 作家的 態度」, 『東光』(20)(1931. 4), p.84. 필명 京西學人 사용.

일반 대중을 선도하여 그들의 인격을 도야해 보려는 지도자로 등장한
다. 「민족개조론」으로 집약된 이광수의 이와 같은 변신은 물론 소설에
만 국한되는 것은 아니다.

> 맹세하옵니다
> 내 목숨을 가리키어 맹세하옵니다
> 이몸을
> 이몸의 일생을
> 내 일신의 안락 말고
> 의를 위해―동포를 위해 바치게 하기로
> 맹세하옵니다
>
> 맹세하옵니다
>
> 내 목숨을 가리키어 맹세하옵니다
> 일생을
> 죽을 때까지―죽을지라도
> 털끝만한 허위도 없이
> 진리의 생활 오직 진리의 생활을 하기로
> 맹세하옵니다
>
> 맹세하옵니다
> 내 목숨을 가리키어 맹세하옵니다
> 동포를
> 모든 인류를 모든 생류를
> 조금이라도 미워함 해치람 없이
> 아끼고 사랑하고 용서하기로 이날에
> 맹세하옵니다.
>
> ― 「세 가지 맹세」[51]

---

51) 「세 가지 맹세」, 『朝鮮文壇』(5)(1925. 1), p.69.

얼핏 보아도 나타나는 바와 같이 이 작품에서 화자가 마음을 바치고자 한 대상은 민족 또는 인류 전체다. 그러면서 이때 화자는 전혀 대타적인 사회 개혁 의식을 지니지 않고 있다. 오로지 그는 동포와 인류를 위해 의를 행하고 허위가 없는 생활을 통해 일할 것을 맹세하고 있다. 이것은 이광수가 귀국한 다음의 글쓰기가 그의 다른 담론 형태와 꼭 같이 흥사단식 점진주의에 입각하고 있음을 뜻한다.

비록 사회 비평의 시각에서 문제가 있다고 해도 이것은 이광수의 작품 세계에 나타나는 명백한 변화다. 이 단계에서 빚어진 이와 같은 변화는 그 문학사적인 의의가 매우 크다. 여기서 우리는 다시 「민족개조론」이 나온 시기를 생각해 보아야 한다. 일제 때 우리가 벌인 민족운동은 세 단계로 나눌 수 있다. 그에 따르면 지성 동원(知性動員) 단계와 종교 동원(宗敎動員) 단계를 거쳐 거족적 동원(擧族的 動員) 단계에 이른 것으로 파악한다.[52] 여기서 '거족적 동원'이 이루어진 것은 3·1 운동의 다음이다. 3·1 운동을 분수령으로 우리는 지성 동원과 종교 동원 단계를 넘어 민족 전체가 일어난 거족적 동원의 단계를 맞이했다. 반제, 민족 투쟁 형태가 이와 같이 앞섰음에도 불구하고 그 후 우리 주변에서는 전 민족의 의지와 정서를 한 줄기에 포괄, 수용할 대문학(大文學)과 담론이 나타나지 않았다. 본래 본격적인 의미의 민족 문학과 민족 문화는 겨레의 심금을 크고 깊게 울려주는 교향곡과 같은 것이다. 그것은 전민족의 꿈과 감정, 생각과 열망을 한 자리에 집약시키는 정신의 자장(磁場)이 되어야 한다.

그럼에도 3·1 운동 이후 우리 시인과 소설가들이 제작해낸 작품 가운데 이런 우리의 요구를 넉넉하게 충족시킬 만한 작품이 나타난

---

52) Gregory Henderson, *Korea : Politics of the Vortex*(Havard Univ. Press, 1968), pp.63~67. 참고로 밝히면, 헨더슨은 여기서 3·1운동의 성격을 독립협회의 Intellectual mobilization, 東學革命의 Religious mobilization 다음에 온 National mobilization이라고 규정했다.

예는 거의 없었다. 그 무렵 우리 주변의 작가들은 대체로 좁은 테두리를 맴도는 개성 추구의 세계를 맴돌았다. 시에서도 예외는 아니었는데, 이때의 시는 사적인 정서를 노래하는 데 그칠 뿐이었다. 그 예로 들 수 있는 것이 김억(金億)과 주요한(朱燿翰), 김소월(金素月), 홍사용(洪思容), 김동환(金東煥) 등의 시이다. 이들의 작품이 형태, 기법과 언어의 구사면에서 새 차원을 개척한 것은 사실이다. 소설에서도 사정은 비슷했다. 이광수의 다음 세대를 담당한 것이 김동인(金東仁), 전영택(田榮澤), 현진건(玄鎭健), 염상섭(廉尙燮) 등이었다. 이들이 춘원보다 새로운 문장을 쓰고 근대적 구성 원칙에 맞는 소설을 쓴 것 또한 뚜렷한 선으로 나타난다. 그러나 이들 가운데 그 누구도 민족의 역사와 현실을 포괄한 차원의 세계를 펼쳐 보인 예가 없었다. 이것은 명백하게 지적되어야 할 한국 문단과 문학의 빈터였다. 그런데 20년대 전반기에 작성한 이광수의 민족론에는 명백하게 이 논리의 빈터를 메우려는 시도의 자취가 나타난다. 이제까지 우리 주변의 이광수 연구에서 이런 사실에 대한 인식과 평가는 제대로 이루어지지 않았다. 이 작업은 그것을 확인, 지양하려는 의도와 함께 이루어진 것이다.

XI. 저항시인 윤동주(尹東柱)와 나
— 후쿠오카(福岡)와 북간도 체험을 바탕으로

1. 항일 저항 시인 윤동주(尹東柱)

윤동주는 1917년 12월 만주의 간도성 명동촌(明東村)에서 태어났다. 그는 간도 이민의 2세로 거기서 소학교를 다닌 다음 은진(恩眞) 중학교를 거쳐 연희전문학교에서 수학하였다. 연희전문에서는 문과를 택하여 시 쓰기를 지망하고 정지용을 사숙하는 한편 키에르케골과 도스토예프스키, 릴케 등에 깊이 빠져들었다. 연희전문을 마친 다음 일본에 건너가 입교(立敎)대학에 적을 두었다가 이어 경도의 동지사(同志社)대학으로 자리를 옮겼다. 윤동주가 동지사대학에 다닐 때 일본은 그들 스스로가 일으킨 침략 전쟁에서 패퇴를 거듭했다. 그것을 은폐하고, 퇴세를 만회하기 위해 일제의 군부는 전선에서 유혈 돌격, 자살, 특공 전투를 감행했다. 그리고 본국과 식민지에서는 국민총동원령을 선포하여 전력의 극대화에 광분하고 후 방단속에 혈안이 되어 있었다. 윤동주가 송몽규(宋夢奎) 등과 함께 일제의 사찰망에 걸려 투옥당한 것이 바로 이 무렵인 1943년 여름이다. 뒤에 알려진 바에 의하면 유학 생활 중 윤동주는 송몽규, 백인준, 고희옥 등 재일본 조선인 유학생들과 함께 비밀 조직을 만들었고 그를 통하여 식민지 체제를 분석, 비판하고 민족 해방을 위한 항일 투쟁 방법을 모색했다고 한다.

윤동주가 관계한 이런 반체제 활동은 후방 단속에 혈안이 된 일제의 탐지망에 걸렸다. 결국 여름방학으로 귀향하기 직전 그는 몇몇 친구, 동지들과 함께 악명 높은 일제 고등계 형사에 의해 연행 투옥되었다. 협박과 고문 과정을 거친 취조 다음에 죄질이 무겁지 않다고 판단된 다른 사람들은 요시찰자의 딱지를 붙인 채 석방이 되었다. 그러나 윤동주는 송몽규와 함께 석방되지 못하고 투옥, 수감되었다. 그가 감옥살이를 한 곳은 일본에서도 악명이 높은 후쿠오카 형무소에서였다. 처음 윤동주가 받은 형량은 2년이었다. 이 복역 기간 동안 윤동주는 일제의 특수 약물 주사를 맞는 생체 실험 대상이 되었다. 당시는 일제의 전력이 바닥을 친 때여서 후방의 군사병원에서조차 치료약이 고갈 상태가 된 상황이었다. 그런데 바로 이 무렵에 윤동주와 송몽규는 일제 군의의 주사를 맞은 것이다. 전후 상황으로 미루어 보아 그들은 일제의 생체 실험 대상이 된 것임에 틀림없다.

윤동주의 최후는 1945년 2월 16일 후쿠오카 형무소의 철창 속에서 빚어졌다. 그때 그는 뜻을 알아들을 수 없는 외마디의 비명소리를 질렀다고 한다. 아마도 그것은 꿈을 이루지 못한 채 끝나버리는 그의 생이 올린 원한의 소리였을 것이다. 그의 나이 28세, 그가 우리에게 남긴 것은 유고 시집 『하늘과 바람과 별과 시』 한 권뿐이다. 이 시집은 그 한 해 전에 북경 감옥에서 절명한 이육사(李陸史)의 시집과 함께 일제 암흑기의 어두운 밤을 불 밝힌 저항 문학의 본보기로 손꼽힌다. 윤동주의 이름은 그로 하여 우리 민족문학사의 한 기념비를 이루는 것이다.

2. 윤동주와 후쿠오카

20대 후반부터 나는 한국 현대시와 시인을 감으로 한 역사 쓰기를 지망했다. 그 과정에서 관계 문헌과 자료를 모아 분석, 검토하는 일을 꾀하게 되었고 나아가 그것을 담론 형태로 묶어 내기를 시도해 왔다. 윤동주의 작품과 삶의 자취 역시 그 예외는 아니었다. 1976년 「윤동주 시의 문학사적 의의」(『나라사랑』 27집)를 써본 이후 나는 몇 편의 윤동주에 관한 글을 발표했다. 또한 겨를을 얻는 대로 그 유적지가 되는 곳을 살펴보기로 했다. 그 결과물의 하나로 손꼽을 수 있는 것들이 1983년에 쓴 「현해탄의 해거름」이며 1900년 『현대문학』을 통해 발표한 「비석에는 그림자가 없었다—윤동주의의 북간도」이다. 이와는 달리 나는 여행 때마다 현지에서 보고 느낀 것을 스케치나 메모 정도로 생각하고 한시(漢詩) 형식에 담아 보았다. 윤동주를 의식하면서 쓴 것 가운데도 다음과 같은 두 작품이 있다.

燕月漁村柵竹干
投錨船舶自成團
片帆玄海情無盡
烈士童舟血未乾
　　童舟日帝末抵抗詩人尹東柱之筆名
掩地風櫻言表美
連天積水眼窮難
羈愁悄悄靑丘遠
夕照西方我獨看

제비철 어촌에는 대숫대가 울바준데
닻을 내린 선박(船舶)들은 제스스로 모여 있네.
현해탄 돛배 지나 정은 일어 다함 없고
몸 던져 나라지킨 동주(童舟)의 피 땅에 흘러
　　　동주(童舟)는 일제 말 저항시인 윤동주의 필명이었다.
땅을 덮은 고운 벚꽃 말과 글로 못이르니
바다가 하늘인가 눈 던질 곳 바이 없다.
길손의 쓸쓸한 맘 내 나라는 머나먼 곳
저녁 붉새 서녘 땅을 내가 혼자 바라본다

─ 「博多湾 春懷」

博多海岸 三首
一.
季月殊方望海時
蒼波萬頃棹歌遲
三危太白雲濤外
別有乾坤此日知

二
萬斛艨艟渡海時
如山波浪運行遲
麗兵元卒爲魚鼈
今日愁心我獨知

三
壁上孤燈殘影時
追思東杜夜遲遲
遺詩歷歷尙存世
高節淸名誰不知

忽必烈侵攻日本時 高麗蒙古同盟軍上陸
於博多灣 而血戰數日 被擊于颱風 許多將卒

溺死於海底 大小艦船無不沈沒 又日帝末
民族詩人尹東柱投獄於福岡刑務所 籠鳥之
歲月二年餘 終絶命於此地故及之

一.

유월달 남의 나라 바다를 바라볼 때
가이 없는 푸른 물결 뱃노래가 느긋하다
삼위태백(三危太白) 내나라는 아득한 구름 저쪽
또 한 누리 예 있음을 오늘에사 알겠구나

二.

고래등 같은 배로 바다를 갈라낼 제
뫼두곤 높던 파도 헤치기가 어려웠지
몽고군졸 고려병사 고기밥이 되었거니
오늘 내가 되짚으며 가슴을 아파한다

三.

길손의 방 작은 등불 불빛이 구뭇한데
시인 동주(東柱) 생각나는 밤은 정녕 더디 갔다
끼치는 그의 시(詩)가 마디마디 새로웁기
곧은 인품 높은 이름 온 세상이 두루 안다

홀필열(忽必烈)이 일본에 쳐들어갔을 때 고려와 몽고 연합군이 상륙한
곳이 하카다 만(博多灣)이었다. 처절한 싸움이 며칠 계속된 다음 태풍이
불어 그 장수와 병졸들이 수없이 바다 밑에 가라앉았고 크고 작은 전
함들이 모두 깨어져 침몰했다. 또한 일제 말기에 우리 민족의 시인 윤
동주(尹東柱)가 후쿠오카 형무소에서 2년의 옥살이 끝에 목숨을 빼앗겼
다. 이에 그들을 언급해 본 것이다.

— 「하카다 해안」 3수

이들 두 작품은 다 같이 기행시의 일종으로 내 여행 체험을 바탕으
로 한 것이다. 앞의 것은 올해 3월말 내가 그쪽을 여행한 체험이 토대

가 되었다. 올해로 부산의 큰 처남이 환갑을 맞았다. 그 기념 행사 가운데 하나로 처가의 형제자매들이 일본의 구주쪽으로 온천 여행을 떠나게 되었고 그 축에 나도 편입시켜 주었다. 우리 일행은 3월 30일 아침에 부산 제2부두에 집합했다. 그리고 11시경 출국 수속이 끝나 부산항을 벗어나 대한 해협과 현해탄을 거친 다음 후쿠오카시의 일부인 하카다항에 도착했다. 우리가 이용한 배편은 한일 간의 연락선인 코비호였다. 이 신형 공기 부양 쾌속정은 달릴 때 선체가 수면 위로 떠오른다. 그리하여 여느 배와 달리 선체와 수면의 마찰 부위가 최소화되어 승선감이 매우 좋았다. 그런데도 부산항을 떠나서 2시간 가까이가되자 선체가 조금 흔들렸다. 지나가는 승무원을 보고 물었더니 거기가 현해탄 어름이라고 하였다.

3. 사라진 절명(絶命)의 자리

우리 일행이 하카다 만에 도착했을 때 하늘은 조금 흐려 있었다. 부두를 벗어나 시가지에 접어들어서 보니까 남쪽 나라의 명물인 벚꽃은 아직 만개하지 않았다. 그러나 내항으로 날개짓을 하며 모여드는 갈매기 떼와 함께 하늘은 푸근하고 따뜻했다. 그런 풍경을 바라보면서 이제 윤동주가 절명한 시대와 달리 우리도 독립된 나라의 여권을 가지고 이곳을 여행하게 되었구나 생각하니 한 가닥 감회가 일어났다. 그리고 내 나이의 절반도 못되는 생을 일기로 이승과 인연이 끊긴 시인의 죽음이 생각났다. 그러니까 이 작품의 의미 맥락에서 역점이 놓일 자리는 당연히 4행인 '열사동주혈미건(烈士童舟血未乾)'에 있는 셈이다.
　여기서 윤동주의 본 이름인 동주(東柱) 대신 동주(童舟)라는 필명이 쓰인 것에는 설명이 필요하다. 율시 형식에서 측기(仄起)로 된 작품에는 함련(頷聯) 제2행이 '측측평평측측'으로 되어야 한다. 특히 이 행의 둘째 구 둘째 소리가 측성이 되는 것을 절대 금제로 한다. 그런데 동주(東柱)라고 쓰면 주(柱)가 높은 소리가 되어 한시 작법의 금기에 걸리는 것이다. 허두의 '연월(燕月)'은 3월(음력)의 별칭이다. 한시에 흔히 쓰는 계절 별칭으로 3월은 이밖에 '화춘(花春)', '상사절(上巳節)', '모춘(暮春)', '잔홍(殘紅)', '화월(花月)', '도월(桃月)', '청명절(淸明節)', '한식절(寒食節)', '곡우절(穀雨節)' 등으로도 쓰인다.

현대시도 그렇지만 우리나라의 전통시 가운데 하나인 한시(漢詩)에는 심심치 않게 시적 허구(虛構)라고 할 말들이 섞여 있다. 실제 우리가 탄 코비호가 항해할 때 바다에는 돛을 단 배는 없었다. 그런데 이 작품 셋째 행에서 나는 현해탄에서 돛단배를 본 것인양 읊었다. 이것은 다음 자리에 놓인 '정무진(情無盡)'을 부각, 강조하기 위해 써본 허구다. 그래야만 후쿠오카 형무소에서 절명한 시인 윤동주의 죽음이 좀 더 절실해질 것이라 생각되었기 때문이다.

다음 경련(頸聯)을 이룬 5, 6행에서 나는 적지 않게 붓방아를 찧게 되었다. 이 두 줄을 통해 나는 하카다 만의 풍물에 곁들여 일어난 내 나름의 느낌을 펴고 싶었다. 그런 요량으로 이 작품 허두에서 구주(九州) 뿐만 아니라 일본 전국의 명물인 벚꽃을 소재로 사용했다. 또한 하카다 만은 바다의 일부였으므로 하늘과 맞닿은 그 모양으로 짝이 되게 했다. 이때 이 연의 둘째 줄이 먼저 이루어졌다. 그런데 그 대우가 되어야 할 벚꽃의 모양 그리기가 생각처럼 쉽지 않았다. 우리 일행이 갔을 때 북구주 지방의 사쿠라는 아직 절반 정도가 봉우리로 있었다. 그것을 '엄지(掩地)'라고 한 것은 '편범현해(片帆玄海)'식인 시적 과장이다.

'풍앵(風櫻)'이라는 표현에도 문제가 없지 않았다. 본래 한자로 '앵

(櫻)’은 일본에서 쓰는 것처럼 벚꽃, 곧 사쿠라를 뜻하는 말이 아니다. 중국이나 우리나라의 한자 자전을 보면 그 뜻풀이로는 ‘앵도’, ‘앵두나무’가 나와 있을 뿐이다. 앵두, 또는 앵도는 낙엽관목으로 그 꽃이 4월에 피며 열매는 6월에 들어가야 제대로 맺는다. 이에 반해서 일본의 사쿠라는 3월에 꽃이 피고 열매 또한 그 직후에 열리기 시작한다. 현대어에서 ‘앵(櫻)’에 해당되는 한자어를 우리는 ‘벚’ 또는 ‘벗’으로 쓴다. 최세진의 『훈몽자회(訓蒙字會)』에는 이 자가 ‘이스라치’로 풀이되어 있고 그 주석으로 ‘즉도 일명함도(卽桃 一名含桃)’가 나온다. 이와 함께 우리나라의 전통 한자 입문서인 천자문에서 이 말의 해당되는 한자는 ‘내(柰)’이다.[*] 이 부분에서 ‘내(柰)’를 못쓴 이유는 단순했다. 어느 한자 자전을 보면 이 말은 ‘능금나무’로 풀이되어 있다. 뿐만 아니라 이 자는 측성이어서 경련 둘째 구절 둘째 자리에 쓰일 수 없다. 그러나 ‘앵(櫻)’은 평성이어서 염을 맞추는 데도 아무런 문제가 생기지 않는다. 뿐만 아니라 이제 사쿠라는 일본의 국화로 자타가 인정하고 있는 것으로, 그 표기로 ‘앵(櫻)’자가 두루 쓰이고 있다. 이런 논리를 근거로 나는 여기서 이 자를 썼다.

더욱 이 행에서는 다른 종류의 문제가 제기될 수 있다. 그것이 이 줄 둘째 절 끝자리에 놓인 ‘언표미(言表美)’다. 본래 여기서 내가 뜻한 것은 봄철을 맞이하여 일본 북구주 지방에서 흐드러지게 핀 벚꽃을 그려내는 일이었다. 처음 나는 이 부분을 소박하게 ‘언표절(言表絶)’로 해볼까 생각했다. 그러나 문제는 벚꽃이 일본의 상징인 데에 있었다. 일본의 상징인 사쿠라를 언어 표현을 초월한 것이라고 하면 나는 윤동주가 절명한 땅을 부각하고 싶다는 애초의 의도와 달리 일본의 무

---

[*] 김완진(金完鎭), 「고려가요 식품명의 두세 문제」, 『향가와 고려가요』(서울대 출판부, 2000) 참조

조건적인 예찬론자가 되어 버린다. 그렇게 되면 윤동주가 순국한 땅으로서의 후쿠오카의 심상이 아주 훼손되어 버리는 것이다. 그 나머지 나는 또 하나의 안으로 '외(外)'자를 생각했다. 그 다음 몇 개의 다른 표현을 생각해 보다가 마지막 쓰게 된 것이 '미(美)'자다. 단 이 말은 애초 내가 생각해낸 것이 아니다. 작품을 교열하는 과정에서 이우성(李佑成) 선생의 의견이 작용한 결과다.

「하카다만춘회[博多灣春懷]」와 달리 「하카다 해안」 3수는 절구로 작성된 것이다. 그 문맥으로 나타나는 바와 같이 이 작품은 같은 제목에 묶인 세 마디의 연체시다. 이 작품이 이루어진 시기는 햇수로 앞의 것과 10년의 상거가 생기는 1999년이다. 그해 6월 중순(16일~18일) 후쿠오카에서 한·중·일의 관계 연구자가 참여한 국제비교문학대회가 열렸다. 그 자리에 나는 한국측 대표로 참석하여 「동아시아 문학과 서구 문학의 수용」을 제목으로 한 논문을 발표하고 질의 토론에 응했다. 이 작품은 그때 얻은 것이다. 첫째 수에서 나는 하카다 만에 도착하고 난 다음 후쿠오카시와 그 인근을 살펴본 소감을 펴고자 했다. 여기서 계월(季月)은 음력으로 6월을 가리킨다. 이 달은 요하(燎夏), 유하(流夏), 복염(伏炎), 형월(螢月), 소서절(小暑節), 유두절(流頭節) 등의 별칭을 가지는데 나는 그 가운데 계월(季月)이 내 작품의 허두에 가장 좋을 것 같이 생각되었다.

둘째 수의 시기 배경이 된 것은 홀필열(忽必烈)의 일본 침공 때이다. 몽고는 1270년대에 이르자 그 판도를 멀리 유럽에 까지 넓히고 이어 중국 본토도 장악해 나갔다. 글자 그대로 세계에 군림하는 대제국을 이룬 것이다. 그 황제가 홀필열이었다. 그는 세계 제패의 여세를 몰아 섬나라 일본의 정복을 꾀했다. 그는 고려의 충렬왕을 충동질하여 전선

건조를 명한 다음 몽고와 한족의 부대를 합세시켜 2만 5천의 군사로 일본 정벌 길에 올랐다. 그러나 이 1차 침공은 도중에 태풍을 만나 선단이 깨어짐으로써 실패로 돌아갔다. 이어 충렬왕 7년에 홀필열은 또 한 번 일본 정벌군을 출정시켰다. 이때에 그는 고구려 군의 도원수로 김방경(金方慶)을 임명하고 흔도(忻都), 홍다구(洪茶丘) 등이 이끄는 연합군을 편성했다. 그 군세가 총 10만 명이었다. 이 2차 정벌군 역시 하카다 해안지대에 일부가 상륙한 다음 태풍에 휩쓸렸다. 이때에 몽고군과 고려 군사 가운데 목숨을 건져 돌아간 자는 몇 천에 지나지 않았다고 한다. 이로 미루어 당시의 여몽연합군의 참패상이 어느 정도였는지 짐작된다. 이 둘째 수는 그런 사실들을 바탕으로 한 것이다.

셋째 수에 이르러 비로소 나는 이 시의 주인공이 되는 윤동주를 읊게 되었다. 이때 나는 일본비교문학회 쪽에서 지정해준 일급 호텔의 한 방에 투숙하고 있었다. 내 방은 한국측 본부 격으로 쓰였고 나는 몇몇 친구들과 함께 밤이 늦도록 여러 가지 이야기를 했다. 따라서 '벽상고등잔영시(壁上孤燈殘影時)'는 실제 사실에서 보면 어긋난 표현이다. 그러나 윤동주의 절명지에서 그를 추모하는 감정을 담기 위해서 이런 표현은 또 다른 의미에서 필요한 것이었다. 이런 어세가 앞서야 혈서처럼 시를 남기고 순국한 윤동주의 심상이 제대로 떠오를 수 있기 때문이다.

한편 이때의 내 후쿠오카 체재는 그것이 첫 번째가 아니었다. 1983년도에 나는 연구교수로 일본에 일 년간 머문 적이 있었다. 그때 나는 한국 현대시사를 쓰기 위한 자료들을 수집하는 한편 가능한 대로 선배문학자들이 수학한 학교와 다른 연고지도 찾아보고자 했다. 그런 틈서리에서 1983년 이른 봄 동경에서 북구주 쪽으로 여행길에 오른 적이 있다. 2박 3일인가의 예정으로 동경을 떠나 후쿠오카에 이른 다음 나는 윤동주가 옥사한 형무소 자리를 찾고자 했다. 그런데 안내자의 말이 그 자리는 헐리고 아파트가 들어서 볼 수가 없다는 것이었다. 그 것으로 모처럼 내가 꾀한 계획 가운데 하나―시인의 절명지를 찾아 꽃을 바치고 묵념이라도 드렸으면 한 계획은 물거품이 되었다. 내 솜 씨가 미치지 못하는 것이기는 하나 이 셋째 수는 그때에 내가 품은 아쉬운 마음을 담고자 한 것이다.

4. 시인의 무덤, 그림자 없는 비석의 자리

첫 번째 나의 하카다 방문이 허망한 마음과 함께 끝난 다음 나는 곧 일본을 떠났다. 두 학기에 걸친 내 해외 파견 연구 생활이 그것으 로 마감이 되었기 때문이다. 그러나 그 후에도 윤동주의 그림자를 좇 고 싶은 내 감정은 가슴속에 제자리를 차지한 채 떠날 줄 몰랐다. 그 소망의 일단을 풀어볼 길이 1990년대 벽두에 열리게 되었다. 1990년 7 월 중순경 나는 학술대회 참가자 자격으로 중국 여행의 기회를 얻게 되었다. 그때 나는 상해를 거쳐 심양을 경유로 연변대학에서 열리는 학술대회에 참가했다.

당시 우리 일행은 김포공항에서 국제선을 타고 상해로 갔다. 거기 서 1박하며 학술발표회를 가진 다음, 심양까지는 국제선보다 좀 격이 떨어졌지만 그래도 제트기를 탔다. 그리고 심양에서 연길까지는 프로 펠러로 가동되는 구형 비행기를 이용했다. 연변대학에서 열린 학회에 참석하는 틈틈이 나는 윤동주의 유적지 답사의 일을 알아보았다. 오랫 동안 꿈꾸고 바란 것이라고는 하지만 나는 용정이나 해란강에 대해 아주 장님인 사람이었다. 그런데 그 안내역을 자진해서 맡을 사람이 나타났다. 그들이 연변대학 조선어문학과의 교수들인 권철과 서일권 씨 등이다. 그리고 그 자리에서는 행동을 같이할 일행도 결정되었다. 서울대학교의 서대석(徐大錫)·김대행(金大幸) 선생과 경희대학교의 김진영(金鎭英) 선생, 그리고 나 이렇게 모두 여섯이 일행을 이루게 된 것이다. 안내를 맡은 분들은 고맙게도 차편까지 주선해 주었다. 10인승 봉고차를 대절해준 것이다.

연길에서 용정에 이르는 길은 약 40리 정도였다. 그것은 명색이 포장도로였으나 노면 상태가 아주 좋지 못했다. 군데군데 패인 자리가 나오면 우리가 탄 중고차는 심하게 흔들거렸다. 그런데도 권철 씨는 초기 간도의 이민사에서 윤동주 사후의 일까지를 쉴 새 없이 알려 주었다. 그런 가운데 우리 일행을 태운 차는 완만한 언덕길을 지나 백양과 함께 참나무·소나무들이 숲을 이룬 산모퉁이를 돌았다. 그러자 우리 앞에는 새로운 시야가 전개되었다. 서북쪽에서 남동쪽으로 비스듬히 놓인 푸른 들판이 나타난 것이다. 그 한 가운데를 흐르는 강이 해란강이라는 것은 안내의 말을 기다릴 것도 없이 곧바로 짐작이 갔다. 그리고 그 머리 부분에 꽤 높은 산들이 놓여 있고 또한 들판 일부를 차지한 용정 시내가 바라보였다. 우리 일행은 거기서 차를 세우게 했고 잠시 동안 하차해서 서전벌이라고 알려진 용정 들판과 멀리 바라보이는 용정 시가지를 지켜보았다. 들판은 대개 무논이었고 거기에는 우리 고장과 똑같은 벼들이 푸른빛으로 기세 좋게 자라고 있었다. 대부분의 가옥들도 어려서 우리가 산 집들과 똑같은 초가들이었다. 그 모롱이, 산자락, 들판이 고향을 등진 우리 동포 형제들이 뿌리를 내리고 삶을 엮은 간도 땅의 한 자리였다.

용정 시내는 생각했던 것보다 규모가 작았다. 하지만 그곳은 우리 개척민이 판 우물, 용정(龍井)이 있었고 그 유래를 적은 게시판도 보였다. 윤동주가 거처한 집터도 남은 곳이었다. 우리는 은진중학과 광명중학(光明中學) 자리를 돌아본 다음, 일본 영사관 건물에도 들렀다. 그 건물은 중국공산당 용정지구당 위원회가 쓰고 있었으나 일반인들에게도 개방되어 있었다. 우리는 독립운동가 고문 장소로 악명이 높았던 그 지하실도 보았으면 했다. 그러나 마침 담당자가 자리를 뜨고 없어서 그럴 기회는 얻지 못했다. 이래저래 지체를 하고 나서 우리가 윤동주의 묘소를 찾은 것은 정오가 조금 지난 시각이었다.

윤동주의 묘소가 있는 곳은 용정 서남쪽에 자리한 산비탈이었다. 용정 시가지는 북쪽에 솟은 비암산과 주암산 사이를 흘러내리는 해란강 남쪽에 위치해 있었다. 그 서남쪽에 경사가 완만한 구릉이 보였다. 용정 시가지 일부는 구릉지대로 이루어져 있었는데 그 시가지 한 자리에 붉은 벽돌집으로 된 영국 선교사들이 산 선교사언덕이 보였다. 그런 이름은 선교 사업에서 빚어진 것이었다. 즉 1910년대 초기에 북간도와 용정 일대에도 서양 선교사들의 활동이 시작되었다. 그 무렵 용정에 들어온 것이 그전에 이미 함경도 쪽에 발판을 굳힌 캐나다 선교회였다. 그들은 그 강한 포교의 열정으로 개척민 사회인 용정의 한인 구역에서 일지감치 선교 사업을 벌였다. 그리하여 한 차례의 기반 구축 작업을 거친 다음 그들은 은진중학을 설립, 운영했고 윤동주가 거기서 배운 것이다. 다만 그 언덕에 남아 있는 것은 선교사들이 쓴 것으로 짐작되는 주거 가옥 정도로 교회당 건물은 없었다. 전혀 외래 신앙을 인정하지 않았을 중공의 사회주의 혁명 초기와 그 후 일어난 문화대혁명의 소용돌이가 그런 사태를 빚어낸 것이다.

캐나다 선교회에서 지은 붉은 벽돌집 구역을 지나자 잡초들이 자란 사이로 소형차가 간신히 지날만한 비탈길이 이어졌다. 길가에 자란 풀들은 우리 고장에서 흔하게 볼 수 있는 억새가 주종이었다. 그리고 그

사이사이에 민들레·엉겅퀴·소리쟁이·익모초·싸리 등이 뒤섞여 있
었다. 또한 그 다음 자리에는 언덕 일대에 걸친 경작지가 나타났다.
마침 요철이 심한 길 때문에 우리가 탄 중고차는 언덕을 오르기가 힘
에 겨운 듯 식식거리기 시작했다. 그러자 우리는 바람도 쏘일 겸 도보
를 택했다. 우리는 거기서 우리 고장과 똑같은 모양으로 자라고 있는
콩과 옥수수, 감자들을 보면서 일하는 사람에게 말을 건네 보았다.
"실례지만 조선족이신지요?" 그러자 햇볕에 검게 탄 얼굴을 한 30대의
부부가 강한 북도의 억양이 섞인 말씨로 대답해 주었다. "그렇습니다.
남쪽에서 오신 분들인가 보지요? 윤동주 선생 묘에 가는 길입니까?"
　이어 우리는 그들의 농사일을 물어 보았고 성씨와 선대의 고장, 세
상살이 형편에 대해서도 주고받았다. 그럴 때 우리의 눈앞에는 한말
개척민들이 봇짐을 푼 용정평야, 서전벌이 푸르게 바라다보였다. 그
북쪽에는 부드러운 선으로 하늘을 향해 솟아오른 관모봉과 마제산이
있었다. 그 위에 펼쳐진 하늘은 한반도에서와 똑같은 쪽빛이었다. 언
덕 위에는 무시로 싱그러운 바람이 밀려오고 밀려갔다. 그런 자리에서
는 밤하늘의 별들도 한결 그 빛이 더할 수밖에 없을 것이었다. 그런
환경에서 자라나서 시인을 지망한 윤동주가 그의 시화집 제목을 『하
늘과 바람과 별과 시』로 한 것은 너무도 당연한 일로 생각되었다.
　윤동주의 무덤은 우리가 오른 언덕 일대를 차지한 공동 묘역의 거의
중앙부에 있었다. 우리 동포의 무덤이 대개가 그렇듯 윤동주의 무덤 또
한 둥근 봉분으로 된 흙더미 아래 황토를 덮개로 한 모양으로 웅크리고
있었다. 그 위에는 곱지는 않으나 그래도 푸르게 자란 잔디가 보였다.
어디서 이름 모를 풀벌레의 울음소리도 들려오는 자리였다.

　　어머님,

그리고 당신은 멀리 북간도에 계십니다.

나는 무엇인지 그리워
이 많은 별빛이 내린 언덕 위에
내 이름자를 써보고,
흙으로 덮어 버리었습니다.
딴은 밤을 새워 우는 벌레는
부끄러운 이름을 슬퍼하는 까닭입니다.

그러나 겨울이 지나고 나의 별에도 봄이 오면
무덤 위에 파란 잔디가 피어나듯이
내 이름자 묻힌 언덕 위에도
자랑처럼 풀이 무성할 게외다.

— 「별 헤는 밤」 부분

　시키는 이가 없는데도 우리 일행은 떠나가고 말이 없는 윤동주의
무덤 앞에 무릎을 꿇었다. 고맙게도 무덤은 잘 보존되어 있었다. 먹빛
도 선명한 비석 전면의 묘표는 '시인 윤동주지묘(詩人 尹東柱之墓)'라고
적혔고 그에 이은 비문은 후면과 측면을 가득 채우고 있었다. 음각으
로 된 그 전문은 세로 22자에 모두 11행이었다. 그러니까 총 242자 속
에 스물아홉 해를 산 윤동주의 일생이 축약된 것이다. 순한문으로 된
그 전문을 다음에 옮겨 보면 다음과 같다.

　아, 돌아간 시인 윤동주는 그 선세가 파평인이다. 어려서 명동소학을
마치고 다시 화룡현립 제1교의 고등과를 졸업한 다음 이어 용정 은진
중학에 입학하여 3년을 수학하였고 평양 숭실중학에 전학하여 한 해
동안 학업을 닦았다. 다시 용정에 돌아와 우등의 성적으로 마침내 광명
학원 중학부를 졸업한 바 있다. 1938년 경성 연희전문학교 문과에 올라
갔고, 네 해 겨울을 넘겨 졸업하니 공이 이미 이루어졌던 것이다. 그러
나 공부를 더 하고자 하는 뜻은 오히려 끝일 줄 몰라 다음해 4월 책짐

XI. 저항시인 윤동주(尹東柱)와 나　293

을 지고 동으로 바다를 건너 경도의 동지사대학 문학부에 적을 두어 외곬로 갈고 다듬으려 하였다. 그러나 뜻밖에도 학해(學海)에 물결이 뒤설레어 자유를 잃으니 형설의 생애가 조롱 속에 갇힌 새의 신세로 바뀌었다. 그에 더하여 몹쓸 병에 걸리어 1945년 2월 16일 길이 잠드니 때의 나이는 스물아홉이었다. 그 재목은 당세에 넉넉히 쓰일 만했고, 시는 장차 사회에 울려 퍼지려 한 것인데 무정한 봄바람이 꽃의 열매를 앗아가니 애닯구나. 군은 장로 하현의 영손이요 영석 선생의 맏아들이니 민첩하면서 배우기를 좋아했고, 신시(新詩)에 능하여 작품이 자못 많았으며 필명을 동주(童舟)라고 한 바 있다.

嗚呼故詩人尹君東柱　其先世坡平尹氏人也　童年畢業於明東學校及和龍縣立第一校高等科　嗣入龍井恩眞中學修三年之業　轉學平壤崇實中學閱一歲之功　復回龍井竟以優等卒業于光明學園中學部　一九三八年升入京城延禧專門學校文科　越四年冬卒業　功已告成志猶未已　復於翌年四月負笈東渡在京都同志社大學部　認眞琢磨　詎意學海生波身失自由　將雪螢之生涯　化籠鳥之環境加之二竪不仁以一九四五年二月十六日長逝時年二十九　材可用於當世　詩將鳴於社會乃春風無情花而不實吁可惜也　君夏鉉長老之令孫永錫先生之肖子　敏而好學尤好新詩作品頗多其筆名童舟云(비석 원문 띄어쓰기는 편의상 필자가 한 것이다.)

비문 끝자리에 그것을 세운 때와 글을 짓고 쓴 이, 세운 사람의 이름이 다음과 같이 적혀 있었다. "1945년 6월 10일 해사(海史) 김석관(金錫觀)이 글을 짓고 글을 썼으며 아우인 일주와 광주가 삼가 세우다[一九四五年 六月 十四日 海史 金錫觀 撰並書, 弟 一柱·光柱 謹竪]." 그 날짜로 보면 비석이 선 것은 동주가 죽고 나서 넉 달 뒤가 된다. 그리고 그 글을 짓고 쓴 사람이 김석관이라든가 비를 세운 사람 이름이 일주(一柱)와 광주(光柱) 두 아우인 것 역시 지나쳐 볼 수 없다. 1945년 6월 중순은 패색이 짙은 전세에 핏발이 선 일제가 사냥개처럼 설치며 후방 단속에 물불을 가리지 않았을 때다. 당시 일제는 그들의 침략 전쟁을 위한 전력 증강에 직결되지 않는 일은 어떤 것도 허락하지 않았다. 그런 틈서리 속에서 그래도 윤동주의 유족들은 그의 무덤을 만들고 그 앞에 비석을 세운 것이다. 물론 그것은 만주라는 일제의 식민지 통치책이 얼마간 틈새가 있는 자리니까 가능했을 것이다.

이때에 비석 세우기를 뜻하고 실현시킨 사람은 말할 것도 없이 윤동주의 부모들이었고 그 연배의 어른들이었을 것이다. 그런데 그들의 손아래요 그것도 미혼으로 죽은 윤동주의 비석을 그들의 손으로 세웠다고 적을 수는 없었을 것이다. 그 결과 윤동주의 두 아우 이름이 새겨진 것이다. 비문을 쓴 김석관에 대해서는 이미 앞서 이루어진 조사 보고가 있다(大村益夫 교수, 『조선학보(朝鮮學報)』 게재 연구보고서). 그의 본 이름은 김석관, 그의 명동학교의 창립자이며 초대 교장인 김약연의 다음을 이어서 교장이 된 김정규(金定奎)의 아들이었다. 그는 또한 명동학교에서 한동안 학감 일을 보았다고 한다. 윤동주는 앞에서 이미 나타난 바와 같이 명동학교에서 배운 학생이다. 그러니까 김석관은 그의 제자인 윤동주의 비문을 쓴 것이다. 그는 한문에 상당한 조예를 지녔던 것으로 생각된다. 그 단적인 보기가 되는 것이 "詎意學海生波 身失自由"라든가 "二竪不仁" 이하의 부분들이다. 이 부분은 한문숙어가 자연스럽게 문맥을 이루면서 제 나름의 가락을 이루어내고 있다. 또한 그것으로 일제의 서슬 푸른 감시, 규제의 눈길을 따돌리면서 윤동주가 구금, 투옥되어 목숨을 잃은 사연까지가 함축적으로 의미하게 된 것이다.

단 이 비문에는 문장화되지 않았거나 그 바닥에 묵시적인 상태로 뜻이 담긴 부분이 있다. 이미 언급된 바와 같이 연희전문을 마친 다음 윤동주가 도일하여 곧바로 동지사대학에 입학한 것은 아니다. 그전에 그는 한 해 동안 동경 소재인 입교대학에 적을 두었다. 또한 은진중학 다음 숭실중학으로 옮긴 일에도 사정이 있었다. 본래 은진중학은 일제가 요구한 정식 중등 과정 교육의 인가를 받은 학교가 아니었다. 그래 그곳을 나와도 전문대학에 진학할 자격은 인정되지 않았다. 그런 사정이 감안되어 윤동주가 전입학한 곳이 평양의 숭실중학이었다. 그런데 그 숭실중학이 얼마 뒤 일제의 신사참배령 거부로 문을 닫아 버렸다. 이런 사정이 있어 윤동주는 다시 중학 과정 인가가 있는 광명중학으로 전입학을 한 것이다. 비문에는 오독의 여지가 있는 부분도 포함되어 있다. "童年畢業於明東學校及和龍縣立第一校高等科"로 된 부분이 그것이다. 언뜻 보면 명동학교와 화룡현립제일교 사이의 글자가 반(反) 자인듯 보인다. 그러나 비문의 문맥으로 보아 졸업한 곳[畢業]을 당연히 두 학교 모두로 보아야 한다. 그리하여 이 부분은 '이어서', '및'에 해당되는 '급(及)'자로 읽어야 하는 것이다.

비문을 읽으면서 나는 그것이 겪은 시대의 풍상에 대해서도 생각을 더듬어 보았다. 피붙이들의 애끓는 마음이 세운 것이었다고는 하지만 때는 일제 말기였고 국경 밖 타관에서 그것은 돌을 깎아서 다듬고 파는 과정을 거쳐서 세워졌다. 그렇다면 윤동주의 비석은 여느 경우와 같이 제대로 마무리가 이루어질 수는 없었던 것이다. 뿐만 아니라 그 후 거기에는 급변하는 시대 상황이 뒤따랐다. 일제의 패망과 그에 이어 몰아닥친 국부군과 중공의 싸움, 이어 다음 단계에서 벌어진 사회주의 혁명의 소용돌이 등이 그것이었다. 그런 서슬 속에서 윤동주의 유족들은 지주 계급, 부르주아지 출신이었을 뿐 아니라 윤혜완(尹惠婉), 윤일주(尹一柱) 등이 남한에 가서 사는 반동분자의 무리였다. 그런 그들에게는 끊임없이 규제가 가해졌고 노력 동원도 요구된 것 같다. 실제 그런 이야기는 동주의 아우인 광주의 친구에 의해서도 전해진 것이 있다.

내가 연변에 갔을 때 중국작가협회의 연변분회 부주석인 사람에 김성휘(金成輝)라는 분이 있었다. 그와 윤광주(尹光柱)는 다 같은 1932년생이며 시를 통해서 알게 되었다. 그런데 1956년경 김성휘가 윤광주를 찾았을 때 그는 파리한 모습으로 자리를 차지하고 누워 있었다. 그 이유를 알아보니 두만강 강변의 황무지 개간대에 그가 동원되었다는 것이다. 거기서 그는 감기에 걸렸고 그것이 악화되어 폐가 나빠졌다. 그리하여 각혈을 하다가 1962년에 죽었다는 것이다. 그는 김성휘와 상당히 가까웠다고 한다. 그런데도 살아생전에는 한 번도 그의 형이 윤동주라는 것을 그가 말하지 않았다. 그런 세월 속에서 누가 윤동주의 무덤을 돌보고 비바람에 맡겨진 비석을 손질했을 것인가. 더욱이 문화대혁명 때에는 닥치는 대로 무덤들이 파헤쳐지고 비석이나 묘전 석물들이 파괴되었다고 한다. 바로 윤동주의 조부 하현공의 무덤이 그때 파괴된 것이다.

그러니까 윤동주의 무덤이 원형으로 남은 것은 어느 의미에서 요행이라고 할 일이었다. 어떻든 마흔다섯 해 동안을 동주의 무덤과 비석은 풍상 속에 버려진 채였다. 그것이 손질되고 새 단장이 이루어진 것은 80년대 후반을 기다려서의 일이다. 오무라 마스오(大村益夫) 교수는 윤동주의 무덤과 비문을 손질해서 복원해내었다. 그 무렵 그는 연변대학에 객원교수로 가 있었다. 그가 거의 혼자 힘으로 오래 방치된 윤동주의 묘소와 비석을 찾아내어 오늘과 같은 모양이 되게 한 것이다. 우리나라 사람이 아닌 그의 선행에 감사하는 마음과 함께 우리는 윤동주의 비석 앞에 고개를 숙였다.

대체 스스로 원해서 택한 것도 아닌 한 시대를 살아간 사람에게 식민지 체제란 무엇이며 그런 상황 속에서 민족적 저항을 시도한 일에는 어떤 해석이 필요한 것인지, 그런 생각으로 오래 우리가 윤동주의 비석 앞에서 움직이지 못하고 있을 때 우리 머리 위에는 이글대는 7

월의 태양이 있었다. 그리하여 윤동주의 비석은 그 그림자를 거의 짓지 않았다. 어쩌면 그것은 윤동주와 그의 후배인 우리 모두가 살아왔고, 살아갈 민족사를 상징하는 것인지도 몰랐다. 외세에, 외침에 시달리면서 그래도 민족사의 한 가닥 동아줄을 놓치지 않기 위해서 우리는 그동안 땡볕이 내리쬐는 가파른 언덕길만을 달려온 것이 아니던가. 다음 7언절구는 그런 생각을 귀국 후 내가 한시 형식에 담아본 것이다.

龍井 瑞甸平野

萬里邊方過雁聲
秋風乍起客心淸
詩人義憤空千古
東柱荒碑痛恨生

용정(龍井) 서전평야(瑞甸平野)

남의 땅 먼 먼 곳을 기러기가 울고 가고
가을바람 건 듯 일어 나그네 속 맑아진다
시(詩)를 쓰며 의(義)를 외친 님의 자취 아득한데
이끼 덮인 동주(東柱)의 비통분을 못 이겼다

Ⅻ. 조지훈(趙芝薰) 문학 주변과 나

올해로 내가 조지훈 시인의 이름을 알고 지낸 지가 60년을 훌쩍 넘었다. 그 동안 나는 이 시인에 대한 몇 편의 평론을 쓰고 작품을 분석할 기회도 가졌다. 그와 아울러 그를 소재로 한 한시도 써보았다. 다음은 지훈의 고향인 주실(注谷)에 조지훈 문학관이 낙성되고 나서 내가 현지에 내려가 보고 소감을 적은 7언율시 한 수다.

寂寞門庭晝掩扉
秋風蕭瑟孰吟詩
半邊川碧楓巖好
日月峰高雲影遲
聞鴈長空情奈盡
橫烟故郡恨胡爲
回頭欲問平生事
千古靑山外是非

헛브다 님의 집 뜰 한낮인데 문 닫혔고

소슬한 가을바람 누구의 시를 읊나
반변천(半邊川) 푸른 물결 단풍바위 빗겨 좋고
일월산(日月山) 저리 높아 구름도 쉬어간다
먼 하늘 우는 기럭 정은 일어 다함없고
연기 피는 옛 고을에 무슨 한 이러한가
고개 들어 세상살이 알고저 해보아도
천고(千古)에 푸른 산은 옳다 외다 말이 없다

— 「丙戌晚秋訪注谷芝薰故宅」

지금 주실에 있는 시인의 큰집에는 지키는 이가 있으나 정작 본집은 그 터만 남아 있을 뿐이다. 이 작품의 첫줄이 "적막문정(寂寞門庭)"으로 시작한 것은 그런 까닭에서다. 또한 주실은 낙동강의 한 지류인 반변천 가까이에 있는 마을이다. 이 강은 영양의 일월산(日月山)에서 시작되어 남으로 흘러 입암(立岩), 청송과 진보(眞寶)를 거쳐 지금은 임하댐으로 막힌 안동부 앞에서 본강과 합류한다. 이 시에 나오는 반변천은 그 흐름을 가리킨다. 또한 일월봉(日月峰)은 일월산으로 영양군 청기면(靑杞面)과 일월면(日月面) 사이에 솟아 있으며 높이는 1919미터다. 이 작품의 형태적 특성상 짝을 맞추기 위해 강과 산의 이름을 써본 것이다.

1. 「승무」, 「봉황수」의 세계

조지훈은 일제 식민지 체제하의 극악한 상황을 무릅쓰고 우리 문단에 등장, 활약한 시인이다. 그가 시를 습작하고 있었을 때 일제는 우리말 사용을 전면 봉쇄해 버렸다. 우리 겨레의 말을 다듬어 쓴 우리 시인과 작가들에게 끊임없이 간섭, 핍박도 가했다. 그런 반대 기류를 무릅쓰고 조지훈은 모국어를 갈고 다듬어 아름다운 작품을 쓰는 시인의 길을 택했다. 우리 문단에 등단하기 위해 그는 당시 한국 문단의 최고 등용문 구실을 한 『문장(文章)』 추천제에 응모했다. 당시 『문장』의 선고 위원은 그 심사 기준이 까다롭기로 이름이 난 정지용이었다. 그런 지용이 지훈의 「승무」를 보고는 이례적으로 상찬의 말을 아끼지 않은 심사평을 썼다.

> 조군(趙君)의 회고적 에스프리는 애초에 명소고적(名所古蹟)에서 날조한 것이 아닙니다. 차라리 고유(固有)한 푸른 하늘 바탕이나 고매한 자기(磁器) 살결에 무시로 거래(去來)할 일말운하(一抹雲霞)와 같이 자연(自然)과 인공(人工)의 극치일까 합니다.

여기서 '명소고적', '날조' 등의 말은 국민문학파 출신 일부 시인들의 작품을 두고 한 말이다. 국민문학파에 속한 일부 시인 가운데는 문학의 길이 민족 전통을 살리는 일이라고 믿은 나머지 한국적 소재를 쓰는데 매달리고 기능적으로 그것을 소화시키지 못한 예가 있었다. 그들 가운데는 '조선적'인 것을 노래한 것만으로 시가 되는 양 생각한 사람들이 포함된 것이다. 조지훈도 「승무」나 「고풍의상」, 「봉황수」를 통해 한국적인 것을 소재로 썼다. 그러나 국민문학파들과 달리 그는 그것들을 시적 의장(詩的意匠)으로 잘 다듬어내었다. 그를 통하여 시를 아름다운 모국어의 노래가 되게 했고 훌륭한 현대시의 명품을 만들어 낸 것이다. 그런 자격으로 조지훈은 등단작을 내면서부터 우리 문단 안팎의 주목을 받게 되었다.

2. 『청록집』의 기억

그의 생전에 내가 조지훈 시인을 만나본 것은 두 번뿐이었다. 그 첫 번째는 대학교 3학년 때였다. 마침 고려대학을 다니는 친구가 있어 고려대학에 갔다가 그를 복도에서 만난 적이 있다. 그때 조지훈 시인은 어딘가를 서둘러 떠나는 중이었다. 그래서 조용히 말씀을 여쭐 겨를을 갖지 못했다. 친구의 소개에 따라 나는 그저 내 고향을 얘기했고 시인은 선 자리에서 그의 근친으로 우리 마을로 시집와서 사는 분의 근황을 몇 마디 물었다.

두 번째 내가 그를 만난 것은 대학을 졸업하고 모교의 전임자리를 얻게 된 후의 일이다. 마침 김종길(金宗吉) 선생에게 볼 일이 있어 갔다가 지훈의 집에 가는 길이니 동행하겠느냐는 말을 들었다. 나는 그렇지 않아도 한 번 제대로 시인에게 인사를 드리고 몇 가지 질문도 해보았으면 하던 때였다. 그래 기회를 놓칠세라 그를 따라 나섰다. 그러나 당시 지훈은 이미 건강이 좋지 않은 때였다. 김종길 선생과 동행으로 성북동 산자락 가까이에 있는 시인의 거처를 찾았으나 자세한 말씀을 듣고 여쭐 시간은 갖지 못했다. 다만 서재 겸 거실로 쓰는 방에 안내되어 우리 고향과 이웃한 시인의 외가 마을 삼산(三山)의 이야기를 몇 마디 주고받은 기억이 새롭다. 참고로 밝혀두면 시인의 외가댁은 전주 유씨(全州 柳氏)의 일파로 안동 예안현 삼산(三山)에 세거해온 일족의 종가였다. 그 집이 바로 지훈의 선친인 조헌영(趙憲泳) 선생의 처가였는데 대대 조행(操行)과 문한으로 이름이 있었다. 또한 선생님의 외사촌이 문학가동맹의 전위시인 유종대(柳鍾大)이기도 했다. 해방 직후 조지훈 시인은 널리 알려진 대로 민족진영의 편에 서서 청년문학가협회의 맹장으로 활약했다. 그런데 고종인 유종대 시인이 조선문학가동맹의 맹원이 되어 서로가 맞서 싸우는 반대 입장을 취했다. 잠깐 그런 이야기를 하면서 쓸쓸해하던 시인의 모습이 지금도 뚜렷하게 떠오른다.

나는 학교가 달라서 강의실에서 조지훈 시인의 가르침을 받을 기회는 갖지 못하고 말았다. 그러나 내 문학적 체험에는 청소년 때부터 몇 차례나 조지훈 시인을 주인공으로 한 것이 섞여 있다. 8·15 직후 내가 시골 소읍의 중학교에 들고 나서의 일이다. 같은 반의 친구 하나가 『노산시조집』, 정지용의 『백록담』을 읽는 것을 보았다. 한창 시를 읽는 일에 열이 올라 있었을 때라 나는 그를 놓칠 수가 없었다. 그 친구에게 시집의 출처를 물었더니 그 자신이 지훈의 처남이라는 답이 돌아왔다. 그런 일이 있고 얼마 뒤 나는 그를 통해 몇 권의 일제시대 때 간행된 우리말 시집을 얻어 읽을 수 있었다.

뿐만 아니라 그 후 나는 을유문화사에서 나온 『청록집』도 읽었다. 당시 나는 상급생이 주재하는 독서 모임에 참가한 적이 있었는데 그 자리에서 문학가동맹의 김동석(金東錫)이 쓴 조지훈론이 화제가 된 바 있다. 우리 모임의 좌장격인 상급생은 곧 지훈이 우파 보수, 반동시인으로 그의 시가 아주 나쁜 작품이라고 깎아 내렸다. 그런 조지훈 비판이 부당하다고 생각한 나는 반대 의견을 제기하기 위해 손을 들었다. 그리고는 내가 읽은 「파초우(芭蕉雨)」를 그 자리에서 암송한 다음 이것은 문학가동맹의 아무개 시보다 한결 아름다운 시라고 내 의견을 내놓았다. 그러자 내가 참석한 모임 전체가 감전이라도 된 듯 이상한 긴장감이 흐르게 되었다. 그 까닭은 우파 보수 진영이 무조건 배제되는 자리에서 내가 정면으로 그것도 상급생과 반대되는 의견을 제시했기 때문이었다. 다행히 초등학교가 같은 상급생 하나가 나서서 그런 사태를 무마해 주었다. 나는 그 상급생으로부터 앞으로 그런 말 삼가하라는 경고를 들은 다음 그 자리에서 쫓겨났다. 어떻든 나는 매우 일찍 조지훈 시인을 매개로 해서 시와 이데올로기의 마찰과 대립이 빚어낸 사태를 체험한 것이다.

3. 고전에 대한 소양

『청록집』 다음에 나는 또 한 번 조지훈의 면모를 생생하게 실감할 기회가 있었다. 8·15 직후 얼마동안 우리 문단은 문학가동맹의 제패 상태로 전개되어 갔다. 그런 서슬 속에서 문학가동맹계는 위장 형태로 민족문학론을 휘두르면서 우파 민족진영계의 문학론이 보수 퇴영적인 것이며 사이비라고 몰아붙여 갔다. 특히 문학가동맹의 대표적 비평가 가운데 한 사람인 이원조(李源朝)가 그런 류의 논리를 폈다. 그는 『문학』 7호에(1948년 4월) 「민족문학론」을 발표했다. 이 글의 요지는 8·15를 맞고 난 다음 우리 문학과 문단이 당면한 최대 과제가 민족 문학의 건설에 있다고 시작한다. 여기서 문학가동맹이 말하는 민족이란 인민 의 다른 이름이며, 인민이란 그들이 말하는 바 진보적 역사관에 입각 해서 미래를 개척해야 할 역군을 가리킨다. 이런 문학가동맹계의 주장 에 따르면 조지훈 등의 시는 외견상으로 민족의 편에 서 있는 듯 보 이나 실제 작품들을 검토해 보면 거기에는 진부하기 그지없는 봉건성 이 검출되며 미래를 타개해 나갈 전망이 없다는 것이다.

그의 글에서 이원조는 왜곡된 민족 문학의 보기로 박종화의 「청자 부」, 조지훈의 「봉황수」 등을 들었다. 이들은 모두가 이원조가 그 주 체의 하나로 활동한 조선문학가동맹의 행동노선과는 다른 입장을 취 한 시인 작가들이었다. 이원조가 이때에 특히 문제 삼은 것이 조지훈이었다. 그는 민족진영계 문학의 보수 퇴영적 경향의 보기로 봉황수(鳳凰愁)」를 든 후, 다음과 같이 이 작품을 폄하했다.

시인 조지훈 씨는 역시 고궁을 거닐면서, 「봉황수」(「봉황수」는 아마 덕수궁 내의 중화전(中和殿) 천정에 새겨 있는 악작(鸑鷟)을 봉황으로 잘못 알았을 것이다—필자)라는 일편을 읊조리는데, "정일품에서 종구품까지 내 몸둘 곳이 없어라"라고 한탄했으며……

이런 비판에 대해서 조지훈 시인은 이원조의 지적이 그릇된 작품해석에서 비롯된 것이라고 정면에서 맞받았다. 그에 따르면 「봉황수」는 흘러간 왕조를 그리거나 벼슬을 탐해서 쓴 것이 아니라 민족의 슬픔을 구조물 또는 건축에 기탁한 작품이라는 것이었다. 이때 조지훈 시인은 이원조가 작품 해석의 전제 조건인 기본 지식에 얼마나 어두운지를 구체적으로 지적했다. 지훈은 우선 덕수궁 중화전(中和殿)이 대한제국이 되고 나서 건립된 것임을 지적한 다음 그 옥좌 위에 새겨진 것이 중국을 의식한 나머지 그렇게 한 제후국 상징의 봉황새가 아니라 쌍룡이라고 밝혔다. 다음 악작을 봉황으로 잘못 알고 쓴 것이라는 이원조의 주장에 대해서도 가차 없는 반박을 했다.

악작이란 새를 봉황으로 잘못 알았다는 이 잘못이란 말은 무슨 말인가. 씨(氏)는 악작이란 새에 대한 분운(紛紜)한 제설을 섭렵하였으며 이와 같은 상징적 의미의 동물에까지 과학적 분류의 체계를 가질 수 있는가. 악작에 대해선 여러 가지 설이 있으나 적어도 그것이 고전적 의미에 있어서는 봉황과 같이 쓰여졌다면 어떻게 되는가. 허신(許愼)의 설문(說問)에 '악작(鸑鷟) 봉속야(鳳屬也)'라 했고 장화(張華)의 금경주(禽經註)에 '봉지 소자왈 악작(鳳之小者曰鸑鷟)'이라 했으며 주어(周語)에 있는 '주지 흥야 악작우기산(周之興也 鸑鷟鳴于岐山)'이라고 했으며 시경(詩經) 「대아(大

雅」에서는 '봉황명이 우피고강 오동생이 우피조양(鳳凰鳴矣 于彼高崗 梧桐
生矣 于彼朝陽)'이라 했으며 우리의 고가(古歌) 새타령에도 '문왕(文王)이 나
계시니 기산조양(岐山朝陽)에 봉황(鳳凰) 새'라고 뚜렷이 있거늘 악작(鸑鷟)
을 봉황으로 안 것이 무엇이 잘못이란 말인가.

이런 조지훈 시인의 반박에는 적어도 두 가지의 논리적 근거가 확
보되어 있다. 그 하나는 이원조의 비판이 사실들을 제대로 알지 못한
데서 빚어진 오류임을 지적한 점이다. 덕수궁 중화전의 언급으로 들어
난 바와 같이 이원조는 왕궁의 건축 연대와 그에 부수된 역사적 사실
에서 오류를 범했다. 이것은 그가 작품의 근거가 된 사실 자체에 전혀
맹목이었거나 적어도 그릇된 선입견을 가지고 임했음을 뜻한다. 또한
여기에는 간접적으로 나타나는 문제점도 있다. 본래 이원조는 외국문
학도 출신이다. 일찍 그가 전통 유림의 후예로 어렸을 때 다소간 한문
을 읽은 경험이 있기는 했다. 그런 그의 고전적 소양은 훗날 남긴 몇
수의 한시로 남아 전하고 있다. 그러나 그것은 당시 유가에서 성장한
자제들의 기초 소양 정도였다. 따라서 전문적인 논설을 쓰고 책임 있
는 의견을 제시할 수준을 확보하지는 못했다. 그의 전통 문화 내지 동
양 고전에 대한 소양은 조지훈의 비할 바가 아니었던 것이다. 그 결과
로 나타난 것이 봉황과 악작을 전혀 다른 종류의 것으로 판단하게 만
든 것이다. 이 말을 뒤집어 보면, 문단에 진출한 초기부터 조지훈은
전통 문화·동양 고전에 대한 소양이 상당했다는 사실을 알 수 있다.
「봉황수」를 에워싼 논박이 그것을 단적으로 증명해주고 있다. 이런 사
실이 가리키는 바도 명백하다. 8·15 직후 문학가동맹계의 일방적인
공세 속에서 조지훈은 문학적 담론을 통해서도 민족진영계의 문학을
튼튼하게 지키고 이원조로 대표된 좌파 문학가동맹계의 이데올로기
일방통행 논리를 되받아치는 버팀목 구실을 해낸 것이다.

4. 시인의 고향을 찾아

조지훈 시인이 타계했을 때 나는 막 모교의 교양학부에 전임 자리를 얻은 직후였다. 그 무렵 나는 다소간 들뜬 마음으로 오래전부터 마음먹고 있던 한국 현대시사 쓰기를 준비하고 있었다. 현대시사의 역사 쓰기에 부수되는 일로 나는 당시 상황을 아는 시인·작가들을 심방하여 그들의 증언들을 녹취할 계획을 가지고 있었다. 그 중요 항목의 하나에 조지훈 시인과 정지용 시인 사이의 상관관계도 포함되어 있었다. 그것이 차일피일이 된 어느 날, 뜻밖에도 시인의 부고에 접했던 것이다. 적지 않게 놀란 가슴을 안고 나는 고려대학교로 달려갔다. 거기서 김종길 선생이 쓴 만장(挽章)을 본 기억이 아직도 뚜렷이 남아 있다. "일월산(日月山) 지초(芝草)향기 맑고도 매웁더니/ 쉬흔도 못다살고 웃으며 떠나는가/ 술익는 강(江)마을에는 오늘도 타는 저녁놀."

1970년대의 여름철 어느 날 고려대학교 국문학과의 제자들이 주동이 되어 시인의 고향인 주실에 시비가 서게 되었다. 그 무렵까지 나는 시인의 고향인 주실을 한 번도 찾아가보지 못한 채였다. 그런 나에게 뜻밖에도 시비 제막식에 참석해 달라는 요청이 고려대학교 교우회에서 왔다. 나는 그날 고려대학교 도서관 앞에서 출발한 버스를 얻어타고 유족들과 제자들로 이루어진 행사 참가자 일행의 틈에 끼었다. 그 길로 새재를 넘고 안동을 거쳐 여러 시간을 달린 다음 주실에 당도했다. 우리 일행은 시인의 큰집 사랑채와 옆채 등을 거의 독차지하고 술판을 벌였다. 간간 시인인 동시에 국문학의 교수이기도 했던 조지훈의 추모담이 오고갔다. 누군가가 가슴 밑바닥에서 토해내는 것 같은 울음소리를 터뜨렸고 분위기가 그렇게 되자 내 마음도 공연히 울적해지던 기억이 난다. 나는 몰래 자리에서 빠져나와 시인이 태어나서 자란 옛

집터를 둘러보았다.[1] 거기서 나는 얼마동안 조지훈 시인이 걸어간 일들을 되짚어보았다. 그러자 생전에 내가 찾아뵈었을 때 유난히 두꺼운 안경을 쓰고 기침을 자주 하던 시인의 모습이 떠올랐다. 또한 시인의 대표작으로 유난히 그의 체취가 짙게 배어있는 듯한 「파초우(芭蕉雨)」가 생각났다.

외로이 흘러간
한 송이 구름

이 밤을 어디메서
쉬리라던고

성긋 빗방울
파초잎에 후득이는

저녁 으스름
창 열고 푸른 산과 마주 앉아라.

들어도 싫지 않은 물소리기에
날마다 바람도 그리운 산아

온 아침 나의 꿈을 스쳐간 구름
이 밤을 어디메서 쉬리라던고

— 「파초우」 전문

조지훈 시인의 기념시비 제막식은 우리 일행이 주실에 도착한 그 다음날에 있었다. 시비가 선 자리는 주실마을 서쪽 시내를 건너서 있

---

1) 시인이 태어난 집은 6·25 직전의 혼란기에 좌익의 방화로 소실되고 그 후 재건이 되지 않아 지금은 그 자리만 남아 있다.

는 숲속이었다. 조금 더운 여름철이었는데 그날따라 작은 빗방울이 오락가락 했다. 영양군청과 경상북도의 관계자까지 참석한 가운데 시인의 작품 「빛을 찾아가는 길」을 새긴 시비가 제막되었다. 비문 찬은 뒤에 고려대학교 총장을 지낸 홍일식(洪一植) 교수의 솜씨였고 설계는 아드님인 광열(光烈)의 손으로 된 것이었다. 그 자리에서 나는 비평계와 문단을 대표하여 기념사를 했다. 그 내용 가운데 나는 내가 조지훈 시인과 문화권을 같이하는 것이 자랑스럽다는 말을 섞어 넣었던 것으로 기억하고 있다.

지훈이 매개항이 된 가운데 내가 겪은 문학적 체험으로 아직껏 내 머리에 남아 있는 것 중 1980년대의 일도 있다. 그 무렵 나는 8·15 후의 우리 시단 상황을 정리하여 『해방기한국시문학사』를 책으로 만들어 내었다. 그때까지 우리 주변에는 8·15 직후 우리 문단 상황을 배경으로 하여 독립된 단행본 체제로 나온 시사(詩史)가 없었다. 내 작업은 그 빈틈을 메우려는 시도였고, 또한 문학가동맹계나 우파 민족진영계 시와 시론을 아울러 자료로 수용하여 객관적 서술을 시도한 것이었다. 그 직후 그 서평격인 논문이 내 모교의 후배, 제자에 의해 발표된 바 있다. 거기서는 상당히 가혹하게 내 작업이 비판되었는데 그 결론 비슷한 말이 나를 아주 당혹하게 만들었다. 서평자는 거기서 8·15 직후 조지훈이 역사를 배제한 순수문학론을 휘둘렀는데, 김아무개의 해방기시문사학도 바로 그렇기 때문에 틀렸다는 것이었다. 문학적 담론에서 진실과 오판의 기준이 되는 것은 사실 해석의 합리 타당성 여부일 것이다. 이 당연한 논리의 전제가 내 『해방기시문학사』 비판에서는 실종, 배제되어버리고 그 대신 내 자신이 수긍할 수가 없는 의식 성향론이 독주하고 있었다. 이 논리의 일방통행 현상에 나는 적지 않게 어리둥절할 수밖에 없었다.

5. 「송행(送行)」과 「송인(送人)」

세 번째 조지훈 시인을 통해서 내가 가져본 지적 훈련의 체험은 한시(漢詩)를 통해서 이루어졌다. 한국 현대시사를 진행시키는 가운데 나는 내 담론이 고전문학기(古典文學期)의 한국 문학과 문화에 대한 소양 부족으로 부실한 구석이 생기지 않을까 걱정을 하게 되었다. 그 보완책으로 나는 한시 창작 모임에 나갔다. 한시를 짓기 시작하고부터 나는 동양 고전의 주류가 되는 이 문학 양식의 세계를 어렴풋이나마 가늠해 볼 수 있게 되었다. 그것을 밑천으로 하여 몇 개의 현대시론을 만들어 보았다. 그 가운데서 이육사(李陸史)의 「광야(曠野)」론이나 김소월의 「초혼(招魂)」에 대한 생각은 내 나름의 논거가 선 것으로 믿고 있다. 지난해의 한 글에서 나는 만해 한용운(萬海 韓龍雲)과 함께 지훈의 시를 한시와의 상관관계 속에서 읽고자 한 적이 있다. 특히 지훈의 시 가운데는 직접적으로 한시에 상관되는 것이 나타난다.『유수집(流水集)』(지훈의 미간행 한시집)에 포함된 한 편인 「송인(送人)」은 다음과 같다.

> 送子靑山路
> 滿山花政飛
> 行行白日暮
> 應悔振衣非

이 작품에 대비될 지훈의 한시 「송행(送行)」은 다음과 같다.

> 그대를 보내노니
> 푸른 산길에

자욱히 꽃잎이
흩날리노라.

가고 가면 꽃비 속에
백일(白日)은 지리
날 두고 그대 홀로
떨치고 간 소매가
섧지 않으랴.

이들 두 작품에 대해서 나는 한글과 순한문이라는 표현 매체가 다를 뿐 내용에 있어서는 일란성(一卵性)에 속한다고 보았다. 이런 내 견해 자체에는 별로 이의가 제기될 여지가 없을 것이다. 정작 문제는 조지훈 시인의 다른 한시에 대한 내 해석을 두고 제기되었다.

碧藏雲外寺
紅露雪邊春

이것은 널리 알려진 지훈의 오언율시 「불국사도중(佛國寺途中)」의 3, 4행이다. 율시의 대우적 성격을 말하면서 나는 '벽장(碧藏)'과 대가 된 '홍로(紅露)'를 문제 삼았다. '벽장(碧藏)' 곧 푸른 기운은 구름 밖의 절을 갈무리하고의 '장(藏)'이 용언임에 반해 '홍로(紅露)'의 '로(露)'가 체언이므로 약간의 문제가 생기지 않나 지적한 것이다. 그러자 내 글을 읽은 같은 한시 모임의 친구 하나가 이의를 제기했다. 그의 의견은 '로(露)'를 동사로 읽어 '드러내다'로 보아야 할 것이 아닌가 하는 것이었다. 그렇게 하면 '벽장(碧藏)'과 '홍로(紅露)'가 짝이 되고 작품의 형태가 제대로 파악이 가능하다는 의견이었다. 그 자리에서 나는 좋은 생각인 것 같다고 말했다. 그러나 그렇다고 내가 그의 의견에 완전 승복하고 있는 것은 아니다. 그 이유가 되는 것은 별로 복잡한 데 있지 않다. '홍로(紅露)'에서 '로(露)'를 용언으로 읽으려면 '홍(紅)'이 단독으로 꽃, 곧 붉은 꽃으로 해석이 가능해야 할 것이다. 그래야 "홍로설변춘(紅露雪邊春)"이 "붉은 꽃은 눈 가장 자리에도 피어나는 봄을 드러내고, 또는 아로새기고"가 되어 그 앞줄인 푸른빛(산빛)은 구름 밖의 절을 갈무리하고, 곧 "벽장운외사(碧藏雲外寺)"와 대우를 이룰 수 있게 된다. 그러나 내가 찾은 한자 자전에는 그런 용례가 나타나는 것이 없었다. 예외격으로 '타홍(墮紅)', '낙홍(落紅)' 등이 있는데 그때는 수식어가 앞에 있어 그렇게 읽는 일이 가능하다. 여기서 이런 말들을 곁들이는 의도는 누구의 해석이 맞고 틀린 점을 가려내자는 것이 아니다. 어떻든 조지훈 시인의 작품을 매개로 해서 이렇게 나는 몇 차례나 세계 인식의 자극을 얻어 왔음을 밝히려는 것이다.

50년 연구 인생의 회고

대담 : **신비평과 그 넘어서기의 세계**
대담정리 : **문혜원**(한국시비평, 아주대 교수)

문혜원 : 선생님, 안녕하세요? 먼저 만해학술상을 수상하신 것을 축하드립니다. 선생님께서는 『한국근대시사』(1986)에서도 만해의 작품을 독립된 한 절로 집필하신 것을 읽었습니다. 시론 강의 시간에 선생님께서 만해의 시 「알 수 없어요」를 맥스 블랙의 상호작용론의 예로 들고 원을 그려가며 설명하시던 것이 지금도 생생합니다. 만해학술상을 받으시면서 특별한 감회가 있으시다면 말씀해 주십시오. (이하, 문)

■ 만해학술상은 나에게 과분하다

김용직 : 그동안 나는 한국 근대문학을 공부하는 일개 학도로 살아왔습니다. 아직도 공부가 많이 모자라고 해야 될 일이 많이 있다고 생각합니다. 그런 나에게 만해의 이름이 붙은 이 상을 준다니 나로서는 과분하다고 생각합니다. 기쁘면서도 다른 한편

으로는 분에 넘친다는 생각을 하지 않을 수 없었습니다. 지금
도 마음 한 가닥에는 그런 생각이 있어서 사양하는 것이 어떨
까 하는 생각을 하기도 했지요. 그러나 상은 심사위원회에서
결정한 것이고, 객관적으로 평가가 이루어진 상이라면 고맙게
받는 것이 좋겠다는 생각을 해서 받기로 했습니다. 어떻든 만
해대상을 받게 되어 저로서는 기쁜 일입니다. 축하를 해주니
감사합니다. (이하, 김)

문 : 만해학술상뿐만 아니라 현대문학상(1977), 도남국문학상(1979), 세
종문화상(1987), 대한민국문학상(1992), 삼일문화상(1997) 등 굵직한
상을 많이 수상하셨습니다. 선생님 정년을 기념해서 출간된『정
명의 만남』을 보면 1997년까지 출간된 책만 해도 단독 연구서
와 비평집만 이미 이십여 권이 됩니다. 그 후에도『한국현대시
인연구』상·하권,『한국문학을 위한 담론』,『김태준 평전』등
많은 저서들을 출간하셨는데, 지금까지 출간한 저서가 얼마나
되는지 기억하시는지요?

■ 내 연구의 길을 열어 주신 것은 여러 은사, 선배님들이다

김 : 단독 연구서는 비평집을 합해서 30권 가까이 될 것입니다. 그
밖에 편저서도 그 정도입니다. 모두 통틀어도 60권 정도지요.
내 스스로 자신을 평가해 보면 공부에 대단한 기동성을 가지지
는 못한 것 같습니다. 학부를 다닐 때 은사님으로 심악 이숭녕
(心岳 李崇寧) 선생님이 계셨어요. 선생님께서 우리에게 자주 하
신 말씀이 두 가지 있었습니다. 하나는 대학의 상식이 영독불
(英獨佛)이라는 것이었고, 다른 하나는 소걸음처럼 느릿하게 그

러나 착실하게, slow and stedy를 염두에 두고 공부를 하라는 것이었습니다. 나는 선생님의 말씀 가운데 첫 번째 것은 제대로 지키지 못했습니다. 영독불어를 우리나라 말처럼 구사할 능력은 터득하지 못했어요. 그러나 민첩하지는 못했지만 언제나 쉬지 않고 책을 읽고 논문을 쓰는 습관은 익혀 왔다고 생각합니다.

또 하나 이 자리에서 반드시 밝혀야 할 것이 있습니다. 학교에 다니는 동안 나는 참 많은 분들의 지도와 도움을 받았습니다. 특히 일석 이희승(一石 李熙昇) 선생님에게는 반듯한 걸음걸이를, 그리고 이숭녕 선생님으로부터는 학문하는 기백을 배웠지요. 뿐만 아니라 박종화(朴鍾和), 백철(白鐵) 등 문단의 선배들에게 희귀 자료들을 빌려 보았고 격려를 받았지요. 내 주변에서 자료를 베껴내고 조잡한 원고를 정리해준 후배들도 잊을 수가 없습니다. 문혜원 교수도 대학원을 다니면서 나를 많이 도와주지 않았습니까. 내 업적은 모두 은사와 선배, 후배들이 가르쳐 주시고 보살피며 도와준 덕분이라고 생각합니다.

문 : 알 만한 사람은 다 아는 사실이지만, 선생님 고향이 안동입니다. 게다가 선친께서는 독립운동을 하시면서 고초를 겪다가 해방 직전에 작고하신 것으로 알고 있습니다. 그러한 성장 환경 속에서 학문의 길을 선택하는 것이 쉽지는 않았을 텐데요, 학문을 하게 된 계기가 특별히 따로 있으셨는지 궁금합니다. 그 중에서도 국문학을 선택하신 이유는 무엇인지요?

■ 반제 투쟁에 평생을 바친 가친(家親)

김 : 나보고 가족사에 관계되는 이야기를 하라면 아직도 마음속에 담긴 상처를 건드리는 일이 됩니다. 내가 태어나 자랄 때만 해

도 우리집은 조부님 밑에 백부님과 아버님, 그리고 바로 이웃
집에 사는 숙부님 등 3형제분에 우리 형제, 자매, 종반들까지
대가족이었습니다. 아버님은 10대 말기부터 상경하여 민족 운
동, 반제 투쟁에 물불을 가리지 않는 삶을 사신 분이었지요. 당
신은 국가, 민족을 위한 외길을 걸으신 분이어서 자연 집안일
과는 거리가 있는 평생을 사셨습니다. 일제 식민지 체제하의
반항자에 연루된 가족에게는 갖가지 불이익이 따라다녔습니다.
철이 들기 전부터 우리 집 사랑채에 '도리우찌'라고 일본식 캡
을 쓴 고등계 형사가 나타나던 기억이 생생합니다. 그러면 그
뒤 얼마 안 있어 아버님이 귀가를 하셨지요. 우리 어머님은 꽃
도 부끄러워한다는 열여섯 방년에 시집을 오셨어요. 그런데 가
장인 아버님이 불고가사(不顧家事)로 항일 저항 투쟁의 전위로
세상을 사셨습니다. 어머님은 그 틈서리에서 16대 종가의 둘째
로 봉제사(奉祭祀), 접빈객(接賓客)의 임무를 다하고 6남매나 되는
우리 형제자매를 키우셨습니다. 그럼에도 아버님 이야기를 하
실 때면 언제나 옷깃을 여미고 자세를 바로 잡는 분이셨습니
다. 내가 철이 들 나이가 되자 어머님이 두어 번 조용하게 하
신 말씀이 있습니다. '네가 장가를 가게 되거든 네 아내와 가족
을 보살피는 세상을 살아라.' 나에게는 어머니의 이 말씀이 참
으로 절실하지 않을 수가 없었습니다. 철이 들고 난 후 어느
시점에서 나는 어머니의 뜻을 받드는 길이 사회, 정치적인 문
제에서 거리를 두는 것이라고 생각하게 되었습니다.

■ 숙명처럼 택한 전공

또 어렸을 때는 나는 글재주가 있다는 어른들의 평을 듣기

도 했습니다. 유가(儒家)에서는, 차분하게 사물을 따져가면서 자연과 인생의 깊은 진리를 파헤쳐내는 일이 격물치지(格物致知)의 마음을 바탕으로 한다고 했지요. 그러나 대학에 진학을 할 무렵 내가 나를 생각해 보니 나에게는 그런 자질이 없다고 생각되었습니다. 또 숫자 나오는 공부가 별로 달갑지도 않았어요. 이런 이유들 때문에 대학 시험을 치를 때는 순문학과를 택했지요. 어릴 때 환경도 중요한 작용을 했습니다. 내가 자랄 때만해도 우리 집 안채에는 고담책, 가사류 등 언문본들이 여기저기 굴러다녔고, 서울에서 간행된 소설책들도 여러 권 있었습니다. 누이들이 그 책들을 조모님이나 백모님에게 소리 높여 읽어드리는 정경을 아침, 저녁으로 보면서 자랐습니다. 그 위에우리 아버님의 민족 운동 또한 뿌리는 우리 것을 지키자는 것이라고 생각되었습니다. 내가 학부에서 전공을 한국 문학으로택한 것은 이런 가족사와 관련이 있습니다.

문 : 선생님의 학문적 여정에 대해서 여쭈어보겠습니다. 당시의 상황이나 학문을 하시며 하셨던 생각 등을 편안하게 말씀해 주시면 좋겠습니다.

선생님의 비평적 출발점은 신비평적 접근 방식에 입각한 분석 비평이라고 할 수 있습니다. 첫 번째 비평집인 『한국문학의 비평적 성찰』(1974)은 신비평에 대한 관심을 보여주신 책입니다. 특별히 신비평적 관점을 택하신 이유가 따로 있으셨습니까? 우리나라에 신비평이 소개된 것은 1950년대 말부터라고 알고 있습니다. 김종길, 송욱 선생님의 경우가 대표적일 텐데요……. 당시 학문적인 분위기가 그랬던 것인지 아니면 특별히 개인적인 이유가 있었던 것인지 궁금합니다.

■ 내 시읽기의 길잡이가 된 신비평 이론

김 : 내 근대시 연구와 신비평의 상관관계를 말하기 전에, 처음 우
리 세대가 한국 현대문학 연구를 하고자 했을 때 주변의 연구
상황을 말해두는 것이 좋을 것 같습니다. 내가 한국 현대문학,
그 중에서도 시를 전공으로 택할 무렵만 해도 우리 주변의 한
국 현대문학 연구 여건은 거의 황무지였습니다. 그 무렵까지
한국 현대문학을 대상으로 한 독립된 연구서가 나온 예는 백철
(白鐵)의 『조선신문학사조사(朝鮮新文學思潮史)』 상・하권밖에 없었
어요. 한마디로 초창기 그 자체였지요. 그런 상황이었으므로 내
가 처음 착수할 수밖에 없는 것이 자료 수집과 함께 연구를 위
해 필요한 이론적 틀을 만드는 일이었습니다. 당시에는 지금
어디에나 있는 복사기가 없었습니다. 필요한 자료를 소장한 분
을 일일이 찾아가서 그 분들에게 양해를 구하고 펜이나 연필로
노트에 옮겨 적는 방법밖에는 없었습니다. 또한 이론의 틀을
익히는 데도 참 고충이 많았습니다. 한국 현대시를 본격적으로
연구하기 위해 나는 그 길을 역사 쓰기로 잡았어요. 그런데 막
상 문학사를 쓰려고 보니까 그 이전에 시를 제대로 읽을 수 있
는 능력을 얻어내는 것이 필요했습니다. 처음 나는 그것을 비
교문학 공부로 가능할까 생각하고 방띠껨의 번역서를 통해 그
쪽을 살폈습니다. 방띠껨식 비교문학이란 결과로서의 작품의
원인을 국경 넘어 외국문학에서 구하는 것이잖아요? 나는 그
방법을 통해 상징파가 우리시에 미친 영향을 가늠할 수 있게
되었고 또한 자연주의나 사실주의의 개념도 어느 정도 파악할

수 있었습니다.

그러나 정작 근대시사 쓰기의 절대적 기준이 되는 작품의 빈틈없는 해석은 비교문학적 방법으로는 가능하지 않을 듯 생각되었어요. 거기서 한계를 느꼈을 때 C. 브룩스의 이름을 알게 되고 그의 『시의 이해』를 얻어 보게 되었습니다. 『시의 이해』에서 비유 부분을 보는 순간 '이거다!' 하는 생각이 번뜩였습니다. 그때가 학부 4학년 때였습니다. 이양하(李敭河) 선생님이 현대영시론 강의를 하셨는데 교재로 『시의 이해』를 쓴다고 하시더군요. 영문과가 아닌 학생으로는 불문과의 하동훈(河東勳) 군과(뒤에 숙명여대 교수) 나 둘만이 교수와 나만 그 강의를 신청해 들었어요. 이양하 선생의 강의 중에서 기억에 남는 것이 비유와 이미지의 상관성을 이야기하는 부분이었는데, 그때 선생님이 즐겨 인용한 시에 정지용의 작품이 포함되어 있었습니다. 그런 데서 한국시 읽기에 신비평 방법 적용을 배웠지요. 훗날 브룩스의 책에 나오는 연습 문제에 암시를 받아 정지용, 김기림 등의 작품을 분석하고 또한 김동명의 작품과 결부시켜 해석한 것도 그때 배운 감각이 살아남은 결과라고 생각합니다. 지금도 나는 내가 그 쪽의 비평 이론을 일찍 접하게 된 것을 분외의 행운이라고 생각하고 있습니다.

■ 대학교재로 개발한 『현대시원론』

문 : 『현대시원론』(1988)은 신비평적 분석의 틀을 하나하나 설명한 책이라고 할 수 있습니다. 저는 그 내용을 학부의 시론 강의 시간에 복사물 형태로 배웠습니다. 이미지, 시어 그런 것들에 관한 내용이었는데 나중에야 그것이 『현대시원론』의 초안이었

다는 것을 알았지요. 그 책을 통해서 비로소 시를 분석하는 방
법을 배웠습니다. 이 책이 출간되기까지의 과정에 대해서 말씀
해주시지요.

김 : 『현대시원론』은 서울대학교에서 한국 현대시론 강의를 맡고 나
서 힘을 얻어 낸 책입니다. 서울대학교에서 전공과목을 강의하
기 전에 단국대학교 국문과에 강의를 나갔습니다. 그런데 거기
서 현대시론을 강의하셨던 김용호 교수가 작고하셨어요. 고등
학교 때 은사이신 김석하(金錫夏) 선생님이 나보고 그 강의를 하
라고 하셔서 별로 준비도 없는 채 강의 시간을 맡았지요. 강의
노트를 만들기 위해 해외의 시론과 비평이론서를 힘닿는 데까
지 입수해서 공부했습니다. 그때는 시내 대학 국문과 학생이
100명을 넘는 곳도 있었습니다. 그렇게 많은 학생을 놓고 한
강의가 서너 해 거듭되다 보니 강의 노트가 좀 불어났습니다.
그 후 서울대학교에서 다시 현대시론 강의를 하게 된 것이지
요. 그 전에는 정한모 선생님이 강의를 하셨었는데, 선생님이
동덕여대의 전임과 방송통신대학교 학장을 겸하게 되면서 시간
부담이 커서 나보고 강의를 하라고 하신 것입니다. 그것이 계
기가 되어 새롭게 시론의 틀을 짜고 신비평을 통해 읽은 시의
여러 요소들을 다시 검토해 가면서 정리를 할 수 있었지요. 그
때 우리 학계에서 신비평의 이론은 백철 선생님과 김종길(金宗
吉), 그리고 김용권(金容權) 교수 등이 단편적으로 소개하고 있었
습니다. 후에 유종호, 김우창 교수들이 직접, 간접으로 이 분야
에 참여했고 특히 연세대 영문과의 이상섭 교수가 신비평 이론
의 종합판 소개서를 내어주셔서 한국 근대 문예비평 수용사의

한 산맥이 형성된 것입니다. 그런 상황에서 나는 J. C. 랜슴, A. 테이트, R. P. 워른, C. 브룩스 등의 책을 부지런히 사서 모으고, W. K. 윔제트, W. 엠프슨과 I. A. 리차즈, T. S. 엘리엇의 이론을 익히느라고 상당한 시간을 바쳤습니다. 그때 통철하게 느낀 것이 공부는 온몸으로 하는 것이며 문자 그대로 황무지를 가는 황소의 자세가 되어야 할 것이라는 사실이었습니다.

■ 신비평 이론의 적용과 그 지양, 극복 시도

서울대학교에서 한 내 강의는 공부가 미처 익기도 전에 이루어진 것이어서 일종의 실험이었어요. 대개 한 주쯤 전까지 공부한 것을 내 연구실 조교로 있었던 이재오(李在五)군에게 쓰라고 하고 그것을 프린트물로 만들어 학생들에게 나누어 주었지요. 그러니까 개념에 대한 설명이 모자란 것, 틀린 것이 섞여 있었을 것입니다.

그래도 그렇게 강의를 해 가니까 공부에는 도움이 많이 되었어요. 그 결과 좁은 의미의 뉴크리티시즘의 한계를 극복해 낼 수 있게 되었습니다. 처음에 나는 신비평이 철저하게 '시와 문학의 자족론'인 줄 알았어요. 그러나 조금씩 공부가 진척되면서 그 엄격한 외부 여건 차단설에 한계를 느끼지 않을 수가 없었습니다. 이때 르네 웰렉의 『비평의 개념(Concept of Criticism)』을 접하게 되었습니다. 그는 "신비평가들이 작품을 총체적이며 빈틈이 없는 언어의 구조물이라고 보는 입장은 정당하다. 그러나 이것이 곧 시의 해석에 역사적 정보를 전면 배제해도 좋다는 논리를 가능하게 하는 것은 아니다"라고 말했습니다. 웰렉에 따르면 시의 언어 자체가 역사적인 것이지요. 또한 하나의 작

품은 반드시 어떤 양식에 속하며 의장(意匠)을 택합니다. 그것들
은 모두가 비역사적인 것이 아니라 전통이나 관습의 소산인 것
이지요. 웰렉의 이와 같은 지적에 접하자 나는 눈이 확 뜨이는
느낌을 받았습니다. 덕분에 신비평과 그것을 넘어선 역사의 수
용론이 가능했지요. 아직도 나는 초기의 내 공부에서 이육사의
「광야」 읽기가 가능했던 것이나 한용운과 김소월의 작품을 새
롭게 읽은 힘이 된 것은 한동안 신비평의 이론을 차분하게 읽
은 결과라고 생각합니다.

문 : 저는 선생님의 연구 방향의 확장이 문학사 서술을 염두에 두시
면서 확고해지신 것이 아닌가 짐작해보았습니다. 『한국현대시연
구』(1974)에서 선생님은 문학사를 서술하기 위한 기초적인 작업
으로 실증주의적인 방법이 필요함을 강조하고 있습니다. 그리
고 문학사를 서술할 때 유의점으로 첫째, 작품을 검토할 때 내
재적 방법을 선행시킬 것, 둘째, 그렇게 검토된 작품을 다시 문
학 자체의 가치 체계에 의해 엮을 것, 셋째, 한 민족의 문학사
에서 일관되어 있다고 생각되는 의미 연관을 연역해낼 것 등을
지적하고 계십니다. 이것은 작품이 쓰여진 시기와 사회적 특징
을 먼저 말하고 그것에서 작품으로 접근해 들어가는 종래의 방
식과는 상반된 것으로 작품의 분석과 이를 바탕으로 한 가치
평가를 결합하려고 한 것으로 보입니다. 전체적으로 볼 때 선
생님의 학문적 지향점은 역사주의적인 시각을 견지하는 가운데
실증적인 방법과 작품에 대한 분석 비평을 겸하는 것으로 여겨
지는데, 이에 대해서는 어떻게 생각하십니까?

김 : 지금도 나는 시공부가 분석 비평의 방법을 확실하게 익힌 다음
역사주의적 방법을 그 위에 수용해야 한다는 믿음에는 변함이
없습니다. 그리고 문학 연구에서 실증주의의 개념은 사회학이
나 역사 연구의 경우와는 다르게 해석되어야 한다고 생각합니
다. 사회학이나 역사 연구에서는 흔히 사실 해석과 판단의 근
거를 외재적 증거(External evidence)에서 구하는 경향이 있어요. 문
학이나 예술론에서 유의성을 가지는 증거는 그보다 내재적인
것(Internal evidence)에 무게가 실리는 것 아닙니까. 이렇게 보면 어
느 의미에서 문예 비평의 기본적인 방법은 내재적 실증주의에
수렴되는 개념이라고 할 수도 있을 것입니다. 이런 생각으로 나
는 어느 정도 공부가 된 다음 작품 분석과 실증주의, 실증주의
와 역사적 접근이 별개의 것이라고 생각하지 않게 되었습니다.

문 : 1986년에 쓰여진 『한국근대시사』는 선생님의 학문적인 과정에
서 매우 중요한 경계선을 지은 책이라고 생각됩니다. 우선 그
전에 표명하셨던 실증주의적인 방법과 형식주의적 분석, 역사
주의적인 해석이 모두 집결된 책이 아닌가 생각되는데요. 개화
기의 시가나 근대 초창기 시 동인지에 대해 설명하는 부분은
실증적인 자료에 바탕해 있고, 각각의 작품을 분석할 때는 형
식주의적 분석 방식을 사용하고 계십니다. 그리고 전체적으로
는 이것들을 당시의 역사 사회적 배경과 연결해서 서술하고 계
십니다. 질적인 면이나 양적인 측면 모두에서 상당한 시간과
공이 들었을 것이라고 짐작됩니다. 이 책은 언제부터 구상하신
것인지요?

■ 문학의 역사 쓰기를 시도한 동기 · 목적

김 : 나는 전공을 한국 현대시로 정하면서 곧 그 역사 쓰기에 매달
렸습니다. 아까 말한 바와 같이 그 시발점에서 필요로 하는 자
료를 모으기 시작했고 방법론을 익히려고 들었지요. 그러니까
『한국근대시사』를 구상한 것은 준비 작업 기간까지 소급하면
학부 4학년 때부터라고 할 수 있을 것입니다. 그러나 그 틀을
정하고 처음 몇 장을 만든 것은 70년대 중반부터였지요. 그때
마침 시인이면서 잡지 편집에 장기가 있는 이근배(李根培)형이
『한국문학』을 하게 되었어요. 그 밑에 지금 문인협회 이사장을
하는 김년균(金年均) 시인이 있었구요. 한국 근대시의 역사처럼
부피를 가지는 원고를 한꺼번에 단행본으로 내기보다는 수정하
고 보완할 기회를 갖는 것이 좋을 것 같아서 이근배 시인을 찾
아갔더니, 그 자리에서 연재가 결정되었어요. 연재를 하는 동안
중요 작품이 나오면 거의 본능적으로 그 구조 분석에 들어갔어
요. 그리고 시인을 말할 때는 사회 배경, 여건을 말하지 않을
수가 없어서 외재적 방법도 사용했습니다. 다만 어느 방법에
치우치는 시각을 경계하면서 포괄적이며 종합적인 입장이 되도
록 내 깐에는 끊임없는 노력을 가졌습니다.

문 : 사실 저는 선생님의 연구 업적 중에서도 모더니즘 부분에 영향
을 많이 받았습니다. 특히 김기림에 애정이 많으셨고 정지용이
나 김광균, 이상 등에 대해서도 관심이 많으셨던 것으로 압니
다. 제자들과 함께 『모더니즘 연구』(1993)를 펴내기도 하셨는데,
모더니즘에 관심을 가지게 된 동기 같은 것이 있으셨는지요?

■ 모더니즘의 이해, 불연속적 세계관 수용

김 : 내 모더니즘 연구는 정지용과 김기림, 그리고 그 주변을 살피기 위한 방편으로 시작되었습니다. 근대시사를 쓰면서 개화기 시가 곧 창가, 신체시를 살피고 창조, 폐허, 백조파의 시를 차례로 검토해 보았습니다. 그 다음 신경향파와 카프의 시, 그리고 국민문학파의 시를 살폈어요. 그들의 시를 분석, 검토해 보니까 모두 현대시로서는 함량이 부족하지 않나 생각되었습니다. 김소월의 경우는 예외였습니다만. 그런데 정지용과 김기림의 시는 그것을 어느 정도 지양, 극복하고 있더군요. 그것을 기술해 나가려고 하니까 모더니즘 공부를 본격화지 않을 수가 없었습니다. 한국의 모더니즘을 살피면서 가장 먼저 눈에 뜨인 것이 근대와 현대의 구별이 제대로 안 된 점이었어요. 이것은 김기림이 유리 현대 비평사에 끼친 공적을 과소평가하자는 것이 아닙니다. 그러나 그런 그에게도 옥의 티라고 할 부분이 있는데 그것이 근대와 현대의 기준이 모호한 점입니다. 김기림은 「30년대의 소묘」 첫 장에서 모더니즘, 휴머니즘, 행동주의, 주지주의를 혼동하고 그것을 서구의 근대에서 파생한 말초 현상으로 규정했어요. 이것은 범박하게 보아도 현대문예사조인 주지주의와 그 단계의 문예사조 경향인 휴머니즘을 미분화시킨 것이지요.

　T. E. 흄의 고전주의 이론은 이때 제기된 내 의문을 풀어내는데 결정적인 구실을 했습니다. 「휴머니즘과 종교적 태도」에서 흄은 우리가 갖는 세계 인식의 태도를 무기물의 세계와 유기적 세계, 윤리·종교적 가치관의 세계로 나누지 않았습니까. 그리고 나서 르네상스 이후 유기적 세계에 속하는 인간의 영역

과 윤리·종교적 세계에 속하는 신의 영역을 따로 분리해서 인식하려고 하지 않고 마치 그 사이가 연속된 것처럼 생각한 것은 잘못이라고 지적했습니다. 유기적 세계와 윤리·종교적 세계 사이에 뛰어 넘을 수가 없는 암거가 있다고 보고 그것을 '불연속성(discontinuity)'이라고 했는데 그의 이미지즘론은 바로 이런 이론을 바탕으로 작성되었지요.

김기림이 자신까지를 포함해서 정지용이나 신석정의 시에서 이미지즘을 읽은 것은 정당합니다. 그렇다면 그가 비판한 백조파의 시는 낭만파의 갈래에 들기 때문에 나쁜 것이 아니라 불연속의 미학에 어긋나기 때문에 한계가 있다고 파악되어야 하는 것이지요. 김기림의 한계를 느끼면서 나는 동시에 우리 현대문단에도 비슷한 오류가 범해진 것을 보았습니다. 가령 우리 연배의 어느 연구자는 이상론에서 그의 문학을 헤겔 미학과 연결시키면서 근대적인 것이라고 했거든요. 다다·쉬르리얼리즘 경향의 시가 어떻게 연속적 세계관으로 설명이 됩니까? 플롯은 결과에 대한 원인의 감각으로 설명이 되는 것이고 그러니까 연속사관으로 설명될 수밖에 없지요. 그러나 이상의 소설인 「지주회시」, 「지도의 암실」에는 전혀 플롯이 없습니다. 따라서 이상의 소설을 연속사관으로 설명하는 것 자체가 모순이지요. 나는 이에 대한 변별력을 T. E. 흄 이하 뉴크리티시즘의 방법을 통해 얻을 수 있었습니다.

문 : 제가 모더니즘에 관심을 두어서 그랬는지, 선생님께서 『해방기 한국시문학사』(1989)와 『임화문학연구』(1991)를 출간하셨을 때는 적잖이 놀랐습니다. 『현대경향시 해석비판』(1991)도 출간하셨지

요. 연구실에서 집필을 하고 계신 것을 보긴 했지만, 선생님께서 경향시를 꾸준히 연구하시리라고는 생각하지 못했었거든요. 모두가 민족과 민중을 말할 때는 오히려 거리를 두시다가 그 시기가 다 지나고 나서 경향시 연구에 몰두하신 이유가 무엇인지요? 꼭 한번 여쭈어보고 싶었습니다. 80년대 중반에 그런 연구를 하셨다면 학생들과도 더 가깝게 지내셨을 테고 대외적으로 각광을 받으실 수도 있었을 텐데요……

■ 『해방기시문학사』 쓰기

김 : 『해방기시문학사』는 내 현대시사의 연속선상에서 이루어진 것입니다. 우리 현대문학사에서 좌파, 특히 카프의 맥락이 제외될 수는 없지요. 특히 8·15 후 한때 그들은 우리 문단을 온통 지배한 것이 사실 아닙니까? 그렇다면 내 『해방기시문학사』에서 좌파의 시와 활동이 포함된 것은 당연하지요. 『임화문학연구』나 경향시에 대한 연구는 좀 뜻밖으로 생각되었을 것입니다. 정년 전까지 나는 일반적으로는 순수문학자로 비쳤을 수 있으니까요. 그러나 내가 지향한 것은 한국 문학의 기능적인 이해였고 그 방편으로 택한 것이 문학사 쓰기였습니다. 한국 문학의 기능적인 이해를 위해서 순수니 참여니 하는 경계선을 만드는 것은 어리석은 일입니다.

사실 나는 한국 현대문학 연구를 시작하면서 곧 좌파의 문학이론, 특히 맑시즘에 대해서 공부해야 할 필요를 절실하게 느꼈습니다. 8·15 직후 내가 시골 중학교에 다닐 때는 번역판이었지만 그런 책들이 점두에도 진열되어 있었어요. 그때는 그것을 사서 읽을 만한 독서 능력이 없었어요. 그 후 국내에서는 맑시즘 관계 서적 열람이 대학도서관에서조차 자유롭지 못하게 되었지요. 그래서 어떻게 하면 좀 더 필요로 하는 좌파의 관계 서적을 얻어 볼 수 있을까 하는 생각을 가지고 있었어요. 그 기회를 얻기 위해 1982년도에 해외파견 연구교수를 신청해서 일본에 건너갔습니다. 내가 한 해 동안 연구 연가를 얻어서 동경에 가기로 하자 친구 가운데는 화를 내는 사람이 있었어요. "자네 아버지가 항일 운동으로 돌아가시지 않았나, 일본에 가서 보고 배운다니 말이 아니다"라고 했어요. 그 말에 나는 내 문학사를 위한 자료 수집차라고 하지 않고 "고맙다"고 대답했습니다. 동경에 가서는 곧 나는 근대문학관에 얼마동안 개근을 했습니다. NAPF를 중심으로 한 좌파 관계 자료를 가능한 한 많이 입수하고 상당량을 복사했습니다. 지나간 얘기입니다만, 당시는 그런 자료는 복사물이라도 세관 통과가 안 되는 상황이 었습니다. 실제 미국 쪽에서 러시아 근대사를 전공한 연구자가 학위논문작성에 필요하다고 모은 책을 이삿짐 속에 꾸려 넣었다가 김포공항에서 압수된 사례가 있었어요. 그런 사례를 알기 때문에 나는 좌파 관계 복사물들을 표지만 다른 것으로 붙여서 휴대가방에 넣고 왔습니다. 내 깐에는 상당히 꾀를 부린 것이지요. 그래도 세관원이 내 책꾸러미를 풀어 몇 장을 넘겨봅디다. 그러면서 웃는 걸 보니 전혀 눈치를 못 차린 것은 아닌 것 같았어요.

문 : 그 후에도 『한국현대시사』 상·하권(1996), 『한국현대문학의 사적 탐색』(1997), 『한국현대시인연구』 상·하권(2000), 『한국현대 경향시의 형성 전개』(2002), 『한국문학을 위한 담론』(2006) 등 많

은 저서들을 출간하셨습니다. 최근에는 『문예정책과 이론에 비추어본 북한문학사』(2008)라는 책도 출간하셨는데, 북한문학에 대한 연구 역시 그와 같은 맥락에서 이루어진 것입니까?

■ 『북한문학사』를 내기까지

김 : 나는 내 저서를 출간하면서 이 책들을 누가 읽어줄 것인가 생각한 적이 한두 번이 아닙니다. 나는 공부가 세속에 영합하는 것이 아니며 혼자서 고족하게 길을 걸어가는 것으로 믿는 환경에서 자랐거든요. 그런 내 책을 문교수가 거의 다 읽은 것 같아서 참 고맙습니다. 『한국현대시인연구』는 현대시사의 보충판이며 『한국현대경향시의 형성 전개』는 프로시 연구의 종합자료집의 부산물입니다. 『북한문학사』가 좀 뜻밖으로 생각되었을 것입니다. 그것은 2006년도의 학술원 정책과제 연구비를 얻어서 만든 것입니다. 연구계획서에는 200자 원고지 300매 정도의 보고서를 쓰겠다는 안을 냈습니다. 그런데 보고서를 만들다 보니까 자꾸 할 말이 불어납니다. 마지막에는 A4용지로 300매가 넘는 원고가 되어 버렸어요. 예정한 분량의 5배가량이 되었지요. 그것이 책으로 되어 나오자 당시 학술원 회장을 하신 김태길(金泰吉) 선생님에게도 드렸습니다. 그 후에 선생님을 뵈었더니 무얼 그렇게 부피가 나는 보고서를 냈느냐고 하셨습니다. 모두가 내가 미련한 탓으로 생각합니다.

『북한문학사』를 쓰면서 나는 북한의 문예이론의 실제를 가능한 한 객관적인 입장에서 분석·평가하려고 해보았습니다. 지금 북한의 문예 이론에서 중심개념이 되어 있는 '종자의 이론'에 대해서 특히 그렇게 되도록 노력했습니다. 틈이 있으면 검토해 보고 가차 없는 평도 보냈으면 합니다.

문 : 『이병각 문학전집』(2006)을 편집해서 내셨고『김태준 평전』(2007)
도 쓰셨습니다. 특히 김태준은 시인이나 작가가 아니라『조선
소설사』,『조선한문학사』를 썼던 좌익 연구자였는데, 그 평전을
쓰셨다는 것이 인상적이었습니다. 시인론은 쓰셨지만 평전 형
태의 책을 내신 것은 처음이시지요? 김태준의 어떤 측면이 그
렇게 인상적이었는지 여쭤보고 싶습니다.

■ 『김태준 평전』전후

김 : 『김태준 평전』은 내가 오랫동안 관심을 가져온 한국 현대사의
한 현장 탐사로 시작된 것입니다. 근대시사를 쓰고『한국현대시
사』상·하권을 만든 다음 나는 우리 현대시의 실상을 더 깊이
파헤쳐야겠다는 생각을 했습니다. 지금까지도 그렇지만 일제시
대와 해방 후, 그리고 6·25에 이르기까지 우리 사회와 문화,
교육에서 제기된 문제는 다소라도 이데올로기에 걸리지 않는
예가 거의 없었어요. 나는 이데올로기 문제를 제기하도록 만든
집단이 계급주의자들 조직이었다는 것을 알았습니다. 그런데
이데올로기가 우리와 다르다고 하여 그것을 외면만 해서는 안
될 것 같았어요. 역사가 바람직한 것들만을 분석, 평가할 수는
없지요 그런 생각에서 나는 일제 말기와 해방 직후의 사회주의
운동을 살피기로 했어요. 그 길목에 뜻밖에도 서울대학교의 전
신이라고 할 수 있는 경성제대, 그것도 법문학부의 맑스주의 연
구 모임이 나타났습니다. 유진오를 비롯하여 이강국(李康國), 박
문규(朴文圭), 최용달(崔容達) 등과 함께 『조선소설사』나 『조선한

문학사』로 이름이 익은 김태준이 그들과 함께 떠올랐어요. 내가 책을 내기 전에 김태준에 대한 부분적 연구는 내 후배, 제자 가운데 이미 보고서를 낸 예가 있었어요. 반갑게 그것들을 읽어보는 가운데 나는 이 비극적인 연구자의 총체적인 초상화를 작성하기로 했습니다. 그 관계 자료는 서울대학교의 창고와 영남대학교 도남문고, 그리고 보다 더 많이 구간 신문·잡지 갈피의 여기저기에 깔려 있었어요. 그것들을 수집해서 판독하면서 나는 우리 학계의 인간 이해, 학문적 평가라는 것이 얼마나 피상적인가를 절감했습니다.

■ 대학교 출판부가 내린 개고 조처

『김태준 평전』을 출간하는 과정에서 어처구니없는 일을 겪기도 했습니다. 처음에 A4용지로 600여 매가 되는 본문에 도판까지를 첨부해서 서울대학교 출판부에 출판 신청을 했습니다. 그런데 소정 기간이 넘어도 가부의 연락이 없어요. 어른답지 못하다는 생각에 몇 번 망설이다가 출판 실무자에게 까닭을 물었더니, 매우 조심스럽게 연구 내용이 문학 분야도 아니고 역사 분야도 아니라서 난감하다고 하면서 초점을 맞추어 다시 쓸 수 있겠느냐는 말을 하더군요. 참 어처구니가 없었습니다. 한 인간의 종합적인 초상화를 그리는 전기 연구에 연구의 초점이 단일화되어야 한다니 말입니다. 대학 출판부가 이 지경이 되었구나 생각하고 조금 높은 목소리로 알았다고 했어요.

『김태준 평전』이 나오자 뜻밖이라는 말로 전화를 한 분들이 꽤 되었어요. 평소 한겨레신문과는 거래가 없었는데 그 문화부 기자가 1착으로 찾아왔습니다. 취재를 해간 다음 기사를 보았더니 아무개가 뜻밖의 책을 내었다고 시작했더군요. 다른 사람들에게 뜻밖이었을지 모르나 내 깐에는 『김태준 평전』을 위해 구상에서 자료 수집에만 3년이 걸렸고 다른 일 모두 제쳐두고 원고 작성에만 꼬박 1년 가까이 소비되었습니다. 이 한 권의 책을 낸다는 것이 나에게는 결코 쉽지 않은 일이었어요.

문 : 이제 조금 일상적인 질문을 드릴까 합니다. 선생님께서는 한시집인 『벽천집(碧天集)』(1999), 『송도집(松濤集)』(2004), 『회향시초(懷鄕詩抄)』(2008)를 발간하셨습니다. 오랫동안 한시 모임을 가지신 것으로 알고 있습니다. 한시를 쓰시게 된 동기나 모임의 성격 같은 것에 대해서 말씀해 주셨으면 좋겠습니다.

■ 한시(漢詩) 동인회 난사(蘭社) 참여와 한시집

김 : 한 권의 시집에 각 110여 수의 작품이 수록되었으니까 지금까지 내가 쓴 한시는 대충 300여 편이 넘을 것입니다. 숫자로 보아서는 제법이라고 할 수도 있을 것이나 한시 쓰기로 보면 아직 달인(達人)의 경지에는 이르지 못했다고 자평(自評)해야 할 것 같습니다.

처음에는 한시를 공부하기 위해서 두보(杜甫)와 이백(李白), 소동파(蘇東坡) 등의 작품집을 읽고 주석서도 보았습니다. 그런데 공부가 조금 이루어지다 보니 그런 방식으로는 한시의 맛과 멋을 완전하게 내 것으로 만들 수 없겠다는 생각을 갖게 되었어요. 그러던 차에 한시 창작 동호인 모임인 '난사(蘭社)'가 결성되었어요. '난사'는 1983년 이우성(李佑成), 김동한(金東漢), 조순(趙淳), 이헌조(李憲祖), 김용직(金容稷), 김호길(金浩吉) 등이 주말을 이

용해 충청도와 경상도 북부지방의 문화 탐방 여행을 떠났다가
발의가 되어 이루어진 모임입니다. 한 달에 한 번 꼴로 한시를
형식과 격조에 맞도록 각자가 지어내어 이우성 선생을 좌장으
로 하고 작품합평회를 가지고 다른 이야기도 나누는 교우 모임
이지요. 난사는 발족 이후 고병익(高柄翊), 김종길(金宗吉), 이용태
(李龍兌), 이종훈(李宗勳) 등이 추가로 참여하였고 그 동안 김호길,
유혁인, 고병익 선생 등이 작고했습니다.

문 : 시 중에서 특히 한시를 쓰시는 것이 이채롭기도 한데요, 한시
를 쓰시는 이유가 따로 있으신가요? 혹시 학문적인 연구와도
관련이 있는 것인지요?

김 : 한시 창작의 전문가가 되기 위해서 한시를 쓰기 시작한 것은
아닙니다. 한국 현대시를 공부하다 보니까 서구 근대 문학 비
평 이론만으로는 우리시와 기능적인 이해가 미흡하다는 것을
깨닫게 되었어요. 가령 서구식인 운율론은 강약률을 문제 삼고
음보, 음수율을 논하잖아요. 그런데 한국시에 그런 것은 문제가
되지 않습니다. 또한 같은 음수율을 가지는 작품에도 의미 내
용에 따라 작품의 어조나 가락이 현격하게 다른 것이 얼마나
많습니까? 정몽주의 「단심가(丹心歌)」와 황진이의 「어저 내일이
야」는 시조라는 점에서 그 가락이나 형태가 같습니다. 그러나
「단심가」가 곡직한 어조로 이루어진 것임에 반해서 황진이의
시조는 부드러운 가운데 휘돌아 감기는 가락을 느끼게 하지요.
이런 어조와 가락은 우리말만이 빚어낼 수 있는 것으로 서구의
문예 이론으로 설명이 불가능합니다. 이런 사실들을 알게 되면

서 나는 우리 문학을 기능적으로 설명하기 위해 고전문학기의
전통 또는 동북아시아 문화의 특성을 이루는 한국 문학의 원리
를 파악할 필요가 있다고 생각하게 되었어요. 그와 함께 동북
아시아의 문화나 문학에서 가장 힘 있는 갈래를 이루는 것이
한문학이며 그 중에서도 한시의 전통이 가장 묵직한 부피를 느
끼게 한다는 사실에 착안했습니다.

한시의 형태, 구조를 알게 되니까 그 동안 무심하게 넘긴 한
국 현대시인들 작품도 새롭게 해석할 길이 열렸습니다. 가령
조지훈의 사화집에 실린 작품에 「송행(送行)」이 있지요. 이것은
그의 한시 「송인(送人)」과 거의 일란성 쌍생아에 속하는 작품입
니다(자세한 것은 이 책 「조지훈론」에 있음).

■ 한국 현대시의 비경(秘境), 만해 한용운

이와 아주 비슷한 현상이 만해 한용운의 사화집인 『님의 침
묵』에도 나타납니다. 「알 수 없어요」는 이 사화집 중에서도 가
장 아름다운 시가 아닌가 합니다. 이 시를 기능적으로 이해하
기 위해서는 "타고 남은 재가 다시 기름이 됩니다"라는 마지막
부분에 주목해야 합니다. 이런 어조는 매우 단정적이어서 어떤
종교의 경전에 나오는 잠언을 읽는 느낌을 줍니다. 그 다음을
이은 마지막 문장 또한 이 작품의 앞선 문장과는 그 구조가 뚜
렷이 다르게 되어 있습니다. 여기서 주지와 매체가 되고 있는
것은 '나의 가슴'과 '누구의 밤을 지키는 약한 등불'이지요. '나
의 가슴'은 심의 현상이지 감각적 실체가 아닙니다. 사상, 관념
의 비유 형태에 속하지요. 그에 대해서 '약한 등불'은 단순하게
물리적 객체일 뿐인 것입니다. 만해는 이 두 요소를 수렴하고

구조화해서 정신적인 범주에 드는 것과 물리적인 차원을 일체화하고 있어요. 말을 바꾸면 우리 자신의 정신세계, 또는 사상, 관념을 감각적 차원과 동일한 문맥 속에 넣어 제3의 실체가 되게 해내었어요. 이렇게 가닥을 잡고 보면 「알 수 없어요」의 의미 맥락이 한눈에 들어오는 것이 아닙니까.

"타고 남은 재가 다시 기름이 됩니다" 이것은 이 작품에서 유일하게 평서문으로 이루어진 부분입니다. 흔히 우리는 평서문의 의미와 맥락을 파악하는 것이 손쉽다고 생각하지만 여기서는 그런 통념이 거의 무의미하게 되어 버려요. 오히려 우리는 '타고 남은 재'가 어떻게 다시 기름이 될 수 있는지 도리어 강한 의문을 품게 됩니다.

여기에서 제기되는 의문을 풀기 위해 우리는 부득이 「알 수 없어요」의 외재적인 정보를 이용하지 않을 수 없습니다. 이 작품의 작자는 두루 알려진 것처럼 당대의 고승대덕(高僧大德)인 한용운입니다. 그는 도저한 유심 철학의 경지를 이 시의 뼈대로 했습니다. 구체적으로 그 뼈대의 내용이 된 것이 불교의 기본 원리 가운데 하나인 연기설(緣起說)이지요. 불교의 법보론(法寶論) 가운데 요체가 되는 연기설에 따르면 이 세상의 모든 현상은 인연의 나타남이라고 설명됩니다. 삼라만상은 인연이 있어 모인 것이며, 그 인연이 곧 있음[有]이지요. 인연이 다하여 '사대(四大)'가 흩어지면 실상(實像)이 소멸하여 무(無)가 되어 버립니다. 이런 연기설의 철리를 집약하여 만해는 "타고 남은 재가 다시 기름이 됩니다"로 은유화시켜 노래했어요. 그리고 다시 화엄(華嚴)의 큰 철리를 단정적인 어조로 말하여 "그칠 줄 모르고 타는 나의 가슴"을 쓴 것입니다. 「알 수 없어요」를 이렇게 읽으면 이 작품의 뼈대를 이룬 것이 불교의 법보론(法寶論) 가운데 중심개념인 초공(超空), 묘유(妙有)의 경지임을 알 수 있어요. 이런 사상이 이 시에서 감각적 실체로 탈바꿈한 다음 다시 그것이 제3의 차원으로 제시되어 있는 것입니다. 이것은 『님의 침묵』이 우리 현대시사에서 형이상시의 한 국면을 훌륭하게 개척한 것임을 뜻합니다.

■ 일질유마반낙화(一秩維摩半洛花)

「알 수 없어요」 이전에 우리 현대시단이 이와 같은 제1원리의 세계를 다루어 아름다운 가락에 실어낸 예는 나타나지 않습니다. 대체 이 기적이 어떻게 가능한 것일까가 궁금하게 생각되는 우리에게 만해의 한 시가 의문의 실타래를 풀어주는 길잡이 구실을 합니다.

만해의 한시 「관낙매유감(觀落梅有感)」에서 일차적 소재가 된 것은 봄날 절의 뜨락에 피어 있는 매화꽃입니다. 물리적인 차원이라면 그것은 나뭇가지 위에 꽃이 피는 일이며 자연 현상의 하나일 뿐일 것입니다. 만해는 이 행에 앞서 "宇宙百年大活計"라는 구절을 선행시켰습니다. 이것은 이 시의 으뜸 제재가 자연 현상의 범주에서 벗어나 있는 것으로 어엿하게 사상, 관념의 차원에 이르렀음을 뜻합니다. "回頭欲問三生事" 이하는 그런 정신의 경지를 더욱 확충하여 공고히 한 부분이지요. 이 시는 만해가 평생을 걸어 화두로 삼은 불교의 유심 철학의 경지를 바탕으로 한 것임을 알 수 있습니다.

그러면서도 이 작품은 그런 사상과 관념을 직접 표출하지 않았습니다. 여기서 불교의 선지식(禪知識)은 봄날 절집에 가득 피

어 넘치는 기운으로 봄을 알리는 매화로 대체되어 있지요. 그
와 아울러 "一秧維摩半落花"라고 함으로써 정신의 깊이와 사상,
관념을 장미의 향기처럼 느끼게 하고 있습니다. 만해는『님의
침묵』이전에 이미 이렇듯 형이상시의 요체를 터득한 것입니
다. 이것으로 우리는 만해의 시에 끼친 한시의 전통을 새삼 실
감하지 않을 수가 없지요.

나는 이런 사실을 파악한 힘을 내가 60대를 넘어 시작한 한
시 공부를 통해서 얻어낸 것이라고 생각합니다. 그런 점에서
나는 내가 한시 쓰기를 시도하게 된 것을 매우 잘한 일로 믿고
있습니다.

문 : 막연히 짐작을 하긴 했지만, 한시를 쓰시는 것이 선생님의 문
학사인 연구와 그렇게까지 밀접하게 연결되는 줄은 몰랐습니
다. 항상 학문과의 연결 끈을 놓지 않으시는 선생님의 모습에
저절로 머리가 숙여집니다. 선생님의 말씀 하나하나가 저희 후
학들에게 반성과 다짐의 계기가 될 수 있을 것이라고 생각됩니
다. 오랜 시간 동안 좋은 말씀 들려주셔서 감사드립니다.

김 : 내 이야기는 나도 모르게 내 업적에 대한 자만으로 생각된 부
분이 있었을 것입니다. 개인적인 넋두리로 돌릴 수 있는 이야
기들을 참고 들어 주어서 고맙습니다.

■ 찾아보기

저자 **김 용 직**

약력 • 경북 안동 출생

　　　서울대학교 문리과대학 국문학과, 동대학원 석사, 박사 과정 졸업.

　　　서울대학교 인문대학 교수, 한국비교문학회 회장.

　　　한국문학번역원 이사장 등 역임.

　　　현재 서울대학교 명예교수, 학술원 회원.

저서 • 『韓國近代詩史』 상·하권, 『韓國現代詩史』 상·하권, 『한국문학을 위한 담론』,

　　　『북한문학사』, 『해방직후 한국시단의 형성 전개사』 외

　　　『碧天集』, 『松濤集』, 『懷鄕詩鈔』 등 한시집.

한국 현대문학의 좌표

2009년 9월 15일 초판 인쇄   2009년 9월 25일 초판 발행
지은이 김용직 **펴낸이** 한봉숙 **펴낸곳** 푸른사상
기획 김세영 **편집** 김대식 **디자인** 지순이 **마케팅** 강태미
출판등록 1999년 7월 8일 제2—2876호
주소 서울시 중구 을지로3가 296—10 장양B/D 7층
대표전화 02) 2268—8706(7) **팩시밀리** 02) 2268—8708
이메일 prun21c@hanmail.net / prun21c@yahoo.co.kr
홈페이지 http://www.prun21c.com
ⓒ 2009, 김용직

ISBN 978—89—5640—714—2 93810
값 25,000원

* 인지는 저자와의 협의에 의해 생략합니다.
* 21세기 출판문화를 창조하는 푸른사상에서는 좋은 책을 만들기 위해 노력하고 있습니다.